हरिमोहन झा

जन्म : 18 सितम्बर, 1908, कुँवर बाजितपुर, जिला—वैशाली, बिहार।

सन् 1932 में पटना विश्वविद्यालय से दर्शनशास्त्र में एम.ए.। इसके बाद पटना विश्वविद्यालय में ही दर्शनशास्त्र के प्रोफेसर और फिर विभागाध्यक्ष रहे।

अपने बहुमुखी रचनात्मक अवदान से मैथिली साहित्य की श्री-वृद्धि करनेवाले विशिष्ट लेखक। भारतीय दर्शन और संस्कृत-काव्य साहित्य के मर्मज्ञ विद्वान के रूप में विशेष ख्याति अर्जित की। धर्म, दर्शन और इतिहास, पुराण के अस्वस्थ, लोकविरोधी प्रसंगों की दिलचस्प लेकिन कड़ी आलोचना। इस सन्दर्भ में 'खट्टर काका' जैसी बहुचर्चित व्यंग्य-कृति विशेष उल्लेखनीय। मूल मैथिली में करीब 20 पुस्तकें प्रकाशित। कुछ कहानियों का हिंदी, गुजराती, तमिल आदि भाषाओं में अनुवाद।

प्रमुख कृतियाँ : कन्यादान, द्विरागमन (उपन्यास); प्रणम्य देवता, रंगशाला (हास्य-कथाएँ); खट्टर काका (व्यंग्य-कृति); चरचरी (विधा-विविधा)।

निधन : 23 फरवरी, 1984

खट्टर काका

हरिमोहन झा

राजकमल पेपरबैक्स

पहला पुस्तकालय संस्करण
राजकमल प्रकाशन प्राइवेट लिमिटेड द्वारा
1971 में प्रकाशित

राजकमल पेपरबैक्स में
पहला संस्करण : 1987
बाईसवाँ संस्करण : 2024

राजकमल पेपरबैक्स : उत्कृष्ट साहित्य के जनसुलभ संस्करण

राजकमल प्रकाशन प्रा.लि.
1-बी, नेताजी सुभाष मार्ग, दरियागंज
नई दिल्ली-110 002
द्वारा प्रकाशित

शाखाएँ : अशोक राजपथ, साइंस कॉलेज के सामने, पटना-800 006
पहली मंजिल, दरबारी बिल्डिंग, महात्मा गांधी मार्ग, प्रयागराज-211 001
1, अनमोल सोराबजी संतुक लेन, धोबी तलाव, मरीन लाइंस, मुम्बई-400 002

वेबसाइट : www.rajkamalprakashan.com
ई-मेल : info@rajkamalprakashan.com

विकास कंप्यूटर एंड प्रिंटर्स
ट्रॉनिका सिटी-201 102
द्वारा मुद्रित

मूल्य : ₹ 299

KHATTAR KAKA
Humours and satires by Prof. Harimohan Jha

ISBN : 978-81-267-0427-9

समर्पण

काव्य-शास्त्र-विनोद की रस-वर्षा में जिन्हें पावस-पयोद के प्रथमोद-विंदुओं का आमोद प्राप्त होता है, हास-परिहास के गुलाबी फुहारों और व्यंग्य की रंगीन फुलझड़ियों में जिन्हें बसंतोत्सव का आनंद आता है, देववाणी की काव्य-पुष्करिणी में शतदल कमलों का मधु-मकरंद जिन्हें मत्त मधुकर बना देता है, जो अलंकृत गद्य का गजरा, पद्य का पुष्पहार और चंपू की चंपकमाला लेकर तुषार-हार-धवला का शृंगार करते हैं, सद्यःस्नाता के अंचल को चंचल कर देनेवाली मलय-लहरी जिनकी वंशी में मधुच्छंदा रागिणी का स्वर भर देती है, जिनकी पारदर्शिनी दृष्टि व्यंजना का रेशमी आवरण भेदकर अंतरंग तक पहुँच जाती है, वाग्विलास में जिन्हें शरबत के गिलास से कम मिठास नहीं मिलती, खट्टी-मीठी बातों में जिन्हें चटपटी चटनी-खटमिट्ठी का मजा आ जाता है, जो विपरीत होकर भी 'सरस' ही बने रहते हैं, ऐसे सहृदय, रस-मर्मज्ञ, गुणग्राही पाठकों के हाथ में **खट्टर काका की विनोद-वार्त्ताएँ** सादर, सप्रेम, सकौतुक समर्पित हैं!

खट्टर काका की विनोद-वार्त्ता

काव्य-शास्त्र-विनोदेन कालो गच्छति धीमताम्

संस्कृत साहित्य में काव्य-शास्त्र-विनोद की असंख्य रस-धाराएँ बहती हैं। उनकी अपूर्व भंगिमाएँ हैं। कोई शोख चंचल निर्झरिणी की तरह इठलाती चलती हैं। कोई बरसात की उमड़ती हुई गंगा की तरह बाँध तोड़ देती हैं। कोई उछलते समुद्र की तरह अपनी उत्ताल तरंगों से आप्लावित कर देती हैं। कहीं रस की उफान है। कहीं व्यंग्य के बुलबुले हैं। कहीं हास्य की हिलोरें हैं। कहीं परिहास के प्रवाह हैं। कभी शास्त्रों पर छींटे बरसते हैं। कभी काव्य से अठखेलियाँ होती हैं। कभी वेद-पुराण से नोक-झोंक होती है। कभी देवताओं से छेड़खानियाँ होती हैं। कभी भगवान् से भी हास-परिहास होते हैं। इसी विनोद-परंपरा के एक जीवंत प्रतीक हैं खट्टर काका। वह काव्य-शास्त्र-चर्चा में मग्न रहते हैं और अपने वाग्वैचित्र्य से चमत्कार की सृष्टि करते हैं।

खट्टर काका मस्त जीव हैं। ठंढाई छानते हैं और आनंद-विनोद की वर्षा करते हैं। मौज में आकर अद्भुत रस की धारा बहा देते हैं। वह अक्खड़ तार्किक हैं। शास्त्रार्थ में किसी की रियायत नहीं करते। रामचंद्रजी की ससुराल (मिथिला) के निवासी होने के नाते वह भगवान् से भी मीठी चुटकियाँ लेना अपना जन्मसिद्ध अधिकार मानते हैं। तब औरों की क्या हस्ती! वह जिन पर लगते हैं, उन्हें व्यंग्य के रस-रंग से शराबोर कर देते हैं। उनकी हास्य-लहरी में पड़कर शास्त्र-पुराण, स्वर्ग-नरक, पाप-पुण्य, सभी की नावें डगमगाने लगती हैं। व्यंग्य-विनोद की बाढ़ में बड़े-बड़े देवता भस जाते हैं!

कबीरदास की तरह खट्टर काका भी उलटी गंगा बहा देते हैं। उनकी बातें एक-से-एक अनूठी, निराली और चौंकानेवाली होती हैं। जैसे, ब्रह्मचारी को वेद नहीं पढ़ना चाहिए। सती-सावित्री के उपाख्यान कन्याओं के हाथ में नहीं देना चाहिए। पुराण बहू-बेटियों के योग्य नहीं हैं। दुर्गा की कथा स्त्रैणों की रची हुई है। गीता में श्रीकृष्ण ने अर्जुन को फुसला लिया है। दर्शनशास्त्र की रचना रस्सी देखकर हुई। असली ब्राह्मण विदेश में हैं। मूर्खता के प्रधान कारण हैं पंडितगण। दही-चिउड़ा-चीनी सांख्य के त्रिगुण हैं। स्वर्ग जाने से धर्म भ्रष्ट हो जाता है!

इस प्रकार खट्टर काका भंग की तरंग में रंग-बिरंग की फुलझड़ियाँ छोड़ते रहते हैं। वह सोमरस को भंग सिद्ध करते हैं, और आयुर्वेद को महाकाव्य! भगवान् को कभी मौसा बनाते हैं, कभी समधी! कभी उन्हें नास्तिक प्रमाणित करते हैं, कभी खलनायक! वह

षोडशोपचार पूजा को एकांकी नाटक मानते हैं और कामदेव को असली सृष्टिकर्त्ता! उन्हें उपनिषद् में विषयानंद, वेद-वेदांत में वाममार्ग और सांख्य-दर्शन में विपरीत रति की झाँकियाँ मिलती हैं! वह अपने तर्क-कौशल से पातिव्रत्य ही को व्यभिचार सिद्ध करते हैं और असती को सती!

खट्टर काका हँसी-हँसी में भी जो उलटा-सीधा बोल जाते हैं, उसे प्रमाणित किये बिना नहीं छोड़ते। श्रोता को अपने तर्क-जाल में उलझाकर उसे भूल-भुलैया में डाल देना उनका प्रिय कौतुक है। वह तसवीर का रुख यों पलट देते हैं कि सारे परिप्रेक्ष्य ही बदल जाते हैं। रामायण, महाभारत, गीता, वेदांत, वेद, पुराण, सभी उलट जाते हैं। बड़े-बड़े दिग्गज चरित्र बौने-विद्रूप बन जाते हैं। सिद्धांतवादी सनकी सिद्ध होते हैं, और जीवन्मुक्त मिट्टी के लोंदे! देवतागण गोबर-गणेश प्रतीत होते हैं। धर्मराज अधर्मराज, और सत्यनारायण असत्यनारायण भासित होते हैं! आदर्शों के चित्र कार्टून जैसे दृष्टिगोचर होते हैं। वह ऐसा चश्मा लगा देते हैं कि दुनिया ही उलटी नजर आती है! वह अपनी बातों के जादू से बुद्धि को सम्मोहित कर उसे शीर्षासन करा देते हैं।

कट्टर पंडितों को खंडित करने में खट्टर काका बेजोड़ हैं। पाखंड-खंडन में वह प्रमाणों और व्यंग्य-वाणों की ऐसी झड़ियाँ लगा देते हैं, जिनका जवाब नहीं। कः समः करिवर्यस्य मालती-पुष्प-मर्दने! उनके लिए सभी शास्त्र पुराण हस्तामलकवत् हैं। वह शास्त्रों को गेंद की तरह उछालकर खेलते हैं। और, खेल-ही-खेल में फलित ज्योतिष को छलित ज्योतिष, मुहूर्त-विद्या को धूर्त-विद्या, तंत्र-मंत्र को षड्यंत्र और धर्मशास्त्र को स्वार्थशास्त्र प्रमाणित कर देते हैं। इसी तरह वह आत्मा, पुनर्जन्म, स्वर्ग, मोक्ष और ब्रह्म की धज्जियाँ उड़ाकर रख देते हैं।

खट्टर-दर्शन की मान्यता है—सर्वं रसमयं जगत्। उनके रसवाद में षट्रस और नवरस, अमरस और काव्यरस, पानी के बताशों की तरह घुलमिलकर एकाकार हो जाते हैं। सांख्य की प्रकृति, वेदांत की माया, पुराण की देवी और स्वर्ग की अप्सरा के भेद मिट जाते हैं। शृंगार और भक्ति में उन्हें चोली-दामन का रिश्ता नजर आता है और वैराग्य में भी रस-कलश की झलक मिलती है।

खट्टर काका का सिद्धांत है—रसं पीत्वा रसं वदेत्। वह जो बोलते हैं, उसमें रस घोल देते हैं। जिस तरह उनकी ठंढाई में गुलाब की पत्तियों के साथ-साथ काली मिर्चें भी रहती हैं, उसी तरह उनकी रस-वार्त्ता में अलंकार-माधुर्य के साथ-साथ व्यंग्य-विद्रूप-विडंबना के तेज मसाले भी रहते हैं। खट्टर काका की खट्टी-मीठी-तीखी बातों में लोगों को चटपटी चाट का मजा आता है। उनके उत्कट परिहासों में भी वही जायका है जो मिर्च के अँचार में। जैसे ससुराल की अश्लील गालियाँ भी मीठी लगती हैं, वैसे ही खट्टर काका के कटु-मधु मजाक भी बारात के हलके-फुलके वाग्विनोद की तरह प्रिय लगते हैं। न नर्मयुक्तं वचनं हिनस्ति!

खट्टर काका के व्यंग्य नावक के तीर होते हैं। पर वे नुकीले, कटीले और चुटीले

होते हुए भी रसीले होते हैं। वे कुमकुमों की तरह मीठी चोट करते हैं, रेशमी फुहारों की तरह गुदगुदा देते हैं। मगर कभी-कभी मोटी पिचकारियों की तेज धार तिलमिला भी देती है। व्रज की होली की तरह। फागुन की मदमत्त पुरवैया की तरह खट्टर काका की लहरों में भी निरंकुश वप्रक्रीड़ा की मस्ती रहती है। उसी को लेकर तो खट्टरत्व है।

खट्टर काका को कोई 'चार्वाक' (नास्तिक) कहते हैं, कोई 'पक्षधर' (तार्किक), कोई 'गोनू झा' (विदूषक)! कोई उनके विनोद को तर्कपूर्ण मानते हैं, कोई उनके तर्क को विनोदपूर्ण मानते हैं। खट्टर काका वस्तुतः क्या हैं, यह एक पहेली है। पर वह जो भी हों, वह शुद्ध विनोद-भाव से मनोरंजन का प्रसाद वितरण करते हैं, इसलिए लोगों के प्रिय पात्र हैं। उनकी बातों में कुछ ऐसा रस है, जो प्रतिपक्षियों को भी आकृष्ट कर लेता है।

आज से लगभग पचीस वर्ष पहले खट्टर काका मैथिली भाषा में प्रकट हुए। जन्म लेते ही वह प्रसिद्ध हो उठे। मिथिला के घर-घर में उनका नाम खिर गया। जब उनकी कुछ विनोद-वार्त्ताएँ 'कहानी', 'धर्मयुग' आदि में छपीं तो हिंदी पाठकों को भी एक नया स्वाद मिला। गुजराती पाठकों ने भी उनकी चाशनी चखी। उन्हें कई भाषाओं ने अपनाया। वह इतने बहुचर्चित और लोकप्रिय हुए कि दूद-दूर से चिट्ठियाँ आने लगीं—"यह खट्टर काका कौन हैं, कहाँ रहते हैं, उनकी और-और वार्त्ताएँ कहाँ मिलेंगी?"

बहुत दिनों से साहित्यिक बंधुओं की फरमाइश थी कि खट्टर काका की छिटपुट विनोदवार्त्ताओं को मैथिली की तरह हिंदी में भी पुस्तकाकार लाया जाय। अवकाश प्राप्त होने पर मैंने उन्हें नये सिरे से सजाना-सँवारना शुरू किया और विगत कई महीनों के परिश्रम के फलस्वरूप खट्टर काका अभिनव रूप में आपके सामने हैं। मैथिली के 'कका' से हिंदी के इस 'काका' में आकार की वृद्धि तो हुई ही है, प्रकार में भी कुछ विशेषता आयी है। मैथिली संस्करण की कतिपय आंचलिक वार्त्ताओं को हटाकर हिंदी क्षेत्र के अनुकूल उपयुक्त सामग्री जोड़ी गयी है। फिर भी कहीं-कहीं आंचलिकताओं के झाँकी-दर्शन हो जाएँगे। अंचल के बेल-बूटों की तरह। मैथिली के 'चूड़ा' (चिउड़ा), 'नस' (नास) जैसे कुछ कोमल शब्दों को यथावत् रहने दिया गया है। आवश्यकतानुसार कहीं-कहीं फुटनोट भी दे दिये गये हैं। खट्टर काका के इस हिंदी रूप को यथासंभव मूल की तरह ही रोचक, आकर्षक बनाने की चेष्टा की गयी है।

राजकमल प्रकाशन की प्रबंध-निदेशिका श्रीमती शीला संधू ने इस पुस्तक के प्रकाशन में जो रुचि ली है और मेरी सुविधा की दृष्टि से पटना में मुद्रण की व्यवस्था की है, तदर्थ मैं उनका आभारी हूँ। प्रिय जगदीशजी ने जिस दिलचस्पी के साथ छपाई की है, तदर्थ वह भी धन्यवादार्ह हैं। फिर भी प्रेस की मशीन यदा-कदा अनजाने मजाक कर बैठती है। कहीं 'दयामय' 'दवामय' बन गये हैं। कहीं 'मिलिता' का आकार भंग हो गया

है! इस तरह न जाने कितनी त्रुटियाँ होंगी! अतः उदार पाठकों से प्रार्थना है—

यदक्षर-पदभ्रष्टं मात्राहीनं च यद भवेत्
यदसाधु च तत् क्षम्यं होलिकापरिहासवत्!

यदि इस हास्य-व्यंग्य-विनोदमय कृति से विद्वानों का कुछ भी परितोष हुआ तो वही लेखक का पारितोषिक होगा। जिस प्रकार गीतगोविंदकार जयदेव ने अपने पाठकों को रस-निमंत्रण दिया था, उसी प्रकार खट्टर काका की ओर से भी हास्य-निमंत्रण दिया जा सकता है—

यदि विनोदरसे सरसं मनः
यदि च काव्यकलासु कुतूहलम्
विविधशास्त्रपुराणकथादिकम्
शृणु तदा परिहास-विजल्पितम्!

रानीघाट, पटना
20.8.1971

—लेखक

अनुक्रम

रामायण

खट्टर काका रामनवमी के फलाहार के लिए किशमिश चुन रहे थे।

मैंने कहा—खट्टर काका, आज रात मैदान में रामलीला है। चलिएगा?

खट्टर काका ने पूछा—कौन-सी लीला होगी?

मैं—सीता-वनवास।

ख.—तब नहीं जाऊँगा।

मैं—सो क्यों, खट्टर काका ? मर्यादा पुरुषोत्तम एक से एक आदर्श दिखा गये हैं।

खट्टर काका बोले—हाँ, सो तो दिखा ही गये हैं। अबला को कैसे दुःख देना चाहिए! सती-साध्वी पत्नी को कैसे घर से निकाल देना चाहिए! किसी स्त्री की नाक कटवा लो। किसी स्त्री पर तीर छोड़ दो। समझो तो नारी को रुलाने से ही उनकी वीरता शुरू होती है, और उसी से समाप्त भी।

मैं—खट्टर काका, भगवान् ने मनुष्य का अवतार लेकर ये सब लीलाएँ की हैं।

खट्टर काका बोले—क्या बिना निष्ठुरता के लीला नहीं हो सकती थी? लेकिन असल में उनका उतना दोष नहीं है। उन्हें आदि में ही विश्वामित्र जैसे गुरु मिल गये, जिन्होंने तारकावध से ही विद्यारंभ कराया। नहीं तो राम का प्रथम वाण कहीं स्त्री पर छूटता? लेकिन विश्वामित्र की तो उलटी खोपड़ी थी। उन्होंने अपने नाम में अमित्र शब्द को मित्र सिद्ध करने के लिए व्याकरण का नियम उलट दिया, राजर्षि से ब्रह्मर्षि बनने के लिए वर्णव्यवस्था का नियम पलट दिया, वशिष्ठ के साथ प्रतिस्पर्धा करने में नीति-मर्यादा को कर्मनाशा में भसा दिया। फिर राम को क्या शिक्षा देते? स्वयमसिद्धः कथं परान् साधयति!

मैंने कहा—खट्टर काका, रामचंद्रजी न्याय का आदर्श दिखा गये हैं। न्याय की खातिर सीता जैसी पत्नी को भी वनवास देने में कुंठित नहीं हुए।

खट्टर काका बोले—नहीं जी। इनके कुल की रीति ही ऐसी थी। बाप ने इनको वनवास दिया। इन्होंने स्त्री को वनवास दिया। तुम न्याय की दुहाई देते हो। न्याय क्या यही है कि किसी के कहने पर किसी को फाँसी पर चढ़ा दिया जाय? न्याय ही करना था तो वादी-प्रतिवादी, दोनों को राजसभा में बुलाते। दोनों पक्षों के वक्तव्य सुनकर न्याय-सभा में जो निष्पक्ष निर्णय होता, सो करते। परंतु सो सब तो किया नहीं। चुपचाप सीताजी को वन में भेज दिया। यह कौन आदर्श हुआ? एक साधारण प्रजा को जितना अधिकार मिलना चाहिए, उतना भी सीता महारानी को नहीं मिला।

मैं—परंतु रामजी को तो प्रजा-रंजन का आदर्श दिखलाना था...

खट्टर काका—गलत बात। अयोध्या की प्रजा यह कभी नहीं चाहती थी। इसीलिए रातोरात चुपके से रथ हाँका गया। और, लक्ष्मण तो सबमें हाजिर। शूर्पणखा की नाक काटो, तो चाकू लेकर तैयार! सीता को जंगल में छोड़ आओ, तो रथ लेकर तैयार! सुबह होते ही प्रजा को खबर हुई तो संपूर्ण अयोध्या में हाहाकार मच गया। परंतु राजा राम ने अपने हठ के आगे प्रजा की प्रार्थना सुनी ही कब? अपने वनवास में प्रजा की कौन-सी बात रखी कि सीता-वनवास में रखते!

मैंने कहा—खट्टर काका, वह तो पिता का वचन पालन करने के लिए वनवास गये थे।

खट्टर काका बोले—जरा तर्कशास्त्र लगाओ। वनवास का क्या अर्थ? सर्वेषु वनेषु वासः (सभी वनों में वास) अथवा कस्मिश्चिद् वने वासः (किसी वन में वास)? यदि पहला अर्थ लो, तो सो उन्होंने किया नहीं। संभव भी नहीं था। और, यदि दूसरा अर्थ लो, तो फिर अयोध्या के निकट ही किसी वन में रह जाते। चित्रकूट में ही चौदह वर्ष बिता देते। तो भी पिता की आज्ञा का पालन हो जाता। फिर, हजारों मील दूर भटकने की क्या जरूरत थी! सो भी पैदल, सुकुमारी सीता को साथ लेकर! यही बात मिथिला के नैयायिक (गौतम) ने पूछी, तो राम कुछ उत्तर नहीं दे सके। खीझकर कह दिया—

यः पठेत् गौतमीं विद्यां शृगालीयोनिमाप्नुयात्!

(जो गौतम की विद्या पढ़े, सो गीदड़ होकर जन्म ले।)

भला, यह भी कोई जवाब हुआ! क्या शास्त्रार्थ करना भूँकना है? वह मिथिला का न्याय पढ़े रहते, तो अन्याय नहीं करते।

खट्टर काका गरी काटते हुए बोले—मान लो, यदि जनता एक स्वर से यही कहती कि सीता को राज्य से निर्वासित कर दीजिए, तथापि राम का अपना कर्त्तव्य क्या था? जब वह जानते थे कि महारानी निर्दोष हैं, अग्निपरीक्षा में उत्तीर्ण हो चुकी हैं, तब संसार के कहने से ही क्या? वह अपने न्याय पर अटल रहते। यदि प्रजा-विद्रोह की आशंका होती, तो पुनः भरत को गद्दी पर बैठाकर दोनों जने जंगल की राह पकड़ते; तब आदर्श-पालन कहलाता। परंतु राजा राम ने केवल राज्य ही समझा, प्रेम नहीं। महारानी सीता तो अपने पत्नीधर्म के आगे संसार का साम्राज्य ठुकरा देतीं, लेकिन राम राजा अपने पतिधर्म के आगे अयोध्या की गद्दी नहीं छोड़ सके। सती-शिरोमणि सीता के लिए वह उतना भी त्याग नहीं कर सके, जितना विलायत के एक बादशाह (अष्टम एडवर्ड) ने अपनी एक चहेती (सिंप्सन) के लिए किया!

मैं—खट्टर काका, जान पड़ता है सीता-वनवास से आपको गहरा क्षोभ है।

ख.—क्यों न हो? सीता का जीवन दुःख में ही गया। बेचारी को कभी सुख नसीब नहीं हुआ। जंगलों में कहाँ-कहाँ स्वामी के साथ भटकती फिरी और जब महल में रहने का समय आया, तो निकाल दी गयी। वन में तो हाय सीता! हाय सीता! उनके लिए

आकाश-पाताल एक कर दिया गया। समुद्र पर पुल बाँधा गया। और वही सीता जब लौटकर आयी, तो घर में रहने भी नहीं पायी। इसी से तो मिथिला के लोग कहते हैं कि पश्चिम की तरफ बेटी नहीं ब्याहनी चाहिए!

खट्टर काका की आँखों में पानी भर आया। वह थोड़ी देर क्षुब्ध रहे। फिर कहने लगे—सीता के समान देवी के प्रति ऐसी निर्दयता! वह तन, मन, वचन से राम की सेवा में लीन रही। उनके चरणों के पीछे-पीछे चली। किन-किन दुर्गम अरण्यों में घूमी! उन्हीं के तोष के लिए आग तक में कूद पड़ी!

अग्नि-प्रवेश के समय सीताजी ने कहा था—

जौ मन वच क्रम मम उर माहीं
तजि रघुवीर आन गति नाहीं
तौ कृसानु सब कै गति जाना
मों कहँ होउ श्रीखंड समाना

और अग्नि की ज्वाला चंदन के समान शीतल बन गयी!

श्रीखंड सम पावक प्रवेश किया सुमिरि प्रभु मैथिली

वह तपाए हुए सोने की तरह चमकती हुई बाहर निकल आयी। परंतु उस सर्वश्रेष्ठ सती के साथ कैसा हृदयहीन व्यवहार हुआ! आठवें महीने में घर से निकाल दी गयी। निष्ठुरता की बलिहारी है! सीता मिथिला की कन्या थी; 'सी' अक्षर बोलनेवाली नहीं। तभी तो! और जगह की होती तो दिखा देती। अजी, मैं पूछता हूँ, यदि संबंध ही तोड़ना था तो सीताजी को पिता के घर जनकपुर भेज देते। वैसे घोर जंगल में कैसे भेजा गया! बेचारी सीता को इस पृथ्वी पर न्याय की आशा नहीं रही, तो पाताल में प्रवेश कर गयी। जिस मिट्टी की कोख से निकली थी, फिर उसी में विलीन हो गयी। विश्व की सर्वश्रेष्ठ सती का ऐसा करुण अंत! तभी तो पृथ्वी फट गयी!

मैंने सांत्वना देने के निमित्त कहा—खट्टर काका, फसाद की जड़ हुई वह धोबिन।

खट्टर काका की आँखें लाल हो गयीं। बोले—मैं तुमसे पूछता हूँ कि कोई धोबी रूठकर गधे की पीठ पर से गिर जाय, तो क्या मैं तुम्हारी काकी को घर से निकाल दूँगा? परंतु रामचंद्र को तो वैसे ही लोगों का ज्यादा साथ रहा। निषाद, केवट, भिल्लिनी, गीध, भालू, बंदर—इन्हीं सबके बीच तो रहे। बाप ने मूर्खा दासी की बात पर बेटे को वनवास दिया, इन्होंने मूर्ख धोबी की बात पर स्त्री को वनवास दिया। उनके दरबार में छोटों की ही चलती थी। घर में मंथरा, बाहर में दुर्मुख।

मैं—खट्टर काका, वह नीति के पालनार्थ...

खट्टर काका बोले—नीति नहीं, अनीति कहो। यदि नीति का ही आदर्श दिखलाना था, तो फिर बालि को उस तरह पेड़ की आड़ से छिपकर क्यों मारा? आमने-सामने लड़कर मारते। उस समय कालहुँ डरै न रन रघुवंशी वाला वचन कहाँ गया! इसीलिए बालि ने चुटकी ली थी—

धरम हेतु अवतरेउ गोसाईं
मारेहु मोहि ब्याध की नाईं

यदि मर्यादा की रक्षा करनी थी, तो वही अनीति करने के कारण सुग्रीव को भी क्यों नहीं दंड दिया? विभीषण को क्यों नहीं मारा? रामायणकार को भी स्वीकार करना पड़ा है—

जेहि अघ बधेउ ब्याध जिमि बाली
फिरि सुकंठ सोइ कीन्ह कुचाली
सोइ करतूत विभीषण केरी
सपनेहु सो न राम हिय हेरी

प्राणदंड दिया किसको तो बेचारे शंबूक को, जो चुपचाप सात्त्विक वृत्ति से तपस्या कर रहा था।

मैं—परंतु मर्यादा पुरुषोत्तम...

ख.—तुम मर्यादा पुरुषोत्तम कहो, परंतु मुझे तो उनमें उतावली ही दिखलायी पड़ती है। बच्चे की तरह सुनहले मृग के पीछे क्यों दौड़ गये! सीता के वियोग में पेड़ों को पकड़-पकड़कर क्यों प्रलाप करने लगे? कहाँ तो सुग्रीव से इतनी गाढ़ दोस्ती, और जहाँ बेचारे को सीता की खोज में कुछ देर हुई कि तुरंत धनुषवाण लेकर तैयार! न तो समुद्र की पूजा करते देर और न उस पर प्रत्यंचा कसते देर! और, जब लक्ष्मण को शक्तिवाण लगा तो रणभूमि में विलाप करने लगे। ऐसी अधीरता कहीं वीरों को शोभा देती है!

खट्टर काका बादाम काटते हुए बोले—असल में समझो तो राम का दोष नहीं है। उनके पिता दशरथ ही जल्दबाज थे। शिकार खेलने गये। घाट पर शब्द सुना। चट तीर छोड़ दिया। यह नहीं सोचा कि कोई आदमी भी तो वहाँ हो सकता है। बेचारे श्रवणकुमार को बेध दिया। अंधा पिता पुत्रवियोग में मर गया। उसका फल मिला कि वह स्वयं भी पुत्रवियोग में मरे। अजी, दो पटरानियाँ थीं ही, तो बुढ़ापे में तीसरी शादी करने का शौक क्यों चर्राया? और, वृद्धस्य तरुणी भार्या प्राणेभ्योपि गरीयसी। कैकेयी में ऐसे लिप्त हो गये कि युद्धक्षेत्र में भी बिना उन्हें बगल में बैठाये रथ पर नहीं चलते थे। और, रथ भी कैसा था कि असली मौके पर ही टूट गया। नाम तो दशरथ! और, एक रथ भी काम का नहीं! नहीं तो कैकेयी को पहिए में अपनी कलाई क्यों लगानी पड़ती? और, बलिहारी है उस कलाई की भी जो धुरी में पड़कर भी नहीं लचकी। तभी तो रानी का कलेजा भी वैसा ही कठोर था! किसी तरह पत्नी के प्रताप से वृद्ध राजा के प्राण बच गये। स्त्री को आँख मूँदकर वचन दिया—तुम जो माँगोगी, वह दूँगा। इतनी बुद्धि नहीं कि यदि आकाश का तारा माँग बैठी, तब क्या करूँगा! और, जब राम का वनवास माँगा तो राजा छटपटाने लगे। कैकेयी ने तो बहुत पत रखी। यदि कहीं कलेजा माँग बैठती तो सत्यपालक दशरथ महाराज क्या करते? और, जब एक बार वचन दे ही दिया तो पीछे छाती क्यों पीटने लगे? चौदह वर्ष के बाद तो फिर बेटे का राज होता ही। तब

तक धैर्य से प्रतीक्षा करते। यदि बहुत अधिक पुत्रस्नेह था तो खुद भी साथ लग जाते। सो सब तो किया नहीं। हा राम! हा राम! करते हुए प्राण त्याग दिया। क्षत्रिय का हृदय कहीं ऐसा कमजोर हो!

मैंने देखा कि खट्टर काका जिस पर लगते उसका बंटाधार ही कर देते हैं। अभी दशरथजी पर लगे हुए हैं। प्रकाश्यतः कहा—खट्टर काका, और लोग रामायण के चरित्र से शिक्षा ग्रहण करते हैं...

खट्टर काका—शिक्षा तो मैं भी ग्रहण करता हूँ। बिना देखे तीर नहीं चलाना चाहिए। बिना विचारे वचन नहीं देना चाहिए। वचन दे देने पर छाती नहीं पीटनी चाहिए।

मैं—खट्टर काका, आप केवल दोष ही देखते हैं?

ख.—तो गुण तुम्हीं दिखलाओ।

मैं—देखिए, महाराज दशरथ कैसे सत्यनिष्ठ थे...

ख.—कि नकली श्रवणकुमार बनकर अंधे पिता को फुसलाने गये!

मैं—रामचंद्र कैसे पितृभक्त थे...

ख.—कि पिता की मृत्यु का समाचार पाकर भी नहीं लौटे! ज्येष्ठ पुत्र होकर भी पिता का श्राद्ध तक नहीं किया! सीधे दक्षिण की ओर बढ़ते चले गये।

मैं—लक्ष्मण कैसे भ्रातृभक्त थे...

ख.—कि एक भाई (राम) की ओर से, दूसरे भाई (भरत) पर धनुष-वाण लेकर तैयार हो गये।

मैं—भरत कैसे त्यागी थे...

ख.—कि चौदह वर्ष तक भाई की खोज-खबर नहीं ली! राजधानी से फुर्सत मिलती, तब तो जंगल में जाकर पता लगाते! अजी, यदि वह अयोध्या से सेना सजाकर ले जाते तो राम को बंदरों का सहारा क्यों लेना पड़ता?

मैं—हनुमानजी कैसे स्वामिभक्त थे...

ख.—कि अपने स्वामी सुग्रीव को छोड़कर दूसरे की सेवा में चले गये।

मैं—विभीषण कैसे आदर्श थे...

ख.—कि घर का भेदिया लंका डाह करा दिया। ऐसे विभीषण से भगवान् देश को बचावें।

मैं—तो आपके जानते रामायण में एक भी पात्र आदर्श नहीं है?

ख.—है क्यों नहीं! मुझे समूची रामायण में एक ही पात्र आदर्श जान पड़ता है!

मैं—वह कौन है?

खट्टर काका मुस्कुराते हुए बोले—रावण।

मैं—आपको तो हमेशा मजाक ही सूझता है।

ख.—हँसी नहीं करता हूँ। तुम रावण में एक भी दोष दिखलाओ।

मैं—धन्य हैं खट्टर काका! और लोगों को रावण में दोष ही दोष दीखते हैं, और

आपको एक भी नहीं?

ख.—तो तुम्हीं बतलाओ।

मैं—वह सीता को हरकर ले गया...

ख.—सो तो मर्यादा पुरुषोत्तम को शिक्षा देने के लिए कि किसी की बहन का नाक-कान नहीं काटना चाहिए। परदेश में रहकर किसी से वैर नहीं मोल लेना चाहिए। मृगमरीचिका के पीछे नहीं दौड़ना चाहिए। किसी स्त्री का अपमान नहीं करना चाहिए। देखो, लंका ले जाकर भी रावण ने सीता का अपमान नहीं किया। रनिवास में नहीं ले गया, अशोकवाटिका में रखा। लोग राक्षस कहें, परंतु उसका व्यवहार जैसा सभ्यतापूर्ण हुआ है, वैसा विरले ही मनुष्यों का होता है।

मैं—खट्टर काका, आप तो उलटी गंगा बहा देते हैं। रावण जैसे अन्यायी का पक्ष ग्रहण करके सीतापति सुंदर श्याम को...

ख.—सीतापति निष्ठुर श्याम कहो। विदेह की कन्या अयोध्या गयी, इसका फल हुआ कि फिर लौटकर मायके का मुँह नहीं देख सकी। इसी से तो हम लोग पश्चिम से भड़कते हैं।

मैं—खट्टर काका, आपको सीता के ससुरालवालों से शिकायत है। यदि रामचंद्रजी से आपकी भेंट होती तो क्या कहते? प्रणाम भी करते कि नहीं?

खट्टर काका चिलगोजे छुड़ाते हुए बोले—प्रणाम कैसे करता? मैं ब्राह्मण, वह क्षत्रिय। हाँ, आशीर्वाद अवश्य देता कि "सुबुद्धि हो। अब आगे रामराज हो, तो ऐसा मत कीजिएगा, जिससे लोग 'छिः छिः राम राम' करें! किसी मेरे जैसे ब्राह्मण को मंत्री बनाइएगा।"

मैंने कहा—खट्टर काका, रामराज तो आदर्श माना जाता है।

खट्टर काका बोले—हाँ। गुसाईंजी लिखते हैं—

नहिं दरिद्र कोउ दुखी न दीना

मैं रहता तो जोड़ देता—

केवल सीता भाग्य विहीना!

कहीं रामराज की तरह ग्रामराज भी चलने लगे, तो न जानें कितनी सीताएँ मिट्टी में मिल जाएँगी।

मैं—खट्टर काका, आप राम-नवमी का व्रत रखते हैं। मन में तो भक्ति रखते ही होंगे।

ख.—सो सीतादेवी के कारण। नहीं तो, वह सीधे रघुपति राघव राजा राम रहते। पतितपावन सीताराम नहीं कहलाते। जो-जो काम उन्होंने किए हैं, वे सब तो क्षत्रिय राजा करते ही हैं। केवल एक ही बात को लेकर उनकी श्रेष्ठता है कि दूसरी पत्नी उन्होंने नहीं की। जानकीजी की स्वर्ण-प्रतिमा बनाकर शेष जीवन बिताया। इसी बात पर मैं उनके सारे अपराध माफ कर देता हूँ। सीता को लेकर ही राम का महत्त्व है। इसी से पहले सीता, तब राम।

गोस्वामी तुलसीदास कहते हैं—

सियाराम मय सब जग जानी
करउँ प्रनाम जोरि जुग पानी

महर्षि वाल्मीकि भी कहते हैं—

सीतायाः पतये नमः

मैं—खट्टर काका, आपको सीताजी में इतनी श्रद्धा है तो फिर रामजी को ऐसा क्यों कहते हैं? उनके पिता तक को आपने नहीं छोड़ा।

खट्टर काका हँस पड़े। बोले—अजी, तुम इतना भी नहीं समझते हो! मैं उनकी ससुराल का आदमी हूँ न! ससुराल का नाई भी गालियाँ देता है, तो मीठी लगती हैं। और, मैं तो ब्राह्मण ठहरा। दूसरा ऐसा कहेगा सो मजाल है? परंतु मिथिलावासी तो कहेंगे ही। मैथिल का मुँह बंद कर दें, सो सामर्थ्य भगवान् में भी नहीं है।

गीता

खट्टर काका मेरे हाथ में 'गीता' देखकर बोले—क्या आजकल गीतापाठ करने लगे हो? तब तो तुमसे दूर ही रहना चाहिए।

मैंने चकित होकर पूछा—सो क्यों, खट्टर काका?

खट्टर काका बोले—देखो, पहले अर्जुन में मनुष्यता थी। 'ये भाई हैं, ये चाचा हैं, यह बाबा हैं, इन पर कैसे हाथ उठावें?' परंतु गीता का आसव पीकर वह इस तरह वाणवर्षा करने लग गये कि वृद्ध पितामह तक की छाती छलनी कर दी। इसी से मुझे भी भय होता है कि कभी किसी बात को लेकर तकरार हो जाय, और तुम भी अर्जुन की तरह निस्पृह योगी बनकर सोचने लगो—

नैनं छिंदंति शस्त्राणि नैनं दहति पावकः

(गीता 2 । 23)

"खट्टर काका की आत्मा को तो शस्त्र काट ही नहीं सकता है, तो फिर क्यों न एक गडाँसा कसकर लगा दिया जाय?"

और काकी रोना-धोना शुरू करें, तो समझाने लगो कि—

वासांसि जीर्णानि यथा विहाय
नवानि गृह्णाति नरोऽपराणि
तथा शरीराणि विहाय जीर्णा
न्यन्यानि संयाति नवानि देही

(गीता 2 । 22)

"काकाजी का चोला बदल गया है। नया शरीर मिल गया है। आप खुश होकर

सोहर गायें। विलाप क्यों कर रही हैं?"

यदि गाँव के नवयुवक गीता के उपदेश पर चलने लगें, तो कितने चाचा मारे जायेंगे, कितनी चाचियाँ विधवा होंगी, इसका ठिकाना नहीं। इसीलिए मैं हाथ जोड़ता हूँ। पढ़ना ही है तो गीतगोविंद पढ़ो, मगर गीता का चसका मत लगाओ।

मैंने कहा—खट्टर काका, लोग कहते हैं कि गीता अहिंसा-वैराग्य की शिक्षा देती है।

खट्टर काका बोले—अजी, मैं तो सीधी बात जानता हूँ। यदि अर्जुन गीता का उपदेश सुनने के बाद गांडीव फेंककर गेरुआ वस्त्र धारण करते, कवच उतारकर कमंडल ग्रहण करते और कुरुक्षेत्र छोड़ वाराहक्षेत्र का मार्ग पकड़ते, तब मैं मान लेता कि गीता में अहिंसा-वैराग्य भरा है। परंतु वह तो मत्स्यवेध की तरह भाई-बंधुओं का मस्तक-वेध करने लगे!

अजी, एक तो यों ही आजकल बर्छी-भाले निकलते रहते हैं, अगर उन पर गीता की सान चढ़ गयी, तो प्रत्येक गाँव कुरुक्षेत्र बन जायेगा। अतएव मैं हाथ जोड़ता हूँ, अभी गर्म खून में गीता मत पढ़ो।

मैंने कहा—खट्टर काका, हो सकता है कि गीताकार का वास्तविक अभिप्राय कुछ और हो।

खट्टर काका बिगड़कर बोले—दूसरा अभिप्राय मैं कैसे समझूँ? स्वयं गीताकार ही तो सारथी बनकर आगे बैठे थे। तब उन्होंने रथ मोड़ क्यों नहीं लिया? वह कहते—"ओ अर्जुन! मैंने तुम्हें इतना ज्ञान दिया है कि यह शरीर नश्वर है, संसार क्षणभंगुर है, हस्तिनापुर की क्या हस्ती? एक दिन मिट्टी में मिल जायगा। इस कारण तुम रक्त की धारा क्यों बहाओगे? सांसारिक सुख तुच्छ है। तुम राज्य की कामना छोड़ दो। क्या गद्दी की खातिर वृद्ध पितामह एवं पूज्य द्रोणाचार्य पर तीर छोड़ना तुम्हें शोभा देगा? यही न होगा कि लोग हँसेंगे कि क्षत्रिय होकर मैदान छोड़ दिया। परंतु जो यथार्थ ज्ञानी होते हैं, वे निंदा या प्रशंसा से विचलित नहीं होते। छोड़ो इस झमेले को, और चलो मेरे साथ हिमालय।" लेकिन ये सब बातें तो उन्होंने कहीं नहीं। उलटे, उन्होंने अर्जुन को लड़ने के लिए भड़का दिया। और तुम समझते हो कि गीता में अहिंसा और वैराग्य भरा है। हाय रे बुद्धि!

मैंने कहा—खट्टर काका, बड़े-बड़े लोग गीता के द्वारा विश्व-शांति स्थापित करना चाहते हैं और आपको उसमें युद्ध का संदेश मिलता है?

खट्टर काका ने मुस्कुराकर कहा—तुमने आल्हा सुना है? किस प्रकार गाकर जोश बढ़ाया जाता है—आखिर राम करै सो हो, एक दिन सबको मरना होगा। और, उसी बोल पर कितने कटकर मर जाते हैं। मुझे तो वही ललकार गीता में भी सुनायी पड़ती है—

अंतवंत इमे देहाः नित्यस्योक्ताः शरीरिणः
अनाशिनोऽप्रमेयस्य तस्माद् युध्यस्व भारत

(गीता 2 । 18)

लेकिन "कभी तो मरना ही है, इसलिए अभी मर जाओ"—यह तर्क तो मुझे नहीं जँचता।

मैंने कहा—खट्टर काका, भगवान् का कहना है कि जीव का कभी नाश नहीं होता है।

खट्टर काका बोले—यदि जीव का नाश नहीं होता है, तो खून की सजा फाँसी क्यों होती है? श्रीकृष्ण अर्जुन को तो उपदेश देते हैं कि—

गतासूनगतासूंश्च नानुशोचंति पंडिताः

(गीता 2 । 11)

परंतु जब अभिमन्यु का वध होता है, तो वह ज्ञान कहाँ विलीन हो जाता है? यदि वास्तव में यही बात सत्य है कि—

न जायते म्रियते वा कदाचित्
नायं भूत्वा भविता वा न भूयः
अजो नित्यः शाश्वतोऽयं पुराणः
न हन्यते हन्यमाने शरीरे

(गीता 2 । 20)

तब फिर जयद्रथ से बदला लेने के लिए इतना प्रपंच क्यों रचा गया? उस समय यह वचन क्यों भूल गये कि—

दुःखेष्वनुद्विग्नमनाः सुखेषु विगतस्पृहः
वीतरागभयक्रोधः स्थितधीर्मुनिरुच्यते

अजी, तुम अभी बच्चे हो। इन बातों को नहीं समझोगे।

मैंने कहा—खट्टर काका, कहा जाता है—

सर्वोपनिषदो गावो दोग्धा गोपालनंदनः
पार्थो वत्सः सुधीर्भोक्ता दुग्धं गीतामृतं महत्

समस्त उपनिषदों का मंथन कर कृष्ण भगवान् ने गीता रूपी अमृत निकालकर अर्जुन रूपी बछड़े को पान कराया है।

खट्टर काका मुस्कुराते बोले—हाँ! अर्जुन तो बछिया के ताऊ थे ही। तभी तो श्रीकृष्ण ने उन्हें पुचकारकर लड़ाई में जोत दिया। एक तरह देखा जाय तो अर्जुन को फुसलाने के लिए ही गीता की रचना हुई है। श्रीकृष्ण को लड़ाने की इच्छा थी। अर्जुन की पीठ ठोंक दी, और स्वयं महाभारत का तमाशा देखते रहे। अर्जुन पर इस तरह श्याम-रंग चढ़ गया कि उन्होंने संपूर्ण वंश को मटियामेट कर दिया।

मैंने कहा—खट्टर काका, अर्जुन ने अनासक्त होकर युद्ध किया। राज्य के लोभ से नहीं।

खट्टर काका व्यंग्य करते हुए बोले—हाँ! हस्तिनापुर की गद्दी तुम्हारे ही नाम से वसीयत कर गये हैं! अजी, यदि अनासक्त रहते, तो सौ चचेरे भाइयों के शोणित से अपना राज्याभिषेक

करते! हाय रे दिल्ली! तेरे चलते इतना रक्तपात हुआ कि आज तक किले का रंग लाल है।

मैंने कहा—धन्य हैं, खट्टर काका! कहाँ से कहाँ शह चला देते हैं!

खट्टर काका अपनी धुन में कहने लगे—देखो, श्रीकृष्ण को लड़ाना था और अर्जुन को अपनी बुद्धि थी ही नहीं। इसी से जो-जो मन में आया, कृष्ण कहते गये—"शरीर नाशवान् है, इसलिए युद्ध करो। आत्मा अमर है, इसलिए युद्ध करो। क्षत्रिय हो, इसलिए युद्ध करो। नहीं लड़ने से निंदा होगी, इसलिए युद्ध करो।"

खट्टर काका के होंठों पर मुस्कान आ गयी। बोले—श्रीकृष्ण अर्जुन को तो यह उपदेश देते हैं कि क्षत्रिय के लिए रण छोड़कर भाग जाने से मरण अच्छा है। और, स्वयं जो रण छोड़कर भागे सो अभी तक रणछोड़ कहला रहे हैं। इसी को कहते हैं—परोपदेशे पांडित्यम्। लेकिन अर्जुन को इतनी बुद्धि कहाँ कि जवाब दे सकते! गटगट सुनते गये। और, जब सबकुछ सुनकर भी अर्जुन के पल्ले कुछ नहीं पड़ा, तब कृष्ण ने अपना विकराल रूप दिखाकर अर्जुन को डरा दिया—"यदि उस तरह नहीं समझोगे, तो इस तरह समझो।"

खट्टर काका को हँसी लग गयी। बोले—मुझे एक बात याद आती है। एक बार तुम्हारी चाची काशी स्नान करने जा रही थीं। उनके साथ एक पाँच साल का बच्चा था। वह भी साथ जाने के लिए जिद करने लगा। मैंने उसे बहुत तरह से समझाया कि "नदी में तेज बहाव है, वहाँ बच्चे डूब जाते हैं। पानी में मगर रहते हैं, पकड़ लेते हैं। मत जाओ।" जब वह किसी तरह नहीं माना, तब रामलीला वाले राक्षस का चेहरा लगाकर उसे डरा दिया। वह देखते ही जो सीधा हुआ, सो फिर क्यों मचलेगा? ऐ भाई! मुझे तो उस बच्चे में और अर्जुन में कोई खास अंतर नहीं जान पड़ता है।

मैंने कहा—खट्टर काका, गीता में जो इतना ज्ञानयोग, भक्तियोग, कर्मयोग भरा है...

खट्टर काका बोले—सभी योगों का लक्ष्य यही है कि तस्मात् युध्यस्व भारत। यानी "कौरवों को मारो।" अर्जुन किसी तरह लड़ने को तैयार हो, इसीलिए इतना सारा निष्काम कर्म और अनासक्ति योग का महाजाल रचा गया। उसमें अर्जुन की बुद्धि उलझ गयी और श्रीकृष्ण ने उन्हें जैसे नचाना चाहा, नचाया। परंतु जिसे समझने की शक्ति है, वह तो भगवान् की चालाकी समझेगा ही।

मैंने कहा—खट्टर काका, भगवान् ने अर्जुन को कैसे फुसलाया? मेरी समझ में तो नहीं आता।

खट्टर काका बोले—तुम्हारी क्या बिसात? बड़े-बड़े पंडितों की समझ में नहीं आता। परंतु मुझे तो बिलकुल साफ नजर आता है। भगवान् कहते हैं कि—

प्रजहाति यदा कामान् सर्वान् पार्थ मनोगतान्
आत्मन्येवात्मना तुष्टः स्थितप्रज्ञस्तदोच्यते

(गीता 2 । 55)

अर्थात्, 'जो सारी इच्छाओं का त्याग कर देते हैं, वे ही यथार्थ ज्ञानी हैं।' तब फिर राज्य और स्वर्ग का प्रलोभन क्यों देते हैं?

हतो वा प्राप्स्यसि स्वर्गं जित्वा वा भोक्ष्यसे महीम्
तस्मादुत्तिष्ठ कौंतेय युद्धाय कृतनिश्चयः

(गीता 2 । 37)

"हे अर्जुन! यदि मरोगे, तो स्वर्ग मिलेगा। जीतोगे, तो राज्य मिलेगा। तुम्हारे दोनों हाथ लड्डू हैं। अतएव उठो और युद्ध करो।"

खट्टर काका मुस्कुराते हुए बोले—अर्जुन ने तर्कशास्त्र नहीं पढ़ा था, इसी कारण उभयतः पाश में बँध गये। यदि मैं रहता, तो कहता—'हे कृपानिधान! एक तृतीय कोटि भी तो हो सकती है कि वे अर्जुन को पकड़कर बंदी बना लें,' तब तो माया मिली न राम! परंतु अर्जुन तो सीधे धनुर्धर थे। किसी पक्षधर[1] से भगवान् को भेंट होती, तब न! मैं तो पूछता—"ऐ महाराज! जब सारे मनोरथ व्यर्थ हैं, तब फिर आप यह रथ क्यों चला रहे हैं?"

मैंने कहा—खट्टर काका, आप हर जगह अपना तर्कशास्त्र लगा देते हैं!

खट्टर काका बोले—कैसे न लगाऊँ, जी? यही तो अपने देश की मुख्य विद्या है। खंडन में ऐसी सूक्ष्म दृष्टि और किसकी हो सकती है?

खट्टर काका सरौते से सुपारी काटते हुए बोले—देखो, एक स्थान पर तो श्रीकृष्ण उपदेश देते हैं कि—

समदुःखसुखः स्वस्थः समलोष्टाश्मकंचनः
तुल्यप्रियाप्रियोधीरः तुल्यनिंदात्मसंस्तुतिः

(गीता 14 । 24)

अर्थात् "निंदा-प्रशंसा, दोनों को एक समान समझना चाहिए।"

और, दूसरी जगह यह भी कहते हैं कि—

अकीर्तिं चापि भूतानि कथयिष्यंति तेऽव्ययाम्
संभावितस्य चाकीर्तिः मरणादतिरिच्यते

(गीता 2 । 34)

अर्थात् "युद्ध नहीं करोगे तो तुम्हारी निंदा होगी, इससे तो मर जाना ही अच्छा है।"

एक बार तो अनासक्त कर्म की शिक्षा देते हैं कि—

सुखदुःखे समे कृत्वा लाभालाभौ जयाजयौ
ततो युद्धाय युज्यस्व नैवं पापमवाप्स्यसि

(गीता 2 । 38)

अर्थात् "हार-जीत दोनों को बराबर समझकर लड़ो।"

और बाद में जीत का लोभ भी देते हैं कि—

---

1. मिथिला के एक प्रसिद्ध नैयानिक (पक्षधर मिश्र)।

तस्मात् उत्तिष्ठ यशो लभस्व
जित्वा शत्रून् भुंक्ष्व राज्यं समृद्धम्

(गीता 11 । 33)

"हे अर्जुन! उठो, यश प्राप्त करो और शत्रु को जीतकर राज्य भोगो।"

अब तुम्हीं कहो कि जब सुख-दुःख, जय-पराजय, यश-अपयश, सब समान हैं, तब फिर भगवान् विजय एवं यश का प्रलोभन क्यों देते हैं?

मुझे चुप देखकर खट्टर काका बोले—अजी, एक बात मैं पूछता हूँ। भगवान् कहते हैं कि—

ईश्वरः सर्वभूतानां हृद्देशेऽर्जुन तिष्ठति
भ्रामयन् सर्वभूतानि यंत्रारूढानि मायया

(गीता 18 । 61)

अर्थात् ईश्वर ही अपनी माया के प्रभाव से सबको कठपुतली की तरह नचा रहे हैं। यदि यही बात सत्य है, तब फिर इतनी माथा-पच्ची की क्या जरूरत थी? सीधे अपना यंत्र घुमा देते। उनकी इच्छा के सामने अर्जुन की क्या चलती? तब फिर यह क्यों कहते हैं कि—

यथेच्छसि तथा कुरु

(गीता 18 । 63)

अर्थात् "तुम्हारी जैसी इच्छा हो, करो।"

और, यदि यही बात थी, तो इसी पर कायम रहते।

फिर ऐसा क्यों कि—

सर्वधर्मान् परित्यज्य मामेकं शरणं व्रज
अहं त्वां सर्वपापेभ्यः मोक्षयिष्यामि मा शुचः

(गीता 18 । 66)

"तुम सभी धर्म छोड़कर मेरी शरण में आ जाओ, मैं तुम्हें सभी पापों से मुक्त कर दूँगा।"

अजी, ऐसा तो कोई पंडा, पुरोहित या पादरी बोले! भगवान् को क्या ऐसा कहना शोभा देता है? और यदि अंत में यही बात कहनी थी, तो फिर सात सौ श्लोकों की क्या जरूरत थी? एक ही श्लोकार्ध में कह देते—

अहमाज्ञापयामि त्वां तस्मात् युध्यस्व भारत

('हे अर्जुन! मैं तुम्हें आज्ञा देता हूँ, इसलिए युद्ध करो।')

मैंने कहा—खट्टर काका, मैं तो समझता हूँ कि समस्त गीता का निष्कर्ष है—निष्काम कर्म।

खट्टर काका बोले—अजी, यही तो मेरी समझ में नहीं आता है। इच्छाकृत कर्म भी कहीं निष्काम होता है? जो भी कार्य किया जाता है, किसी-न-किसी कामना से प्रेरित

होकर। 'सारी कामनाओं का त्याग कर दें'—यह भी तो एक कामना ही हुई। निष्काम कर्म कहने में वदतो व्याघात दोष है।

मैंने कहा—खट्टर काका, आपके तर्क में मैं कहाँ तक टिक सकता हूँ? परंतु जीवनमुक्त को तो कोई भी कामना नहीं रहती है।

खट्टर काका मुस्कुराते बोले—भई, मुझे तो आज तक कोई जीवनमुक्त नहीं मिले। यदि कोई मिल जाते तो एक सोंटा लगाकर देखता कि उनकी स्थितप्रज्ञता कहाँ तक कायम रहती है। अजी, ये सब कहने-सुनने की बातें हैं।

मैंने गंभीर होकर कहा—तब क्या आपका खयाल है कि भगवान् ने अर्जुन को लड़ाने के लिए गीता रची है?

खट्टर काका ठठाकर हँस पड़े। एक चुटकी सुपारी का कतरा मुँह में डालकर बोले—अजी, तुम कहाँ हो? ये सब कवि की कल्पनाएँ हैं। कवि को तो कोई आधार चाहिए। अपने काव्य का चमत्कार दिखलाने के लिए किसी ने रामचंद्रजी का प्रसंग लेकर रामगीता बना दी, किसी ने शिव का प्रसंग लेकर शिवगीता बना दी, किसी ने गोपी का प्रसंग लेकर गोपीगीता बना दी। इसी तरह किसी ने अपना ज्ञान बघारने के लिए कुरुक्षेत्र की पृष्ठभूमि में भगवद्गीता की रचना कर दी। तुम्हीं बताओ कि घमासान युद्ध के अट्ठारह अध्याय गीता कहने या सुनने की फुर्सत किसको थी? क्या उस बीच में अट्ठारह अक्षौहिणी सेना त्राटक मुद्रा लगाए कुंभक प्राणायाम साध रही थी? और, संजय की आँख में टेलिविजन लगा हुआ था? कवि को किसी व्याज से सांख्ययोग एवं वेदांत की पंडिताई छाँटनी थी, सो उन्होंने छाँटी है।

मैंने कहा—खट्टर काका, तो आपकी दृष्टि में गीता से कोई लाभ नहीं?

खट्टर काका मुस्कुराते हुए बोले—लाभ क्यों नहीं? एक लाभ तो यही कि इससे परिवार-नियोजन में सहायता पहुँच सकती है।

मैंने पूछा—सो कैसे, खट्टर काका?

खट्टर काका बोले—देखो, गीता का संदेश है—

कर्मण्येवाधिकारस्ते मा फलेषु कदाचन

(गीता 2। 47)

इस श्लोक में संतति-निरोध का मंत्र छिपा है।

मैंने चकित होकर पूछा—सो कैसे, खट्टर काका?

खट्टर काका बोले—"केवल कर्म करते जाओ, फल की कामना मत रखो।" यहाँ फल का अर्थ संतान समझो। अब मैं ज्यादा खोलकर कैसे कहूँ? चचा जो हूँ!

मैंने कहा—खट्टर काका, आप तो हर बात में विनोद की पुट दे देते हैं। गीता का उपदेश है कि अनासक्त होकर कर्म करना चाहिए।

खट्टर काका बोले—हाँ जी। इस उपदेश पर अमल किया जाए तो देश में क्रांति नहीं होगी। कोल्हू के बैल को गुड़ की चेकी से क्या प्रयोजन? यदि इतना ज्ञान मजदूरों

को जो जाय तो फिर कारखानों में हड़ताल क्यों होगी? लेकिन आजकल तो देश में उलटी गीता चल पड़ी है—

फलेष्वेवाधिकारस्तु मा कर्मणि कदाचन

इस निष्कर्म भोगवाद की लहर को रोकने के लिए एक नयी गीता देश को चाहिए, जो कर्म और फल दोनों को साथ लेकर चले। वह गीता अब कुरुक्षेत्र में नहीं, कृषिक्षेत्र में बनेगी। उस गीता से कुरु (वंश) का अंत हुआ था, इस गीता से कुरु मंत्र का उदय होगा। तभी तो सुजलाम्, सुफलाम्, शस्यश्यामलाम् वाला राष्ट्र-गीत सार्थक हो सकेगा।

आगे की पीढ़ियाँ पूछेंगी—

कर्मक्षेत्रे कृषिक्षेत्रे समवेताश्चिकीर्षवः
मामकाः पूर्वजाश्चैव किमकुर्वत भारते?

महाभारत

मैं प्रातःश्लोक पढ़ रहा था—

पुण्यश्लोको नलोराजा पुण्यश्लोको युधिष्ठिरः

तब तक पहुँच गये खट्टर काका। बोले—क्या सबेरे-सबेरे कापुरुषों के नाम ले रहे हो!

मैंने कहा—खट्टर काका, धर्मराज जैसे महापुरुष को आप ऐसा कहते हैं?

खट्टर काका बोले—धर्मराज नहीं, मूर्खराज। जो जुए के पीछे अपना राज-पाट गँवाकर स्त्रीपर्यंत को हार जाय और जंगलों में मारा-मारा फिरे, उसे और क्या कहेंगे? उनका एक ही जोड़ा है—राजा नल। वह भी जुए के पीछे अपना सर्वस्व गँवाकर जंगलों की खाक छानने गये और वहाँ अपनी सोयी हुई पत्नी को अर्धनग्न छोड़कर चुपके से भाग गये। नल और युधिष्ठिर दोनों एक ही जुए में जोतने योग्य हैं। जिसने यह श्लोक बनाया है, उसने खूब जोड़ा मिलाया है।

मैं—खट्टर काका, युधिष्ठिर महाभारत के आदर्श पात्र हैं, जिनसे शिक्षा मिलती है।

ख.—हाँ, सबसे बड़ी शिक्षा तो यह मिलती है कि खानदान में एक भी नालायक पैदा होने से संपूर्ण वंश का नाश हो जाता है। यदि युधिष्ठिर जुआरी नहीं निकलते, तो महाभारत का संहारकारी युद्ध क्यों छिड़ता?

मैं—खट्टर काका, लोग कहते हैं कि कौरवों के अन्याय से महाभारत का युद्ध हुआ और आप उलटे युधिष्ठिर के मत्थे दोष मढ़ते हैं।

ख.—तुम स्वयं सोचकर देखो। यदि युधिष्ठिर महाराज जुआ खेलने नहीं जाते तो इतना होता क्यों? जोश पर पासा फेंकते गये। पत्नी तक को दाँव पर चढ़ा दिया। अजी, बेवकूफ को तो लोग भड़काते ही हैं। इनकी अपनी अक्ल कहाँ चरने गयी थी! और जब हार ही गये तो इसमें दूसरों का क्या दोष? चुप लगा जाते। यह क्या कि हार भी

जाएँगे और गद्दी भी चाहेंगे!

मैं—खट्टर काका, द्रौपदी पर उतना अत्याचार हुआ, सो आप नहीं देखते?

खट्टर काका बोले—तुम द्रौपदी का दोष क्यों नहीं देखते? दुर्योधन महल देखने आये थे। उन्हें नया संगमर्मर देखकर जल का भ्रम हो गया। उस पर द्रौपदी खिलखिलाकर बोल उठी—"अंधे का बेटा अंधा ही होता है।" अब तुम्हीं कहो, यह कितनी बड़ी बदतमीजी हुई! क्या कोई भी सलज्ज कुलवधू श्वसुर-भैंसुर के प्रति ऐसे शब्द का व्यवहार कर सकती है? लेकिन रूपगर्विता द्रौपदी को तो कभी जेठे-छोटे का लेहाज नहीं रहा। पाँचों पांडवों को एक ही लाठी से हाँकती थी। बल्कि, युधिष्ठिर पर और भी ज्यादा धौंस जमाती थी। मगर कौरव तो वैसे गावदी नहीं थे जो चुपचाप अपमान की घूँट पीकर रह जाते। वे अपने पिता के असली पुत्र थे। उन्होंने कसकर बदला लिया।

मैं—परंतु धर्मराज युधिष्ठिर तो साक्षात् धर्मपुत्र...

खट्टर काका बीच में ही काटते बोले—धर्मपुत्र नहीं, अधर्मपुत्र कहो। और, बराबर 'धर्म-राज' की रट क्या लगाये जा रहे हो! जो युधिष्ठिर अपने छोटे भाई अर्जुन की स्वयंवर-परिणीता पत्नी, अनुजवधू द्रौपदी को गर्भवती करने में नहीं हिचके, उन्हें तुम धर्मराज कहते हो? ऐसे को तो अधर्मराज कहना चाहिए।

मैं—परंतु यह तो माता कुंती की आज्ञा थी कि 'पाँचों भाई बराबर-बराबर बाँट लो।'

खट्टर काका उत्तेजित होकर बोले—अजी, पांचाली क्या पंचामृत प्रसाद थी, जो इस तरह वितरण किया गया? यह तो गनीमत समझो कि पांचाली के पाँच अंगों का बँटवारा नहीं किया गया। नहीं तो बेचारी की और गत बन जाती। फिर भी क्या कम दुर्दशा हुई? पाँच पुरुषों के बीच एक स्त्री! उस पर सबका हक! जैसे, वह नारी नहीं हो, साझे की गुड़गुड़ी हो! बारी-बारी से पी लो! क्या भले आदमियों का यही तरीका है? सच पूछो तो पांडव लोग पतित थे। उन्होंने कुल को डुबो दिया।

इसी से तो एक बार कर्ण ने भरी सभा में कहा था कि पांचाली धर्मपत्नी नहीं, पाँचों की रखेली है।

एको भर्त्ता स्त्रियाः देवै विंहितः कुरुनंदन
इयं त्वनेकवशगा बंधकीति विनिश्चिता

(महाभारत : सभापर्व)

मैं—खट्टर काका, कौरवों ने उतना अन्याय किया। दुःशासन भरी सभा में द्रौपदी की साड़ी तक खोलने लगा। अब इससे बढ़कर अपमान क्या होगा?

खट्टर काका बोले—विचारकर देखो तो द्रौपदी का अपमान स्वयं युधिष्ठिर ने किया, जिन्होंने पत्नी की देह का खुला विज्ञापन करते हुए उसे दाँव पर चढ़ा दिया।

नैव ह्रस्वा न महती न कृशा नातिरोहिणी
नीलकुंचितकेशी सा तया दीव्याम्यहं त्वया

(महाभारत : सभापर्व)

"मेरी पत्नी न नाटी है, न बहुत लंबी है, न दुबली-पतली है, न बहुत मोटी है (अर्थात् मध्यमांगी है), उसके काले-काले घुँघराले बाल हैं। मैं उसी को पासे पर चढ़ा रहा हूँ।" इस तरह तो वह बोले जो स्त्री का दलाल हो!

और जब वह हार गये, तो दुःशासन को बदला साधने का मौका मिल गया। उस सुकेशी को केश पकड़कर खींच लाया।

जग्राह केशेषु नरेन्द्र पत्नीम्
आनीय कृष्णामति दीर्घकेशाम्

(महाभारत : सभापर्व)

जानते हो, द्रौपदी ने उस समय युधिष्ठिर की कैसी भर्त्सना की थी!

मूढो राजा द्यूतमदेन मत्तः
को हि दीव्येत् भार्यया राजपुत्रः!

(महाभारत : सभापर्व)

"ऐसा मूर्ख राजा कौन होगा जो जुए के नशे में होश गँवाकर अपनी स्त्री को दाँव पर चढ़ा दे?"

जब दुःशासन द्रौपदी को पकड़कर सभा में ले जाने लगा, तब वह धीरे-धीरे बोली—मैं अभी रजस्वला हूँ। एक ही कपड़े में हूँ। उतने लोगों के बीच कैसे ले जाओगे?

सा कृष्यमाणा नमितांगयष्टिः
शनैरुवाचाथ रजस्वलास्मि
एकं च वासो मम मंदबुद्धे
सभां नेतुं नार्हसि मामनार्य।

(महाभारत : सभापर्व)

इस पर दुःशासन ने जवाब दिया—

रजस्वला वा भव याज्ञसेनि
एकांवरा वाऽप्यथवा विवस्त्रा
द्यूते जिता चासि कृतासि दासी
दासीषु वासश्च यथोपजोषम्

(महाभारत : सभापर्व)

"तुम रजस्वला रहो, एकवस्त्रा रहो या विवस्त्रा रहो, हमने तुम्हें जुए में जीत लिया है। अब तुम हमारी दासी हो। जो मन में आवेगा, करेंगे।"

तदनंतर खींचातानी होने लगी—

प्रकीर्णकेशी पतितार्धवस्त्रा
दुःशासनेन व्यवधूयमाना

(महाभारत : सभापर्व)

द्रौपदी के केश छितरा गये, आधी साड़ी नीचे गिर गयी। बेचारी हाथों से छाती छिपाती

हुई गिड़गिड़ाने लगी—

मा मा विवस्त्रां कुरु मां विकार्षीः

(मुझे बिल्कुल नग्न मत करो)

तथा ब्रुवंती करुणं सुमध्यमा
भर्तृन् कटाक्षैः कुपिता ह्यपश्यत्

(म. व.)

इस तरह करुण प्रार्थना करती हुई उसने कुपित दृष्टि से अपने पतियों की ओर देखा। लेकिन तथापि

ततो दुःशासनो राजन् द्रौपद्याः वसनं बलात्
सभामध्ये समाक्षिप्य व्यपाक्रष्टुं प्रचक्रमे

(म. व.)

दुःशासन जबर्दस्ती उसकी साड़ी खींचकर उसे नंगी करने लगा।

उधर द्रौपदी की लाज लूटी जा रही थी, इधर पांडव लोग चुपचाप सभा में बैठे रहे! पत्नी पर बलात्कार होते हुए देखकर भी वे स्थितप्रज्ञ की तरह निर्विकार देखते रहे। उनकी आँखों का पानी गिर चुका था।

मैंने कहा—खट्टर काका, उस समय मौका नहीं था।

खट्टर काका डाँटते हुए बोले—अब उससे बढ़कर कैसा मौका होता, जी? जरा भी आन रहती तो वहीं जान दे देते। दुःशासन पर टूट पड़ते। मर मिटते। अर्जुन-भीम की गांडीव-गदा किस दिन के लिए थी?

खट्टर काका थोड़ी देर क्षुब्ध रहे। फिर कहने लगे—तभी तो द्रौपदी ने एक बार खीझ कर कहा था—

नैव मे पतयः संति

(म. व.)

"मेरे ये पति पति नहीं हैं।"

यह कहकर वह हाथ से मुँह ढककर रोने लगी थी।

इत्युक्त्वा प्रारुदत् कृष्णा मुखं प्राच्छाद्य पाणिना

(म. व.)

उस करुण क्रंदन में अश्रुओं की इतनी वर्षा हुई कि—

स्तनावपतितौ पीनौ सुजातौ शुभलक्षणौ
अभ्यवर्षत पांचाली दुःखजैरश्रु विंदुभिः

(म. व.)

पांचाली की सुपुष्ट छातियाँ भींगकर सराबोर हो गयीं। लेकिन तो भी पतियों की छाती में जोश का उफान नहीं आया! वे नामर्द की तरह उन्हें ताकते रह गये। तभी तो एक बार उर्वशी ने अर्जुन को धिक्कारते हुए कहा था कि "तुम पुरुष नहीं, नपुंसक हो;

स्त्रियों के बीच जाकर नाचो।"

तस्मात् त्वं नर्तनः पार्थ स्त्रीमध्ये मानवर्जितः
अपुमानिति विख्यातः षंडवद् विचरिष्यसि

(म. व.)

मैंने कहा—खट्टर काका, पांडव तो वीरता के लिए प्रख्यात थे। विशेषतः अर्जुन।

खट्टर काका सुपारी कतरते हुए कहने लगे—अजी, अपनी आँखों के सामने अपनी पत्नी को विराट् राजा के महल में दासी का काम करते देखकर भी जिनके गले में कौर नहीं अटकता था, उन पांडवों को मैं वीर कैसे मान लूँ? अर्जुन में पुरुषार्थ रहता तो जनखे की तरह दाढ़ी-मूँछ मुड़ाकर, लहँगा-चोली पहनकर, बृहन्नला के वेष में राजकन्या को नाच सिखलाने पर रहते! और, भीम तो भोजन-भट्ट ही ठहरे। भोनू भाव न जाने, पेट भरे से काम! जब बड़ों का ही यह हाल, तो नकुल-सहदेव की क्या गिनती!

मैंने कहा—खट्टर काका, उस समय पांडव लोग अज्ञातवास में थे।

खट्टर काका बोले—सच पूछो तो वे लोग मुँह दिखाने लायक थे भी नहीं। जिस कृष्ण ने अर्जुन की खातिर उतना किया, कृष्णा की लाज बचायी, उन्हीं कृष्ण की बहन सुभद्रा को अर्जुन भगाकर ले गये। इतना भी विचार नहीं किया कि मामा की बेटी, ममेरी बहन है! अर्जुन अपनी ममेरी बहन को भगा लाये। भीम अपनी मौसेरी (शिशुपाल की बहन) को। इन लोगों ने सब धर्म-कर्म भ्रष्ट कर दिया।

मुझे क्षुब्ध देखकर खट्टर काका कहने लगे—सोचकर देखो तो पांडवों का मूल ही भ्रष्ट है। पांडवाः जारजाताः।

पांडवों के पिता पांडु स्वयं अपनी पत्नियों (कुंती, माद्री) से पुत्र उत्पन्न करने में असमर्थ थे। अतएव पाँच देवताओं को आवाहन कर पंचपांडवों की उत्पत्ति करायी गयी। अजी, इससे तो पांडु निःसंतान ही मर जाते, सो अच्छा था। जिसे सौ भतीजे हों, उसे वंश बढ़ाने की इतनी लालसा क्यों? और, सो भी दूसरों के भरोसे! यदि पांडु भी भीष्म की तरह संतोष कर लेते, तो राजगद्दी के लिए झगड़ा ही नहीं उठता। धृतराष्ट्र के पुत्र राष्ट्र को धारण किये रह जाते। लेकिन पांडु की आँखों पर तो पीलिया छाया हुआ था। उनके जारज पुत्रों ने कुल को भसा दिया।

मैंने देखा कि खट्टर काका अभी पांडवों पर लगे हुए हैं। मैं उनके साथ क्या बहस करता? पुनः स्तोत्र पढ़ने लगा—

अहल्या द्रौपदी तारा कुंती मंदोदरी तथा
पंचकन्याः स्मरेन्नित्यं महापातकनाशनम्

खट्टर काका फिर टोक बैठे—अहल्या, द्रौपदी, तारा, कुंती, मंदोदरी—ये पाँचों तो शादीशुदा थीं। तब पंचकन्या क्यों कहते हो? और उन्हें प्रातःस्मरणीया क्यों समझते हो?

मैंने कहा—वे पतिव्रता थीं।

खट्टर काका बोले—इनमें कौन पतिव्रता थी? अहल्या ने ऐसा कर्म किया कि पाषाणी हो गयी। तारा और मंदोदरी अपने देवरों की अंकशायिनी बनीं। और कुंती-द्रौपदी की तो बात ही निराली है।

पंचभिः कामिता कुंती पंचभिः द्रौपदी तथा
सतीति कथ्यते लोके यशो भाग्येन लभ्यते

(सुभाषित)

सास ने पाँच का तोष रखा तो फिर बहू क्यों पीछे रहती? वह भी पाँच की दुलारी बनकर रही।

अजी, द्रौपदी निरंतर पतियों को ताश की पत्तियों की तरह बदलती रही। स्वयं लाल पान की बीबी बनकर पतियों को गुलाम बनाए रही। वह पति के कंधे पर चढ़कर चलनेवाली पत्नी थी। एक बार वन में चलते-चलते गिर गयी, तो युधिष्ठिर रोने लग गये—

किमिदं द्यूतकामेन मया कृतमबुद्धिना
आदाय कृष्णां चरता वने मृगगणायुते
शेते निपतिता भूमौ पापस्य मम कर्मभिः

(म. व.)

"छिः! मैं कैसा मूर्ख निकला कि जुए के फेर में पड़कर आज ऐसी सुकुमारी राजकन्या को लेकर जंगली जानवरों के बीच वन में भटक रहा हूँ! मेरे ही पाप के फल से बेचारी भूमि पर पड़ी हुई है।"

भीम, नकुल आदि उसे गोद में उठाकर ले चलने को तैयार हो गये। एकपत्नी होकर रहती तो ऐसी खातिर होती? पंच-पत्नी ने प्रत्येक पति से एक-एक पुत्र प्राप्त किया।

मैंने पूछा—क्या महाभारत काल में स्त्रियों को इतनी अधिक स्वच्छंदता थी?

खट्टर काका बोले—इसमें क्या संदेह? देखो—

सुषवे पितृगेहस्था पश्चात् पांडुपरिग्रहः
जनितश्च सुतः पूर्वं पांडुना सा विवाहिता

(देवी भागवत)

कुंती जब क्वाँरी थीं, तभी पुत्र-प्रसविनी हो चुकी थीं। उनकी बहू पांचाली स्वयंवर में एक का वरण करने पर भी पंचपत्नी बनकर रही। कुंती की पौत्रवधू उत्तरा ने विवाह से सातवें महीने में ही पुत्र (परीक्षित) को जन्म दिया। अजी, बड़े घर की बड़ी बातें होती हैं। उन दिनों एक से एक प्रौढ़ा राजकन्याएँ होती थीं, जो जानबूझकर अपना अपहरण करवाती थीं। अंबा, अंबिका, अंबालिका, तीनों परिपक्व कुमारियाँ थीं। पूर्णयौवना सुभद्रा रैवतक पर्वत पर मेले से भगा ली गयी। शकुंतला और दमयंती का हाल जानते ही हो। शर्मिष्ठा और देवयानी छेड़खानियाँ करने में आधुनिक युग का भी कान काट गयीं हैं। वाणासुर की कन्या उषा ऐसी प्रबला निकली कि सोये हुए अनिरुद्ध को जबर्दस्ती अपने शयनागार में मँगवाकर...

संभोगं कारयामास बुबुधे न दिवानिशम्!

(ब्रह्मवैवर्त)

अजी, कहाँ तक गिनाऊँ? इन्हीं लोगों के उपाख्यानों से तो महाभारत भरा हुआ है। काव्य-पुराण में सामान्य गृहिणियों का वर्णन थोड़े ही रहता है?

मैंने पूछा—खट्टर काका, महाभारत से क्या शिक्षा मिलती है?

खट्टर काका बोले—एक शिक्षा तो यही मिलती है कि

स्त्रीषु दुष्टासु वार्ष्णेय जायते वर्णसंकरः
कुलक्षये प्रणश्यंति कुलधर्माः सनातनाः

(गीता 1। 40-41)

जब कुल की स्त्रियाँ दूषित हो जाती हैं, तो वर्णसंकर उत्पन्न होते हैं, और वे कुल का नाश कर देते हैं। जैसे पांडु के पुत्रों ने किया।

खट्टर काका बोले—उन्हें स्वयं पति ने भ्रष्ट किया। आजकल तो नियोजन का फैशन है। लेकिन उन दिनों नियोग की प्रथा थी। अर्थात्, पुत्र-प्राप्ति के लिए पर-पुरुष से समागम करने का विधान था। क्योंकि उस समय सतीत्व-रक्षा से अधिक वंश-रक्षा का महत्त्व था। अपुत्रस्य गतिर्नास्ति। इसीलिए पांडु ने स्वयं अपनी पत्नियों को आज्ञा दी, बल्कि खुशामद की, कि किसी से पुत्र उत्पन्न करवाओ। देखो, वह कुंती को कैसे समझाते हैं!

पत्या नियुक्ता या चैव पत्नी पुत्रार्थमेव च
न करिष्यति तस्याश्च भविता पातकं भुवि

(म. आदि पर्व)

अर्थात्, "पति के कहने पर जो भी स्त्री पुत्र-प्राप्ति के निमित्त पर-पुरुष से सिंचन नहीं करवाती, वह पाप की भागिनी होती है।"

इतना ही नहीं, वह कई नज़ीरें भी पेश करते हैं—

उद्दालकस्य पुत्रेण धर्म्या वै श्वेतकेतुना
सौदासेन च रंभोरुः नियुक्ता पुत्रजन्मनि
एवं कृतवती साऽपि भर्त्तुः प्रियचिकीर्षया
अस्माकमपि ते जन्म विदितं कमलेक्षणे।

(म. आ.)

और तो और, वह अपनी ही माता (अंबालिका) का हवाला देते हुए कहते हैं, कि "मेरा (पाण्डु का) जन्म भी तो नियोग से ही हुआ है, सो तुम जानती ही हो!"

अब ऐसी हालत में बेचारी कुंती या माद्री क्या करतीं? वे अपने पति की आज्ञा शिरोधार्य कर अपनी सास के चरण-चिह्नों पर चलीं।

मैंने पूछा—खट्टर काका, पांडु की माता ने ऐसा क्यों किया था?

खट्टर काका बोले—उन्होंने अपनी सास सत्यवती की आज्ञा से ऐसा किया था। देखो, सत्यवती अपनी पुत्रवधू को कैसी शिक्षा दे रही हैं!

नष्टं च भारतं वर्षं पुनरेव समुद्धर
पुत्रं जनय सुश्रोणि, देवराजसमप्रभम्

(म. आ.)

अर्थात्, "हे सुंदरी! भारतवर्ष नष्ट हो रहा है। उसका उद्धार तुम्हारे ही हाथों में है। किसी से इंद्र के समान तेजस्वी पुत्र जनमाओ।"

इतना ही नहीं, इस पुण्य कार्य के लिए एक सुयोग्य व्यक्ति (व्यास) की सिफारिश भी करती हैं। सो भी भीष्म से, जो अंबालिका के भसुर थे!

जब भीष्म कुंठित होने लगे, तब सत्यवती ने कुछ लजाते हुए विहँसकर कहा—तुम्हें एक रहस्य बता रही हूँ। जब मैं यौवन-काल में मत्स्यगंधा नाम से विख्यात थी, तब एक बार पराशर मुनि मेरी नाव में आये थे। यमुना पार करने के लिए। मैं भी उसी नाव पर थी। वह मुझे देखकर मोहित हो गये। लेकिन दिन के प्रकाश में लोगों के सामने अपनी इच्छा कैसे पूरी करते? तब उन्होंने योगबल से घना कुहासा उत्पन्न कर भोग किया, जिससे मुझे एक पुत्र उत्पन्न हुआ। वह पुत्र व्यास के नाम से प्रसिद्ध है। तुम उन्हीं व्यास को बुलाकर ले आओ।

तव ह्यनुमते भीष्म नियतं स महातपाः
विचित्रवीर्यक्षेत्रेषु पुत्रानुत्पादयिष्यति

(म. आ.)

"वही व्यास विचित्रवीर्य की विधवा पत्नियों (अंबिका, अंबालिका) के गर्भ से पुत्र उत्पन्न कर देंगे।"

मुझे मुँह ताकते देखकर खट्टर काका बोले—तब व्यास बुलाये गये। उन्हीं के वीर्य से पांडु और धृतराष्ट्र का जन्म हुआ। नियोग के समय अंबिका ने आँखें मूँद ली थीं, इसलिए उन्हें जन्मांध पुत्र हुआ। अंबालिका ने चंदन लेप कर लिया था, इसलिए पांडु पुत्र हुआ। व्यास अंबालिका से अधिक संतुष्ट हुए। इसीलिए उन्होंने उसके वंशधरों (पांडवों) का इतना पक्ष लिया है।

मैंने पूछा—खट्टर काका, उतने बड़े ज्ञानी होकर भी व्यास व्यभिचार कर्म में कैसे प्रवृत्त हुए?

खट्टर काका बोले—देखो, *आत्मा वैजायते पुत्रः।* व्यास के पिता पराशर मुनि ने भी तो वही किया था!

मत्स्यगंधां प्रजग्राह मुनिः कामातुरः तदा

(देवी भागवत)

कामातुर होकर मत्स्यगंधा को पकड़ लिया था। और, जब बेचारी मछुआइन कन्या डरते-डरते बोली—

पितरं किं ब्रवीम्यद्य सगर्भा चेद् भवाम्यहम्
त्वं गमिष्यसि भुक्तवा मां किं करोमि वदस्व तत्

(दे. भा.)

"आप तो भोग कर चले जाइएगा और मुझे गर्भ रह गया तो अपने पिता से क्या कहूँगी?"

तब पराशर ने आशीर्वाद दिया था—

पुराणकर्त्ता पुत्रस्ते भविष्यति वरानने
वेदविद् भागकर्त्ता च ख्यातश्च भुवनत्रये

(दे. भा.)

अर्थात्, "तुम्हारे गर्भ से जो पुत्र होगा वह वेदों में पारंगत और पुराणों का कर्त्ता होगा।" वही पुत्र व्यास हुए। उनका जन्म द्वीप में हुआ था इसलिए द्वैपायन कहलाए। द्वैपायन व्यास अपना पैतृक संस्कार कैसे छोड़ते? जब रनिवास की काम-कला प्रवीणा दासी ने उन्हें पूर्णतया संतुष्ट किया तो इन्होंने भी आशीर्वाद दिया कि "तुम्हारे गर्भ से धर्मात्मा पुत्र (विदुर) उत्पन्न होगा।"

संतोषितस्तया व्यासो दास्या कामकलाविदा
विदुरस्तु समुत्पन्नो धर्मांशः सत्यवान् शुचिः

(दे. भा.)

इसीलिए, देखते नहीं हो, महाभारत में व्यास ने विदुर की कितनी बड़ाई की है!

खट्टर काका ने एक चुटकी सुपारी का कतरा मुँह में रखा। बोले—देखो जी, व्यभिचार का परिणाम अच्छा नहीं होता। व्यास को भी तो पीछे जाकर पश्चात्ताप हुआ है।

व्यभिचारोद्भवाः किं मे सुखदाः स्युः सुताः किल

(दे. भा.)

"क्या मेरे ये व्यभिचारजात पुत्र कल्याणकारी होंगे?"

अर्जुन के मन में भी तो आत्मग्लानि उत्पन्न हुई थी!

दोषैरेतैः कुलघ्नानां वर्णसंकरकारकैः
उत्सद्यंते जातिधर्माः कुलधर्माश्च शाश्वताः

(गीता 1। 43)

अजी, एक बार कुल में दाग लग जाने पर जल्द नहीं मिटता। उसे धोने के लिए बहुत दिनों तक प्रायश्चित्त करना पड़ता है।

खट्टर काका फिर बोले—देखो जी, गतानुगतिको लोकः!

सत्यवती से अंबालिका ने सीखा, अंबालिका से कुंती ने सीखा, कुंती से द्रौपदी ने सीखा। इसी प्रकार विचित्रवीर्य के कुल में विचित्र परंपरा चल पड़ी और कुलवधुएँ दूषित होती गयीं। उनके वर्णसंकर पुत्रों ने जो कुलध्वंस किया, वह तो विदित ही है। महाभारत मनन करने की वस्तु है। उसमें क्या नहीं है? *यन्न भारते तन्न भारते!*

मैंने कहा—परंतु महाभारत के असली सूत्रधार तो श्रीकृष्ण थे।

खट्टर काका बोले—हाँ, उन्हीं के बल पर तो अर्जुन कूदते थे। जैसे, खूँटे के जोर पर बछड़ा कूदता है। धर्मयुद्ध होता तो पांडव लोग कभी नहीं जीतते। लेकिन छलिया

कृष्ण ने वैसा नहीं होने दिया। महाभारत में आदि से अंत तक अधर्मयुद्ध हुआ है। कर्ण, द्रोण, भीष्म, जयद्रथ, सबका वध तो अन्याय से ही किया गया है। फिर भी गीताकार कहते हैं—धर्मक्षेत्रे कुरुक्षेत्रे! मुझे तो यह सरासर व्यंग्य जैसा मालूम होता है। व्यास ने कहा है—यतो धर्मस्ततो जयः। लेकिन महाभारत में यतोऽधर्मस्ततो जयः हुआ। इसीलिए तो वह जय भी क्षय के रूप में परिणत हो गयी!

मैंने कहा—खट्टर काका, महाभारत का मूल कारण हुआ दुःशासन द्वारा चीरहरण।

खट्टर काका बोले—हाँ, दुःशासन ने एक चीरहरण किया, उस पर तो महाभारत मच गया, और श्रीकृष्ण ने उतना चीरहरण किया सो शुद्ध भागवत बनकर रह गया! परंतु कर्म का फल एक न एक दिन भोगना ही पड़ता है। जिन्होंने गोपियों के साथ उतना रास रचाया, उनकी स्त्रियों को भी अंत में अहीर लोग लूटकर ले गये। देखो—

कृष्णपत्न्यः तदा मार्गे चौराभीरैश्च लुंटिताः
धनं सर्वं गृहीतं च निस्तेजाश्चार्जुनोऽभवत्

(देवी भागवत 2। 7)

जब कृष्ण की पत्नियाँ द्वारका छोड़कर हस्तिनापुर जा रही थीं तो रास्ते में लूट ली गयीं और उनके संरक्षक अर्जुन मुँह ताकते ही रह गये! उस समय धनुर्धर का तेज कहाँ गया? अजी, काल गर्वप्रहारी होता है। किसी का घमंड रहने नहीं पाता।

खट्टर काका ने गहरी साँस ली। फिर बोले—नियति की अद्भुत लीला है। जिन्होंने जीवन भर उतने असुरों का वध किया, वह श्रीकृष्ण अंत में एक बहेलिये के तीर के शिकार हुए! हरि एक पेड़ के नीचे हरिण के धोखे में मारे गये और उनकी राज-महिषियाँ मवेशी की तरह लूट ली गयीं! इसे विधि-विडंबना कहा जाय या कर्मविपाक?

श्रीकृष्ण ने कुरुक्षेत्र में भाई-भाई को, सगे-संबंधियों को, आपस में लड़ाकर कुरुवंश का संहार करा दिया।

कुरुपांडवयुद्धं च कारयामास भेदतः
भुवोभारावतरणं चकार यदुनंदनः!

(ब्रह्मवैवर्त)

लेकिन यदुनंदन को उसका फल क्या मिला? उनका अपना यदुवंश भी उसी तरह नष्ट हो गया। कुरुक्षेत्र का बदला प्रभासक्षेत्र में मिल गया।

पुत्राः अयुध्यन् पितृभिः भ्रातृभिश्च
मित्राणि मित्रैः सुहृदः सुहृद्भिः

(भागवत पुराण)

भाई-भाई, बाप-बेटा, सब इस तरह आपस में लड़कर मर मिटे कि वृष्णिवंश का विनाश हो गया। रहा न कोउ कुल रोवनहारा! अजी, विष-वृक्ष का फल विष ही होता है, अमृत नहीं।

खट्टर काका नस लेते हुए बोले—जो अन्याय करता है, सो अंत में गल ही जाता

है। तभी तो पांडव लोग हिमालय में गल गये। युधिष्ठिर के साथ राजपाट तो गया नहीं, गया एक कुत्ता! भ्रातृ-विरोध से, नर-संहार से, क्या फल मिला? लेकिन तो भी तो हम लोगों की आँखें नहीं खुलती हैं। भगवान् न करें कि भारत को फिर कभी उस तरह का महाभारत देखना पड़े!

आदर्श चरित्र

खट्टर काका ने मेरे हाथ में पुस्तक देखकर पूछा—आज बड़ी मोटी पुस्तक लेकर चले हो, जी!

मैंने कहा—आदर्श चरितावली है।

खट्टर काका मुस्कुरा उठे। बोले—आजकल कोई इन आदर्शों पर चलने लगे, तो सीधे पागलखाना पहुँच जाय!

मैंने कहा—ऐसा क्यों कहते हैं, खट्टर काका? देखिए, सत्यवादी दानवीर राजा हरिश्चन्द्र कैसे थे?

चंद्र टरै सूरज टरै, टरै जगत व्योहार
पै दृढ़ श्री हरिचंद को, टरै न सत्य विचार!

खट्टर काका मुस्कुराते हुए बोले—वाह रे सत्य विचार! मान लो, सपने में तुमने अपना खेत मुझे दान कर दिया, तो क्या जागने पर दस्तावेज बना दोगे? मैं सपने में किसी को कन्यादान कर दूँ, तो क्या जागने पर उसे अपना दामाद बना लूँगा?

मैंने कहा—खट्टर काका, वहाँ तात्पर्य है सत्य की महिमा दिखलाना।

खट्टर काका बोले—यहीं तो मूर्खता प्रारंभ हो जाती है। स्वप्न में न जानें, लोग कितनी बे-सिर-पैर की बातें देखते हैं। यदि उन्हें सच मानकर चलने लगें, तो क्या हालत होगी? मगर अपने यहाँ तो कुएँ में भी भंग पड़ी है। हम जाग्रत् अवस्था से स्वप्न को ही अधिक महत्त्व देते हैं। इसी नींव पर वेदांत का भवन खड़ा है। सारा संसार स्वप्नवत् है। सर्वं मिथ्या। बल्कि सुषुप्ति से भी एक डेग और आगे, तुरीयावस्था को, हम आदर्श मानते हैं। विश्व के और-और देशों में जागृति के नगाड़े बजते हैं, और हमारे यहाँ का मंत्र है—

या देवी सर्व भूतेषु निद्रारूपेण संस्थिता
नमस्तस्यै नमस्तस्यै नमस्तस्यै नमोनमः

(दुर्गासप्तशती)

मैंने कहा—खट्टर काका, अपने यहाँ का दृष्टिकोण आध्यात्मिक है।

खट्टर काका व्यंग्यपूर्वक बोले—हाँ, इसलिए हम दिन को रात और रात को दिन समझते हैं!

या निशा सर्वभूतानां तस्यां जागर्ति संयमी
यस्यां जाग्रति भूतानि सा निशा पश्यतो मुनेः

(गीता 2। 69)

जब सारा संसार जागता है, तब हम सोये रहते हैं। और, जब सब सो जाते हैं, तब रात्रि के अंधकार में हम जागते हैं। हो सकता है, किसी पक्षी से प्रेरणा मिली हो।

मैं—खट्टर काका, आपका व्यंग्य तो 'नावक का तीर' होता है। 'देखन में छोटौ लगै, घाव करै गंभीर।'

खट्टर काका बोले—गलत थोड़े ही कहता हूँ? इस देश के पक्षी भी तत्त्वदर्शी होते हैं। शुक, जटायु, गरुड़, काक, सभी तो हमारे गुरु हैं। और, उलूक की तो कोई बात ही नहीं! यदि उनमें विशेषता नहीं होती, तो वैशेषिक को औलूक्य दर्शन क्यों कहा जाता?

मैंने कहा—खट्टर काका, राजर्षि जनक जैसे ब्रह्मज्ञानी भी तो इसी देश में हो गये हैं।

खट्टर काका बोले—अजी, इसी ब्रह्मज्ञान ने तो हम लोगों को चौपट कर दिया। मिथिलेश जनक का सिद्धांत था—

मिथिलायां प्रदीप्तायां न मे दहति किंचन

"सारी मिथिला जलकर खाक हो जाय, तो इसमें मेरा क्या बिगड़ता है?" यदि आज सभी भारतवासी यही आदर्श मानकर चलने लगें, तो इस देश की क्या दशा होगी?

मैंने कहा—खट्टर काका, उनका आदर्श था पद्मपत्रमिवांभसा। जिस प्रकार कमल का पत्ता जल में रहकर भी असंपृक्त रहता है, उसी प्रकार संसार में रहते हुए भी उससे निर्लिप्त रहना चाहिए।

खट्टर काका बोले—उपमा तो बड़ी सटीक है। लेकिन एक दिन भी उस तरह रहकर देखो तो। तुम पद्म-पत्र की तरह निर्विकार बैठे रहो, तो मैं अभी जाकर तुम्हारा समूचा घर-बार दखल कर लूँ।

मैंने कहा—खट्टर काका, जनक विदेह थे। उनके लिए जैसे मिट्टी के ढेले, वैसे सुंदरी के स्तन।

खट्टर काका विहँसकर बोले—तब तो विदेह बनने में अनिर्वचनीय आनंद है! लेकिन एक बात बताओ कि यदि वह सचमुच विदेह थे, तो उनके जिए जैसे राम, वैसे रावण। फिर धनुष-यज्ञ ठानने की क्या आवश्यकता थी? और यदि कहीं रावण ही धनुष तोड़ देता तो?

मैंने कहा—खट्टर काका, महर्षि याज्ञवल्क्य को लीजिए। वह कैसे आत्मज्ञानी थे!

खट्टर काका मुस्कुराते हुए बोले—ऐसे आत्मज्ञानी थे, कि दो-दो पत्नियाँ रखते थे। आत्मा के लिए मैत्रेयी और शरीर के लिए कात्यायनी।

मैंने कहा—परंतु गार्गी के साथ उनका शास्त्रार्थ कितने उच्च स्तर पर हुआ था?

खट्टर काका बोले—बिल्कुल बचकाने स्तर पर हुआ था। जब गार्गी प्रश्न पर प्रश्न

पूछकर उनको नाकोदम करने लगी, तब झल्ला उठे "अब ज्यादा पूछोगी तो तुम्हारी गर्दन कटकर गिर पड़ेगी।"

मैं—वह कैसे त्यागी थे?

ख.—ऐसे त्यागी थे कि शास्त्रार्थ से पहले ही सभी गायों को हँकवाकर अपने घर भेज दिया कि बाद में कहीं दूसरा न ले जाय।

मैं—यहाँ के ब्राह्मण कैसे वीतराग होते थे?

ख.—ऐसे, कि उनकी नाक पर हमेशा क्रोध ही चढ़ा रहता था। भृगु ने विष्णु को लात मार दी। भार्गव ने अपनी माता की गर्दन उड़ा दी।

मैं—महर्षि वशिष्ठ और विश्वामित्र कैसे थे?

ख.—दोनों वेश्या-संसर्गी थे। एक उर्वशी के गर्भ से निकले। दूसरे ने मेनका को गर्भ कर दिया। ऋषियों का भीतरी हाल अप्सराएँ जानती हैं।

मैं—देवर्षि नारद कैसे पहुँचे हुए भक्त थे...

ख.—कि मोहिनी ने बंदर की तरह नचा दिया! अजी, यहाँ के मुनियों को सुंदरियाँ सदा से अँगुलियों पर नचाती आयी हैं। एक भ्रूभंग से उनकी सारी तपस्या भंग कर देती हैं।

मैं—प्रह्लाद और विभीषण कैसे धर्मात्मा थे?

ख.—एक ने बाप को मरवाया, दूसरे ने भाई को। भगवान् ऐसे आदर्शों से भारत की रक्षा करें!

मैं—भीष्मपितामह कैसे मर्यादा-पालक थे?

ख.—जो भरी सभा में द्रौपदी को नग्न होते हुए देखकर भी चुप लगा गये!

मैं—द्रोणाचार्य कितने महान् थे।

ख.—कि स्वार्थवश एकलव्य जैसे शिष्य का अँगूठा कटवा लिया। आज का छात्र रहता, तो दूर से ही अँगूठा दिखा देता!

मैं—आरुणि कैसे गुरुभक्त थे...

ख.—जो गुरु के खेत में आड़ बाँधने के बजाय खुद वहाँ लेट गये! वह विशुद्ध मूर्खता का आदर्श दिखा गये हैं। ऐसे ही विद्यार्थी ढिबरी में तेल नहीं रहने पर दिन भर सूखे पत्ते बटोरते थे और रात में उन्हें जलाकर पढ़ने बैठते थे।

मैंने क्षुब्ध होते हुए देखा—खट्टर काका, तब ऐसी कथाओं की कोई उपयोगिता नहीं?

खट्टर काका बोले—उपयोगिता थी। उस समय के गुरु चालाक थे। विद्यार्थी मंदबुद्धि होते थे। इसीलिए गुरुभक्ति के ऐसे-ऐसे उपाख्यान गढ़े गये हैं। आचार्य लोग विद्यार्थियों से गायें चरवाते थे, लकड़ी कटवाते थे। प्रत्येक कथा में कुछ न कुछ अभिप्राय भरा है। किसी ने बिना पूछे पेड़ से अमरूद तोड़ लिया होगा। उसी को लज्जित करने के लिए शंख-लिखित की कथा रच डाली गयी। किसी राजा ने ब्राह्मण को गाय देकर छीन ली होगी। उसी को डराने के लिए राजा नृग की कहानी गढ़ दी गयी। राजा नृग ने इतनी

हजार गौएँ दान कीं, वे तो गयीं कोठी के कंधे पर! और, एक गाय भूली-भटकी उनके पास लौट आयी तो उन्हें हजारों वर्ष तक कुएँ में गिरगिट बनकर रहना पड़ा! अजी, नृग के वंशजों को जरा भी अक्ल रही होगी, तो फिर कभी भूलकर भी गोदान का नाम नहीं लिया होगा।

मैंने कहा—खट्टर काका, आपसे कौन बहस करे? मगर देखिए, इसी भरत भूमि पर कैसे-कैसे राजा हो गये हैं! भरत को लेकर हमारे देश का नाम भारत पड़ा। उनके पिता दुष्यंत यहाँ के भूषण थे।

खट्टर काका बोले—दुष्यंत ने कुमारी मुनिकन्या शकुंतला को दूषित कर दिया और पीछे पहचानने से भी इनकार कर दिया। ऐसे लंपट और कायर राजा को तुम भूषण कहते हो? दूषण कहो।। दुष्यंत नाम भी तो वही सूचित करता है। अजी, एक से एक कामुक और विषयलोलुप राजा यहाँ हो गये हैं। राजा ययाति की वृद्धावस्था में इंद्रिय शिथिल हो जाने पर भी यौन लालसा नहीं मिटी तो पुत्र से यौवन उधार माँगकर भोग किया! ऐसी उद्दाम कामवासना का दृष्टांत और किसी देश के इतिहास में मिलेगा?

मैंने कहा—खट्टर काका, आप दूसरा पक्ष क्यों नहीं देखते हैं? इसी देश में शिवि-दधीचि जैसे आदर्श दानवीर भी तो हो गये हैं!

खट्टर काका बोले—हाँ, राजा शिवि ने अपना मांस काटकर दान किया। दधीचि ने अपनी हड्डी दान कर दी। तुम भी अपनी नाक काटकर किसी को दे दो, तो क्या मैं तुम्हें आदर्श मान लूँगा?

मैंने कहा—खट्टर काका, आप तो ऐसा दो-टूक कह देते हैं कि जवाब ही नहीं सूझता। लेकिन देखिए, ये सातों चरित्र अमर समझे जाते हैं—

अश्वत्थामा बलिर्व्यासः हनूमांश्च विभीषणः
कृपः परशुरामश्च सप्तैते चिरजीविनः

खट्टर काका मुस्कुराकर बोले—इस श्लोक का असली तात्पर्य समझे? दरिद्र ब्राह्मण, मूर्ख राजा, खुशामदी पंडित, अंध भक्त, कृतघ्न भाई, दंभी आचार्य एवं क्रोधी विप्र—ये सातों चरित्र इस भूमि पर सदा विद्यमान रहेंगे। यह देश का दुर्भाग्य समझो।

मैंने कहा—खट्टर काका, अपने यहाँ एक से एक आदर्श चरित्र भरे पड़े हैं और आपको कोई जँचता ही नहीं! देखिए, सती-सावित्री जैसी आदर्श देवियाँ इसी देश में हो गयी हैं।

खट्टर काका बोले—इन देवियों में किसी ने अपने बाप की बात नहीं मानी। माता-पिता से विद्रोह कर स्वेच्छानुसार प्रेम-विवाह किया। इन्हीं को तुम आदर्श मानते हो? आज अगर मेरी बेटी भी वैसा ही करने लग जाय, तो मुझे कैसा लगेगा? इसीलिए मैं सती-सावित्री के उपाख्यान अपनी लड़कियों को नहीं पढ़ने देता। देखो, यह चरितावली मेरे घर में नहीं जाने पाए!

मैंने क्षुब्ध होते हुए कहा—इन्हीं आदर्शों को लेकर तो हमारा देश धर्मप्राण कहलाता

है। यहाँ एक से एक अनुपम आदर्श हो गये हैं!

खट्टर काका ने कहा—यह बात ठीक कहते हो। यहाँ ऐसे-ऐसे बेजोड़ नमूने हो गये हैं, जिनका दुनिया में जवाब नहीं! मोरध्वज पर आतिथ्य का उन्माद चढ़ा, तो बेटे को आरे से चीरकर अतिथि के आगे रख दिया! इसे सिद्धांत कहोगे या पागलपन? किसी पर दानोन्माद चढ़ता था; किसी पर सत्योन्माद! एक स्त्री पर सतीत्व की सनक सवार हुई, तो कोढ़ी पति को सर पर लादकर उसे वेश्या के कोठे पर भोग कराने के लिए ले गयी! तुम इन्हें आदर्श समझते हो। मैं कहता हूँ, ये लोग मानसिक विकृतियों के शिकार थे।

मैंने कहा—खट्टर काका, अपने यहाँ के राजा और ब्राह्मण उच्च सिद्धांत पर चलते थे।

खट्टर काका बोले—अजी, राजा के पास बल था, बुद्धि नहीं। ब्राह्मण के पास बुद्धि थी, बल नहीं। एक बात-बात पर शस्त्र निकालते थे, दूसरे बात-बात पर शास्त्र निकालते थे। एक के हाथ में चाप चढ़ा रहता था। दूसरे की जिह्वा पर शाप चढ़ा रहता था। ब्राह्मण को सनक चढ़ती थी, तो कोई वचन गढ़ लेते थे। राजा को सनक चढ़ती थी तो कोई प्रण ठान लेते थे। ऐसे-ऐसे प्रणों के चलते न जानें इस देश में कितने प्राण गये हैं!

मैंने कहा—खट्टर काका, अपने यहाँ तो यह परंपरा रही है कि प्राण जाहिं पर वचन न जाहीं!

खट्टर काका बोले—यही तो मूर्खता है। सिद्धांत हमारे लिए बने हैं; हम उनके लिए नहीं बने हैं। वे हमारे साधन हैं, साध्य नहीं। अगर वे लक्ष्य की पूर्त्ति में साधक नहीं होकर बाधक बन जायँ, तो किस काम के?

वा सोना को जारिये जा सौं टूटै कान!

आज बचपन का मोजा तुम्हें नहीं अँटेगा, तो क्या उसी के मुताबिक अपना पाँव काट लोगे?

मैंने कहा—पर सिद्धांत तो मोजे की तरह बदलनेवालो चीज नहीं है।

खट्टर काका बोले—क्यों नहीं है? कभी पति की चिता पर सती होनेवाली स्त्री देवी की तरह पूजी जाती थी। आज कोई ऐसा करने जाय, तो उसे पुलिस पकड़कर ले जाएगी।

मैंने कहा—किंतु जो सिद्धांतवादी हैं, वे कानून की दफा के अनुसार थोड़े ही चलते हैं?

खट्टर काका बोले—नहीं चलें। किंतु बुद्धि के अनुसार तो चलना ही चाहिए। ऐसा कोई सिद्धांत नहीं है, जिस पर आँख मूँदकर चला जाय। मान लो, कोई गुरु विद्यार्थी को आदेश देते हैं—'पूरब की ओर जाओ।' अब यदि वह विद्यार्थी नाक की सीध में बढ़ता चला जाय और किसी ताड़ के पेड़ से टकरा जाय और वहाँ जिद पकड़ ले कि 'एक इंच भी पेड़ से इधर या उधर होकर नहीं जाऊँगा', तो क्या इसे आदर्श कहोगे या बेवकूफी? इस अक्खड़पन के चलते कितने राजा कट मरे, कितनी रानियाँ जल मरीं,

कितने महल खँडहर हो गये! सारा इतिहास तो इन्हीं मूर्खताओं से भरा है।

मैंने कहा—खट्टर काका, तो फिर ऐसे पौराणिक उपाख्यान क्यों बने?

खट्टर काका कहने लगे—अजी, राजाओं को ठगने के लिए, विद्यार्थियों और शूद्रों से सेवा कराने के लिए, स्त्रियों को वश में रखने के लिए, इतने सारे उपाख्यान गढ़े गये हैं। उपाख्यानकार जिस नैतिक आदर्श का चित्रण करते हैं, उसे पराकाष्ठा पर ही पहुँचा देते हैं। सतीत्व की महिमा दिखलानी हुई, तो किसी सती के आँचल से आग की लपट निकलती है! कोई स्वामी को यमराज के हाथ से छीनकर ले आती है! कोई सूर्य के चक्के को रोककर काल की गति बंद कर देती है! बिना अतिशयोक्ति के उन्हें बोलना ही नहीं आता। नतीजा यह हुआ कि आदर्शों के चित्र फ़ोटो नहीं होकर महज कार्टून (विद्रूप) बन गये हैं।

मैंने पूछा—तब इन पौराणिक आदर्शों का कोई मूल्य नहीं ?

खट्टर काका बोले—वही मूल्य, जो अजायबघर में रखी, पुरानी जंग-लगी ढाल-तलवारों का होता है। वे प्रदर्शन के लिए होते हैं, व्यवहार के लिए नहीं।

मैं—खट्टर काका, चरित्र-चित्रणों में इतनी अतिशयोक्ति क्यों है?

खट्टर काका बोले—अजी, अतिशयोक्ति हमारे रक्त में है। वैदिक युग से ही हम जिसकी प्रशंसा करते हैं, उसे त्वमर्कः त्वं सोमः करते हुए आकाश पर चढ़ा देते हैं। जिसकी निंदा करनी होती है, उसे पाताल में धँसा देते हैं। 'जेहि गिरि चरण देहि हनुमंता, सो चलि जाँहि पताल तुरंता!' बीच का रास्ता हम जानते ही नहीं।

देखो न, हमारा सारा साहित्य ही अतिशयोक्तियों से भरा हुआ है। बड़ी आँखें अच्छी लगीं तो उन्हें कान तक सटा दिया। पुष्ट पयोधर पसंद आये, तो उन्हें कलशों के बराबर बना दिया। अजी, सब बातों की एक सीमा होती है। यहाँ तो कोई सीमा ही नहीं!

मुख मस्तीति वक्तव्यं दशहस्ता हरीतकी!

जिसे जो मन में आया, लिख मारा। कोई पहाड़ उठा लेता है! कोई समुद्र सोख जाता है! कोई पृथ्वी को दाँतों में रख लेता है! कोई सूर्य को निगल जाता है! कोई चतुरानन, कोई पंचानन, कोई षडानन, कोई दशानन! कोई चतुर्भुज, कोई अष्टभुज, कोई सहस्रभुज! कोई एक सहस्र वर्ष युद्ध करता है। कोई पाँच सहस्र वर्ष तपस्या करता है। कोई दस सहस्र वर्ष भोग करता है! इन्हीं अतिशयोक्तियों के प्रवाह में हमने सत्य को डुबो दिया।

मैंने पूछा—तो क्या ये सारी बातें कपोल-कल्पित हैं?

खट्टर काका व्यंग्यपूर्वक बोले—जब तक हमारे देश में दिग्गज पंडित मौजूद हैं, तब तक ऐसी बात कहने की धृष्टता कौन कर सकता है? हमारे एक महावीरजी आ जायँ तो सभी देशों की सेनाओं को अपनी पूँछ में लपेट लें! एक अगस्त्य मुनि आ जायँ तो जहाज सहित सभी समुद्रों को सोख जायँ! एक वराह अवतार हो जाय, तो सारी पृथ्वी को उठाकर फुटबॉल की तरह फेंक दें! एक वामन आवें तो डेग भर में चंद्रमा को नाम लें! और देशवाले आविष्कार करते रहें, हम लोगों का काम अवतार से ही चल जाता

है। एक अवतार अभी हो जाय, तो सारी समस्याएँ हल हो जायँ। एक हुंकार से खाद्यान्न का पहाड़ लग जाय! एक वाण से दूध-दही का समुद्र लहराने लगे!

मैंने कहा—खट्टर काका, आपने तो अतिशयोक्ति की धारा बहा दी।

खट्टर काका हँसते हुए बोले—अजी, हम वंशज किसके हैं? रक्त का धर्म कहीं छूटता है? विज्ञान की उन्नति करने के लिए तो और देश हैं ही। कल्पना-विलास का भार भी तो किसी पर रहना चाहिए!

अच्छा भाई। अपना अलबम ले जाओ। मुझे ऐसे आदर्श नहीं चाहिए। मैं यथार्थवादी हूँ।

सत्यनारायण

खट्टर काका लस्सी का आनंद ले रहे थे।

मैंने कहा—खट्टर काका, आज मेरे यहाँ सत्यनारायण भगवान् की पूजा है।

खट्टर काका बोले—सचमुच? लेकिन कहीं ऐसा न हो कि सत्य के नाम पर असत्य की...

मैंने कान पर हाथ रखते हुए कहा—खट्टर काका, भगवान् के साथ हँसी नहीं करनी चाहिए।

खट्टर काका मुस्कुराते हुए बोले—भगवान् के साथ हँसी-खेल तो तुम लोग करते हो।

मैं—सो कैसे?

खट्टर काका ने कहा—तब पूजा की 'पद्धति' देखो। भगवान् की षोडशोपचार पूजा कैसे होती है?

आसनं स्वागतं पाद्यमर्घ्यमाचमनीयकम्
मधुपर्काचमनी स्नानं वसनं भरणानि च
गंधपुष्पधूपदीपनैवेद्यानि विसर्जनम्

पहले भगवान् का आवाहन कर उन्हें आसन दिया जाता है। स्वागत किया जाता है। इहाऽगच्छ, इह तिष्ठ, इदमासनं गृहाण। (यहाँ आया जाय, बैठा जाय, आसन ग्रहण किया जाय।) तब पाद्यार्घ: (यानी पाँव धोने का जल)। मुख प्रक्षालन के निमित्त आचमनीयम्। मधुपर्क (यानी हलका जलपान)। स्नान के लिए स्नानीयं जलम्। नव वस्त्राच्छादन। फूल, माला, चंदन, धूप, कपूर आदि सुगंधित द्रव्यों का अर्पण। तदनंतर भाँति-भाँति के नैवेद्य।

घृतपक्वं हविष्यान्नं पायसं च सशर्करम्
नानाविधं च नैवेद्यं विष्णो मे प्रतिगृह्यताम्

भगवान् को निवेदन किया जाता है कि "घी में बने हुए ये पकवान और पायस

वगैरह मधुर पदार्थ आप भोग लगावें।"

सचमुच भोग लगानेवाले तो दूसरे ही भाग्यवान होते हैं। लेकिन फिर भी मखौल की तरह भगवान् के सामने पान-सुपारी भी पेश कर दी जाती है!

लवंगकर्पूरयुतं तांबूलं सुरपूजितम्
प्रीत्या गृहाण देवेश मम सौख्यं विवर्धय

"लौंग कपूर से सुवासित खुशबूदार पान हाजिर है। शौक फरमाइए।"

और अंत में खड़े होकर आरती दिखाकर जाने की घंटी बजा देते हैं। पूजितोऽसि प्रसीद। स्वस्थानं गच्छ। अपराधं क्षमस्व।

"आपकी पूजा हो चुकी। अब खुश होइए। अपने घर जाइए। जो कुछ भूल-चूक हो गई हो, उसे माफ कीजिए।"

अजी, यह सब दिल्लगी नहीं, तो और क्या है? और इतनी सारी आवभगत किसकी होती है? कुछ छोटे से चिकने पत्थरों की, जो घिस-पिटकर गुलाब-जामुन या काला जामुन के आकार के बन गये हैं!

मैंने कहा—खट्टर काका, नर्मदेश्वर और शालग्राम तो साक्षात् शिव और विष्णु के प्रतीक हैं?

खट्टर काका हँसते हुए बोले—अजी, नर्मदेश्वर का अर्थ ही होता है नर्म परिहासं ददाति इति नर्मदः तत्प्रकारकः ईश्वरः ! यानी हास-परिहासवाले भगवान्। शालग्राम की बदौलत इस विशाल ग्राम में इतने लोगों के मनोविनोद का प्रोग्राम बन जाता है और कई किलोग्राम लड्डू भी बँट जाते हैं! यह सिनेमा से सस्ता पड़ता है, क्योंकि इसमें टिकट नहीं लगता और अंत में प्रसाद भी मिल जाता है। इसमें बच्चों के खेल से अधिक गंभीरता रहती है। क्योंकि इसमें बड़े-बूढ़े भी शामिल रहते हैं और एहसास नहीं होता कि यह सब स्वाँग हो रहा है। लड़कियाँ गुड़िया को दुलहिन की तरह सजाकर खेलती हैं; तुम लोग भगवान् को मेहमान बनाकर खेलते हो। जैसे शालग्राम तुम्हारे समधी हों!

मैं—सो कैसे, खट्टर काका?

खट्टर काका बोले—देखो, बारात में समधी के आने पर जो सब खातिरदारी की जाती है, वही सब तो भगवान् की पूजा में भी होती है। आसन, पानी, स्नान, जलपान, फूल-माला, खुशबू, मिष्टान्न-भोजन, पान-सुपारी, धोती और अंत में क्षमाप्रार्थना कि भूलचूक माफ करेंगे। तब फर्क यही है कि शालग्राम को चुल्लू भर पानी में स्नान-आचमन करा दिया जाता है और भोग जो लगाया जाता है सो सब ज्यों-का-त्यों रखा रह जाता है। वस्त्र के नाम पर सूत से भी काम चल जाता है। घंटे-भर में घंटी बजाकर विदा कर देते हैं—स्वस्थानं गच्छ। असली समधी देवता को ऐसा कहा जाय तो अनर्थ ही हो जाय! परंतु भगवान् तो किसी के समधी हैं नहीं। समधी का अर्थ है "समान बुद्धिवाला।" यदि भगवान् में भी उतनी ही बुद्धि हो, जितनी यजमान में, तब तो ईश्वर ही बचायें!

मैं—लेकिन पूजा के साथ कथा भी तो होती है?

खट्टर काका बोले—हाँ, पूजा है नाटक; कथा है उपन्यास। इस तरह दृश्य और श्राव्य, दोनों का मजा दर्शकों को मिल जाता है।

मैं—खट्टर काका, कथाओं में तो बहुत गूढ़ तत्त्व भरे होंगे?

खट्टर काका ने आलमारी से सत्यनारायण-व्रत-कथा निकालते हुए कहा—तब वह भी सुन लो। पंडितजी रात में शंख बजा-बजाकर जो कथा बाँचेंगे, उसका निचोड़ मैं अभी बता देता हूँ। एक बार नैमिषारण्य में लोकहित की दृष्टि से एक विचार-गोष्ठी आयोजित की गयी। उद्देश्य यह था कि मानवों के दुःख दूर करने के लिए कोई ऐसा सुगम मार्ग ढूँढ़ा जाय कि कम समय में, कम खर्च में, कम परिश्रम में, अधिक-से-अधिक फल प्राप्त हो सके।

स्वल्पश्रमैः स्वल्पवित्तैः स्वल्पकालैश्च सत्तम
यथा भवेत् महापुण्यं तथा कथय सूत नः

'कनफरेंस' के अध्यक्ष सूतजी ने कहा—"एक बार वैकुंठ लोक में नारदजी यही प्रश्न विष्णु भगवान् से पूछते भये थे—"

मर्त्यलोके जनाः सर्वे नानाक्लेशसमन्विताः
तत्कथं शमयेन्नाथ लघूपायेन तद्वद

(मर्त्यलोक में लोग नाना प्रकार के क्लेशों से पीड़ित हैं। कोई ऐसी आसान तरकीब बताइए कि उनका उद्धार हो जाय।)

"तब परम कृपालु भगवान् यह उपाय बतावतो भये थे"—

सत्यनारायणस्यैतद् व्रतं सम्यग् विधानतः
कृत्वा हि सर्वदुः खेभ्यो मुक्तो भवति मानवः

(सत्यनारायण की पूजा विधिपूर्वक करने से मनुष्य सभी दुःखों से मुक्त हो जाता है।)

इतना ही नहीं, भगवान् ने पूजा की विधि यानी प्रसाद का नुसखा भी बता दिया!

रंभाफलं घृतं क्षीरं गोधूमस्य च चूर्णकम्
अभावे शालिचूर्णं वा शर्करा च गुडं तथा

"पके हुए केले, दूध, घृत, गुड़-शक्कर और गेहूँ का आँटा—सब एकसाथ मिला कर प्रसाद बना लो।" भगवान् इतने दयालु हैं कि वे विकल्प बताना भी नहीं भूले! "यदि गेहूँ का आँटा नहीं मिले, तो चौरेठा लेकर भी काम चला सकते हो।"

बुद्धदेव ने दुःख की समस्या को हल करने में अपना पूरा जीवन लगा दिया और ऐसा अष्टांग मार्ग बताया, जिसे कष्टांग मार्ग ही समझना चाहिए। लेकिन भगवान् ने इस समस्या का चुटकियों में समाधान कर दिया और ऐसा मिष्टांग मार्ग बता दिया, जो सबके लिए सुलभ है।

प्रसादं भक्षयेद् भक्त्या नृत्यगीतादिकं चरेत्
ततश्च बंधुभिः सार्धं विप्रांश्च प्रतिभोजयेत्

"लोग प्रेमपूर्वक प्रसाद पावें, पवायें। कुछ नाच-गान का भी शगल रहे। भाई-बंधुओं के साथ-साथ ब्राह्मणों को भोजन कराया जाय।"

तत्कृत्वा सर्वदुःखेभ्यो मुक्तो भवति मानवः

"ऐसा करने पर मनुष्य सभी दुःखों से मुक्त हो जाता है।"

अब इससे बढ़कर आसान तरीका और क्या हो सकता है?

मैंने कहा—लेकिन...

खट्टर काका बोले—इसी 'लेकिन' का जवाब देने के लिए चार प्रमाण पेश किये गये हैं, जिनसे भक्तों के मन में आस्था जमे और पूजा करने की प्रेरणा मिले।

खट्टर काका ने सत्यनारायण कथा के पृष्ठ उलटते हुए कहा—देखो। पहली कथा काशी के एक दरिद्र ब्राह्मण की है। भगवान् तो दयार्द्रचित्त हैं। उन्होंने ब्राह्मण को भीख माँगते देखकर उपदेश दिया—

सत्यनारायणो विष्णु : वांछितार्थफलप्रदः
तस्य त्वं पूजनं विप्र कुरुष्व व्रतमुत्तमम्

"सत्यनारायण भगवान् की पूजा करो, जो सभी मनोरथों को पूरा करनेवाले हैं।"

उसी दिन ब्राह्मण को बहुत पैसे मिल गये। उसने पूजा की । नफा देखकर हर महीना पूजा करने लगा।

सर्वदुःखविनिर्मुक्तः सर्वसंपत् समन्वितः
सर्वपापविनिर्मुक्तः दुर्लभं मोक्षमाप्तवान्

वह सब दुःखों से, सब पापों से, मुक्त होकर, सभी सुख-साधनों से सम्पन्न हो गया और अंत में मोक्ष भी पा गया, जो योगियों के लिए भी दुर्लभ है!

मुझे मुँह ताकते देखकर खट्टर काका बोले—काशी में रोज ढेर के ढेर भिक्षुक ब्राह्मण घूमते हैं। पता नहीं, भगवान् एक उसी पर क्यों ढुल पड़े! और, उसे सलाह भी दी तो उद्यम करने की नहीं, पूजा करने की! खैर, जब रास्ता मालूम हो ही गया है, तब अभी तक वहाँ रोज भिखमंगों का मेला क्यों लगा रहता है? अभागों को इतनी अक्ल क्यों नहीं होती कि किसी से कर्ज लेकर एक बार घी-शक्कर वगैरह सामान जुटा लें। फिर तो उनके मुँह में हमेशा घी-शक्कर रहेगा।

मैंने कहा—खट्टर काका, क्या सभी कथाएँ ऐसी ही हैं?

खट्टर काका बोले—हाँ जी। मैं इन्हें इतिहास नहीं, इश्तिहार समझता हूँ। एक लकड़हारे ने पूजा की। उसे लकड़ी का दूना दाम मिल गया।

तद्दिने काष्ठमूल्यं च द्विगुणं प्राप्तवानसौ

और, उसी पूजा की बदौलत उसे दौलत, बेटा, स्वर्ग, सबकुछ मिल गया! इसी तरह एक राजा (अंगध्वज) ने पूजा की और उसे भी सबकुछ मिल गया।

तद्व्रतस्य प्रभावेण धनपुत्रान्वितोऽभवत्
इहलोके सुखं भुक्त्वा चांते सत्यपुरं ययौ

अजी, ये सब विज्ञापन नहीं, तो और क्या हैं? लगता है, जैसे कोई दलाल बोल रहा हो! बीमा-एजेंट की तरह।

मैं—लेकिन ये सब तो बच्चों की कहानियाँ जैसी लगती हैं।

ख.—सो तो हैं ही। हाँ, एक कहानी अलबत्ता रसीली है। उसमें सत्यनारायण भगवान् के चरित्र की कुछ झाँकी भी मिल जाती है।

मैंने पूछा—क्या लीलावती-कलावती वाली कथा?

खट्टर काका बोले—हाँ। वह तो जानते ही होगे?

मैंने कहा—नहीं, खट्टर काका। आपके मुँह से सुनने में मजा आयेगा।

खट्टर काका बोले—तब सुनो। एक महाजन ने पूजा की, और

एकस्मिन् दिवसे तस्य भार्या लीलावती सती
गर्भिणी साऽभवत् तस्य भार्या सत्यप्रसादतः

उसकी स्त्री लीलावती को गर्भ रह गया। सत्यनारायण के प्रसाद से। एक सुंदर कन्या का जन्म हुआ, जिसका नाम पड़ा 'कलावती'। महाजन ने संकल्प किया कि इसकी शादी के वक्त फिर पूजा करूँगा। लेकिन बदकिस्मती के मारे बेचारा भूल गया। नतीजा यह हुआ कि भगवान् नाराज हो गये और शाप दे बैठे।

विवाह समये तस्याः तेन रुष्टोऽभवत् प्रभुः
भ्रष्टप्रतिज्ञमालोक्य शापं तस्मै प्रदत्तवान्
दारुणं कठिनं चास्य महद्दुःखं भविष्यति

("अच्छा बच्चू! तुमने वादाखिलाफी की है! अब लो, मजा चखो।")

अब आगे का हाल सुनो। महाजन अपने जामाता के साथ वाणिज्य के सिलसिले में बाहर गया। वहाँ राजा (चंद्रकेतु) के यहाँ चोरी हुई। भगवान् की प्रेरणा से चोर वहीं माल छोड़कर भागा, जहाँ ये दोनों (ससुर-दामाद) ठहरे हुए थे। राजा के सिपाहियों ने वहाँ से माल बरामद किया और दोनों को पकड़कर ले गये। उनकी सारी संपत्ति जब्त कर ली गयी और वे कारागार में बंद कर दिये गये। वे बहुत रोये-कलपे, लेकिन

मायया सत्यदेवस्य न श्रुतं कैस्तयोर्वचः

सत्यनारायण की माया से किसी ने उनकी बातों की सुनवाई नहीं की।

मैंने कहा—खट्टर काका, इससे तो भगवान् के चरित्र पर बट्टा लगता है।

खट्टर काका बोले—भगवान् पर भले ही बट्टा लगे, भक्तों का अपना बट्टा तो प्रसाद से भर जाता है। अगर वे भगवान् को इस रूप में अंकित नहीं करेंगे, तो लोग डरेंगे कैसे? और डरेंगे नहीं, तो पूजा कैसे चढ़ायँगे? सत्यनारायण को मामूली देवता मत समझो। वह दारोगा से कम नहीं हैं। रोकर हो, गाकर हो, उन्हें दो। नहीं तो ऐसा फँसा देंगे, कि जेल में सड़ते रह जाओगे।

मैं—ऐसे भगवान् से किसी को प्रीति कैसे हो सकती है?

ख.—अजी, 'बिनु भय होंहिं न प्रीति।' सामान्य जनता प्रीति से उतना नहीं करती,

जितना भीति से। अगर लोगों को विश्वास हो जाय कि शालग्राम से कुछ बनने-बिगड़ने का नहीं, तो उन्हें सीधे शालग्रामी नदी में विसर्जन कर देंगे। दुनिया में शुद्धं-बुद्धं बनने से काम नहीं चलता। इसलिए नारायण को प्रतिशोध-परायण बना दिया गया है।

मैंने पूछा—तब ससुर-दामाद छूटे कैसे?

खट्टर काका ने कहा—आगे का हाल और दिलचस्प है। माँ-बेटी घर पर थीं। उन्हें क्या पता कि दोनों के पति हवालात की हवा खा रहे हैं। एक रात कलावती देर से घर लौटी। माँ डाँटने लगी—"तू इतनी रात तक कहाँ थी?" कलावती ने कहा कि सत्यनारायण की पूजा देख रही थी। यह सुनते ही लीलावती को अपनी प्रतिज्ञा याद आ गयी। उसने भी लगे हाथ पूजा कर ली और भगवान् से प्रार्थना की—

अपराधं च मे भर्त्तुः जामातुः क्षन्तु मर्हसि

"मेरे पति और दामाद का अपराध क्षमा करें।"

व्रतेनानेन संतुष्टः सत्यनारायणः प्रभुः

भगवान् गद्गद हो गये और राजा (चंद्रकेतु) को स्वप्न दिया—

देयं धनं च तत्सर्वं गृहीतं यत् त्वयाऽधुना
नो चेत् नाशयिष्यामि सराज्यधनपुत्रकम्

"महाजनों का सारा धन लौटाकर उन्हें तुरंत छोड़ दो, नहीं तो राज-पाट समेत तुम्हारा नाश कर दूँगा।"

अजी, भगवान् क्या हुए? शनैश्चर हुए! जिस पर लग जाएँगे, उसे समूल नष्ट कर देंगे। बेचारा चंद्रकेतु क्या करता? महाजनों का जितना माल था, उसका दूना देकर उन्हें विदा कर दिया।

पुरानीतं तु यद् द्रव्यं द्विगुणीकृत्य दत्तवान्
प्रोवाच तौ ततो राजा गच्छ साधो निजाश्रमम्

कहा—"महाराज! जाइए अपने घर, और मेरी जान बख्शिए!"

मैंने पूछा—खट्टर काका, बेचारे चंद्रकेतु का क्या कसूर था, जो भगवान् उस पर बिगड़ गये?

खट्टर काका बोले—भगवान् को एकाएक स्मरण हो आया होगा कि कलावती का यौवन विरह के ताप से कुम्हला रहा है और उसके पति को वह दुष्ट राजा बंद किये हुए है। वह भूल गये होंगे कि उन्हीं की माया से ऐसा हुआ। अजी, सामर्थ्यवान् और गिरगिट को रंग बदलते कितनी देर लगती है!

खट्टर काका को हँसी आ गयी। बोले—देखो, एक थे उग्रदेव शास्त्री। उन्हें एक बार भोजन में जरा देर हो गयी तो स्त्री का गला काटने दौड़े। और जब आगे में गरम-गरम कचौड़ियाँ परोसी गयीं, तो इतने खुश हुए कि स्त्री के गले में चंद्रहार लाकर डाल दिया। दूसरे दिन दाल में कुछ ज्यादा नमक पड़ गया; चंद्रहार छीनकर ले गये। मुझे तो सत्यदेव भी उग्रदेव ही जैसे लगते हैं। क्षणे रुष्टः क्षणे तुष्टः। न खींझते देर, न रीझते देर! गुस्से

में महाजन को बँधवा भी दिया और जब उसकी बेटी कलावती की कला पर मुग्ध हो गये, तो उसे छुड़वा भी दिया। भगवान् क्या हुए, रियासत के जमींदार हो गये!

खट्टर काका ने नस ली। फिर बोले—अभी किस्सा खतम नहीं हुआ है। जब महाजन नाव पर सामान लादकर चला, तो फिर नारायण एक साधु के वेष में आ पहुँचे और पूछा कि नाव में क्या है? महाजन को शक हुआ कि एक अपरिचित क्यों ऐसा पूछ रहा है। उसने यह कहकर टाल दिया कि

लतापत्रादिकं चैव वर्त्तते तरणौ मम

"नाव में घास-फूस वगैरह है।" भगवान् तो ऐसे ही मौके की ताक में थे। फिर एक चरण लगा दिया—सत्यं भवतु त्वद्वचः। बस, जितना माल-मता था, बस लत्ता-पत्ता बन गया। अब तो बेचारा बनियाँ लगा सिर पीटने। भगवान् खुश हो रहे थे—"कैसा मजा चखाया? चले थे बच्चू मुझसे चालबाजी करने! अब छल करने का दंड भोगो।"

अजी, भगवान् स्वयं अपना रूप छिपाकर छद्मवेष में वहाँ गये सो तो छल नहीं हुआ, और बेचारे बनियाँ ने आत्मरक्षा की दृष्टि से अजनबी को माल का हाल नहीं बताया, तो वह छल हो गया! यही भगवान् का इंसाफ है!

खैर, बेचारे महाजन ने वादा किया—

प्रसीद पूजयिष्यामि यथा विभवविस्तरैः

"जितना हो सकेगा सो लेकर जरूर आपकी पूजा करूँगा।" तब जाकर भगवान् संतुष्ट हुए और उसका माल लौटा दिया। चुंगीवाले अफसर का भी कान भगवान् ने काट लिया!

मैं—खैर, किसी तरह बेचारा सकुशल घर लौट आया।

ख.—अभी और है जी। उधर घर पर खबर पहुँची तो कलावती उतावली होकर पति को देखने के लिए नदी की ओर दौड़ी। हड़बड़ी में भगवान् का प्रसाद लेना भूल गयी।

प्रसादं च परित्यज्य गता सापि पतिं प्रति

बस, भगवान् ने फिर थानेदारवाला विकराल रूप धारण किया।

तेन रुष्टः सत्यदेवो भर्त्तारं तरणिं तथा
संहृत्य च धनैः सार्धं जले तत्रावमज्जयत्

उनका क्रोध ऐसा भड़का कि पूरी नाव को ही उलट बैठे। यह देखते ही कलावती बेहोश होकर गिर पड़ी। उसके माँ-बाप रोने-पीटने लगे। तब भगवान् ने फिर फब्तियाँ कसीं—"बड़ी चली थी पति से मिलने! मेरा प्रसाद छोड़कर, मेरा अपमान कर स्वामी के पास दौड़ गयी। अब कहो! जब तक घर जाकर मेरा प्रसाद नहीं खायेगी, तब तक पति देवता गोते लगाते रहेंगे।" मरता क्या न करता! कलावती दौड़ी घर गयी, प्रसाद खा आई। किसी तरह रूठे हुए भगवान् को मनाया!

खट्टर काका सुपारी का कतरा करते हुए कहने लगे—अजी, मैं पूछता हूँ, वह नवयुवती

उमंग में अपने पति से मिलने को दौड़ी तो भगवान् के दिल में इतनी ईर्ष्या क्यों धधक उठी? इस तरह की प्रतिस्पर्धा तो सिनेमा के खलनायक में होती है। भगवान् कहीं ऐसा करें? इनको तो और खुश होना चाहिए था कि कलावती अपने पति-देवता को भगवान् से भी बढ़कर मानती है। लेकिन यह तो प्रतिद्वंद्विता पर उतर आये! अंत में तो कलावती इनके सत्यलोक में गयी ही। चांते सत्यपुरं ययौ। पता नहीं वहाँ इनके साथ उसकी कैसी निभी होगी? मुझे तो सत्यनारायण के नाम से ही भय लगता है!

मैंने पूछा—खट्टर काका, सत्यनारायण-कथा में चार-चार कहानियाँ क्यों दी गयी हैं? क्या एक से काम नहीं चल सकता था?

खट्टर काका बोले—देखो। ब्राह्मण, क्षत्रिय, वैश्य, शूद्र, चारों से एक-एक प्रतिनिधि लिये गये हैं, जिससे जनता का प्रत्येक वर्ग पूजा करने के लिए प्रोत्साहित हो।

"एक ब्राह्मण गरीब से धनी हो गया। एक राजा को बेटा हुआ। एक बनियाँ को बेटी हुई। एक लकड़हारे को ज्यादा नफा हुआ।" यही न चारों कथाओं का सारांश है? अजी, ये सब बातें तो रात-दिन होती ही रहती हैं। लोग पूजा करें या न करें। लीलावती गर्भवती हो गयी, तो कौन-सी अनोखी बात हो गयी? यहीं अब्दुल्ला मियाँ ने कब पूजा की कि उसके दर्जन-भर बच्चे हैं? और, चौधरानीजी हर महीना कथा बचवाने पर भी गर्भिणी नहीं हुईं। अजी, मासिक पूजा से कहीं मासिक धर्म बंद होता है? बेचारे त्रिवेदी जी जीवन भर शंख फूँकते रह गये, कभी घर पर खपड़ा नहीं चढ़ा और, तिनकौड़ी लाल ने चोर बाजार की बदौलत तिमंजिला मकान उठा लिया। तुम्हारे सत्यनारायण ने उसको दंड देकर तीनकौड़ी का क्यों नहीं बना दिया?

मैं—तो क्या सत्यनारायण की कथा असत्य है?

ख.—तुम स्वयं सोचकर देख लो। आदि से अंत तक इस कथा को देखने से यही लगता है, जैसे नारायण हद दर्जे के लोभी, स्वार्थी, क्षुद्र और दुष्ट हों। नारायण को नर से भी नीचे गिरा दिया गया है। बल्कि एक वानर जैसा चित्रण किया गया है, जो बात-बात में बंदर-घुड़की दिखाकर, हाथ का फल छीनकर ले भागे और फिर खुश होकर दे दे! ऐसे चरित्र से मन में भक्ति क्या होगी, उलटे अभक्ति हो जाती है।

मैं—लेकिन पूजा का फल कितना बताया गया है?

ख.—हाँ—

सौभाग्यसंततिकरं सर्वत्र विजयप्रदम्

"जो पूजा करेगा, उसकी सर्वत्र जीत होगी।" मैं पूछता हूँ, अगर मुद्दई-मुद्दालह, दोनों एक साथ पूजा करें, तो किसकी जीत होगी?

कथाकार लिखते हैं—

एतत् कृते मनुष्याणां वांछासिद्धि र्भवेद् ध्रुवम्

यजमान की वांछा सिद्ध हो या नहीं, पर पुरोहित की वांछा तो तत्काल सिद्ध हो जाती है। क्योंकि कथाकार यह लिखना नहीं भूले हैं—

विप्राय दक्षिणां दद्यात् कथां श्रुत्वा जनैः सह

अगर दक्षिणा नहीं मिले तो विधाता भी वाम हो जायँ!

मैं—तो क्या यजमानों से प्रसाद और दक्षिणा ऐंठने के लिए ही यह कथा गढ़ी गयी है?

ख.—और क्या! यजमानों को उसी तरह फुसलाया गया है, जैसे बच्चों को फुसलाया जाता है—"कान छेदवा लो, तो गुड़ मिलेगा।" इसी तरह यजमानों को लालच दिया गया है—"गुड़-केला दूध में घोलकर बाँटो, तो बेटा मिलेगा।" बस, भोले-भाले यजमान सस्ता सौदा खरीदने के लिए टूट पड़ते हैं। जैसे, बच्चे दस पैसे की नकली घड़ी के पीछे दौड़ते हैं! उन्हें कहाँ तक कोई समझाए कि नकली माल के फेर में मत पड़ो! क्या रोकने से भी वे मानेंगे? इसी तरह एक हाँड़ी दूध, केला, गुड़ घोलकर जो उसके बदले में बेटा-बेटी या स्वर्ग पाना चाहते हैं, उन्हें क्या कहा जाय? इस देश में तो भेड़ियाधसान है। तभी तो नकली माल के दलाल मालामाल हो जाते हैं, और सत्य की राह पर चलनेवाले पामाल होते रहते हैं।

मैं—खट्टर काका, तब क्या करना चाहिए?

खट्टर काका बोले—अगर शक्ति है, तो असली सत्यदेव की पूजा करो। जहाँ-जहाँ असत्य हो, अन्याय हो, धोखाधड़ी हो, जुआ-जोरी हो, घूसखोरी हो, काला-बाजार हो, सत्य पर पर्दा डालने की साजिश हो, वहाँ जाकर शंख फूँको, जनता में जागृति करो, समाज को सत्य के पथ पर लाओ। वही असली सत्यनारायण की पूजा होगी। और जब वैसी पूजा होने लगेगी, तो सचमुच पृथ्वी पर स्वर्ग उतर आयेगा। कुछ भी दुर्लभ नहीं रहेगा।

न किंचित् विद्यते लोके यन्न स्यात् सत्यपूजनात्!

दुर्गापाठ

पंडितजी आसन पर बैठे दुर्गासप्तशती पाठ कर रहे थे—

रूपं देहि जयं देहि, यशो देहि, द्विषो जहि

(अर्गला स्तोत्र)

तब तक पहुँच गये खट्टर काका। बोले—पंडितजी क्या, देहि, देहि की रट लगाये हुए हैं? विजय भी कहीं भीख माँगने से मिलती है? स्वयमेव मृगेंद्रता! जो पराक्रमी होते हैं, उन्हें स्वयं विजय-लक्ष्मी वरण करती है। आसन पर पलथा लगाकर सिर्फ 'देहि, देहि' जपने से क्या होगा? इसी भिक्षुक मनोवृत्ति ने तो देश को अकर्मण्य बना दिया।

मैंने पूछा—खट्टर काका, हम लोगों में माँगने की यह प्रवृत्ति कैसे आ गयी?

खट्टर काका बोले—देखो, यह रोग बहुत प्राचीन है। वैदिक युग से ही हम लोगों की जिह्वा पर 'द' अक्षर बैठा है। देहि, देहि, देहि। सभी देवी-देवताओं से हम एक ही

अक्षर का संबंध रखते आये हैं—दे। उपनिषद् भी आयी, तो द द द (दान, दया, दमन) का गुरुमंत्र लिए हुए!

श्रद्धया देयम्, अश्रद्धया देयम्,
श्रिया देयम्, ह्रिया देयम्, भिया देयम्!

(तैत्तिरीय 1 । 11)

अजी, वेद और उपनिषद् दोनों का अंत तो 'द' अक्षर से ही होता है! दर्शन भी तो 'द' अक्षर से ही आरंभ होता है। हमारी संस्कृति ही दान पर आधारित है। जो हमें दान नहीं देते, उन्हें हम नादान समझते हैं।

मैं—खट्टर काका, याचना तो निकृष्ट वस्तु है।

ख.—हाँ, परंतु यहाँ आदि से ही भिक्षा की शिक्षा दी जाती है। उपनयन में दीक्षित होते ही ब्रह्मचारी को मंत्र पढ़ाया जाता है—भिक्षां देहि। क्या वेदांती, क्या बौद्ध! यहाँ जो भी आये, सो भिक्षु का बाना बनाये हुए। वे कर्म को तुच्छ समझकर भिक्षुक बनने में गौरव का अनुभव करने लगे। संपूर्ण देश में भिक्षु-वृत्ति फैल गयी। वही संस्कार अभी तक हममें बना है। कभी इंद्र-वरुण से माँगते थे। अब अमेरिका-रूस से माँगते हैं। अभी भी भिक्षा-पात्र लिये संसार के आगे खड़े हैं—अन्नं देहि !

उधर पंडितजी पोथी बाँचे जा रहे थे—

इत्थं यदा यदा बाधा दानवोत्था भविष्यति
तदातदाऽवतीर्याऽहं करिष्याम्यरिसंक्षयम्
(इति श्लोक-जपे महामारी शान्तिः)

(सप्तशती माहात्म्य)

खट्टर काका ने मुझसे कहा—देखो, कैसे-कैसे उपाय अपने यहाँ के विशेषज्ञ बता गये हैं! देश में हैजा-प्लेग हो, यह श्लोक पाठ कर दूर भगा दो। इसी पोथी में स्वराज्य लेने का उपाय भी बताया गया है!

ततो वव्रे नृपः राज्यमिति मंत्रस्य जपे स्वराज्य-लाभः

(स. मा.)

अपने देश के नेताओं को यह बात मालूम रहती, तो इसी मंत्र के जप से भारत को स्वाधीन कर लेते। बेकार इतने लोग जेल गये!

अब पंडितजी से नहीं रहा गया। बोल उठे—आप तो व्यंग्य कर रहे हैं। परंतु पाठ से क्या नहीं हो सकता?

खट्टर काका बोले—पंडितजी, तब एक बात कीजिए। रोगान् अशेषान् वाले श्लोक से पाठ कीजिए, ताकि मलेरिया-फलेरिया आदि समस्त रोग देश से भाग जायँ। अपना देश आकंठ विदेश ऋण में डूबा हुआ है। तब क्यों न सभी भारतवासी मिलकर अनृणा अस्मि वाले श्लोक का सामूहिक पाठ कर देश को ऋणमुक्त कर दें? और कांसोस्मि वाले श्लोक के जप से देश को एकबारगी समृद्धिशाली बना डालें?

मैंने पूछा—खट्टर काका, क्या ये सब बातें भी दुर्गा-माहात्म्य में हैं?

खट्टर काका बोले—क्या नहीं हैं? भिन्न-भिन्न श्लोकों के संपुट पाठ से भिन्न-भिन्न प्रकार के फल बताये गये हैं। स्त्री-प्राप्ति से लेकर मोक्ष-प्राप्ति तक!

उधर पंडितजी पाठ किये जा रहे थे—

पत्नीं मनोरमां देहि मनोवृत्तानुसारिणीम्
तारिणीं दुर्गसंसार सागरस्य कुलोद्भवाम्

(अर्गला स्तोत्र)

खट्टर काका के होंठों पर मुस्कान आ गयी। बोले—मैं तो मनाता हूँ कि पंडितानीजी ठीक दुगदिवी की तरह बन जायँ!

यो मे जयति संग्रामे यो मे दर्पं व्यमोहति
यो मे प्रतिबलो लोके स मे भर्त्ता भविष्यति

(दुर्गासप्तशती)

तब पंडितजी को असली दुर्गा से भेंट हो जाएगी!

फिर पंडितजी से रहा नहीं गया। बोले—क्या आप अर्गला और कील-कवच पाठ को निरर्थक समझते हैं? देखिए—

अर्गलं दुरितं हन्ति कीलकं फलदं भवेत्
कवचं रक्षते नित्यं चंडिका त्रितयं तथा

(शतचंडी विधि)

अर्गला से पाप दूर होता है, कील-कवच से रक्षा होती है।

खट्टर काका बोले—पंडितजी, ये सब अनर्गल बातें हैं। यदि सचमुच ही शत्रु से रक्षा करनी है, तो लोहे का कील-कवच तैयार करना चाहिए। यदि श्लोक से ही शत्रु भाग जाते, तो यहाँ विदेशी राज क्यों होता? यदि यज्ञ-जाप से दुःख-दारिद्र्य दूर हो जाता तो, इतना ओम् और होम होने पर भी देश की ऐसी दुरवस्था क्यों रहती?

उद्यमेन हि सिध्यन्ति कार्याणि न मनोरथैः

सो उद्यम तो आप लोग करेंगे नहीं। एक भानुमती की पिटारी आपको चाहिए, जिससे बैठे-बैठे धन, धान्य, सुख, संतति, आरोग्य, मोक्ष, सबकुछ एक साथ मिल जाय! अगर एक मकड़ा भी घाव कर दे, तो चाहेंगे कि इसी दुर्गापाठ से छूट जाय!

मैंने पूछा—क्या यह भी दुर्गा-माहात्म्य में लिखा हुआ है?

ख.—हाँ, देख लो।

नश्यन्ति व्याधयः सर्वे लूताविस्फोटकादयः

(कवच स्तोत्र)

मैं—खट्टर काका, ऐसी बातें क्यों लिखी हैं?

खट्टर काका बोले—अजी, हम लोगों को मनमोदक खाने का अभ्यास है। अन्यान्य देशों में जिन वस्तुओं को लोग बाहुबल से या बुद्धिबल से अर्जित करते हैं, उन्हें हम

बैठे-बैठे मंत्रबल से ही प्राप्त करना चाहते हैं। वे लोग पाताल गंगा से पानी खींचकर पटाते हैं। हम लोग आकाश-गंगा पर टकटकी लगाये जप करते रहते हैं। इसलिए जहाँ वे लोग वरुण को अपने अधीन कर कुबेर बन गये हैं, वहाँ हम लोग इंद्र पर निर्भर रहकर अनावृष्टि का रोना रोते हैं। दुर्भिक्ष होने पर दुर्गाजी को गोहराने लगते हैं—

दारिद्र्यदुःखभयहारिणि का त्वदन्या!

पंडितजी फिर बोल उठे—तब आप दुर्गापाठ को व्यर्थ समझते हैं?

खट्टर काका ने कहा—पंडितजी, यही तो मेरी समझ में नहीं आता कि आखिर इस तरह पाठ करने से फल क्या है? मान लीजिए, दुर्गाजी की कथा इतिहास ही है। परंतु इतिहास भी तो जपने की वस्तु नहीं है। एक बार पढ़कर समझ लीजिए कि इस प्रकार चंड-मुंड, शुंभ-निशुंभ, रक्तबीज और महिषासुर का वध हुआ। उससे कुछ शिक्षा मिले तो ग्रहण कीजिए; जीवन में चरितार्थ कीजिए। लेकिन इन सात सौ श्लोकों को हजार बार या लाख बार जपने से क्या लाभ? सो भी तूफान मेल की तरह! जैसे, बच्चे पहाड़ा रटते हैं।

पंडितजी बोले—तब जप का माहात्म्य देखिए—

जकारो जन्मविच्छेदः पकारः पापनाशकः
जन्मपापहरो यस्मात् जप इत्यभिधीयते

"जप करने से जन्मजन्मांतर का पाप कट जाता है।"

खट्टर काका बोले—यदि श्लोक ही प्रमाण, तो मैं भी खट्टर पुराण का वचन कहता हूँ—

जकारो जल्पना नाम पकारः पाठ उच्यते
वृथा जल्पमयः पाठः जप इत्यभिधीयते

"वृथा जल्पित शब्दों का पाठ ही जप है!"

'जप' की तरह 'गप' पर भी श्लोक बन सकता है।

गकारः गद्यवार्त्ता स्यात् पकारः पद्यभाषणम्
गद्यपद्यमयानंदः गप इत्यभिधीयते

'ग' से गद्य और 'प' से पद्य का आनंद! तब शुष्क जप को छोड़कर सरस गप ही क्यों न हो?

पंडितजी बोले—आप तो हँसी करते हैं। लेकिन 'दुर्गा' नाम का रहस्य देखिए—

दैत्यनाशार्थवचनो दकारः परिकीर्तितः
उकारो विघ्ननाशश्च वाचको वेदसम्मतः
रेफो रोगघ्नवचनो गश्च पापघ्नवाचकः
भयशत्रुघ्नवचनश्चाकारः परिकीर्त्तितः

(मुण्डमालातंत्र)

'द' से दैत्यनाश, 'उ' से विघ्ननाश, 'र' से रोगनाश, 'ग' से पापनाश, 'आ' से शत्रुनाश होता है।

खट्टर काका बोले—पंडितजी, यह सब बच्चों का खेल है। किसी भी नाम का अक्षरार्थ

जैसा मन में आवे, बैठा दीजिए। यदि उस श्लोक में दकारः की जगह मकारः कर दिया जाय, तो क्या आप मुर्गा-मुर्गा जपने लग जायँगे?

पंडितजी बोले—जप अपने मन से यों थोड़े ही किया जाता है? उसका विधान है—

दिवा लक्षं शुचिर्भूत्वा हविष्याशी जपेन्नरः
तदन्ते हवनं कुर्यात् प्रतिश्लोकेन् पायसैः

(शतचंडीविधि)

हविष्य भोजन करने पर जप होता है। श्लोक-पाठ के साथ पायस से हवन किया जाता है।

खट्टर काका बोले—ये सब श्लोक खीर खाने के लिए बनाये गये हैं। तर माल की आशा पर ही माला पर अँगुलियाँ फिरती हैं।

तब तक बलिप्रदान के लिए एक बकरा आ गया। पंडितजी ने कहा—अब इसको स्नान कराकर, पुष्पमाला पहनाकर, जय जगदंबा कर दीजिए।

खट्टर काका बोले—पंडितजी! बेचारे बकरे ने क्या कसूर किया है, जो इसका वध करवा रहे हैं? जो संपूर्ण जगत् की माता हैं, वह क्या इस छागल की विमाता हैं? जिनको मांस खाना हो, यों ही काटकर खा लें। झूठमूठ काली माता को क्यों कलंकित करते हैं? जिन्हें आप सर्वोपकारकरणाय सदार्द्रचित्ता कहकर स्तुति करते हैं, उनके नाम पर ऐसी नृशंसता क्यों करते हैं? क्या बलिदान का बकरा सर्व की सीमा से बाहर है?

पंडितजी बोले—आप नास्तिक की तरह तर्क करते हैं। देखिए, स्वयं देवी की आज्ञा है—

बलिप्रदाने पूजायामग्निकार्ये महोत्सवे
सर्वं ममैतच्चरित मुच्चार्यं श्राव्यमेव च

(मार्कंडेय पुराण)

इसीलिए उनकी पूजा के साथ बलिप्रदान होता है।

खट्टर काका ने कहा—पंडितजी, बलिदान तो पशुत्व का होना चाहिए। उसके बदले पशु का ही बलिदान कर देते हैं! और पशु भी कैसा, तो निरीह! यह कहाँ का न्याय है?

पंडितजी बोले—शाक्त संप्रदाय में ऐसा ही होता है। शक्तिपूजा का रहस्य जानना हो, तो मंत्र देखिए। भगवती के अनंत रूप हैं। कहीं काली, कहीं गौरी, कहीं तारा, कहीं श्यामा, कहीं चंडी, कहीं चामुंडा! विविध प्रकार से उनकी आराधना की जाती है। ये सब गुह्य विषय हैं।

खट्टर काका ने कहा—पंडितजी, आप लोगों की ये ही गुह्य बातें मेरी समझ में नहीं आतीं। जो कहना हो, साफ-साफ क्यों नहीं कहते?

पंडितजी बोले—सभी रहस्य सबको नहीं बताये जाते। देखिए—

विद्याः समस्ताः तव देवि भेदाः
स्त्रियः समस्ताः सकलाः जगत्सु

संसार में जितनी स्त्रियाँ हैं, सबमें देवी का अंश है। लिखा है—

चांडाली च कुलाली च रजकी नापितांगना
गोपिनी योगिनी शूद्रा ब्राह्मणी राजकन्यका
शक्तयः परमेशानि विदग्धाः सर्वयोषितः

(रेवती तंत्र)

ब्राह्मणी से लेकर चांडाली तक, राजकन्या से लेकर धोबिन तक, सभी स्त्रियाँ शक्तिस्वरूपा हैं।

कामदा कामिनी कामा कांता कामांगदायिनी

(कामाख्या तंत्र)

विशेषतः कुमारी कन्या तो साक्षात् भगवती है। इसीलिए 'कुमारी-पूजन' का इतना महत्त्व है। देखिए, कुमारीतंत्र और बालातंत्र में...

खट्टर काका बोले—पंडितजी, 'कुमारी' और 'बाला' का नाम तो आप बार-बार लेते हैं, लेकिन वृद्धातंत्र का नाम एक बार भी नहीं लेते! क्या देवी का अंश केवल नवयौवनाओं में ही रहता है?

खट्टर काका बोले—देवी का ध्यान तो ऐसे ही किया जाता है। देखिए, कहा गया है—

नव तरुणशरीरा मुक्तकेशी सुहारा
शवहृदि पृथुतुंगस्तन्ययुग्मा मनोज्ञा
अरुणकमलसंस्था रक्तपद्मासनस्था
शिशुरविसमवस्त्रा सिद्ध कामेश्वरी सा

(कालिका पुराण)

कामेश्वरी भगवती सदा नवतरुणी के रूप में रहती हैं। वह लाल फूल, लाल वस्त्र से प्रसन्न होती हैं। इसलिए कहा गया है—

नारीं च रक्तवसनां द्रष्ट्वा वंदेत भक्तितः

(कुलार्णव तंत्र)

रक्तवसना नारी को साक्षात् भगवती का रूप समझकर भक्तिपूर्वक वंदना करनी चाहिए।

खट्टर काका मुस्कुरा उठे। बोले—पंडितजी, यह आपने अच्छा बता दिया। तब तो कोई लाल साड़ी-चोलीवाली कहीं मिल जाय, तो उसकी नवधा भक्ति करनी चाहिए?

श्रवणं कीर्तनं चैव स्मरणं पादसेवनम्
अर्चनं पूजनं दास्यं सख्यमात्मनिवेदनम्

मगर उसी बीच में कहीं उसका बाप-भाई आ गया, तो?

पंडितजी बोले—आप तो हर बात को हँसी में उड़ा देते हैं। किंतु धार्मिक विषयों में परिहास नहीं करना चाहिए।

पंडितजी की भक्तिपूर्वक श्लोक पढ़ने लगे—

दुर्गा दुर्गेति दुर्गेति दुर्गानाम हि केवलम्
यो जपेत् सततं भक्तया जीवन्मुक्तः स मानवः

(मार्कंडेय पुराण)

खट्टर काका बोले—पंडितजी, यदि आपका लड़का सब काम-धाम छोड़कर घर में बैठ जाय और केवल 'माई, माई, माई' जपने लग जाय, तो पंडितानीजी को कैसा लगेगा? क्या उन्हें प्रसन्नता होगी या अपनी किस्मत को रोयेंगी कि कैसा निकम्मा कपूत पैदा हुआ? क्या जगज्जननी में उतनी भी बुद्धि नहीं है, जितनी साधारण माता को होती है?

पंडितजी बोले—वह साधारण स्त्री थोड़े ही हैं! वही माता सभी संकटों से हमारी रक्षा करनेवाली हैं। इसीलिए हम उनकी प्रार्थना करते हैं।

भयेभ्यस्त्राहि नो देवि दुर्गे देवि नमोऽस्तुते

(दुर्गासप्तशती)

खट्टर काका बोले—पंडितजी! एक लड़का था, मातादीन। वह बड़ा हो जाने पर भी माँ पर ही निर्भर रहता था। जहाँ किसी से झगड़ा हो कि "मैया से कह देंगे!" कहीं मारपीट हो तो माँ के आँचल में छिपकर कहता था, "अब आओ तो जानें!" मुझे तो आप लोग जैसे दुर्गामाता के भक्त भी मातादीन के समान ही प्रतीत होते हैं!

पंडितजी बोले—हम लोग जगज्जननी के बच्चे तो हैं ही।

खट्टर काका बोले—पंडितजी, बचपन में जननी के दूध से शक्ति मिलती है। इसका यह अर्थ नहीं कि हम आजीवन स्तनपायी शिशु की तरह छठी का दूध ही पीते रहें।

पंडितजी पुनः स्तुति करने लगे—

शूलिनी वज्रिणी घोरा गदिनी चक्रिणी तथा
शंखिनी चापिनी वाणा भुशुंडी परिघायुधा
शूलेन पाहि नो देवि पाहि खड्गेन चांबिके
घंटास्वनेन नः पाहि चापज्यानिखनेन च

(दुर्गा स्तोत्र)

खट्टर काका से नहीं रहा गया। मुस्कुराकर बोले—पंडितजी! शूल, वज्र, गदा, चक्र, धनुष, वाण, तलवार, सभी अस्त्र-शस्त्र तो आपने देवी को ही धरा दिये। स्वयं अपने हाथ में क्या रखेंगे? चूड़ियाँ?

उधर पंडितजी का पाठ जारी था—

स्तनौ रक्षेत् महादेवी मनःशोक विनाशिनी
नाभौ च कामिनी रक्षेत् गुह्यं गुह्येश्वरी तथा
रोमकूपेषु कौमारी त्वचं वागीश्वरी तथा
शुक्रं भगवती रक्षेत् जानुनी विंध्यवासिनी

(दुर्गाकवच स्तोत्र)

खट्टर काका भभाकर हँस पड़े। बोले—पंडितजी, आपने अच्छा कवच बना रखा है!

अंग-प्रत्यंग की रक्षा का भार देवियों को सौंप दिया है। सबको अलग-अलग अंग बाँट दिये हैं। स्तन महादेवी को और नाभि कामिनी को! गुह्येश्वरी गुह्यांग की रक्षा करेंगी और कुमारी रोमावली की! घुटने विंध्यवासिनी देवी के संरक्षण में रहेंगे और धातु भगवती के! धन्य हैं महाराज! आप लोगों-सा स्त्रैण पृथ्वी पर नहीं मिलेगा।

मैंने पूछा—खट्टर काका, तो शक्तिपूजा में आपकी आस्था नहीं है?

खट्टर काका बोले—अजी, शक्तिपूजा हम लोग करते ही कहाँ हैं? असली शक्तिपूजा करते हैं वे देश, तो आकाश-पाताल को वश में किये हुए हैं। हम लोग तो केवल स्वाँग करते हैं। मिट्टी की महिषासुर-मर्दिनी बनाकर। दैत्यों के पुतले जलाकर। लेकिन वास्तविक वीर मिट्टी के शेर से नहीं खेलते। नकली राक्षस को नहीं मारते।

मैं—खट्टर काका, कुछ भी हो। दुर्गा देवी हैं तो हमारी ही। हम अनादि काल से उनकी आराधना करते आये हैं।

खट्टर काका बोले—यही तो भूल है। दुर्गा, लक्ष्मी या सरस्वती किसी का पोस नहीं मानतीं। मंदिर में पट बंद कर, धूप, आरती और नैवेद्य का लोभ देकर कोई उन्हें वश में नहीं रख सकता। दुर्गा, लक्ष्मी और सरस्वती, तीनों पश्चिम गयीं। जो उनकी अनवरत साधना में लीन हैं, उन्हें छोड़कर वे हमारी कैसे होंगी? इसीलिए लाख सिंदूर, अँचरा और महाप्रसाद का प्रलोभन देने पर भी वे हमारी ओर नहीं ताकतीं। क्यों ताकेंगी? निरीह अजापुत्र पर पराक्रम दिखाने में ही जिनकी वीरता निःशेष हो जाय, उन्हें सिंहवाहिनी क्यों पूछेंगी? नायमात्मा बलहीनेन लभ्यः!

मैंने कहा—खट्टर काका, कल विजयादशमी है।

खट्टर काका बोले—विजय तो हम लोग जो कर रहे हैं, सो हमीं जानते हैं। हाँ, विजया (भंग) का सेवन अलबत्ता कर सकते हैं! दसो इंद्रियाँ शिथिल हो जायँ, तभी तो दशहरा नाम सार्थक!

पंडितजी बोले—तब आपका अभिप्राय है कि दुर्गापाठ बन्द कर दिया जाय?

खट्टर काका बोले—नहीं, पंडितजी, दुर्गाकवच का एक श्लोक ऐसा है जो हम लोंगों को निरंतर स्मरण रखना चाहिए।

पंडितजी ने पूछा—वह कौन-सा श्लोक है?

खट्टर काका ने कहा—

या देवी सर्वभूतेषु लज्जारूपेण संस्थिता
नमस्तस्यै नमस्तस्यै नमस्तस्यै नमोनमः!

देवता

खट्टर काका ने हम लोगों के हाथ में जलपात्र देखकर पूछा—आज सबेरे-सबेरे तुम लोग कहाँ चले हो?

मैं—आज शिवरात्रि है। हम लोग शिवजी पर जल चढ़ाने जा रहे हैं।

ख.—इस फागुन की सुबह में अभी इतनी ठंढी हवा चल रही है और तु मलोग उन पर पानी ढालने जाते हो! शिवजी ने तुम लोगों का क्या बिगाड़ा है, जो इस तरह उन पर धावा करने चले हो!

मैं—खट्टर काका, आपको तो हमेशा मजाक ही रहता है।

ख.—हँसी नहीं करता हूँ। शिवजी तो स्वयं शीतवीर्य हैं। उन पर जल ढालने की क्या जरूरत है? इससे तो अच्छा है कि लोटे का पानी इस पुदीने में डाल दो।

मैंने कहा—खट्टर काका, आपको देवताओं में भक्ति नहीं है?

खट्टर काका बोले—तब जरा बैठ जाओ। काफिला तो जा ही रहा है। तुम जरा बाद ही पहुँचोगे तो क्या होगा? हाँ, देवताओं के विषय में क्या कहते हो?

मैं—यही कि उनमें भक्ति रखनी चाहिए।

ख.—लेकिन यदि पुराण प्रमाण, तो भक्ति कैसे रखी जाय? मैं तो सभी देवताओं के चरित्र जानता हूँ। कहो तो एक-एक की बखिया उधेड़कर रख दूँ। मुझे तो कोई देवता ऐसे नहीं दीखते जो कामी, कपटी, कायर, काहिल और क्रूर नहीं हों! दैत्य बल से जीतते थे। देवता छल से जीतते थे। मेरी समझ में तो देवता दैत्यों से भी ज्यादा गिरे थे।

मैं—खट्टर काका, आप तो हर बात में उलटी गंगा बहा देते हैं।

ख.—तो देवासुर संग्राम पढ़ो। जहाँ असुर लोग चढ़ाई करते थे कि देवतागण त्राहि-त्राहि कर भागते थे। ब्रह्मा के यहाँ से विष्णु के यहाँ, और विष्णु के यहाँ से महेश के यहाँ! जब उनसे भी नहीं सँभलता था तो दुर्गा को गोहराते थे। इसी भीरुता पर महिषासुर ने फटकारा था—

हत्वा त्वां निहनिष्यामि देवान् कपटमंडितान्
ये नारीं पुरतः कृत्वा जेतुमिच्छन्ति मां शठाः

(देवी भागवत 5। 18)

अर्थात् "जो देवता नारी को आगे कर कपट से मुझे जीतना चाहते हैं, उन्हें मैं रण में सुला दूँगा।" लेकिन देवताओं को लाज थोड़े ही थी! देवी को आगे कर स्वयं अंचल की ओट में छिप जाते थे।

मैं—तो क्या देवी देवताओं से ज्यादा शक्तिशालिनी थीं?

ख.—इसमें क्या संदेह? विष्णु चतुर्भुज थे तो दुर्गा अष्टभुजा थीं। शिव बैल पर चलते थे, दुर्गा सिंह की सवारी करती थीं। शक्ति के बिना शिव केवल शव रह जाते हैं!

देवी अपनी देह का मैल छुड़ाकर फेंक देती थी, वह भी देवता के छक्के छुड़ा देता था। तभी तो जब देवता लोग हारने लगते थे, तो देवी की गुहार करते थे।

त्रिपुरस्य महायुद्धे सरथे पतिते शिवे
यां तुष्टवुः सुराः सर्वे तां दुर्गां प्रणमाम्यहम्

(ब्रह्मवैवर्त)

जब त्रिपुरासुर से युद्ध करते समय शिवजी रथ के साथ गिर पड़े, तो सभी देवता दुर्गा की स्तुति करने लगे कि "देवीजी! अब आप ही बचाइए।"

मैं—यह तो लज्जा की बात हुई!

ख.—अजी, देवताओं को सो लाज रहती तो छलपूर्वक विषकन्या के हाथ से दैत्यों को जहर दिला देते? समुद्र मंथन से अमृत निकला, सो तो स्वयं पीकर अमर हो गये, और दैत्यों के आगे विष रख दिया! इससे बढ़कर अन्याय क्या होगा? ये लोग ऐसे स्वार्थांध थे कि महर्षि दधीचि से उनकी रीढ़ की हड्डी माँग ली! खुदगर्जी में इतना भी विचार नहीं रहा कि क्या माँग रहे हैं! वह हड्डी वज्र बन गयी। ऐसी जगह तो वज्रपात हो जाना चाहिए!

मैं—खट्टर काका, आप एकतरफा फैसला करते हैं। देवताओं ने कैसे-कैसे काम किए हैं, सो भी तो देखिए।

खट्टर काका बोले—अजी, काम तो ऐसे-ऐसे किये हैं कि उनका नाम भी नहीं लेना चाहिए! देवताओं के राजा इंद्र ने ऐसा पाप किया कि उनके शरीर में सहस्र छिद्र हो गये!

गौतमस्याभिशापेन भगांगः सुरसंसदि

देवराज दुष्ट ऐसे थे कि जहाँ किसी को तपस्या करते देखते कि उनका इंद्रासन डोलने लगता था। जहाँ कहीं यज्ञ-कार्य होने लगा कि मूसलाधार पानी बरसाने लगते थे।

मैं—परंतु वह वीर कैसे थे?

ख.—ऐसे वीर कि मेघनाद ने रस्से में बाँध दिया! अजी, जो रात-दिन अमरावती में पड़ा-पड़ा अप्सराओं के साथ भोग-विलास में लिप्त रहेगा, वह युद्ध में कहाँ तक ठहरेगा? तभी तो पुराण में इंद्र की इतनी भर्त्सना की गयी है!

लक्ष्मीसमशचीभर्त्ता परस्त्रीलोलुपः सदा

(ब्रह्मवैवर्त)

शची के समान पत्नी होते हुए भी सदा परस्त्रियों में लिप्त! उन्हें नित्य नयी-नयी युवतियाँ चाहिए!

नव्या नव्या युवतयो भवन्ति महद्देवानाम्

(ऋग्वेद 30। 55। 16)

उनमें रात-दिन सिंचन करना ही इनका काम था।

तासु रेतः प्रासिंचत्

(शतपथ 2। 1। 1। 5)

मैं—देखिए, सूर्य और चंद्रमा कैसे पुण्य-प्रताप से चमक रहे हैं!

ख.—दोनों में कोई देवता दूध के धोये नहीं हैं। सूर्य के पुण्य का हाल ऊषा और कुन्ती जानती हैं। प्रताप का यह हाल है कि केतु बार-बार निगल जाता है। समझो तो यह उच्छिष्ट हैं, जूठे हैं। तभी तो ज्योतिज में इनको पापग्रह कहा जाता है। तब गायत्री

मंत्र में तेज कहाँ से आवे! इसी से कितना भी 'धियो योनः प्रचोदयात्' करने से कुछ फल नहीं निकलता है। सविता का गुण हमने इसी अर्थ में ग्रहण किया है कि प्रसविता का कार्य तेजी के साथ करते हैं। और चंद्रमा तो ऐसी कृति कर गये हैं कि अब तक मुँह पर कालिमा पुती हुई है। गुरुपत्नी का भी विचार नहीं! यह कलंक 'यावच्चन्द्र दिवाकरौ' मिटनेवाला नहीं! तभी तो वह क्षय रोग से ग्रसित हुए। ऐसे महापातक में तो गलित कुष्ठ हो जाय।

मैं—खट्टर काका, देवता गण अज अविनाशी होते हैं...

ख.—हाँ, अज कहते हैं बकरे को और अवि नाम भेड़ का है। उसके नाशक तो अवश्य होते हैं।

अश्वं नैव गजं नैव व्याघ्रं नैव च नैव च
अजापुत्रं बलिं दद्यात्, देवो दुर्बलघातकः!

जो अबल रहते हैं, उन्हीं पर देवता प्रबल होते हैं।

मैं—खट्टर काका, छोटे-छोटे देवताओं को छोड़िए। बड़े हैं—ब्रह्मा, विष्णु, महेश।

खट्टर काका बोले—तो बड़ों की भी सुन लो। ब्रह्मा को तो मिट्टी का लोंदा ही समझो। चार मुँह रहने से क्या होता है! कभी कोई काम उनसे पार नहीं लगा। जब-जब देवता लोग सहायता के लिए पहुँचे, तब-तब क्या, तो "विष्णु के यहाँ जाओ।" अर्थात् "मुझ से कुछ नहीं होगा।" वह स्वयं साक्षी गोपाल की तरह पद्मासन लगाये बैठे रहेंगे! वैसा बोदा तो कोई देवता नहीं।

मैं—खट्टर काका, सृष्टि के आदि-मूल को आप ऐसा कहते हैं?

ख.—आदि-मूल क्या रहेंगे? वह तो खुद विष्णु की नाभि से निकले हैं। और, सृष्टि की बात क्या करते हो? सत्ययुग में जन्म लेकर उन्होंने जैसा कृत्य किया, वैसा कलियुग में भी प्रायः कोई नहीं करता। चारों वेदों के कर्त्ता होकर अपनी ही कन्या के पीछे दौड़ गये! कहलाने को 'अज', और काम बोतू का! तभी तो अज का अर्थ बकरा भी हो गया है। इसी छागली वृत्ति के कारण वह अपूज्य माने जाते हैं। सभी देवताओं की पूजा हो जाने पर जो अक्षत शेष बच जाता है, वही उनके नाम पर छींट दिया जाता है।

मैंने कहा—खट्टर काका, सबसे बड़े हैं विष्णु भगवान्।

खट्टर काका बोले—तब विष्णु की भी सुन लो। उनके जैसा मायावी तो कोई नहीं। कहीं मोहन रूप बनाकर नारी को लुभाते हैं, तो कहीं मोहिनी रूप धारण कर पुरुष को रिझाते हैं। मधु-कैटभ सुंद-उपसुंद, सबको तो छल से ही मारा। जालंधर की स्त्री वृंदा के साथ ऐसा जाल किया कि अंतिम विंदु तक पहुँचा दिया! ऐसा छलिया दूसरा कौन होगा?

मैं—परंतु उन्होंने अवतार लेकर कैसे-कैसे काम किये हैं, सो नहीं देखते हैं?

खट्टर काका सुपारी कतरते हुए कहने लगे—अजी, सभी काम तो वैसे ही हैं। छल, कपट और स्वार्थ से भरे हुए। राजा बलि से ऐसा तिकड़म किया कि बेचारा बलिदान

ही पड़ गया! मुझे तो जान पड़ता है कि उसी बलि से बलिदान शब्द बना होगा। बलिवद् दानं बलिदानम् ! कहीं बाप से बेटे को लड़ाते हैं। कहीं भाई से भाई को। कहीं पति से पत्नी को फुटकाते हैं। कशिपु से वैर प्रह्लाद से नाता! रावण को मार विभीषण को राज्! राधा के साथ रास और उसके पति से साहब-सलामत तक नहीं!

मैं—खट्टर काका, देखिए, उन्होंने कैसे ऐन वक्त पर द्रौपदी की लाज बचायी!

खट्टर काका मुस्कुराते हुए बोले—अजी, मुझे तो ऐसा लगता है कि यमुना तट पर चुरायी हुई गोपियों की साड़ियाँ लेकर ही उन्होंने द्रौपदी के आगे ढेर लगा दी होंगी। जब तक स्वार्थ था, तब तक वृंदावन बिहारी बने रहे और काम निकल जाने पर द्वारिका का रास्ता लिया। फिर क्यों राधा की खोज करेंगे? कभी एक चिट्ठी तक बेचारी को नहीं लिखी! जिस यशोदा ने इतना मक्खन खिलाकर पोसा उन्हीं को कौन-सा यश दिया? समझो तो यह किसी के भी नहीं थे। सिर्फ अपने मतलब के यार! अपना स्वार्थ साधने के लिए मछली, कछुआ, सूअर, कौन-कौन बाना नहीं बनाया? ऐसा बहुरूपिया कौन होगा? न नरसिंह रूप धारण करते देर, न बुद्धदेव बनते! राम बनकर धनुष तोड़ते हैं, परशुराम बनकर कुल्हाड़ी चलाते हैं! कभी बुद्ध के रूप में स्त्री को घर में छोड़कर वन का रास्ता लेंगे! कभी राम के रूप में खुद घर में रहकर स्त्री को वन का रास्ता धरायेंगे! ऐसे-ऐसे ऊटपटाँग कामों में ही तो इनका मन लगता है। एक अवतार में माता की गर्दन काटते हैं, दूसरे में मामा को पटककर मारते हैं। अब कल्कि अवतार में न जाने क्या करेंगे?

मैं—खट्टर काका, यह सब तो भगवान् की लीला है।

ख.—हाँ, भगवान् खेलते हैं। कोई गार्जियन तो ऊपर में है नहीं। जो-जो मन में आता है, करते रहते हैं। यह चाल क्या कभी छूटनेवाली है? समझो तो वह अभी तक नाबालिग ही हैं। इसी से राम या कृष्ण की मूर्त्ति में कहीं दाढ़ी-मूँछ देखते हो?

मैं—खट्टर काका, यह तो पते की बात कही। विष्णु भगवान् चिर किशोर नजर आते हैं। परंतु विश्व के पालन-कर्त्ता तो वही हैं?

ख.—अजी, तभी तो विश्व की यह हालत है! वह ऐसे आलस्य-विलासी हैं कि हमेशा ससुराल में ही पड़े रहते हैं। सदा क्षीर सागर शयन! देवता लोग बहुत गोहार करेंगे तो एक-एक बार गरुड़ पर चढ़ेंगे और जाकर सुदर्शन चक्र से काम कर आवेंगे। उसके बाद फिर वही लक्ष्मी-मुख-कमल मधु व्रत! रात-दिन ससुराल में रहते-रहते आदमी अहदी बन जाता है। अजी, जिस पर संसार भर का भार हो, वह कहीं ऐसा घरजमाई बनकर पड़ा रहे! परंतु इनको डाँटे कौन? कभी भृगु जैसे ब्राह्मण से पाला पड़ जाता है, तो सीख जाते हैं। इसी से तो यह ब्राह्मण से भड़के हुए रहते हैं। यदि इनमें ब्राह्मण के प्रति भक्ति रहती तो मेरे कपार पर दरिद्रा क्यों सटी रहती?

मैं—तब तो त्रिमूर्त्ति में बाकी बचे सिर्फ महादेव।

खट्टर काका एक चुटकी कतरा मुँह में रखते हुए बोले—तब महादेव की भी सुन लो। वह तो सहज ही बौड़म ठहरे। आक-धतूर खाकर मत्त! न जाति-पाँति का ठिकाना,

न छुआछूत का विचार! भूत-प्रेत बैताल का संग! चमड़े पहने, हाड़-मूँड लेकर श्मशान में क्रीड़ा करते रहते हैं। औघड़ की तरह! इसी कारण उनका प्रसाद कोई नहीं खाता।

मुझे मुँह ताकते देख खट्टर काका कहने लगे—समझो तो महादेव भारी नास्तिक थे। उन्होंने सारा कर्म-धर्म डुबो दिया। न शिखा-सूत्र रखा, न ब्राह्मण-भोजन कराया। कोई भला आदमी बैल की पीठ पर सवारी करता है? गले में साँप लपेटता है? एक बार जी में आया तो जहर उठाकर पी गये! समझो तो उनके जैसा सनकी आज तक पैदा नहीं हुआ।

मैं—खट्टर काका, महादेवजी निर्विकार हैं।

ख.—सीधे निर्विकार मत समझो। ससुर ने यज्ञ में निमंत्रण नहीं दिया तो जाकर उनकी गर्दन ही काट आये! ससुर का तो यह हाल, और ससुर की बेटी को सर पर चढ़ाकर अर्धनारीश्वर बन गये! समझो तो इन्हीं की देखादेखी आजकल के कलियुगी पति स्त्रियों को सर पर चढ़ाए रहते हैं।

मैं—परंतु महादेवजी आशुतोष हैं। उन्हें प्रसन्न होते भी देर नहीं लगती।

ख.—हाँ, जहाँ किसी ने एक बेलपत्र चढ़ाकर ब्रूम् बोल दिया कि तुरत वरं ब्रूहि। वरदान देते समय औढरदानी! इसी का फल हुआ कि भस्मासुर उन्हीं के मत्थे हाथ देने लगा! समझो तो सभी राक्षस इन्हीं के बहकाए हुए हैं। देवताओं में ऐसा अलमस्त कौन मिलेगा? इसीलिए तो बमभोला कहलाते हैं। अजी, मैंने तो भरसक चेष्टा की कि भोलानाथ से कुछ झीटूँ, लेकिन अभी तक कहाँ हाथ लगे हैं! ऐसे मदक्की का भरोसा ही क्या?

मैं—खट्टर काका, तब सभी देवताओं में श्रेष्ठ आप किसको समझते हैं?

ख.—कैसे कहूँ? स्वयं देवता लोग भी इसका निर्णय नहीं कर सके हैं। महादेव विष्णु को बड़ा मानते हैं। विष्णु महादेव को बड़ा मानते हैं। राम महादेव को पूजते हैं। महादेव राम नाम का जप करते हैं। सीता गौरी की पूजा करती हैं। गिरिजा सीता का ध्यान करती हैं। पार्वती महादेव की आराधना करती हैं। महादेव दुर्गा की स्तुति करते हैं। ऐसा गड़बड़-घोटाला है कि स्वयं देवताओं को भी पता नहीं कि कौन बड़ा, कौन छोटा। नहीं तो महादेव के विवाह में कहीं गणेश की पूजा हो! बाप के विवाह में बेटे की पूजा! देवताओं की बातें ही निराली होती हैं।

मैं—खट्टर काका, जो जितने बड़े देवता हैं, वे उतने ही नम्र और विनयशील होते हैं।

खट्टर काका हँसकर बोले—जो देवानां प्रियः (मूर्ख) होगा, वही ऐसा कहेगा। अजी, देवताओं जैसा झगड़ालू कौन मिलेगा? इन लोगों में इस तरह लड़ाइयाँ हुई हैं कि क्या तीतर-बटेर में होंगी? पहले तो "आप बड़े, तो आप बड़े।" और, जहाँ किसी बात पर बझ गयी तो भिड़ंत होते भी देर नहीं! इंद्र और कृष्ण में, कृष्ण और महादेव में, महादेव और गणेश में, किस प्रकार उठा-पटक हुई है, सो देखना हो तो पुराण पढ़ो। और, अंत में फिर वही स्तुति! "आप पूज्य, तो आप पूज्य!" अजी, ये लोग प्रणम्य देवता थे!

मैं—खट्टर काका, अगर सभी देवता ऐसे ही हैं, तो फिर सृष्टि का काम कैसे चलता है?

खट्टर काका महीन कतरा करते हुए बोले—सच पूछो तो एक ही देवता असली सृष्टिकर्त्ता हैं, और वह हैं कामदेव। उन्हीं से सारी सृष्टि चलती है। ब्रह्मा, विष्णु, महेश—तीनों उनसे हारे हुए हैं। जब बड़ों का यह हाल तो कुत्र गण्यो गणेशः !

मैंने कहा—खट्टर काका, गणेश की पूजा तो सर्वप्रथम होती है। विघ्न दूर करने के लिए।

खट्टर काका बोले—हाँ, वह विघ्नेश कहलाते हैं। परंतु उनका तो अपना ही जीवन विघ्नों से भरा हुआ है। शनि की दृष्टि पड़ी तो मस्तक कट गया। गजवदन बनना पड़ा। परशुराम से लड़ाई हुई तो फरसे से एक दाँत टूट गया। एकदंत हो गये। जब अपने ही विघ्न दूर नहीं कर सके तो दूसरे का विघ्न क्या दूर करेंगे! इसी से लाख गणपति ग्वं हवामहे करते रहने पर भी हम लोगों के दुःख दूर नहीं होते हैं।

मैं—तब गणेश से भी प्रबल हैं कामदेव?

ख.—गणेश के बाप से भी प्रबल हैं। कामदेव को पछाड़नेवाला आज तक कोई पैदा नहीं हुआ। इसी से मैं इनको सबसे बड़ा देवता मानता हूँ। जब तक सृष्टि का प्रवाह चलता है, तब तक कामदेव की सत्ता को कौन अस्वीकार कर सकता है? यह पंचभूतमय शरीर इन्हीं के पंचसायक का प्रसाद है। और, जिस दिन यह देवता अपना वाण तरकस में रखकर कूच करेंगे, उसी दिन प्रलय समझो। सृष्टि के लोप को ही तो प्रलय कहते हैं।

मैं—तब कामदहन की कथा क्यों है?

खट्टर काका बोले—'काम-दहन' का असली अर्थ है कामेन दहनम्। चौरासी लाख योनियाँ कामाग्नि से दग्ध होती रहती हैं। देखो, इनके जितने नाम हैं, सभी से यही बात सूचित होती है। सभी कामनाओं में प्रबल, इसलिए कामदेव। मत्त कर देते हैं, इसलिए मदन। मन को मथकर छोड़ देते हैं, इसलिए मन्मथ। अदृश्य हैं, इसलिए अनंग। कोमल टीस देते हैं, इसलिए पुष्पधन्वा। संयोग करवाते हैं, इसलिए रतिपति। वियोग में जान ले लेते हैं, इसलिए मार!

मैं—तो महादेवजी उन्हें नहीं जीते हुए हैं?

खट्टर काका बोले—महादेव क्या जीतेंगे? कामदेव ही महादेव को जीते हुए हैं। तभी तो—

दुर्गांग स्पर्शमात्रेण कामेन मूर्छितः शिवः

(ब्रह्मवैवर्त)

दुर्गा के अंगस्पर्श से ही वह काम-मूर्च्छित हो गये! 'ब्रह्मवैवर्त' पुराण में शिव का संभोग-वर्णन पढ़ो, तो समझोगे कि कामदेव ने महादेव की कैसी दुर्दशा की है!

भूमौ पपात तद्वीर्यं ततः स्कंदो बभूव ह।

यदि शिव सचमुच कामजयी होते तो कार्त्तिकेय और गणेश का जन्म कैसे होता? लोग कहते हैं कि शिवजी ने मदन को भस्मीभूत कर दिया। मैं कहता हूँ कि मदन ने ही उन्हें भस्ममय बना डाला। तभी तो सती के वियोग में भस्म लेपे रहते हैं! जानते हो, भस्म क्या चीज है?

रुद्राग्नेयात् परवीर्यं तद्भस्म परिकीर्तितम्

(बृहज्जाबालोपनिषद्)

भस्म साक्षात् रुद्र का वीर्य है! अब तुम्हीं कहो, महादेव प्रबल हैं या कामदेव?

मुझे मुँह ताकते देख खट्टर काका बोले—वेद में भी कामदेव को सबसे प्रबल देवता माना गया है। देखो—

कामो जज्ञे प्रथमो नैनं देवा आपुः पितरो न मर्त्याः ततस्त्वमसि
ज्यायान् विश्वहा महान् तस्मै ते काम नाम इति वृणोमि

(अथर्ववेद 9 । 2 । 19)

भविष्यपुराण में तो यहाँ तक लिख मारा है कि

स्वकीयां च सुतां ब्रह्मा विष्णुदेवः स्वमातरम्
भगिनीं भगवान् शंभुः गृहीत्वा श्रेष्ठतामगात्!

(प्रतिसर्गखंड)

मैंने पूछा—खट्टर काका, तो अन्यान्य देवताओं की तरह कामदेव के मंदिर क्यों नहीं बने हैं?

खट्टर काका हँस पड़े। बोले—तुम बिल्कुल भोले हो। वह देवता हर मंदिर में रहते हैं! शरीर-मंदिर से लेकर देवमंदिर तक में। कहीं-कहीं, जैसे कोणार्क और खजुराहो में, प्रकट रूप से विद्यमान हैं। अन्य मंदिरों में प्रच्छन्न रूप में हैं। अभी तुम जिस शिवलिंग पर जल ढारने जाते हो, वह किसका प्रतीक है? मंदिर में जाकर देखो, तो शिवलिंग और जलढरी, दोनों का रहस्य समझ में आ जाएगा।

मैं—खट्टर काका, आप देवताओं से भी परिहास करते हैं?

ख.—हँसी नहीं करता हूँ। पुराण देखो।

लिंगवेदी उमादेवी लिंगं साक्षान्महेश्वरः
तयोः संपूजनादेव देवी देवश्च पूजितौ

(लिंगपुराण)

और भी वचन लो।

शिवशक्त्योश्च चिह्नस्य मेलनं लिंगमुच्यते

(शिवपुराण)

यत्र लिंगं तत्र योनिः यत्र योनिस्ततः शिवः
उभयैश्चैव तेजोभिः शिवलिंगं व्यजायत

(नारदपंचरात्र)

शैव लोग एक अंग की पूजा करते हैं; शाक्त लोग दूसरे अंग की। कुछ लोग दोनों की। अब उसे द्वैत कहो या अद्वैत या विशिष्टाद्वैत! उससे मुझे कोई झगड़ा नहीं।

मैंने कहा—खट्टर काका, आप तो हँसी-हँसी में ही बुद्धि को उलझा देते हैं। क्या आपको देवता में विश्वास नहीं है?

खट्टर काका बोले—अजी, विश्वास क्यों नहीं है? 'देवता' का अर्थ है दिव्य कांति से युक्त। रंगबिरंगे वस्त्रों में चमकते हुए राजाओं को देखकर 'देवता' की कल्पना हुई। 'ईश्वर' का अर्थ मालिक। लक्ष्मीपति का अर्थ धनवान्। नारायण का अर्थ है, जलमहल में शयन करनेवाला। गरुड़वाहन का अर्थ, शीघ्रगामी यान पर चलनेवाला। प्रजापति का अर्थ, प्रजा का स्वामी। हर का अर्थ, कर (मालगुजारी) हरण करनेवाला। चतुर्भुज का अर्थ, जिसका बाहुबल चारों ओर व्याप्त हो। पंचमुख का अर्थ, जो पाँच व्यक्तियों का भोजन खा जाय! ये ही लोग देवता कहलाते आये हैं। जो धनी या प्रभावशाली हों वही देवता।

खट्टर काका नस लेते हुए कहने लगे—देखो, पहले छोटे-छोटे गण थे। इसलिए गणेश अर्थात् गण के सरदार से श्रीगणेश हुआ। वे दलनायक होते थे, इसलिए विनायक नाम पड़ा। उन दिनों भी गणपति गजवदन होते थे और साधारण जनता चूहे की भाँति उनके भार से दबी रहती थी। इसी से मूषिकवाहन कहलाए। बाद में बड़े-बड़े महाराजों को महलों में विलास करते देख अप्सरालय में विहार करनेवाले इंद्र की कल्पना की गयी। एकछत्र सम्राट् को देखकर एकमेवाऽद्वितीयं ब्रह्म की कल्पना हुई। देवता लोग सामंतवाद के प्रतीक हैं; ब्रह्म साम्राज्यवाद के। परंतु अब तो समाजवाद का युग है। इस लोकतंत्र में असली देवता हमीं लोग हैं।

फलित ज्योतिष

उस दिन ज्योतिषीजी मेरे यहाँ पंचांग देख रहे थे। उसी समय खट्टर काका पहुँच गये। उनको देखते ही ज्योतिषीजी अपना पोथी-पत्रा समेटने लगे। फिर भी खट्टर काका पूछ ही बैठे—ज्योतिषीजी! क्या हो रहा है?

ज्योतिषीजी ने कहा—नयी दुलहन अभी मायके में हैं। वह किस दिन यहाँ के लिए यात्रा करेंगी, उसी का विचार कर रहा हूँ।

खट्टर काका बोले—वह जब चाहेंगी, चली आयँगी। इसके लिए आप क्यों परेशान हो रहे हैं?

ज्यो.—लेकिन प्रस्थान तो अच्छे ही दिन में करेंगी!

ख.—अवश्य! दुर्दिन में, आँधी-पानी के दिन, तो नहीं ही चलेंगी।

ज्यो.—लेकिन इस महीने में तो एक भी दिन नहीं होता है।

ख.—इस महीने में पूरे तीस दिन होते हैं।

ज्यो.—लेकिन काल जो अभी पूर्व में है?

ख.—ज्योतिषीजी, मुझे मत ठगिए। काल क्या आपका छुट्टा साँड़ है, जो अभी पूरब की तरफ मैदान में चरने गया है? काल कब किस जगह नहीं रहता?

ज्यो.—आप तो शास्त्र मानते ही नहीं। अभी सूर्य दक्षिणायन हैं।

ख.—हैं, तो हैं। इसमें दुलहन का क्या कसूर है कि आप उन्हें ससुराल नहीं आने देते?

ज्यो.—मैं क्या करूँ? अभी तीन महीने बिदा होने का कोई दिन नहीं बनता।

ख.—क्यों नहीं बनता?

ज्यो.—देखिए, पूस में तो बिदा हो नहीं।

ख.—क्यों नहीं हो?

ज्यो.—पूस महीना प्रशस्त नहीं है।

ख.—पूस महीने ने कौन-सा पाप किया है?

ज्यो.—अब आपसे कौन बहस करे? माघ-फागुन में सामने काल पड़ जाता है। चैत में चंद्रमा वाम पड़ता है।

ख.—इनका विधाता ही वाम है कि आपसे यात्रा का दिन तका रहे हैं। ज्योतिषीजी, जरा साहित्य का भी योग दीजिए। फागुन में कहीं काल का विचार होता है! चैत का चंद्रमा कहीं वाम हो!

ज्यो.—उसके बाद तो भद्रा ही पड़ जाती है।

ख.—भारी भद्रा तो हैं आप। मुझे कहें, तो आज ही दिन बना दूँ।

ज्यो.—सो कैसे? आज सोमवार को तो पूरब की ओर दिशाशूल ही लग जाएगा।

ख.—कैसे लग जायगा? रास्ते में क्या कहीं कील गड़ी हुई है?

ज्यो.—आप तो नास्तिक की तरह बोलते हैं।

'शनौ सोमे त्यजेत् पूर्वाम्...'

ख.—कथं त्यजेत् ? तब आज दिल्ली से हाबड़ा जानेवाली गाड़ी कथं चलेत् ? संपूर्ण पृथ्वी ही पश्चिमी से पूर्व की ओर कथं भ्रमेत् ?

ज्यो.—जो बुद्धिमान हैं, वे दिग्बल में चलते हैं।

ख.—ज्योतिषीजी, आपकी बात मैं सोलहो आने मान लेता, यदि दिग्बल में चलने से रास्ते में मगदल के लड्डू बरस जाते। परंतु मैं तो हर रोज हर तरफ जाता हूँ। न तो दिशाशूल में कभी शूल गड़ा, और न दिग्बल में फूल झड़ा!

ज्यो.—तो आपके लिए दिक्शूल कुछ नहीं है?

ख.—जिसे आप दिक्शूल कहते हैं, वह सिर्फ एक कल्पित दृक्शूल है, जो आपकी आँख में खटकता है।

ज्यो.—तो आपके लिए वारदोष कुछ नहीं है?

ख.—रोममात्र दोष नहीं है। वारदोष और देशों में क्यों नहीं लगता? "सबसे उजबक दीनानाथ" क्या हमीं लोग हैं?

ज्यो.—यदि शास्त्र ही उठा दीजिए, तब तो कोई बात ही नहीं। परंतु मुहूर्त्त चिंतामणि देखिए...

खट्टर काका बीच ही में काटते हुए बोले—मुहूर्त्त चिंतामणि नहीं, धूर्त्त चिंतामणि! आप लोग अपना उल्लू सीधा करने के लिए सभी लोगों को मुहूर्त्त के फेर में डाले हुए हैं। राजा के लिए अभिषेकमुहूर्त्त! सेना के लिए अश्वगजसंचालनमुहूर्त्त! सिपाही के लिए शस्त्रधारणमुहूर्त्त! बनिया के लिए क्रय-विक्रयमुहूर्त्त! महाजन के लिए ऋणदानमुहूर्त्त! सोनार के लिए भूषणघटनमुहूर्त्त! धोबी के लिए वस्त्रप्रक्षालनमुहूर्त्त! नर्त्तकी के लिए नृत्यारंभमुहूर्त्त! यह सब पाखंड नहीं तो और क्या है? बेचारे किसानों को पग-पग पर मुहूर्त्त-जाल में फँसा दिया गया है। हल जोतने के लिए हलप्रवहणमुहूर्त्त! बीज बोने के लिए बीजोप्तिमुहूर्त्त! धान रोपने के लिए शस्यरोपणमुहूर्त्त! धान काटने के लिए धान्यच्छेदनमुहूर्त्त! स्त्रियों की चोटी तो आप लोगों ने और भी कसकर पकड़ी है। कह कब जूड़ा बाँधे उसके लिए केशबंधनमुहूर्त्त! कब चूल्हा गाड़े, उसके लिए चुल्हिकास्थापनमुहूर्त्त! कब नहाये, उसके लिए स्नानमुहूर्त्त! बच्चे को कब दूध पिलाए, उसके लिए स्तनपानमुहूर्त्त!

मुझे विस्मित देखकर खट्टर काका बोले—मैं हँसी नहीं करता। स्तनों पर भी ज्योतिषियों का अधिकार है! स्तनंधय शिशु को भी मुहूर्त्त के बंधन से छुटकारा नहीं! विश्वास नहीं हो, तो उसका भी वचन सुन लो—

रिक्तां भौमं परित्यज्य विष्टिपातं सवैधृतिम्
मृदुधृव क्षिप्रभेषु स्तनपानं हितं शिशोः!

(दैवज्ञवल्लभ)

अजी, मैं पूछता हूँ, यह सब क्या मजाक है? कोई प्रसूतिका मंगलवार को अपना स्तन नवजात शिशु के मुँह में लगा देगी, तो क्या मंगल ग्रह बिगड़कर अमंगल कर देंगे? उनको स्तन से क्या बैर!

मैंने कहा—हो सकता है, ग्रह-नक्षत्रों का कुछ सूक्ष्म प्रभाव पड़ता हो, इसीलिए इतना काल-विचार किया गया है।

खट्टर काका बोले—अजी, यही काल तो हम लोगों का महाकाल बन गया! बाट में काल! हाट में काल! घाट में काल! खाट बुनो, तो काल! ठाट बाँधो, तो काल! इतना ठाट-बाट तो लाट साहब का भी नहीं होता, जितना काल सम्राट् का! "वह रुष्ट होकर विभ्राट कर देंगे!" इसी डर ने लोगों को जाहिल-जाट बना दिया। शादी करो, तो मुहूर्त्त देखो। गौना करो, तो मुहूर्त्त देखो! गृहप्रवेश करो, तो मुहूर्त्त देखो। यहाँ तक कि गर्भाधान करो, तो मुहूर्त्त देखो! यह सब खेलवाड़ नहीं, तो और क्या है?

मैं—खट्टर काका, आप दिल्लगी कर रहे हैं। गर्भाधान भी कहीं पत्रा देखकर किया जाता है।

खट्टर काका बोले—गर्भाधान ही क्यों, इनका वश चले तो गर्मा धान का भी मुहूर्त्त बना दें!

गर्भाधान का वचन देखो—

षष्ठ्यष्टमी पंचदशी चतुर्थी चतुर्दशीरप्युभयत्र हित्वा
शेषाः शुभाः स्युः तिथयो निषेके वाराः शशांकार्य सितेंदुजाश्च

(बृहज्ज्योतिषसार)

"षष्ठी, अष्टमी, पूर्णिमा, अमावस्या, चौठ, चतुर्दशी में गर्भाधान की परमिट नहीं मिलती। सप्ताह में केवल तीन दिन, सोम, बुध, शुक्र को इस कार्य के लिए लाइसेंस दी जाती है। अजी, मैं पूछता हूँ, यदि पूर्णिमा की आनंदमय रात्रि में वर-कन्या 'मिथुन-लग्न' हो जायँ, तो क्या चंद्रमा को ग्रहण लग जायगा या आसमान फट पड़ेगा? रविवार को दांपत्य संयोग होने से क्या सूर्य के रथ का घोड़ा भड़क जायेगा या चक्का टूट जायेगा? फिर ये स्वयंभू ज्योतिषी दाल-भात में मूसलचंद क्यों बन जाते हैं? मिथुन-राशि के बीच वृश्चिक बनकर क्यों पहुँच जाते हैं? पूछे न आछे, मैं दुलहिन की चाची!

मैं—खट्टर काका, आपको ज्योतिष में विश्वास नहीं है?

खट्टर काका बोले—अजी, फलित ज्योतिष यदि फलित होता, तो अभी तक मैं ढाई हजार बार मर चुका होता!

मैं—सो कैसे, खट्टर काका?

ख.—देखो, ज्योतिष का वचन है—

रविस्तापं कान्तिं वितरति शशी भूमितनयो
मृतिं लक्ष्मीं सौम्यः सुरपतिगुरुर्वित्तहरणम्
विपत्तिं दैत्यानां गुरुरखिलभोगानुगमनम्
नृणां तैलाभ्यंगात् सपदि कुरुते सूर्यतनयः

(ज्योतिः सारसंग्रह)

अर्थात्, "रविवार को तेल लगाने से कष्ट, सोमवार को कांति, मंगलवार को मृत्यु, बुधवार को लक्ष्मी, बृहस्पति को दरिद्रता, शुक्रवार को विपत्ति और शनिवार को सुख की प्राप्ति होती है।" इसमें कौन-सा कार्य-कारण संबंध है, सो तो दैवज्ञ ही जानें! मगर मैं पचास वर्ष से नित्य तेल लगाता आया हूँ। इतने दिनों में ढाई हजार से ज्यादा मंगलवार पड़े होंगे। परंतु आज तक मैं जिंदा ही हूँ। फिर भी तुम ज्योतिष में विश्वास रखने को कहते हो?

मैंने कहा—खट्टर काका, इसका उत्तर तो ज्योतिषी ही दे सकते हैं।

खट्टर काका बोले—ज्योतिषी क्या उत्तर देंगे! अपने ही फंदे में फँस जायँगे। देखो, कैसा गड़बड़झाला है! ऋतु प्रकरण में एक जगह कहते हैं—

आदित्ये विधवा नारी

अर्थात्, "यदि कोई स्त्री रविवार को ऋतुमती हो, तो विधवा हो जाएगी।" और

फिर दूसरी जगह कहते हैं—

पंचम्यां चैव सौभाग्यम्

अर्थात्, "यदि पंचमी तिथि में ऋतुमती हो, तो वह सौभाग्यवती होगी।"

अब मैं ज्योतिषी महाराज से पूछता हूँ कि अगर पंचमी रविवार को कोई स्त्री ऋतुमती हो, तब वह क्या होगी?

ज्योतिषीजी को चुप देख खट्टर काका बोले—और देखो। एक वचन है—

माघे पुत्रवती भवेत्

अर्थात्, "माघ मास में रजोदर्शन होने से स्त्री पुत्रवती हो।"

और दूसरा वचन है—

कृत्तिकायां तु बंध्या स्यात्

अर्थात्, "कृत्तिका नक्षत्र में रजोदर्शन होने से स्त्री बंध्या हो।"

अब ज्योतिषाचार्य से पूछो कि यदि माघ मास कृत्तिका नक्षत्र में स्त्री रजस्वला हो जाय, तब तो बंध्या-पुत्र का जन्म हो जाएगा!!

ज्योतिषीजी को निरुत्तर देखकर खट्टर काका फिर बोले—और तमाशा देखो। एक जगह तो कहते हैं कि—

धने पतिव्रता ज्ञेया

अर्थात्, "धन राशि में रजस्वला होने से पतिव्रता हो।"

और दूसरी जगह कहते हैं कि—

मंदे च पुंश्चली नारी

अर्थात्, "शनिवार को रजस्वला होने से व्यभिचारिणी हो।"

अब तुम्हीं कहो कि यदि वह धन राशि में शनिवार को रजस्वला हो जाय, तब क्या करेगी?

अजी, कहाँ तक कहूँ? इतने पाखंड भरे हुए हैं, कि वर्णन करने से महापुराण बन जाय। फिर भी यहाँ के लोग बात-बात में ज्योतिषी का पुँछल्ला पकड़े रहते हैं!

खट्टर काका बोल ही रहे थे तब तक बुद्धिनाथ चौधरी दौड़ते हुए पहुँचे और बोले—ज्योतिषीजी, अभी-अभी मेरे घर में शिशु का जन्म हुआ है। इसी से दौड़ा आ रहा हूँ। जरा लग्न-कर्म देखिए।

ज्योतिषीजी ने पूछा—कितनी देर पहले शिशु का जन्म हुआ है?

बुद्धिनाथ बोले—यही करीब दस मिनट होते हैं।

ज्योतिषीजी पत्रा देखते-देखते एकाएक चीख उठे—बाप रे बाप!

खट्टर काका ने पूछा—क्या हुआ? ज्योतिषीजी! क्या ततैया ने काट लिया?

ज्योतिषीजी सर पर हाथ रखकर बोले—नहीं, महाराज! सो रहता तो क्या बात थी? यह तो सर्वनाश हो गया!

बुद्धिनाथ चौधरी को काटो तो खून नहीं! थरथर काँपते हुए बोले—जल्द कहिए,

ज्योतिषीजी! क्या बात है?

ज्योतिषीजी बोले—कहूँ क्या खाक? मूल नक्षत्र के प्रथम चरण में जन्म हुआ है। गंडयोग में! वह आप ही को ले डूबेगा। मूलाद्यपादे पितरं निहन्ति!

बुद्धिनाथ चौधरी पर वज्रपात हो गया। वह फूट-फूटकर रोने लगे। ज्योतिषीजी गंभीर भाव से कहने लगे—शिशु ने आपका नाश करने के लिए ही जन्म लिया है। दो ही उपाय हैं। या तो उसे कहीं फेंक दीजिए या आज ही माँ के साथ ननिहाल भेज दीजिए। आठ वर्ष तक उसका मुँह आपको नहीं देखना है। और अभी से

धेनुं दद्यात् सुवर्णं च ग्रहांश्चपि प्रपूजयेत्

गोदान, स्वर्णदान, नवग्रहपूजा, यह सब करना पड़ेगा।

अब खट्टर काका से नहीं रहा गया। बोले—जिसने यह सब लिखा है, वह झूठा है, मक्कार है! असली ग्रह तो आप लोग हैं। नक्षत्रों की आड़ में अपना नक्षत्र बनाते हैं। क्यों इस बेचारे को व्यर्थ महाजाल में डाल रहे हैं?

ज्यो.—तो क्या आप जन्मकुंडली का फल नहीं मानते?

ख.—कुंडली का इतना ही फल मानता हूँ कि उससे आपके बच्चे के कान में कुंडल पड़ जाते हैं। मेरी नजर में वह सरासर जाली दस्तावेज है। इसी समय हजारों बच्चे दुनिया में पैदा हुए होंगे। तो क्या सभी के भाग्य-कर्म एक-से होंगे? एक ही साथ दो जुड़वाँ बच्चे जन्म लेते हैं। एक जीता है, दूसरा मर जाता है। टीपन तो एक ही रहती है। फिर फल क्यों परस्पर विरुद्ध होते हैं?

ज्योतिषीजी कुछ कुंठित होते हुए बोले— तो भृगु-पराशर आदि जो इतना सारा जातक-विचार कर गये हैं, वह मिथ्या है?

खट्टर काका बोले—ये ही सब नाम बेचकर तो आप लोग हजारों वर्षों से यह ठग-विद्या का व्यापार चला रहे हैं। जो मन में आवे सो श्लोक गढ़कर जोड़ दीजिए और ठोक दीजिए पराशर के मत्थे!

अजी, मैंने भी ज्योतिष के ग्रंथ देखे हैं। उनमें ऐसी-ऐसी बातें हैं, जो धूर्तों की ही रची हो सकती हैं। यजमानों की आँख में धूल झोंककर यजमानिनों के साथ भद्दे मजाक तक किये गये हैं।

ज्योतिषीजी ने सशंकित होते हुए पूछा—कैसे? आप उदाहरण दे सकते हैं?

खट्टर काका ने कहा—एक-दो नहीं, अनेकों। देखिए, यार लोग कैसा ढोंग रचे हुए हैं!

उपपदे बुधकेतुभ्यां योग संबंधके द्विज
स्थूलांगी गृहिणी तस्य जायते नात्र संशयः

(पाराशरहोरासार)

यजमान की जन्मकुंडली देखकर वे पहले ही जान जाते हैं कि उसकी पत्नी मोटी, गुलथुल बदन की होगी। इतना ही नहीं, कुंडली में ग्रहों का हिसाब लगाकर स्तनों का आकार भी भाँप लेते हैं!

कठिनोर्ध्व कुजाचार्ये श्रेष्ठस्थूलस्तनोत्तमा

(पा. हो.)

"अगर कुज (मंगल) बुलंद होंगे, तो कुच भी बुलंद रहेंगे।"

मुझे विस्मित देखकर खट्टर काका कहने लगे—अजी, इतने ही में मुँह बा रहे हो? अभी और सुनो।

जामित्रे मंदभौमस्थे तदीशे मंदभौमजे
वेश्या वा जारिणी चापि तस्य भार्या न संशयः

(पा. हो.)

जिसकी टीपन में इस तरह का योग होगा, "उसकी पत्नी निःसंदेह रंडी होगी या यारों के साथ आशनाई करेगी।"

मैंने कहा—अरे! ऐसी बातों से तो दांपत्य संबंध का विच्छेद हो जा सकता है।

खट्टर काका बोले—उसकी फिक्र श्लोक बनानेवाले को थोड़े ही है? और सुनो।

भग्नपादार्क्ष संयोगाद् द्वितीया द्वादशी यदि
सप्तमी चार्कमंदारे जायते जारजो ध्रुवम्

(पा. हो.)

अर्थात्, शिशु की कुंडली में उपर्युक्त योग रहे, तो वह निश्चय जारज संतान है।

मैं—यह श्लोक तो स्त्री का गला कटवा दे सकता है।

ख.—अजी, केवल स्त्री का ही नहीं, छोटे भाई का गला कटानेवाला श्लोक भी है। देखो—

ग्रहराजे स्थिते लग्ने चतुर्थे सिंहिकासुते
स्वदेवरात् सुतोत्पत्तिः जाता तस्याः न संशयः

(पा. हो.)

अर्थात्, टीपन में ऐसा योग हो, तो "निस्संदेह देवर के वीर्य से पुत्रोत्पत्ति हुई है!" टीपन सूँघने से ज्योतिषी महाराज को वीर्य की गंध लग जाती है! अब तुम्हीं बताओ, यह सब गुंडई नहीं, तो और क्या है? और ऐसे-ऐसे शोहदों को इस देश में कहा जाता है ज्योतिर्विद्यार्णव!

मैंने पूछा—आपने जो सब वचन कहे हैं, वे क्या सचमुच ज्योतिष के ग्रंथ में है?

खट्टर काका बोले—नहीं तो क्या मैं अपनी तरफ से गढ़कर कह रहा हूँ? ज्योतिषाचार्य तो यहाँ बैठे ही हुए हैं! पूछ लो कि ये सब श्लोक ग्रंथ में हैं या नहीं। सो भी ग्रंथ कैसा कि पाराशर होरासार!

ज्योतिषीजी सर खुजलाते हुए बोले—हाँ, वचन तो जरूर ग्रंथ में हैं। 'पाराशर होरासार' ज्योतिःशास्त्र का प्रामाणिक ग्रंथ है। किंतु उसको आप असत्य क्यों मानते हैं?

खट्टर काका बोले—केवल असत्य ही नहीं, अश्लील भी। उसमें ऐसी-ऐसी गंदी गालियाँ भरी हुई हैं, जैसी चकले में ही सुनने को मिलेंगी। देखिए—

धनेशे सप्तमे वैद्ये परजायाभिगामिकः
जाया तस्य भवेद्वेश्या मातापि व्यभिचारिणी

(पा. हो.)

इस प्रकार की ग्रहदशा हो, तो "वह आदमी परस्त्री-गामी होगा, उसकी पत्नी रंडी होगी, उसकी माँ व्यभिचारिणी होगी!" ऐसी माँ-बहूवाली गालियाँ भठियारों के मुँह से ही निकल सकती हैं। क्या यह विद्वानों की भाषा है?

मैंने कहा—खट्टर काका, ज्योतिषशास्त्र में ऐसी बातों भी होंगी, यह मैं नहीं जानता था।

खट्टर काका बोले—तुमने ज्योतिष पढ़ा ही कब? बृहज्जातक, पाराशर आदि देखो तब पता लगेगा।

अब ज्योतिषीजी से नहीं रहा गया। शास्त्रार्थ की मुद्रा में बोले—यह सब झूठ है, इसका प्रमाण?

खट्टर काका ने उत्तर दिया—प्रमाण स्वयं मैं हूँ। मेरी टीपन में राजयोग लिखा है।

वाहनेशस्तथा माने मानेशो वाहने स्थितः।
लग्नधर्माधिपाभ्यां तु दृष्टो चेदिह राज्यभाक् ।।

(पा. हो.)

परंतु राज मिलने की क्या बात, एक राज (मजदूर) तक नहीं मिलता। राजयोग के बदले रोज हठयोग का अभ्यास करना पड़ता है। अब रहा जारयोग! सो जरा तर्कशास्त्र का योग लगाकर देखिए। क्या व्यभिचार पत्रा देखकर किया जाता है? और उससे जो गर्भ होता है, वह क्या लग्न का विचार कर पेट से निकलता है? आप दूसरों का कौन कहे, अपने पुत्र का भी जारज योग नहीं पकड़ सकते! इसीलिए कहा गया है—

गणयति गगने गणकः चंद्रेण समागमः विशाखायाः
विविधभुजंगक्रीडासक्तां गृहिणीं न जानाति!

विशाखा, अनुराधा, और रोहिणी के समागम पर तो आपकी सूक्ष्म दृष्टि रहती है, चु चे चो ला अश्विनी[1] को आप कसकर पकड़े रहते हैं, आकाश के हस्त नक्षत्र का प्रवेश आप देखते हैं, किंतु अपने घर की हस्तिनी की गतिविधि आप नहीं जानते! तब जारज योग क्या पकड़िएगा?

ज्योतिषीजी तिलमिला उठे। बोले—यह तो गाली हो गयी। ज्योतिषी की स्त्री क्या गणिका होती है?

खट्टर काका हँसकर बोले—गणक का स्त्रीलिंग तो गणिका ही होना चाहिए। और, स्वयं गणक भी तो कुछ हद तक गणिका के समान ही होते हैं, देखिए, कैसी चुटीली उक्ति है!

---

1. चु चे चो ला अश्विनी, लि लु ले लो भरणी आदि ज्योतिष के वचन हैं जो 'होराचक्र' के अंतर्गत आते हैं।

गणिका गणकौ समानधर्मौ निजपंचांगनिदर्शकावुभौ
जनमानस मोहकारिणौ तौ विधिना वित्तहरौ विनिर्मितौ

"विधाता ने गणक (ज्योतिषी) और गणिका (वेश्या) को इसीलिए बनाया है, कि वे अपने पंचांगों के द्वारा जनमन को मोहित कर द्रव्य हरण करें। ये पत्रा खोलकर दिखलाते हैं, वे पाँचों अंगों को खोलकर दिखला देती हैं।"

ज्योतिषीजी कटकर रह गये। फिर भी अभिमानपूर्वक बोले—ज्योतिष के सभी वचन प्रामाणिक और सत्य हैं। भृगु पराशर आदि त्रिकालदर्शी थे।

खट्टर काका ने मुस्कुराते हुए पूछा—ज्योतिषीजी, आपको अपनी जन्मकुंडली पर पूर्ण विश्वास है?

ज्यो.—अवश्य।

ख.—अच्छा, तो जरा अपनी कुंडली मुझे देखने दीजिए।

ज्योतिषीजी ने कुछ हिचकिचाते हुए अपनी कुंडली बस्ते से निकालकर खट्टर काका के हाथ में दी।

खट्टर काका ने कुंडली देखकर कहा—क्यों ज्योतिषीजी? मैं फल कहूँ? आप भागेंगे तो नहीं?

ज्यो.—भागूँगा क्यों?

खट्टर काका—तो सुनिए। पराशर का वचन है—

भौमांशकगते शुक्रे भौमक्षेत्रगतेऽपि च
भौमयुक्ते च दृष्टे च भगचुम्बनभाग् भवेत्!

अब आप अपने शुक्र का स्थान देखिए। यह योग आपमें लगता है कि नहीं? अब यदि आप कहें, तो मैं ठेठ भाषा में सबको अर्थ समझा दूँ।

यह सुनते ही ज्योतिषीजी पोथी-पत्रा समेटते हुए तुरंत उठकर बिदा हो गये।

खट्टर काका बार-बार पुकारते रह गये—ओ ज्योतिषीजी! अजी ज्योतिषीजी महाराज! सुपारी तो लेते जाइए।

परंतु ज्योतिषीजी काहे को लौटेंगे?

चंद्रग्रहण

उस रात चंद्रग्रहण लगा था। गाँव के लोग नदी में स्नान कर रहे थे। उधर खट्टर काका अपने दालान में बैठकर आग ताप रहे थे। मैंने जाकर पूछा—खट्टर काका, ग्रहण-स्नान नहीं कीजिएगा?

खट्टर काका बोले—अजी, यह जाड़े का महीना! पाला पड़ रहा है। उस पर आधी रात को मैं नहाने जाऊँ! सो क्या कुत्ते ने काटा है?

मैंने कहा—देखिए न! घाट पर कैसा जमघट लगा हुआ है!

खट्टर काका सिहरते हुए बोले—हे भगवान्! यह सनसनाती हुई हवा! यह ठंडा पानी! जरा छू जाय तो अँगुलियाँ बर्फ बन जायँ! उस पर सहस्त्रों स्त्री-पुरुष छाती भर पानी में खड़े हैं। बच्चे ठिठुर रहे हैं। मर्द सर्द हो रहे हैं। कोमलांगियाँ काँप रही हैं। पुरबैया की लहरें भींगे अंचलों में तीर की तरह प्रवेश कर छातियाँ छेद रही हैं। फिर भी पुण्य के लोभ में भेड़ियाधसान मची हुई है!

मैंने पूछा—खट्टर काका, आप नहीं ही नहायेंगे?

खट्टर काका बोले—अजी, चंद्रमा पर पृथ्वी की छाया पड़ रही है। कुछ देर में स्वतः हट जाएगी। इसलिए मैं पानी में क्यों डूबने जाऊँ? क्या सारे गाँव के साथ मैं भी पागल हो जाऊँ?

मैंने कहा—उधर पंडितजी को देखिए, किस तरह आँखें मूँदकर जप कर रहे हैं! उन्हें इस बार ग्रहण देखना मना है, इसलिए ऊपर नहीं ताकते।

खट्टर काका—ताकेंगे तो क्या होगा?

मैं—मृत्यु।

ख.—मृत्यु तो एक दिन होगी ही। वह क्या आँख मूँदने से या ओम् सों सोमाप नमः जपने से टल जाएगी?

मैं—इस बार उन्हें मृत्युयोग है।

ख.—अजी, मैं तो बचपन से अभी तक न जाने कितने मृत्युयोग पार कर चुका हूँ। कभी ओम् जूं सः नहीं जपा। परंतु मारकेश एक केश भी टेढ़ा नहीं कर सके। अगर ग्रहशांति नहीं करने से सचमुच मृत्यु हो जाती, तो इंगलिस्तान, तुर्किस्तान, अफगानिस्तान, बलुचिस्तान आदि समस्त देश कब न कब्रिस्तान बन गये रहते! केवल पंडितजी जैसे कुछ बुद्धिनिधान जंबूद्वीप के इस भारतखंड की शोभा बढ़ाते रहते।

मैं—तब राशिफल और ग्रहशांति मनगढ़ंत बातें हैं?

ख.—तुम्हीं सोचकर देखो। इस बार तुम्हारी काकी का राशिफल निकलता है 'स्त्रीनाश'! राशिफल बनानेवाले को इतना भी खयाल नहीं रहा कि औरतों, बच्चों और अविवाहितों पर यह फल कैसे लागू होगा? अधिकांश राशियों के फल जान-बूझकर खराब ही रखे गये हैं। व्यथा, चिंता, घात, माननाश! अगर ऐसा नहीं लिखते, तो अनिष्ट-परिहार के नाम पर अपनी इष्ट-पूर्त्ति कैसे करते? समझो तो यह ग्रहण चंद्रमा को नहीं लगकर हम लोगों को लगता है।

मैं—सो कैसे, खट्टर काका?

ख.—देखो, ग्रहण लगते ही हम लोगों को अशौच लग जाता है। जैसे जन्माशौच, मरणाशौच, वैसे ही ग्रहणाशौच! एक घंटा पहले ही से रसोई-पानी बंद। मिट्टी के बर्त्तनों को बाहर फेंकिए। स्नान कीजिए, जप कीजिए, शांति कराइए। पुरोहितों को दान-दक्षिणा दीजिए। धूर्त्तों ने ग्रहण को भी ग्रहण (लेने) का साधन बना लिया है!

इतने ही में ग्रहणदान ग्रहणदान का शोर मचा।

खट्टर काका बोले—देखो, राहु के भाई-बंधु 'कर' वसूलने के लिए कैसे चिल्ल-पों मचा रहे हैं! जब रिश्वत मिल जायगी, तब राहु से सिफारिश कर चंद्रमा को छुड़वा देंगे। तब तक वह दैत्य चंद्रमा पर दाँत गड़ाये रहेगा। देखते हो, कितने पैसे बरस रहे हैं! हाय रे बुद्धि!

मैं—खट्टर काका, आपके विचार से यह सब अंधविश्वास है?

ख.—इसमें भी तुम्हें संदेह ही है? आज संपूर्ण देश में मेले लगे होंगे। काशी-प्रयाग आदि में नरमुंडों का समुद्र लहराता होगा। उसमें कितने बच्चे खोयेंगे, कितनी वृद्धाएँ कुचल जाएँगी, कितनी युवतियाँ मर्दित होंगी! इसका कोई ठिकाना है? ऐसा धर्म-धकेल और कहीं होता है? जहाँ और देशों में इस मद में एक छदाम भी खर्च नहीं होगा, वहाँ हमारे देश में आज करोड़ों रुपये पानी में चले जायेंगे। इतने रुपये यदि ठोस पृथ्वी में लगाते, तो बाहर से अनाज नहीं मँगाना पड़ता। परंतु हम पृथ्वी की छाया के पीछे पैसे लुटाते हैं! पेट में अन्न नहीं, गाँठ में पैसे नहीं, फिर भी धर्म के नाम पर गोते लगाने में, सबसे आगे! इसी धर्मांधता के कारण गंगास्नान में कितनों को गंगालाभ भी हो जाता है।

मैंने पूछा—खट्टर काका, ऐसी मूर्खता क्यों है?

खट्टर काका बोले—इस देश में मूर्खता के प्रधान कारण हैं पंडित लोग।

मैंने कहा—खट्टर काका, आप तो पहेली बुझा रहे हैं। पंडित कैसे मूर्खता के कारण होंगे?

खट्टर काका बोले—देखो, पंडितों को एक विद्या हाथ लग गयी। ग्रहण का ज्ञान! आज तो विज्ञान का एक साधारण छात्र भी गणित की सहायता से इतना जान सकता है। परंतु उस युग में यही विद्या कामधेनु बन गयी। सूर्य-चंद्रमा उनके लिए सोना-चाँदी बन गये। जन-मानस में अंधविश्वास जम गया। "जब ये पंडित आकाश का हाल जान लेते हैं, तो पृथ्वी का क्यों नहीं जानेंगे?" पंडित लोग भी सर्वज्ञता का ढोंग रचने लगे। 'चंद्रग्रहण' के साथ-साथ 'पाणिग्रहण' का समय भी बताने लगे। धीरे-धीरे वे सभी ग्रहों के ठेकेदार बन गये और उनके नाम पर द्रव्यग्रहण करने लग गये। जादू वह जो सिर पर चढ़कर बोले! देखो, किस नाटकीय ढंग से दान लेते हैं! चंद्रमा के नाम पर सफेद रंग के पदार्थ! चाँदी, मोती, शंख, चावल, दही, घी, कपूर, चंदन, श्वेतवस्त्र और उजला बैल! शनि के नाम पर काले रंग की चीजें लेते हैं। जैसे, नीलमणि, नीला वस्त्र, लोहा, तिल, उड़द, कुलथी, भैंस, और काली गाय। सूर्य के नाम पर लाल रंग के पदार्थ। जैसे सोना, ताँबा, मणि, मूँगा, गेहूँ, गुड़, केसर, लाल वस्त्र, और लाल रंग का बछड़ा! क्या कविता है! यजमानों के लिए यह भले ही महँगी पड़ी हो, लेकिन रचयिताओं के लिए तो अर्थकरी सिद्ध हुईं। इसी प्रकार सभी ग्रहों के बही-खाते खुले हुए हैं। इन्हीं नवग्रहों के प्रसाद से पंडितों की अँगुलियों में अष्टधातु की अँगूठियाँ पड़ने लगीं। उनकी स्त्रियों की बाँह में 'नवग्रही' (आभूषण) चमकने लगी। ज्योतिष का फल औरों के लिए फलित हो या नहीं, स्वयं उनके लिए तो अवश्य फलित हुआ।

मैंने कहा—खट्टर काका, देखिए। उधर चौधरानीजी घी का घड़ा दान कर रही हैं।

खट्टर काका बोले—यों तो सीधी अँगुली से छँटाक भर घी भी नहीं निकालतीं। लेकिन यारों ने ऐसा प्रपंच रचा है कि इनका पूरा घड़ा ही हथिया रहे हैं। देखो, क्या वचन बना दिया है!

घृतकुंभोपरिनिहितं शंखं नवनीतपूरितं दद्यात्
नाड्यादिदोषशांत्यै द्विजाय दोषाकरग्रहणे

(कृत्यमंजरी)

अर्थात् "नाड़ीदोष की शांति करने के लिए चंद्रग्रहण के अवसर पर घी के घड़े पर मक्खन से भरा हुआ शंख रखकर ब्राह्मण को दान करना चाहिए।"

पंडितों ने इस तरह यजमानों की 'नाड़ी' पकड़ी कि उन्हें निपट 'अनाड़ी' बना दिया। केवल 'नाड़ी' ही नहीं, उनकी 'नारी' भी पंडितों की मुट्ठी में आ गयी।

मैं—खट्टर काका, आप तो अलंकार ही बोलते हैं!

ख.—अलंकार ही नहीं। यथार्थ कहता हूँ। इन पंडितों ने यजमानिनी का केश पर्यंत अपने हाथ में कर लिया।

मुझे विस्मित देखकर खट्टर काका ताखे से मिथिला देशीय पंचांग निकालकर बोले—देख लो।

स्त्रीणां केशबंधन मुहूर्त्ताः
अश्विनी, आर्द्रा, पुष्य, पुनर्वसु नक्षत्रेषु

मैं पूछता हूँ, "भरणी, कृत्तिका, रोहिणी, मृगशिरा नक्षत्रेषु" क्यों नहीं? यदि कोई मृगनयनी नक्षत्र में जूड़ा बाँध ले, तो इससे ज्योतिषी को कौन-सा जूड़ी-बुखार चढ़ जायगा? जब वे अपनी चुटिया पत्रा देखकर नहीं बाँधते, तो स्त्रियाँ अपनी चोटी पत्रा देखकर क्यों बाँधेंगी?

मैं—खट्टर काका, मुझे नहीं मालूम था कि पंचांग में इस तरह की बातें भी लिखी हैं।

खट्टर काका पंचांग मेरी ओर बढ़ाते हुए बोले—तो देख लो। कितने मोटे अक्षरों में शीर्षक दिये हुए हैं!

नववध्वाः पाकारंभः!
प्रसूतीनां नखच्छेदनम्!
स्त्रीणां लाक्षाभरणधारणम्!
शिशुमुखे स्तनदानम्!

"नई बहू कब चौके में जाय? प्रसूतिका कब नाखून कटावे? स्त्रियाँ कब लाह की चूड़ियाँ पहनें? कब बच्चे के मुँह में स्तन लगावें? सभी के मुहूर्त्त दिये हुए हैं। और बड़े-बड़े महामहोपाध्याय इस पंचांग के अनुमोदनकर्त्ता हैं। देखो, कैसे-कैसे लब्धप्रतिष्ठ पंडितों के नाम इस पर छपे हैं!"

मैंने कहा—खट्टर काका, बड़े-बड़े पंडित लोग ऐसी छिछली बातों में क्यों पड़ते हैं?

उन्हें तो महत्त्वपूर्ण विषयों में अपनी बुद्धि लगानी चाहिए।

खट्टर काका बोले—अगर अपने देश के पंडित वैसे होते तो फिर रोना ही क्या था? मगर ये लोग तो स्त्रीणाम् अंगस्फुरणफलम् जैसी बातों में अपना पांडित्य प्रदर्शन करते हैं। "स्त्री की जाँघ फड़के, तो दुलार मिलेगा। कमर फड़के, तो नीच से प्रेम होगा। नाभि फड़के, तो पति का नाश होगा।" इन लोगों ने ऐसा पंचांग बनाकर रख दिया है, कि स्त्रियों के पाँचों अंगों को मुट्ठी में जकड़ लिया है।

मैं—परंतु पंचांग में महत्त्व की बातें भी तो हैं? जैसे वृष्टियोग, वर्षफल।

खट्टर काका पत्रा खोलते हुए बोले—सो भी देख लो।

इस बार पराभव नामक संवत्सर हैं, जिसका फल लिखा है—

पंडिताश्च प्रजाः सर्वे भयभीताः पराभवे।

अर्थात् "प्रजा पीड़ित रहे, सभी भयभीत रहें।"

मैं—तब तो वर्ष-फल बुरा है।

ख.—परंतु वर्षेश बृहस्पति है, जिसका फल लिखा है—

विप्रा यज्ञरता भवन्ति तपसा शस्यैः क्षितिर्व्यापिता
राजा मंत्रियुतो गणैश्च महिषैर्देशः समृद्धालयः
रोगं ध्नन्ति सुवृष्टयः प्रतिदिनं क्रूरा विनश्यन्ति वै
चौरव्याघ्र भुजंगमाश्च बहुधा नश्यन्ति जीवेऽब्दपे।

भावार्थ यह कि "अन्न-पानी, गाय-भैंस से देश समृद्धिशाली हो, खूब वर्षा हो, रोग का नाश हो, राजा और ब्राह्मण अपने काम में संलग्न रहें; चोर, बाघ, साँप आदि के उपद्रव दूर हों।"

मैं—तब तो वर्ष-फल अच्छा है। प्रजा को कष्ट नहीं होगा।

ख.—जरा रुको। इस बार संवाहक नाम के सूर्य हैं। उसका फल लिखा है—

आदित्ये बहुवित्तनाशनपरा लोका ज्वरव्याकुलाः
मेघानां जलहानिरेव महती शस्यस्य नाशो ध्रुवम्

अर्थात्, "इस वर्ष धन का नाश होगा। लोग रोगग्रस्त रहेंगे। मेघ नहीं बरसेगा और अन्न नहीं होगा।"

मैं—तब तो अकाल से लोग तबाह हो जायेंगे।

ख.—ठहरो। इस बार संवर्त्तक नाम का मेघ है, जिसका फल लिखा है—

संवर्त्तके महावृष्टिः शस्यवृद्धिकरी शुभा
जलपूर्णां मही नित्यं जलदैर्वेष्टितं नभः

अर्थात्, " इस वर्ष अत्यंत वृष्टि होगी, खूब अन्न उपजेगा, पृथ्वी जलमग्न हो जायगी और आकाश में सदा बादल छाए रहेंगे।"

मैं—खट्टर काका, पंचांग में ऐसी परस्परविरोधी बातें क्यों लिखी हैं?

ख.—यही तो चालाकी है। ऐसा जाल बुना गया है कि फल कभी पंचांग के विरुद्ध

जा ही नहीं सकता। अगर वर्षा हुई तो संवर्त्तक नाम के मेघ का फल है, अनावृष्टि हुई तो संवाहक नामक सूर्य का फल है। यदि कहीं अतिवृष्टि और कहीं अनावृष्टि हो, तो दोनों के फल हैं। अजी, इन लोगों से पार पाना कठिन है।

मैंने पूछा—खट्टर काका, साप्ताहिक या मासिक राशिफल जो छपते हैं, उनमें भी क्या उसी तरह की चालाकियाँ रहती हैं?

खट्टर काका बोले—बिल्कुल। देखो, आय-व्यय, लाभ-हानि, हर्ष-चिंता, सुख-दुःख, ये सब तो रोजमर्रा की बातें हैं। रात-दिन होती ही रहती हैं। चाहे मेष राशि हो, या वृष। इन्हीं बातों को मिला-जुलाकर, फेंट-फाँटकर, धूर्त्त लोग भविष्यवाणी के नाम से पेश करते हैं, और भोले-भाले लोगों को मूर्ख बनाते हैं। ठगनेवालों को मकर और ठगे जानेवालों को वृष समझ लो।

मुझे मुँह ताकते देख खट्टर काका बोले—देखो, मेरा जन्म सिंह राशि में है। उसके अनुसार इस सप्ताह में एक फल होता है—सुभोजन। अब तुम्हीं सोचो। मेरे घर में जो भोजन बना, वह सबने खाया। उनमें कुंभ और मिथुन वालियाँ भी थीं। फिर उनके लिए सुभोजन क्यों नहीं लिखा? दुनिया में सिंह राशिवाले करोड़ों आदमी होंगे। इनमें कितने भिखमंगे होंगे, जिन्हें कुभोजन भी मुश्किल से मिला होगा। कितने रोगी होंगे, जिन्होंने भोजन ही नहीं किया होगा। लेकिन फल लिखनेवालों को उनकी क्या फिक्र? उन्हें सुभोजन मिले या न मिले, ज्योतिषीजी अपने सुभोजन का प्रबंध कर लेते हैं।

मैं—तो भविष्यवाणी अटकलपच्चू मात्र है?

ख.—और क्या? मेरे सामने कोई भविष्यवक्ता आ जायँ, तो एक मिनट में उनकी कलई खोल दूँ!

मैं—सो कैसे, खट्टर काका?

ख.—एक महज छोटा-सा सवाल उनसे पूछूँगा—"मेरे हाथ में यह इलायची है, इसे मैं मुँह में डालूँगा या नहीं?" इसी में तो उनकी सारी अकल हवा हो जायगी। इसी डर से तो सिद्ध लोग मेरे सामने नहीं आते कि उनका पर्दा फाश हो जायगा।

मैंने कहा—मगर पंचांग में कितनी ऐसी भी बातें तो हैं, जिन्हें देखकर पाश्चात्य विज्ञान भी चकित रह जाय!

खट्टर काका मुस्कुराते हुए बोले—इसमें क्या शक? ऐसी-ऐसी बातें हैं, जिन्हें देखकर दुनिया के सभी वैज्ञानिकों के दिमाग चकरा जायँ! जैसे, पृथ्वी किस समय शयन करती हैं? कब जगी रहती है? अग्नि कब आकाश में रहती है, कब पाताल में? किस वर्ष दुर्गाजी हाथी पर चढ़कर आती हैं, किस वर्ष पालकी में बैठकर? शिवजी कब नंदी पर सवार रहते हैं! कब पार्वती के साथ विहार करते हैं? देखो, श्रावण कृष्ण चतुर्दशी को लिखा है—कामविद्धो हरः पूज्यः ! अर्थात् उस दिन काम के बाण से विद्ध शिवजी की पूजा करनी चाहिए! अब तुम्हीं बताओ, और किसी देश के कलेंडर में ऐसी बातें मिलेंगी?

मैंने कहा—खट्टर काका, आप तो ऐसी-ऐसी बातें दिखा देते हैं कि कुछ जवाब ही

नहीं सूझता।

खट्टर काका बोले—अजी, यहाँ के ज्योतिषी प्रणम्य देवता हैं। कहा जाता है—जामाता दशमो ग्रहः। परंतु मैं कहता हूँ—ज्योतिषी दशमो ग्रहः ! जहाँ और-और देशों के ज्योतिर्विद् दूरवीक्षण यंत्र के द्वारा ग्रह-नक्षत्रों के सूक्ष्मातिसूक्ष्म निरीक्षण करते हैं, वहाँ अपने देश के ज्योतिषी घर बैठे-बैठे नफा-नुकसान का हिसाब लगाते रहते हैं—

सम्मुखे चार्थलाभश्च वामे चंद्र धनक्षयः

"चंद्रमा सम्मुख होंगे तो आमदनी होगी और वाम होंगे तो घाटा लगेगा!" इसी कारण जहाँ अमेरिका के लोग चंद्रलोक पहुँचकर वहाँ से चाँद का टुकड़ा तक ले आये, वहाँ हम लोग अभी तक चतुर्थी चंद्राय नमः करते हुए यहीं से चंद्रमा को केले दिखला रहे हैं![1]

मैंने कहा—खट्टर काका, यह तो वस्तुतः लज्जित होने की बात है।

खट्टर काका बोले—अजी, हम लोगों ने चंद्रमा को 'चंद्रकांता' उपन्यास का तिलिस्म बनाकर रख दिया था! "मैया, चाँद खिलौना लीहौं!" "पंछी बावरा, चाँद से प्रीति लगाए!" चाँद को छूना! यह असंभव कल्पना थी। आज विज्ञान ने उसे संभव कर दिखाया है! अब बच्चे को चाँद का खिलौना दिया जा सकता है। चकोर को चाँद से मिलाया जा सकता है! अब सुंदरियाँ चंद्रमुखी नहीं, चंद्राभिमुखी बनेंगी। वे मुहाविरे को झुठलाकर चाँद पर थूक सकेंगी!

मैं—खट्टर काका, आप चंद्रग्रहण में ऐसी बातें कह रहे हैं?

ख.—सत्य कह रहा हूँ। आज विदेशी विद्वान चंद्रमा पर जाकर वहाँ के ऊबड़-खाबड़ धरातल का नक्शा बना रहे हैं। और अपने यहाँ के पंडित अभी तक 'शशांक' और 'मृगलांछन' शब्दों से स्तुति किये जा रहे हैं! उन्हें चंद्रलोक ले जाया जाय, तो वहाँ भी ज्वालामुखी पहाड़ों में खरगोश और हरिण खोजने लग जायँगे! इन लोगों ने न जानें कितने लांछन चंद्रमा पर लगाये हैं! वे चंद्रमा के लांछन नहीं, हमारे लिए लांछन की बातें हैं। हम अपनी ही छाया को दैत्य समझकर डरते आये हैं! इससे बढ़कर मूर्खता की बात और क्या हो सकती है?

मैंने कहा—खट्टर काका, चंद्रमा का सर्वग्रास हो गया था, अब मोक्ष हो रहा है।

खट्टर काका बोले—हाँ। लेकिन हम लोगों को जो मूर्खतारूपी राहु ग्रस्त किये हुए है, उससे उद्धार हो जाय, तब न असली मोक्ष होगा!

भारतं चंद्रवत् ग्रस्तं मौर्ख्यरूपेण राहुणा
न जाने केन यत्नेन कदा मोक्षो भविष्यति!

तब तक घाट पर शहनाई बजने लग गयी। खट्टर काका ने कहा—इस नक्कारखाने में तूती की आवाज कौन सुनेगा? जाओ, तुम भी इस पुण्य की लूट में एक डुबकी लगा आओ। नहीं तो पीछे मुझे ही दोष देने लगोगे!

---

1. मिथिला में भाद्रशुक्ल चतुर्थी को चौठचन्द की पूजा होती है जिसमें चन्द्रमा को दही-केले आदि दिखाकर अर्पित किए जाते हैं।

आयुर्वेद

उस दिन मैं वैद्यजी के औषधालय में बैठा हुआ था।

तब तक पहुँच गये खट्टर काका। वैद्यजी के हाथ में 'भावप्रकाश' देखकर बोले—अहा! क्या सुंदर काव्य है भावप्रकाश!

वैद्यजी विस्मित होते हुए बोले—'भावप्रकाश' आयुर्वेद का प्रामाणिक ग्रंथ है। इसे आप 'काव्य' कहते हैं!

खट्टर काका बोले—मैं तो पूरे आयुर्वेद को ही महाकाव्य मानता हूँ। कहिए तो, ज्वर की उत्पत्ति कैसे हुई है?

वैद्यजी ने भावप्रकाश का उद्धरण देते हुए कहा—

दक्षापमान संक्रुद्धः रुद्रनिःश्वाससंभवः

"जब दक्ष प्रजापति के यहाँ महादेवजी का अपमान हुआ, तब उन्होंने क्रुद्ध होकर फुफकार छोड़ी। उससे जो दाह उत्पन्न हुआ, वही ज्वर है।"

खट्टर काका बोले—अब कहिए, वैद्यजी! दुनिया में किसी डाक्टर के दिमाग में ऐसी कल्पना आयी होगी? इसी कारण मैं 'आयुर्वेद' को 'काव्य' कहता हूँ।

वैद्य—परंतु आयुर्वेद में इतने द्रव्य-गुणों के जो विवेचन भरे हैं?

ख.—उनमें भी वही अलंकार है। कहिए तो, पारा क्या है?

वैद्यजी पुनः भावप्रकाश का श्लोक पढ़ते हुए बोले—

शिवाङ्गात् प्रच्युतं रेतः पतितं धरणीतले

"शिवजी की धातु पृथ्वी पर गिर गयी, वही पारा है।"

खट्टर काका व्यंग्यपूर्वक बोले—हाँ, इसी से सफेद! इसी से चिकना! इसी से रसराज! और गंधक क्या है, महाराज?

वैद्यजी पुनः भावप्रकाश का श्लोक पढ़ने लगे—

श्वेतद्वीपे पुरा देव्याः क्रीडंत्याः रजसा प्लुतम्
दुकूलं तेन वस्त्रेण स्नातायाः क्षीरनीरधौ
प्रसूतः तद्रजस्तस्माद् गंधकः समुदीरितः

"एक समय श्वेतद्वीप में क्रीड़ा करते-करते देवीजी स्खलित हो गयीं। तब क्षीर-समुद्र में स्नान किया। उसमें कपड़े से धुलकर जो रज गिरा, वही गंधक है।"

खट्टर काका मुस्कुराते हुए बोले—इसी से लाल! इसी से गंधपूर्ण! इसी से पारा शोधने की शक्ति से युक्त! क्यों वैद्यजी? ऐसी सरस कल्पना किसी 'साइंस' (विज्ञान) में मिल सकती है?

मैंने कहा—खट्टर काका, आयुर्वेद में इस तरह की बातें कैसे आ गयीं?

ख.—अजी, इस देश की जलवायु के कण-कण में रसिकता भरी हुई है। जहाँ विज्ञान ने थोड़ा सर उठाया कि तुरत कविता-कामिनी आकर छाती पर सवार हो जाती है। समझो

तो अपने देश के विज्ञान को खा गया काव्य। 'काव्येन गिलितं शास्त्रम्'। आयुर्वेद को काव्य इस रूप से ग्रस्त किये हुए है कि 'भावप्रकाश' और 'भामिनी-विलास' में विशेष अंतर नहीं। इसी कारण वैद्य लोगों को 'कविराज' कहा जाता है। साधारण कवि नहीं, कविराज!

मैं—वाह! यह तो अनूठी कही।

ख.—मुझसे तो अनूठी ही सुनोगे। महादेव को 'वैद्यनाथ' क्यों कहते हैं, सो जानते हो?

मैं—नहीं, खट्टर काका।

ख.—तो सुनो। महादेव के श्वास से ज्वर उत्पन्न हुआ, जिससे वैद्य लोगों की जीविका चलती है। उन्हीं की धातु से पारा निकला, जिससे वैद्य लोग 'मकरध्वज' बनाते हैं। उन्हीं की बूटी (भंग) से वैद्य लोग मोदक बनाकर रुपये में तीन अठन्नियाँ बनाते हैं। तब यदि महादेव वैद्यनाथ न कहलाएँ तो कौन कहलाए!

मैं—धन्य हैं, खट्टर काका! आप जो न सिद्ध कर दें!

खट्टर काका बोले—अजी, समझो तो वैद्य भी एक प्रकार के महादेव ही होते हैं। उन्हीं की तरह भस्म के प्रेमी! बूटी के पीछे बेहाल! वह त्रिशूल से रक्षा करते हैं तो यह भी त्रिशूल (उदरशूल, हृदयशूल, मस्तकशूल) से रक्षा करते हैं। उन्होंने भस्मासुर का संहार किया, ये भी भस्मक रोग का संहार करते हैं। उन्होंने त्रिपुर का अंत किया, ये न जानें कितने पुरों का अंत करते हैं!

वैद्यजी ने रुष्ट होकर कहा—परंतु वैद्य रक्षा भी तो करते हैं? आयुर्वेद में एक-से-एक चमत्कारी रसायन भरे पड़े हैं।

खट्टर काका बोले—सबसे बढ़कर रसराज रस यानी श्रृंगार रस!

मैंने चकित होकर पूछा—ऐं! आयुर्वेद में श्रृंगार रस!

खट्टर काका बोले—अजी, कुछ ऐसा-वैसा? देखो, लोलिम्बराज गर्मी का कैसा सरस उपचार बताते हैं!

हारावली चंदनशीतलानां
सुगंध पुष्पांवरशोभितानाम्
नितम्बिनीनां सुपयोधराणाम्
आलिंगनान्याशु हरन्ति दाहम्

अर्थात्, "सुगंधित पुष्प-माला और चंदन से शीतल शरीरवाली पीन पयोधरा और पुष्टनितम्बिनी युवतियों के आलिंगन दाह को तुरत दूर कर देते हैं।"

जघनचक्रचलन् मणिमेखला
सरसचंदनचंद्रविलेपना
वनलतेव तनुं परिवेष्टयेत्
प्रबलतापनिपीडित मंगना

अर्थात्, "चंदन-कपूर का लेप किये हुए रमणी मणिमेखलायुक्त जघन-चक्र चलाती

हुई, संपूर्ण शरीर में वनलता की तरह लिपट जाय, तो प्रबल ताप को भी शांत कर देती है।" अब तुम्हीं बताओ, इसे रोगशास्त्र कहोगे या भोगशास्त्र?

मैंने पूछा—वैद्यजी, आप क्या कहते हैं?

वैद्यजी कुछ झेंपते हुए बोले—हाँ, ये श्लोक तो हैं। लेकिन सिर्फ गर्मी के लिए ऐसे उपचार बताये गये हैं।

खट्टर काका ने कहा—महाराज! सर्दी की दवा भी कम रसीली नहीं है।

तं स्तनाभ्यां सुपीनाभ्यां पीवरोरुर्नितम्बिनी
युवती गाढमालिंगेत् तेन शीतं प्रशाभ्यति

"मांसल जंघा और स्थूल नितंबवाली युवती अपने पीन स्तनों से गाढ़ालिंगन करे, तो सर्दी दूर हो जाती है!"

ऐसा नुसखा किसी डाक्टरी किताब में मिलेगा? जाड़े में भी युवती! गर्मी में भी युवती। युवती क्या हुई? चाय की प्याली हुई! महाराज, जब युवती भी औषध-वर्ग में है तो और-और दवाओं के साथ उसे भी आलमारी में क्यों नहीं रखते हैं?

वैद्यजी कटकर रह गये।

मैंने पूछा—खट्टर काका, ऐसी रसिकता आयुर्वेद में कैसे आ गयी?

खट्टर काका बोले—अजी, बात यह है कि आयुर्वेद मुख्यतः वैसे विलासी राजाओं के लिए बना है, जिनका एकमात्र व्यायाम था नखक्षत! मन को उत्तेजना देने पर कवि रहते थे, तन को उत्तेजना देने पर कविराज! एक रस द्वारा, दूसरे रसायन द्वारा। काव्य और आयुर्वेद दोनों मौसेरे भाई, एक ही दरबार में पले हुए हैं। इसी से जो रंग जगन्नाथराज पर है, वही रंग लोलिम्बराज पर। कालिदास का ऋतुसंहार पढ़ो या सुश्रुत की ऋतुचर्या! एक ही बात है।

वैद्यजी ने पूछा—आप ऐसा क्यों कहते हैं?

खट्टर काका ने भावप्रकाश आगे बढ़ाते हुए कहा—देखिए—

कस्तूरीवर कुंकुमागरुयुतामुष्णाम्बुशौचं तथा
स्निग्धं स्त्रीषु सुखं गुरूष्णवसनं सेवेत हेमंतके

यह हेमंतचर्या किसके लिए है! जिसके केलि-कक्ष में केसर-कस्तूरी-कदंब कलित कामिनियाँ किलोल करती रहें! औरों के लिए तो अग्रहण शब्द ही सार्थक है। आयुर्वेद राजा-महाराजों की वस्तु है। इसी से ऋतुचर्या का मुख्य अर्थ हो गया, किस समय 'कैसे भोग करना चाहिए।'

वैद्य—इसका तात्पर्य था कि भोग को मर्यादा की सीमा में रखा जाय।

खट्टर काका ग्रंथ के पृष्ठ उलटते हुए कहने लगे—देखिए, इसी सीमा को लेकर तो आचार्यों में झगड़ा है।

एक आचार्य का मत है—

त्रिभिस्त्रिभिरहोभिर्हि रमयेत् प्रमदां नरः

अर्थात्, तीन-तीन दिनों पर रमण करना चाहिए।

दूसरे आचार्य को इतने से संतोष नहीं। वह कहते हैं—

प्रकामं तु निषेवेत मैथुनं शिशिरागमे —

जाड़े के समय में कौन हिसाब-किताब? जितना मन हो, उतनी बार रमण कीजिए।

तीसरे आचार्य इनसे भी आगे टप जाते हैं—

नित्यं बाला सेव्यमाना नित्यं वर्धयते बलम्

जाड़ा क्या और गर्मी क्या? प्रतिदिन बाला का सेवन करना चाहिए।

चौथे आचार्य समय की तालिका भी बना देते हैं—

शीते रात्रौ दिवा ग्रीष्मे वसंते तु दिवानिशि
वर्षासु वारिदध्वांते शरत्सु सरसस्मरः

"जाड़े की रात में, गर्मी के दिन में, बसंतऋतु में रात या दिन किसी समय, वर्षाऋतु में जभी मेघ का गर्जन हो, शरत्ऋतु में जभी काम का वेग हो, रमण करना चाहिए।"

पाँचवें आचार्य और भी गुरुघंटाल निकलते हैं—

निदाघशरदोर्बाला हिता विषयिणां मता
तरुणी शीतसमये प्रौढ़ा वर्षावसन्तयोः

गर्मी और शरद में 'बाला', जाड़े में 'तरुणी', और वर्षा तथा वसंत में 'प्रौढ़ा' पथ्य होती है। जैसे, वे सेब, पपीता या कद्दू हों! अब इन तीनों का 'सेट' हर साल बना रहे, तब तो ऋतुचर्या का ठीक-ठीक पालन हो! लेकिन ऐसा तो उन्हीं के लिए संभव है, जिनके उद्यान में बारहों मास बदरीफल से लेकर श्रीफल तक विद्यमान रहें।

मैं—खट्टर काका, बात पूरी तरह समझ में नहीं आयी। बाला, तरुणी और प्रौढ़ा में क्या अंतर है?

ख.—यह भी इसी ग्रंथ में देख लो।

बालेति गीयते नारी यावद्वर्षाणि षोडश
ततस्तु तरुणी ज्ञेया द्वात्रिंशत् वत्सरावधि
तदूर्ध्वमेव प्रौढा स्यात् पंचाशद्वत्सरावधि

सोलह वर्ष तक बाला, बत्तीस तक तरुणी, पचास तक प्रौढ़ा होती है। अब तुम्हीं बताओ, यह ऋतुचर्या किसके लिए है? जिसके रंगभवन में मुग्धाबाला से लेकर प्रौढ़ा हस्तिनी तक मौजूद रहें और मौसम के मुताबिक बारी-बारी से कामज्वर को शांत करती रहें। इसे चिकित्साशास्त्र कहा जाय या कोकशास्त्र?

मैंने पूछा—आयुर्वेद में कामशास्त्र की इतनी बातें क्यों भरी हैं?

खट्टर काका बोले—अजी, आयुर्वेद का जन्म ही भोग के निमित्त हुआ है।

भार्गवश्च्यवनः कामी वृद्धः सन् विकृतिं गतः
वीर्यवर्णस्वरोपेतः कृतोऽश्विभ्यां पुनर्युवा

जब वृद्ध च्यवन भोग करने में असमर्थ हो गये, तो आदिवैद्य अश्विनी कुमार ने

रसायन के जोर से उन्हें पुनः युवा बना दिया। जैसे आदिकवि को क्रौंचपक्षी की मैथुनेच्छा से काव्य की प्रेरणा मिली, वैसे ही आदिवैद्य को वृद्ध मुनि की भोगतृष्णा से आयुर्वेद की प्रेरणा मिली। एक ने अनुष्टुप् छंद का आविष्कार किया, दूसरे ने च्यवनप्राश का। तब से आयुर्वेद का विकास इसी दृष्टि से होने लगा कि रतिमल्लता के संग्राम में विजय-पताका फहराती रहे। राजा का ध्वजाभंग नहीं हो, यह देखने पर राजमंत्री थे; ध्वजभंग नहीं हो, यह देखने पर राजवैद्य थे।

मुझे चकित देखकर खट्टर काका बोल उठे—हँसी नहीं करता हूँ। राजा लोगों को जीवन में दो ही वस्तुओं से तो प्रयोजन था—पाचक और मोदक। भोजन-शक्ति को उद्दीप्त करने के लिए क्षुधाग्नि-संदीपन। भोगशक्ति को उद्दीप्त करने के लिए कामाग्नि-संदीपन! राजा लोग रातदिन पड़े-पड़े दोनों अर्थों में कुमारिकासव पान किया करते थे। इतना ही तो काम था। रोज-रोज वही दिनचर्या! कहाँ तक सहते? इसी से बेचारे वैद्यगण रात-दिन वाजीकरण के पीछे बेहाल थे। एक-से-एक स्तंभन वटी, वानरी गुटिका, कामिनी-विद्रावण! इन्हीं बातों की रिसर्च में सारी बुद्धि खर्च होने लगी।

मैं—क्यों वैद्यजी, आप कुछ नहीं बोलते हैं!

ख.—बोलेंगे क्या? इनको भी तो वही सब रटाया गया है। एक आचार्य ने ऐसी खीर बनायी कि—

भुक्त्वा हृष्यति जीर्णोऽपि दशदारान् व्रजत्यपि

"वृद्ध भी खाय, तो दश प्रमदाओं का मान-मर्दन कर सके।"

दूसरे आचार्य ऐसा चूर्ण बनाते हैं कि—

एतत्समेतं मधुनावलीढं रामाशतं सेवयतीव षंढः

"नपुंसक भी वह चूर्ण मधु के साथ चाट जाय तो कंदर्प बनकर सौ कामिनियों का दर्प चूर्ण कर दे!"

कामिनियों का दर्प दलित होता था या नहीं, सो तो वे ही जानें। लेकिन वैद्यजी का भाग्य अवश्य फलित हो जाता था। सुंदरियों के यौवन की सुरक्षा का भार भी उन्होंने अपने हाथ में ले लिया। एक आचार्य ने 'गारंटी' दी—

प्रथम कुसुमकाले नस्ययोगेन पीतम्
सनियमममरास्यं तंडुलांभो युवत्या
कुचयुगलसुपीनं क्वापि नो याति पातम्
कथित इति पुरैव चक्रदत्तेन योगः

"यदि प्रथम पुष्प के समय नवयौवना नस्ययोगपूर्वक चावल का माँड़ भी ले, तो उसका यौवन कभी ढलेगा ही नहीं।"

दूसरे आचार्य ने और भी जबर्दस्त दावा किया—

श्रीपर्णिकायाः रसवल्कसिद्धं
तिलोद्भवं तैलवरं प्रदिष्टम्

तन्मर्दनेभ्यः पतितस्तनीनां
समुत्थिताः स्युः पतिताः पयोधराः

"श्रीपर्णी के स्वरस में सिद्ध तिल का तेल मर्दन करने से विगलित यौवनाओं के ढले हुए यौवन भी ऊपर उठ जाते हैं!"

इस प्रकार, पुरुष के 'विंदुपात' और रानी के 'कुच-पात' पर वैद्यों ने अपना 'ब्रेक' लगा दिया। उनके मुष्टियोग कहाँ तक सफल होते थे, सो तो पता नहीं। लेकिन उनकी मुट्ठियाँ तो गर्म होती ही थीं।

वैद्यजी ने सगर्व कहा—हमारे सभी मुष्टियोग अनुभूत और परीक्षित हैं।

खट्टर काका बोले—अगर ये योग सचमुच कसौटी पर खरे उतर सकें, तो करोड़ों डालर विदेशी मुद्रा अर्जित की जा सकती है। लेकिन वे फेल कर गये, तो फिर आपकी मुख-मुद्रा कैसी हो जायगी?

वैद्यजी बोले—अपने यहाँ के 'निघंटु' में सूक्ष्म विवेचन देखिए।

खट्टर काका बोले—'निघंटु' में भी तो वैसी ही बातें भरी पड़ी हैं। देखिए, अभ्रक (अबरख) के विषय में क्या कहा गया है !

तारुण्याढ्यं रमयति शतं योषितां नित्यमेव

अर्थात्, "इसके जोर से नित्य सौ स्त्रियों से संभोग किया जा सकता है।" जैसे, अधिक-से-अधिक स्त्रियों का भोग करना ही जीवन का चरम लक्ष्य हो! जो व्यक्ति नित्य सौ बार भोग करेगा, वह दूसरे काम किस समय करेगा? वह टिकेगा कितने दिन? इसी से राजा लोगों को शीघ्र ही क्षय रोग पकड़ लेता था, और वैद्य लोग उसे कहते थे—राजयोग! अब आप ही कहिए, ऐसे शास्त्र को आयुर्वेद कहा जाय या आयुर्भेद?

वैद्य—परंतु दूसरे-दूसरे रोगों के निदान और उपचार भी तो आयुर्वेद में हैं।

ख.—हैं। लेकिन उनमें भी ऐसे-ऐसे मनगढ़ंत नुसखे भरे हैं, कि चिकित्सा में विचिकित्सा (शंका) हो जाती है; आयुर्वेद से निर्वेद (वैराग्य) हो जाता है।

वैद्य—जैसे? कोई उदाहरण दीजिए।

खट्टर काका पुनः ग्रंथ खोलकर देखने लगे। बोले—यही बंध्या-रोग की चिकित्सा लीजिए—

पुष्योद्धृतं लक्ष्मणायाः मूलं दुग्धेन कन्यया
पिष्टं पीत्वा ऋतुस्नाता गर्भं धत्तेन संशयः

"ऋतुस्नाता स्त्री पुष्य नक्षत्र में उखाड़ी हुई लक्ष्मणा की जड़ को कुमारी कन्या से दूध में पिसवाकर पी ले, तो गर्भ धारण करे, इसमें संदेह नहीं।"

आचार्य को संदेह नहीं है, परंतु मुझे तो अवश्य है। पहला प्रश्न तो यह उठता है कि गर्भ धारण कराने की शक्ति किसमें है? लक्ष्मणा की जड़ में? अथवा पुष्य नक्षत्र में? अथवा कुमारी कन्या के हाथ में? अथवा तीनों के संयोग में? इस प्रयोग को वैद्यक कहा जाय, अथवा ज्योतिष, अथवा तंत्र, या तीनों की खिचड़ी?

वैद्य—परंतु ऐसे-ऐसे उपचार भी तो हैं, जिनमें नक्षत्र का बंधन नहीं है।

ख.—हाँ, हैं। जैसे—

पत्रमेकं पलाशस्य पिष्ट्वा दुग्धेन गर्भिणी
पीत्वा पुत्रमवाप्नोति वीर्यवन्तं न संशयः

"पलाश का एक पत्ता दूध में पीसकर पी लेने के बाद गर्भिणी को निश्चय पुत्र हो। वह भी साधारण नहीं, वीर्यवान्!"

अजी साहब, मैं कहता हूँ, यदि बलवान् पुत्र की प्राप्ति इतना सुगम है, तो डंका पीटकर प्रचार कीजिए कि यह भारतवर्ष का मौलिक आविष्कार है। इसे संपूर्ण संसार में खिराकर देश का मस्तक ऊँचा कीजिए। और यदि यह झूठ है, तो आज ही इस वचन को काटकर फेंकिए! ऐसी-ऐसी झूठमूठ की बातें आयुर्वेद में रहेंगी, तो शास्त्र का क्या मूल्य रह जायगा?

वैद्यजी को निरुत्तर देखकर खट्टर काका मुझसे कहने लगे—देखो, इस देश में जहाँ कोई शास्त्र बना कि तुरंत क्षेपकों की भरमार होने लग जाती है। जिसके मन में आता है, एक श्लोक जोड़कर घुसेड़ देता है। और वही कालक्रम से प्रमाण बन जाता है! आयुर्वेद में भी वही बात हुई है। तभी तो ऐसे-ऐसे श्लोक भी उसमें पाये जाते हैं—

कृष्णवर्णाश्वपुच्छस्य सप्तकेशेन वेणिका
तां बध्वा च गले दंतकड्मडीं हन्ति मानवः

"काले रंग के घोड़े की पूँछ में से सात बालों की लट बनाकर शिशु की गर्दन में बाँध दो, तो दाँतों का कटकटाना दूर हो जाय!" यह बात यदि कोई डाक्टर सुने तो क्या कहेगा? परंतु अभी तक आयुर्वेद के आचार्य ये सब श्लोक पढ़ाते हैं और इन्हें विद्यार्थी रट जाते हैं! इससे बढ़कर उपहासास्पद बात और क्या हो सकती है?

वैद्यजी को कुछ उत्तर देते नहीं बना।

खट्टर काका कहने लगे—दूसरे देशों में चिकित्सा का विकास वैज्ञानिक प्रणाली से हुआ है। परंतु इस देश में तो बाबा वाक्यं प्रमाणम् चलता है। इसलिए जहाँ डाक्टरी विद्या आज उन्नति के शिखर पर पहुँच गयी है, वहाँ आयुर्वेद अभी तक प्रदरान्तक रस में डूबा हुआ है। जहाँ आधुनिक 'सर्जन' शल्य-चिकित्सा से कृत्रिम अंग का सर्जन कर रोग का विसर्जन कर देता है, वहाँ वैद्य लोग केवल धन्वंतरि के नाम का गर्जन करके रह जाते हैं। जब ये एक कटी नाक तक नहीं जोड़ सकते, तो फिर किस मर्ज की दवा हैं? इसीलिए रजः प्रवर्तिनी वटी से आगे नहीं बढ़ पा रहे हैं।

मैंने पूछा—आयुर्वेद के आचार्य नवीन अनुसंधान क्यों नहीं करते?

खट्टर काका मुस्कुराते बोले—गद नाम रोग का है। उसका हनन करनेवाले कुछ लोग गदहा पद को सार्थक करते हैं। वे केवल प्रखर रूप से शास्त्र का भार ढोना जानते हैं!

खरो यथा चंदनभारवाही
भारस्य वेत्ता न तु चंदनस्य!

ऐसे ही शास्त्रभारवाहकों के लिए कहा गया है—

मिथ्यौषधैर्हन्त मृषा कषायैः
असह्यलेह्यै रयथार्थ तैलैः
वैद्या इमे वंचितरुग्णवर्गाः
पिचंडभांडं परिपूरयन्ति

वे अपना उदर-भांड भरने के लिए झूठमूठ फाँट, कषाय और आसव के भांड प्रस्तुत करते रहते हैं। अरिष्ट बनाकर केवल अपना अरिष्ट (अनिष्ट योग) दूर करते हैं!

खट्टर काका ने वैद्यजी को अप्रतिभ देखकर कहा—वैद्यजी! मैं आपको नहीं कह रहा हूँ। उन सबों को कह रहा हूँ जो कुएँ का खारा पानी भी यह समझकर पी रहे हैं कि बाबा का खुदाया हुआ कुआँ है।

तातस्य कूपोऽयमिति ब्रुवाणाः क्षारं जलं कापुरुषाः पिबन्ति!

मैंने कहा—खट्टर काका, आज आप वैद्यों पर लग पड़े। परंतु बेचारे को राजकीय आश्रय नहीं प्राप्त है। क्या करें?

खट्टर काका व्यंग्यपूर्वक बोले—हाँ, एक बार राजकीय आश्रय मिला, तो हजार वर्ष तक मदनानंद मोदक बनाते रह गये। अब फिर राजकीय सहायता मिले, तो गर्भ-कुठार-रस तैयार करने लग जायँगे!

एकाएक खट्टर काका का ध्यान पाचक पर चला गया। बोले—अजी, और जो कहो, वैद्य लोग पाचक काफी चटपटा बनाते हैं। लवणभास्कर! हिंग्वष्टक! दाडिमाष्टक! एक-से-एक स्वादिष्ट! ऐसी जायकेदार चीजें डाक्टरी में कहाँ मिलेंगी? जब खट्टा-मीठा हाजमे का चूर्ण खाकर पानी पीता हूँ, तो मजा आ जाता है! और दूसरी दवाओं की तो मुझे जरूरत ही नहीं पड़ती। जब वैद्यनाथ ही बूटी ही साध रखी है, तो फिर वैद्य की क्या खुशामद?

खट्टर काका ने वैद्यजी से विनयपूर्वक कहा—बुरा न मानिएगा। मैंने अपने मन का भावप्रकाश कर दिया। अब आप अपना भाव-प्रकाश रखिए। मैं जाता हूँ।

भूत का मंत्र

खट्टर काका भंग घोंट रहे थे। मेरे साथ एक तांत्रिक को देखकर बोले—अजी, यह कौन हैं?

मैंने कहा—यह ओझा हैं। चौधरीजी की हवेली में भूत लग गया है। वही झाड़ने के लिए आये हुए हैं।

खट्टर काका को हँसी आ गयी। बोले—यह तो स्वयं भूत हैं। जिस पर चढ़ेंगे, उसकी खैर नहीं!

ओझा बिगड़कर बोले—मैं तांत्रिक हूँ। बारह वर्ष कामाख्या में रहकर मंत्र सिद्ध कर

आया हूँ। मैं क्या नहीं कर सकता?

खट्टर काका बोले—अच्छा! अगर एक जोंक आपकी नाक में लगा दिया जाय, तो क्या उसे मंत्र के जोर से भगा दीजिएगा? खैर, वह भी जाने दीजिए। मैं मुट्ठी में एक पैसा रखता हूँ। जितना तंत्र-मंत्र आप जानते हैं, उसके जोर से उसे उड़ा दीजिए, तो मैं आपका लोहा मान लूँगा।

यह रंग-ढंग देखकर ओझा चुपके से खिसक गये। मैंने कहा—ओझा कहते हैं कि दुलहन की देह पर भूत चढ़ा हुआ है।

खट्टर काका के होंठों पर मुस्कान आ गयी। बोले—अजी, चौधरी बुढ़ापे में नयी शादी कर एक मस्त हथिनी उठा लाये हैं। तब रात में चौधरानी के ऊपर भूत सवार हो जाता है, तो इसमें अचरज क्या?

मैंने कहा—खट्टर काका, आपको तो हर बात में हँसी रहती है।

खट्टर काका बोले—हँसी की तो बात ही है। 'कमजोर की लुगाई, सबकी भौजाई।' भूत को भी इसी देश में आकर देवर बनने का शौक होता है!

मैं—खट्टर काका, आप भूत नहीं मानते हैं?

ख.—अजी, मैं 'भूत', 'भविष्य', 'वर्तमान', सभी मानता हूँ।

मैं—वह भूत नहीं।

ख.—तब कौन-सा भूत?

मैं—वह भूत जो आदमी पर चढ़ जाता है।

खट्टर काका एक क्षण सोचकर बोले—हाँ, वह भूत भी मानता हूँ। अभी भी हम लोगों के माथे पर वह भूत चढ़ा हुआ है।

मैंने कहा—खट्टर काका, आप व्यंग्य कर रहे हैं। परंतु पद्म-पुराण में भूतों का कितना वर्णन लिखा है?

खट्टर काका भंग में काली मिर्च मिलाते हुए बोले—वही भूत तुम्हारे सर से बोल रहा है। बड़े-बड़े पंडितों के सर पर यह भूत सवार रहता है। जहाँ कुछ पूछो कि 'ऐसा लिखा हुआ है'! उनसे कहो—"महाराज! लिखा है तो रहा करे। क्या आपने उसके नाम से गुलामी का पट्टा लिख दिया है? क्या आपकी अपनी बुद्धि बंधक पड़ी हुई है? दूसरे देशवाले नित्य नये-नये आविष्कार कर रहे हैं, और आप लकीर के फकीर बने हुए हैं!"

मैंने कहा—खट्टर काका, एक दिन हमारे देश में भी विज्ञान था। पुष्पक विमान था, अग्निवाण था...

खट्टर काका झल्लाकर बोले—फिर वही भूत बोल रहा है! भूत का भूत! हाथी चला गया, हथिसार चला गया। फिर भी हम हाथ में सीकड़ लिये हुए हैं, कि हमारे दरवाजे पर कभी हाथी था। अजी, जब था, तब था। अब क्या है, सो न देखो। रस्सी जल गयी, ऐंठन नहीं गयी। दूसरे देशवाले कहाँ से कहाँ पहुँच गये! और हम अपनी खटिया पर लेटे हुए, जम्हाई लेते हुए, डींग हाँक रहे हैं—"एक दिन हम लोग भी आकाश में उड़ते

थे!" दूसरे देशों की आँखें भविष्य की ओर हैं; हम लोगों की भूत की ओर। यह भूत जान छोड़े, तब तो आगे बढ़ें!

मैंने कहा—खट्टर काका, आपको भूत-प्रेत में विश्वास नहीं है। परंतु इतने लोगों को जो भूत लगता है, सो कैसे?

खट्टर काका एक मुट्ठी सौंफ भंग में मिलाते बोले—अजी, वह है भय का भूत। अँधेरी रात में सुनसान बगीचे के बीच किसी चोर या जार को देखकर कितने ही लोग भय के मारे गायत्री जपने लगते हैं। कृष्णाभिसारिका को 'यक्षिणी' समझकर उनकी धोती ढीली हो जाती है। मस्तिष्क के विकार से कोई प्रलाप करे, तो 'भूत' बक रहा है! कोई चुपचाप आँगन में ईंट-पत्थर बरसा दे, तो 'प्रेत उपद्रव कर रहा है!' अँधेरी रात में कहीं सुनसान में आग चमके तो 'राकस'! साँप नहीं दीखे तो भूत-साँप! आग लगने का कारण ज्ञात नहीं, तो 'ब्रह्माग्नि'! यह सब कोरा अंधविश्वास है।

मैंने कहा—खट्टर काका, आपको अलौकिक बातों में विश्वास नहीं है। मगर अभी देश में ऐसे-ऐसे गुणी हैं, जो कर्णपिशाच को वश में कर सबकुछ जान लेते हैं। मंत्र के द्वारा तिल्ली काटते हैं। कौड़ी फेंककर साँप को नाथते हैं। कटोरा चलाकर चोर का पता लगाते हैं। बैताल सिद्ध कर जो चाहें, मँगा सकते हैं। मंत्र के प्रभाव से 'मारण', 'उच्चाटन', 'वशीकरण', सबकुछ कर सकते हैं।

खट्टर काका भंग रगड़ते हुए बोले—झूठ! यदि इनमें एक भी बात सच होती, तो मैं डंके की चोट उसका प्रचार करता। सरकार खुफिया पुलिस की जगह कटोरा चलानेवाले को नियुक्त कर लेती। सिंचाई मंत्री पुरश्चरण के द्वारा वर्षा करवा लेते। विदेश-मंत्री राजदूतों के स्थानों पर कर्णपिशाच रख लेते। रक्षामंत्री वशीकरण मंत्र के प्रयोग से शत्रुओं को वशीभूत कर लेते। सेना के मद में जो करोड़ों खर्च होता है, वह बच जाता। देश पर कोई आक्रमण करता, तो एक झुंड तांत्रिक खड़े कर दिये जाते। वे ऐसा हुम् फट् स्वाहा करते कि सभी शत्रु भस्म हो जाते। और चिकित्सा-मंत्री महामारी के समय में महामृत्युंजय मंत्र का पाठ कराते—

त्र्यम्बकं यजामहे सुगंधिं पुष्टिवर्धनम् !

मैंने कहा—खट्टर काका, ओझा भूत झाड़ेंगे, इसलिए बहुत-सी चीजें जुटा रहे हैं। उलटी सरसों, काली गाय का गोबर, तेलिया मसान का भस्म, श्यामवर्ण घोड़े की पूँछ का बाल!

खट्टर काका भंग का गोला बनाते हुए बोले—यही ढकोसला कहलाता है। भला, उलटी सरसों और भूत में कौन-सा कार्य-कारण संबंध है?

मैंने कहा—तंत-मंत्र का रहस्य गुप्त होता है, इसी कारण ओझा आधी रात को एकांत में दुलहिन का भूत झाड़ेंगे।

खट्टर काका डंडा पटकते बोले—इसी का नाम है गुंडई! और देशों की विद्या डंके की चोट पर चलती है और हमारे यहाँ की विद्या कनफुसकी में चलती है! चोर कभी उजाला

नहीं सह सकता। ठग विद्या अंधकार में ही चलती है। पाश्चात्य विज्ञान प्रकाश में चमक रहा है। वह 'रेडियो', 'टेलीविजन' निकालता है, तो सारी पृथ्वी पर खिरा देता है। परंतु अपने देश के किसी पंडित को यह विद्या हाथ लग जाती तो पता नहीं, कितना आडंबर फैलाते! कहते कि सीधे ब्रह्मलोक से आकाशवाणी आ रही है! यजमान को सचैल स्नान करा, अहोरात्र उपवास कराकर, शुभ नक्षत्र में स्वर्ण, धेनु, दान करवाकर, अमावस्या की रात में एकांत में श्मशान में ले जाकर, मृत व्यक्ति का स्वर सुना देते और आजीवन उसे दूहते रहते। रेडियो को चंडी की मूर्त्ति बनाकर, लाल वस्त्र से ढँककर, अक्षत-सिंदूर छींटकर, गुप्त मंत्र पढ़कर, यथार्थ पर ऐसा आवरण डालते कि कोई वास्तविकता नहीं समझ सके। और मरते समय वही रहस्य अपने बेटे के कान में देकर उसे भी सिद्ध बना जाते।

मैंने कहा—खट्टर काका, आप मंत्र को पाखंड समझते हैं?

खट्टर काका भंग घोंटते हुए बोले—अजी, मंत्र का अर्थ है परामर्श। यदि किसी स्त्री को गर्भ नहीं रहता हो, तो मैं राय दूँगा कि 'गर्भाशय की परीक्षा कराओ।' यह उचित मंत्र होगा। किंतु यदि मैं कहूँ कि 'गर्भाशय के द्वार पर सूर्य बैठे हुए हैं और जब तक वह हटेंगे नहीं, तब तक गर्भ स्थापित नहीं होगा तो यह पाखंड होगा। यदि मैं यह भी कहूँ कि 'सूर्य को प्रसन्न करने के लिए प्रतिदिन छः हजार बार ओम् घृणिः सूर्याय नमः जपते हुए बारह ब्राह्मणों को बारह दिनों तक हलुआ-पूड़ी जिमाइए', तो यह महापाखंड होगा। यदि मैं यह भी जोड़ दूँ कि 'सूर्य के रथ का पहिया जरा अटक गया है, उसे हटाने के लिए थोड़ी-सी उल्लू की विष्टा, ऊँट की लीद, चमगादर की बीट, घोड़े की नाल, लाल मणि और बारह तोले सोना भी चाहिए' तो यह महा-महा-पाखंड होगा। और इसी प्रकार के महा-महा-पाखंडी सिद्ध कहलाते हैं! उनके नाम के आगे 108 श्री जोड़ा जाता है! मेरा वश चले तो सीधे 420 लगा दूँ।

मैंने पूछा—खट्टर काका, सभी इतने तंत्र-मंत्रवाले धूर्त्त हैं?

खट्टर काका बोले—अजी, ये सभी ठग हैं, ढोंगी हैं, वंचक हैं। खट्टर-पुराण का यह श्लोक याद रखो—

तांत्रिकः मांत्रिकश्चैव हस्तरेखाविशारदः
शकुनज्ञश्च दैवज्ञः सर्वे पाखंडिनः स्मृताः

"तंत्र-मंत्र, हस्तरेखा, सगुन और भविष्य की बातें कहनेवाले, ये सारे लोग पाखंडी हैं।"

मैंने पूछा—खट्टर काका, तब सारा तंत्र-मंत्र मिथ्या है?

खट्टर काका भंग में चीनी मिलाते हुए बोले—अजी, असल में तंत्र का अर्थ है रसायनशास्त्र। दो वस्तुओं के सम्मिश्रण से किसी नये गुण का आविर्भाव हो जाता है। इसी विज्ञान से दूसरे देश उन्नति की चोटी पर चढ़ गये हैं। परंतु जो झूठ-मूठ का आडंबर रचकर तंत्र-मंत्र के द्वारा मिट्टी को चीनी, पानी को घी, या पत्थर को सोना बनाने का ढोंग रचते हैं, वे ठग हैं।

मुझे मुँह ताकते देख खट्टर काका बोले—यहाँ तंत्र-मंत्र, योग, इंद्रजाल, गुह्यविद्या

आदि नामों से पाखंड का महासागर लहरा रहा है। देखो, अग्निपुराण में तंत्र-मंत्र द्वारा शत्रुनाश के कैसे-कैसे उपाय बताये गये हैं!

ओम् हूँ ओम् स्फें, अस्त्रं मेटय,
ओम् चूर्णय ओम् सर्वशत्रुं मर्दय
ओम् हं ओम् हः ओम् फट्

(अग्निपुराण 133 । 12)

यह मंत्र 108 बार जप करने के बाद डमरू बजा दें तो शत्रुओं की सेना में भगदड़ मच जायगी! सभी सैनिक हथियार फेंककर भाग जायँगे!

चामुंडा देवी का मंत्र है—

ओम् चामुंडे किलि किलि ओम् हूँ फट्
ओम् फट् विदारय ओम् त्रिशूलेन छेदय,
वज्रेण हन, दंडेन ताडय ओम् पचपच,
पाशेन बंध बंध अंकुशेन कट कट,
हन हन, ओम् पातय ओम् चामुंडे
किलि किलि हुम् फट् स्वाहा

(अग्निपुराण 135 । 1-2)

यह मंत्र सिद्ध कर लें, तो चामुंडा सभी शत्रुओं को डंडे से पीटेंगी, त्रिशूल से चीर देंगी, रस्से से बाँध देंगी, अंकुश भोंक देंगी, वज्र से चूर-चूर कर देंगी, पकाकर खा जाएँगी! सभी ऐटम बमवाले बम बोल जाएँगे! बताओ, किसी राष्ट्र के पास इन मंत्रों का जवाब है?

मुझे स्तंभित देखकर खट्टर काका पुनः बोले—हमारे तंत्रों में ऐसे-ऐसे टोटके हैं कि दुनिया सुने तो दंग रह जाय! देखो—

गृहीत्वा शुभनक्षत्रे अपामार्गस्य मूलकम्
लेपमात्रे शरीराणां सर्वशस्त्रनिवारणम्

(तंत्रसार)

"शुभ नक्षत्र में चिड़चिड़ी की जड़ पीसकर देह में लेप लो, तो किसी हथियार की चोट नहीं लगेगी!" दत्तात्रेय तो ऐसा उपाय बता गये हैं कि शत्रु ही नपुंसक बन जाय! न रहे बाँस न बजे बाँसुरी! देखो—

बुधे वा शानिवारे वा कृकलां परिगृह्य च
शत्रुर्मूत्रयते यत्र कृकलां तत्र निःक्षिपेत्
निखनेत् भूमिमध्येषु उद्ध ते च पुनः सखे
नपुंसको भवेत् शत्रुः ना न्यथा शंकरोदितम्

(दत्तात्रेयतंत्र)

"शनिवार या बुधवार को एक गिरगिट पकड़कर वहाँ गाड़ दो, जहाँ शत्रु पेशाब करता है। बस, शत्रु नामर्द हो जायगा! यह गुप्त रहस्य स्वयं शंकर ने कहा है!"

किसी स्त्री को वश में करना हो तो यह मंत्र जप लो—

ह्रीं कालिकायै धीमहि तन्नः कालि प्रचोदयात्
हुम् फट् स्वाहा अमुकीम् आकर्षय्

(तंत्रसार)

बस, जिसका नाम लोगे, दौड़ी तुम्हारे पास चली आयगी!

पुष्ये रुद्रजटामूलं मुखस्थं कारयेद् बुधः
तांबूलादौ प्रदातव्यं वश्या भवति निश्चितम्

(दत्तात्रेयतंत्र)

"पुष्य नक्षत्र में रुद्रजटा की जड़ पान में देकर प्रेमिका को खिला दो, वह तुम्हारी दासी बन जायगी।"

अजी, एक तरकीब तो ऐसी है कि प्रेमिका क्या, उसका बाप भी आकर तुम्हारे पाँव दबाने लग जायगा!

श्वेतार्कं रोचनायुक्तम् आत्ममूत्रेण पेषयेत्
ललाटे तिलकं कृत्वा त्रैलोक्यं क्षोभयेत् क्षणम्
दृष्टमात्रेण तेनैव सर्वो भवति किंकरः

(तंत्रसार)

"सफेद आक और गोरोचन को अपने मूत्र में पीसकर ललाट में तिलक कर लो, तो उसे देखते ही सब उसके दास बन जायँ!" जो काम और किसी सूत्र से नहीं हो सकता, वह मूत्र से हो जायगा!

खट्टर काका मुस्कुरा उठे। बोले—अजी, कहीं सचमुच ये सब प्रयोग न करने लग जाना! नहीं तो लेने के देने पड़ जाएँगे! ये सब अलौकिक सिद्धियाँ तांत्रिकजी के लिए छोड़ दो।

मैंने कहा—अगर उनमें वैसी शक्ति रहती तो मारे-मारे फिरते? बेचारे के घर पर छप्पर तक नहीं है।

खट्टर काका बोले—तब उन्हें कहो कि गधे की चर्बी से तिलक करें।

मुझे मुँह ताकते देखकर खट्टर काका बोले—हँसी नहीं करता हूँ। उसी तंत्र में लिखा है—

गर्दभस्य वसायुक्तं हरितालं मनःशिला
एभिस्तु तिलकं कृत्वा यथा लंकेश्वरो नृपः

"गधे की चर्बी, हरताल और मनसिल मिलाकर तिलक करे, तो लंकेश्वर की तरह राजा बन जाय।" अजी, ऐसे-ऐसे आविष्कारों को तो 'पेटेंट' करा लेना चाहिए!

मैंने कहा—खट्टर काका, तंत्रों में ऐसी-ऐसी ऊलजलूल बातें क्यों हैं?

खट्टर काका बोले—लोगों को उल्लू बनाकर अपना उल्लू सीधा करने के लिए। एक-से-एक अभिचार और व्यभिचार के प्रयोग भरे हैं। "अमुक नक्षत्र में अमुक मंत्र

पढ़कर अमुक गुटका मुँह में रख लो तो अदृश्य होकर विचरण कर सकोगे!" अगर यह बात सच रहती तो यार लोग रेल ही में डेरा डाल देते। टी.टी.आई. टिटियाते ही रह जाते! मिठाई की दूकानों का दीवाला निकल जाता। रोज मुफ्त की मलाई उड़ाते। किसी की ससुराल में जाकर मालपुओं पर हाथ फेर आते। फिर वैसे तंत्र के आगे लोकतंत्र को कौन पूछता?

मैंने कहा—खट्टर काका, ऐसी-ऐसी असंभव बातों की कल्पनाएँ अपने यहाँ क्यों की गई हैं?

खट्टर काका बोले—हम लोग कल्पना और जल्पना में विश्व की रेकार्ड तोड़े हुए हैं। मनुष्य तो मनुष्य, हमारे यहाँ की गौएँ भी तंत्र-मंत्र जानती थीं! देखो, कपिला गौ में कितनी अलौकिक शक्ति थी!

निर्गता कपिलावक्त्रात् त्रिकोटिखड्गधारिणः
विनिःसृताः नासिकायाः शूलिनः पंचकोटयः
विनिःसृताः लोचनाभ्यां शतकोटि धनुर्धराः
वक्षःस्थलान्निःसृताश्च कोटिशः दंडधारिणः
विनिःसृताः पादतलात् वाद्यभांडास्तु कोटिशः
विनिर्गताः गुह्यदेशात् कोटिशो म्लेच्छ जातयः

(ब्रह्मवैवर्त)

"कपिला गौ के मुँह से तीन करोड़ तलवारवाले, नाक से पाँच करोड़ भालावाले, आँखों से सौ करोड़ धनुष-वाणवाले, थन से करोड़ों डंडावाले, खुर से करोड़ों बाजावाले और गुदा से करोड़ों म्लेच्छ निकल पड़े!"

अब तुम्हीं बताओ, आज तक ऐसी गाय संसार के और किसी देश में पैदा हुई है? इसलिए मैं कहता हूँ कि दुनिया में हमारा जवाब नहीं। हमारे यहाँ कुत्ता भी देवता (भैरव) का वाहन समझा जाता है। उल्लू-गधे भी देवियों (लक्ष्मी, शीतला) के वाहन माने जाते हैं। उल्लू भी तांत्रिक प्रयोग में काम आता है! देखो, दत्तात्रेय तंत्र में लिखा है—

उलूकस्य कपालेन घृतेनाहत कज्जलम्
तेन नेत्रांजनं कृत्वा रात्रौ पठति पुस्तकम्

"उल्लू के कपाल और घी से प्रस्तुत काजल आँख में लगा लो और रात के अंधकार में भी पुस्तक पढ़ लो!" ऐसे टोटके उल्लुओं ही के लिए हैं!

मैंने कहा—खट्टर काका, ओझा दुलहिन के लिए एक यंत्र बना रहे हैं।

खट्टर काका भंग घोलते हुए बोले—उसे यंत्र नहीं, षड्यंत्र कहो। असली यंत्र है मशीन। यंत्र द्वारा आकाश में उड़ जाओ, पहाड़ उड़ा दो, समुद्र बाँध दो, पानी बरसा दो, बिजली चमका दो। और ये सभी यंत्र अन्यान्य देशवालों ने निकाले हैं। समझो तो यंत्ररूपी वैताल उन्होंने ही सिद्ध किया है। यंत्र खेत जोतता है, चावल कूटता है, रसोई बनाता है, कपड़ा बुनता है, भार ढोता है, पंखा चलाता है, गीत सुनाता है, अंतरिक्ष में

भ्रमण कराता है। सभी यंत्र तो हम लोग विदेशों से ही मँगाते हैं। और बदले में कौन-सा यंत्र देते हैं? यहाँ के तांत्रिक बहुत करेंगे तो एक बाल उखाड़कर ताबीज बनाकर भेज देंगे कि—लो, सिद्धिदाता यंत्र !

मैंने पूछा—तो भूत के मंत्र में आपका विश्वास नहीं है?

खट्टर काका बोले—अजी, भूत का मंत्र हम लोग जानते ही कहाँ हैं? भूत का वास्तविक मंत्र जानते हैं पाश्चात्य देश। क्षिति, जल, पावक, गगन, समीर, इन पंचभूतों को अपने वश में कर, जो चाहें, करा लेते हैं। जल, स्थल और आकाश पर विजय प्राप्त कर रहे हैं। और एक हम लोग हैं, जो नकली भूत के फेर में पड़कर उलटी सरसों ढूँढ़ते फिरते हैं! हमारे सर पर मूर्खता का जो भूत सवार है, वह भस्मीभूत हो, तब न देश का भविष्य बने! इसी कारण तो मैं भूतनाथ की आराधना करता हूँ।

यह कहकर खट्टर काका ने भंग का लोटा उठाया और शिवजी के नाम पर उत्सर्ग कर पी गये।

शास्त्र के वचन

उस दिन खट्टर काका के साथ शास्त्र-चर्चा में मजा आ गया। खट्टर काका बादाम की ठंढाई पीकर आनंद में मग्न थे। मैंने बात छेड़ दी—खट्टर काका, शास्त्रों के वचन कितने सारगर्भित हैं!

खट्टर काका बोले—सारगर्भित हैं या श्वशुरगर्भित, सो तो मैं नहीं जानता। लेकिन शास्त्र का एक वचन कहता हूँ—

स्वगृहे प्राक्शिराः स्वप्यात् श्वाशुरे दक्षिणाशिराः

(स्मृति-समुच्चय)

अर्थात्, "अपने घर में पूरब ओर सर करके सोना चाहिए और ससुराल में दक्खिन ओर।" अब तुम्हीं बताओ, इसमें क्या तुक है?

मुझे चुप देखकर खट्टर काका मुस्कुराते बोले—यदि गाँव के बेटी-दामाद इस वचन पर चलने लगें, तो भारी मुश्किल में पड़ जायँगे।

मैंने पूछा—सो कैसे?

खट्टर काका बोले—देखो, शयनागार में गाँव की बेटी का सिरहाना पूरब तरफ रहेगा और दामाद का दक्खिन तरफ। तब क्या दामाद साहब लेटे-लेटे उत्तान-पादासन का अभ्यास करेंगे?

मैं—तो क्या शास्त्रीय वचन निष्प्रयोजन हैं?

ख.—अजी, संसार में कुछ निष्कारण थोड़े ही होता है? कोई पंडित बरसात में ससुराल गये होंगे। रात में घर का छप्पर चूने लगा होगा। उन्होंने दक्खिन तरफ सूखा देखकर

उधर खटिया खिसका ली होगी। देखादेखी वही प्रथा चल पड़ी होगी। इसी तरह अंधविश्वास फैलता है।

मैं—हो सकता है, इस वचन में कोई गूढ़ तात्पर्य भरा हो।

ख.—इसी को कहते हैं मार्जारबंधनन्याय। किसी श्राद्ध में एक बिल्ली आकर बार-बार दही के इर्दगिर्द मँड़राने लगी। सो देखकर बिल्ली को बाँध दिया गया। जब वह यजमान मर गया तो उसके श्राद्ध में बेटे ने पुरोहित से पूछा—'इस बार बिल्ली क्यों नहीं बाँधी गयी?' पंडितजी ने कहा—'पद्धति में तो यह नहीं लिखा है।' सुपुत्र ने कहा—'क्या कहते हैं महाराज! जब दादाजी के श्राद्ध में बिल्ली बाँधी गयी, तो भला बाबूजी के श्राद्ध में कैसे नहीं बाँधी जायगी?' तब कहीं से एक बिल्ली पकड़कर लायी गयी और उसके गले में रस्सी डालकर रस्म-अदाई की गयी। तब से उस कुल में बिल्ली बाँधने की प्रथा चल पड़ी। सपूत लोग समझते हैं कि अवश्य ही 'मार्जारबंधन' में कोई गूढ़ तात्पर्य होगा। इस तरह न जानें कितने बंधन इस देश में चल पड़े हैं!

मैंने पूछा—तो फिर ऐसी बातें स्मृति में कैसे आ गयीं!

खट्टर काका बोले—अजी, श्रुति-स्मृति क्या कहीं आकाश से टपक पड़ी है? जो बात सुनी गयी, वह श्रुति। जो याद रही, वह स्मृति। कब कौन बात किस अभिप्राय से कही गयी, सो प्रसंग तो लोग भूल गये; केवल वचनों को आँख मूँदकर ढोते आ रहे हैं!

मैंने कहा—खट्टर काका, हो सकता है, शास्त्रीय वचनों के वैज्ञानिक आधार हों।

खट्टर काका बोले—वैज्ञानिक आधार हों या नहीं, मनोवैज्ञानिक आधार तो अवश्य हैं। कोई आचार्य नदी में स्नान करते समय तेज धारा में बह गये होंगे। उन्होंने निश्चय किया होगा कि नाभि से ऊपर जल में खड़े होकर स्नान नहीं करना चाहिए। बस एक वचन बना दिया—

नाभेरूर्ध्वं हरेदायुः अधोनाभे स्तपःक्षयः
नाभेः समं जलं कृत्वा स्नानकृत्यं समाचरेत्

(स्मृतिसंग्रह)

अर्थात्, "ठीक नाभि के बराबर जल में स्नान करना चाहिए।"

इसी तरह कोई आचार्य सबेरे उठकर स्नान करने गये होंगे, तब तक कोई आकर उनके फूल तोड़कर ले गया होगा। बस, उन्होंने नियम बना लिया कि स्नान से पहले ही फूल तोड़कर रख लेना चाहिए।

स्नानं कृत्वा तु ये केचित् पुष्पं चिन्वन्ति वै द्विजाः
देवतास्तन्न गृह्णन्ति पूजा भवति निष्फला

(कृत्यमंजरी)

अर्थात्, "स्नान के बाद चुने हुए फूल देवता के लायक नहीं रहते; पूजा निष्फल हो जाती है।"

इसी प्रकार कभी कोई आचार्य एक हाथ में फूलों का दोना और दूसरे हाथ में जलपात्र

लेकर जा रहे होंगे। रास्ते में किसी ने प्रणाम किया होगा। हाथ उठाकर आशीर्वाद देते समय कुछ फूल गिर गये होंगे। बस, ऐलान कर दिया कि हाथ में जल-फूल रहे, उस समय प्रणाम-आशीर्वाद, वर्जित!

पुष्पहस्तः पयोहस्तः तैलाभ्यंग जले तथा
आशीः कर्त्ता नमस्कर्त्ता भवेतां पापभागिनौ

(स्मृतिसंग्रह)

मैंने कहा—मगर कुछ लोग तो शास्त्रीय वचनों की वैज्ञानिक व्याख्या करते हैं।

खट्टर काका व्यंग्यपूर्वक बोले—हाँ! जैसे कुछ लोग समझते हैं कि गोपदतुल्य शिखा रखने से मस्तिष्क में ज्यादा विद्युत् प्रवाहित होती है। प्रायः उसी विद्युत् के कारण उन्हें दूर की सूझती है!

मैंने कहा—परंतु इतना आचार-विचार और किसी देश में है?

खट्टर काका बोले—अजी, और देशों को इतनी फुर्सत ही कहाँ है? यदि यूरप-अमेरिका हम लोगों की पद्धति लेकर आह्निक कृत्य करने लगता, आसन पर पलथा लगाकर आँखें मूँदकर रुद्राक्ष की माला जपने लगता, तो फिर रेल, तार, हवाई जहाज, रेडियो, और टेलिविजन का आविष्कार कौन करता? उन दिनों अपने यहाँ के शास्त्रकारों को और कोई काम तो था ही नहीं। बैठे-बैठे वचन गढ़ा करते थे। दतवन कै अँगुलियाँ लंबी हो? कै बार कुल्लियाँ की जायँ? किस दिन तेल लगाया जाय? प्रसूतिका कब स्नान करे? व्रत रखनेवाली स्त्री कोंहड़ा लेकर पारण करे या कद्दू लेकर?

मैंने पूछा—खट्टर काका, विद्वान् लोगों को ऐसी-ऐसी छोटी बातों में पड़ने की क्या जरूरत थी?

खट्टर काका बोले—अजी, यही तो रोना है। यहाँ के विद्वान् कोंहड़ा-कद्दू में लटके रह गये! दतवन पर 'रिसर्च' करने लग गये! देखो, एक आचार्य ने अनुसंधान किया—

द्वादशांगुलविप्राणां क्षत्रियाणां नवांगुलम्
चतुरांगुलमानेन नारीणां विधिरुच्यते

(स्मृतिसंग्रह)

अर्थात्, "ब्राह्मणों की दतवन बारह अंगुल की, क्षत्रियों की नौ अंगुल की और स्त्रियों की चार अंगुल की होनी चाहिए।"

खट्टर काका के होंठों पर मुस्कान आ गयी। बोले—इस समान अधिकार के युग में ऐसा कहते तो स्त्रियाँ उन पर मानहानि का मुकदमा दायर किए बिना नहीं छोड़तीं! मगर उस समय तो स्याह-सफेद सब शास्त्रकारों के ही हाथ में था। जो-जो मन में आया, लिखते गये।

किसी आचार्य ने यह अध्यादेश जारी कर दिया कि—

प्रतिपद्दर्शषष्ठीषु नवम्येकादशी रवौ
दन्तानां काष्ठसंयोगो, दहेदासप्तमं कुलम्

अर्थात्, "पड़वा, अमावस्या, षष्ठी, नवमी, एकादशी और रविवार को किसी ने दाँत से दतवन का स्पर्श कराया, तो कुल की सात पीढ़ियाँ दग्ध हो जायँगी।"

अजी, मैं पूछता हूँ, अगर इन दिनों में कोई दतवन कर ही लेता, तो शास्त्रकार के घर का कौन-सा आँटा गीला हो जाता, जो सातों पुरखों का उद्धार कर गये हैं?

मैंने पूछा—खट्टर काका, शास्त्रकारों को इन छोटी-छोटी बातों में दखल देने की क्या जरूरत थी?

खट्टर काका बोले—सो तो वे ही जानें! एक साहब आये, तो स्त्रियों के स्नान पर रोक लगा गये।

स्नानं कुर्वन्ति या नार्यः चन्द्रे शतभिषां गते
सप्त जन्म भवेयुस्ताः विधवा दुर्भगा ध्रुवम्

(स्कंदपुराण)

अर्थात्, "शतभिषा नक्षत्र में अगर स्त्रियाँ स्नान कर लें तो सात जन्म विधवा हों।"

दूसरे साहब फरमा गये—

नवमी पुत्रनाशाय, विनाशाय त्रयोदशी
तृतीया भर्त्तृनाशाय स्नाने ता वर्जयेदतः

(कालविवेक)

अर्थात्, "यदि स्त्री नवमी में स्नान करे तो पुत्रनाश हो, तृतीया में पति नाश हो, त्रयोदशी में अपना नाश हो।"

अजी, मैं पूछता हूँ, कोई स्त्री कभी नहाए, इसमें शास्त्रकारों का क्या लगता है? लेकिन वे लोग तो स्नान की कौन कहे, गर्भाधान में भी अपनी टाँग अड़ा देते हैं! उस में भी मंत्र पढ़ाये बिना नहीं छोड़ते। देखो, गर्भाधान का मंत्र है—

गर्भं धेहि सिनीवालि गर्भं धेहि सरस्वति
गर्भंते अश्विनौदेवौ वा धत्ता पुष्करस्त्रजा

मैंने कहा—बाप रे बाप! उस समय भी मंत्र-पाठ! हद हो गयी।

खट्टर काका बोले—अजी, शास्त्र है कि ठट्टा! कोई अपने मन से एक तिनका तक नहीं खोंट सकता है। मनु का आदेश है—न छिंद्यात् करजैस्तृणम् ! यहाँ छींकने-थूकने पर भी प्रायश्चित्त लग जाता है। देखो, वृद्ध शातातप की आज्ञा है—

क्षुत्वा निष्ठीव्य वासस्तु परिधायाचमेत् बुधः
कुर्यादाचमनं स्पर्शं गोपृष्ठस्यार्कदर्शनम्।

(शातातपस्मृति)

अर्थात्, "छींक-खखार करने पर कपड़ा बदलना होगा, आचमन करना होगा, गाय की पीठ का स्पर्श करना होगा, सूर्य का दर्शन करना होगा। तब जाकर प्रायश्चित्त पूरा होगा।"

मैंने पूछा—खट्टर काका, ऐसे नियम क्यों बने?

खट्टर काका बोले—अजी, आजकल एक कानून बनता है, तो कितनी बहस होती

है, कितने लोगों के मत लिये जाते हैं, तब जाकर वह पास होता है। उन दिनों शास्त्रकारों के अपने हाथ में कलम थी। एक अनुष्टुप् छंद बना दिया, कानून हो गया! एक तो देववाणी, दूसरे विधिलिङ् लकार! कुर्यात्! अब कौन पूछने की हिम्मत करे कि कथं कुर्यात्? जो शंका करे, वह नास्तिक कहलाए। ऐसी स्थिति में कौन मुँह खोले? विधि-निषेधों के ऐसे ताने-बाने बुने गये कि समाज उसी मकड़जाले में फँसकर रह गया।

खट्टर काका के होंठों पर मुस्कान आ गयी। बोले—आज यदि लोग मनु याज्ञवल्क्य के अनुसार चलने लगें, तो पग-पग पर समस्या उठ खड़ी होगी।

मैंने पूछा—सो कैसे, खट्टर काका?

खट्टर काका बोले—देखो, मनु की आज्ञा है—

मूत्रोच्चार समुत्सर्गं दिवा कुर्यात् उदङ्मुखः
दक्षिणाभिमुखो रात्रौ संध्ययोश्च यथा दिवा

अर्थात्, "मल-मूत्र का त्याग दिन में उत्तर मुँह और रात में दक्षिण मुँह होकर करना चाहिए।" अतएव लाखों शौचालयों को तोड़कर फिर से बनाना होगा।

हजामों की भी हजामत बन जायगी। क्योंकि—

नापितस्य गृहे क्षौरं शिलापृष्ठे तु चंदनम्
जलमध्ये मुखं दृष्ट्वा हन्ति पुण्यं पुराकृतम्

(नीतिदर्पण)

"हजाम के घर पर जाकर बाल बनवाने से सारा पुण्य नष्ट हो जाता है।" तब कौन 'सैलून' में जायगा। और, 'लौंड्री' (धुलाई) की दूकानें भी हफ्ते में तीन दिन बंद ही रहेंगी। क्योंकि शास्त्र का वचन है—

आदित्यसौरि धरणी सुतवासरेषु
प्रक्षालनाय रजकस्य न वस्त्रदानम्
शंसन्ति कीरभृगुगर्ग पराशराद्याः
पुंसां भवन्ति विपदः सह पुत्रदारैः

(रुद्रधरीयवर्षकृत्य)

"यदि कोई आदमी शनि, रवि या मंगलवार को कपड़े धोने के लिए दे, तो स्त्री-पुत्र समेत विपदाओं के जाल में फँस जायगा। भृगु, गर्ग, पराशर आदि आचार्य इस बात की ताईद कर गये हैं।" तब ऐसी हालत में कौन वहाँ जाकर आफत मोल लेगा? और, गृहिणियों की तो और भी मुसीबत हो जायगी!

मैंने पूछा—सो कैसे, खट्टर काका?

खट्टर काका बोले—उन्हें भक्ष्याभक्ष्य का लंबा चार्ट बनाकर कलेंडर के साथ टाँगना पड़ेगा। सब्जियाँ बनाने के लिए पंचांग देखना पड़ेगा।

प्रतिपत्सु च कूष्मांडभक्षणम् अर्थनाशनम्
द्वितीयायां पटोलं च शत्रुवृद्धिकरं परम्

तृतीयायां चतुर्थ्यां च मूलकं धननाशकम्
कलंककारणं चैव पंचम्यां बिल्वभक्षणम्
तिर्यग्योनिं प्रापयेत्तु षष्ठ्यां च निम्बभक्षणम्
रोगवृद्धिकरं चैव सप्तम्यां तालभक्षणम्
नारिकेलफलं भक्ष्य मष्टम्यां बुद्धिनाशकम्
तुंबी नवम्यां गोमांसं दशम्यां च कलंबिका
एकादश्यां तथा शिम्बी द्वादश्यां पूतिका तथा
त्रयोदश्यां तु वार्त्ताकी भक्षणं पुत्रानाशनम्
चतुर्दश्यां माषभक्षं महापापकरं स्मृतम्
पंचदश्यां तथा मांसमभक्ष्यं गृहिणां मतम्

(ब्रह्मवैवर्त)

अर्थात्, "पड़वा को कोंहड़ा, द्वितीया को परवल, तृतीया-चौथ को मूली, पंचमी को बेल, षष्ठी को नीम, सप्तमी को ताल, अष्टमी को नारियल, नवमी को कद्दू, दशमी को कलमी साग, एकादशी को सेम, द्वाद्वशी को पोई, त्रयोदशी को बैंगन, चतुर्दशी को उड़द और पूर्णिमा को मांस खाना मना है।" अगर कोई खा ले तो गहरी कीमत चुकानी होगी। जैसे, त्रयोदशी को भाँटा खाने से बेटा मर जायगा; अष्टमी में नारियल खाने से बुद्धि का नाश हो जायगा। ऐसी हालत में कौन अतिथि बिना तिथि देखे हुए बैंगन की पकौड़ी या गरी की बर्फी मुँह में डालेगा? गृहिणी को नित्य पंचांग देखकर दैनिक 'मेनू' (भोज्य-सूची) बनानी पड़ेगी। और, कहीं धोखे से प्याज-लहसुन का एक छिलका भी रसोई में आ गया तब तो हड़कंप ही मच जायगा! क्योंकि—

पलांडु लशुन स्पर्शे स्नात्वा नक्तं समाचरेत्

(याज्ञवल्क्यस्मृति)

शास्त्रों की बदौलत कितनों का दीवाला पिट जायगा, इसका ठिकाना नहीं!

मैंने कहा—खट्टर काका, शास्त्रकारों ने दैनिक भोजन की मामूली चीजों पर, साग-भाँटा पर भी, ऐसे प्रतिबंध क्यों लगा दिये हैं?

खट्टर काका बोले—अजी, जनता को अपने अधीन रखने के लिए सैकड़ों तरह के बंधन बनाये गए हैं। जैसे, मवेशी के पाँव छाने जाते हैं। बात-बात पर ऐसे 'कंट्रोल' लगा दिये गये हैं कि क्या सरकार लगायेगी? सरकार तो एतवार की छुट्टी भी देती है। पर शास्त्रकारों ने उस रोज और ज्यादा लगाम कस दी। देखो, एक आचार्य का हुक्म हुआ—

मत्स्यं मांसं मसूरं च कांस्यपात्रे च भोजनम्
आर्द्रकं रक्तशाकं च रवौ हि परिवर्जयेत्

(ब्रह्मवैवर्त)

अर्थात्, "रविवार को मछली, मांस, मसूर की दाल, अदरख और लाल साग नहीं खाय। काँसे की थाली में भोजन नहीं करे।"

दूसरे आचार्य का फरमान हुआ—

क्षौरं तैलं जलं चोष्णमामिषं निशि भोजनम्
रतिं स्नानं च मध्याह्नं रवौ सप्त विवर्जयेत्

(स्मृतिसंग्रह)

अर्थात्, "रविवार को न कोई बाल कटाए, न दोपहर में स्नान करे, न मांसाहार करे, न रात्रि में भोजन करे, न स्त्री-सहवास करे।"

एक तीसरे आचार्य ने फतवा दिया—

अन्नं पानं च तांबूलं, मैथुनं केशमार्जनम्
द्यूतक्रीडाऽनृतं हास्य मेकादश्यां विवर्जयेत्

(स्मृति तत्त्व)

अर्थात्, "एकादशी को न अन्न खाय, न पानी पीये, न पान खाय, न बाल सँवारे, न जुआ खेले, न झूठ बोले, न संभोग करे, न हँसी-मजाक करे।"

हँसने पर भी कट्रोंल लगा दिया! अजी, कहाँ तक कहूँ? 'केशव कहि न जाय का कहिए!'

मैंने कहा—खट्टर काका, ये सब आचार के बंधन हैं।

खट्टर काका बोले—परंतु आचार में भी अति लग जाने से अत्याचार बन जाता है! यही अपने देश में हुआ है। शास्त्रकारों ने ऐसे-ऐसे अतिचार लगाये हैं कि वर्षों तक कन्या-वर का सहचार नहीं होने देते। स्त्रियों को तो ऐसा नाथा है कि क्या कोई भैंस को नाथेगा? तभी तो रानियों को राजमहिषी कहा जाता था! वे असूर्यपश्या होती थीं! ऐसी पर्दानशीन स्त्रियाँ ही शुद्ध पतिव्रता मानी जाती थीं।

असूर्यंपश्या या नार्यः शुद्धास्ताश्च पतिव्रताः
स्वच्छंदगामिनी या सा स्वतंत्रा शूकरी समा

(ब्रह्मवैवर्त)

स्वतंत्र विचरण करनेवाली नारी को शूकरी के समान कहा गया है!

मैंने पूछा—खट्टर काका, शास्त्रकार लोग स्त्रियों पर इतनी कड़ी निगरानी क्यों रखते थे?

ख.—उनका खयाल था कि औरतें जिंदगी-भर नाबालिग रहती हैं, इसलिए कह गये हैं—

पिता रक्षति कौमारे भर्त्ता रक्षति यौवने
पुत्रो रक्षति वार्धक्ये न स्त्री स्वातंत्र्यमर्हति

अर्थात्, "स्त्री को आजीवन पिता, पति या पुत्र के संरक्षण में रहना चाहिए।" उन्हें डर था कि आजादी की हवा लगते ही कहीं स्त्री का सतीत्व काफूर न हो जाय। इसलिए स्त्री को कपूर की तरह डब्बे में बंद करके रखते थे। शास्त्र की काली मिर्चें डालकर। ताकि वह उड़ न जाय!

खट्टर काका सुपारी काटते हुए कहने लगे—देखो, स्त्रियों को दरवाजे पर बैठने, खिड़की

से झाँकने और हँसने-बोलने तक की मुमानियत थी।

द्वारोपवेशनं नित्यं गवाक्षेण निरीक्षणम्
असत्प्रलापो हास्यं च दूषितं कुलयोषिताम्

(व्याससंहिता)

उन्हें एड़ी तक भी खुली रखने की इजाजत नहीं थी। आगुल्फाद् धारयेद् वासः! स्तनों का उभार भी कोई देखने नहीं पाए। नेक्षेत प्रकटस्तनीम्! किसी को नग्न अंग दिखायी पड़ गया तो दिन भर उपवास रखना पड़ता था।

नग्नां परस्त्रियं दृष्ट्वा व्रतमेकं समाचरेत्

(शंखस्मृति)

यदि वैसे धर्मशास्त्री इस युग में रहते, तो प्रायः उन्हें रोज व्रत ही रखना पड़ता!

मैं—वे लोग तो स्त्री-शिक्षा के भी पक्षपाती नहीं थे?

ख.—कैसे रहेंगे? कन्या जहाँ अंकुरित-यौवना हुई, कि उसकी पढ़ाई बंद!

बालां तु पाठयेत् तावत् यावन्नहि कुचोद्गमः

ऐसे-ऐसे शास्त्र-दिग्गज आज की जंघिया कसे हुई प्रौढ़ा युवतियों को 'बॉलीबाल' उछालते हुए देखते तो गश खाकर गिर पड़ते।

मैं—वे लोग बालविवाह के समर्थक क्यों थे?

ख.—अजी, जहाँ कन्या बारह वर्ष की हुई कि उनकी छाती धड़कने लग जाती थी कि कहीं वह रजस्वला हो गयी, तो पितरों को हर महीना रज पीना पड़ेगा!

प्राप्ते तु द्वादशे वर्षे यः कन्यां न प्रयच्छति।
मासि मासि रजस्तस्याः पिब्रन्ति पितरोऽनिशम्

(यमसंहिता)

अब तो कानून के मुताबिक चौदह से कम में शादी हो ही नहीं सकती। यदि शास्त्र प्रमाण, तो सभी पितर पतित हो गये होंगे। शास्त्र का वचन है—

रोमकाले तु संप्राप्ते सोमो भुंजीथ कन्यकाम्
रजः काले तु गंधर्वो वह्निस्तु कुचदर्शने

(पराशरस्मृति)

शास्त्रकारों को इस बात की बड़ी फिक्र थी कि कहीं कुमारी को रोमांकुर हो गया तो, गजब हो जायगा। सोमदेवता बिना भोग लगाये नहीं छोड़ेंगे। कुच देखकर अग्नि देवता और पुष्प देखकर गंधर्व देवता पहुँच जायेंगे। इसलिए कन्या को पहले ही पति के हाथ सौंप देते थे। अब तो उन देवताओं को रोकनेवाला कोई नहीं रहा!

मैं—खट्टर काका, शास्त्राचार्य लोग स्त्रियों को ऐसे कठोर शासन में इतने दिन कैसे रखे रहे?

ख.—स्वर्ग का लोभ और नरक का भय दिखलाकर। इन्हीं दोनों पहियों पर धर्मशास्त्र की गाड़ी चलती है। स्वर्ग और नरक, दोनों तो अपनी ही मुट्ठी में थे। इन्हीं के बल पर

शास्त्रकार अपनी हुकूमत चलाते रहे। देखो!

सुपुण्ये भारतेवर्षें पतिसेवां करोति या
बैकुंठं स्वामिना सार्धं सा याति ब्रह्मणः शतम्

(ब्रह्मवैवर्त)

अर्थात्, "भारतवर्ष में (पता नहीं केवल भारतवर्ष में ही क्यों?) जो स्त्री पति सेवा करेगी, उसे स्वामी के साथ स्वर्ग-लोक का पासपोर्ट मिल जायगा।" और, स्त्री कहीं पति को धोखा देकर किसी और की सेवा में चली जाय, तब क्या होगा? सो भी सुन लो—

स्वकान्तं वंचनं कृत्वा परं गच्छति याऽधमा
कुंभीपाकं समायाति यावच्चंद्र दिवाकरौ
सर्पप्रमाणाः कीटाश्च तीक्ष्णदंताः सुदारुणाः
दशन्ति पुंशचलीं तत्र संततं तां दिवानिशम्

(ब्रह्मवैवर्त)

"परपुरुष-गामिनी स्त्री को कुंभीपाक नरक में अनंत काल तक रात-दिन नुकीले दाँतवाले भयंकर साँप सरीखे जंतु डँसते रहेंगे।" पता नहीं, परस्त्री-गामी पुरुष के लिए भी ऐसा वचन क्यों नहीं है! क्या कुंभीपाक के साँप 'फौर लेडीज ओनली' (केवल महिलाओं के लिए) होते हैं?

खट्टर काका एक चुटकी सुपारी का कतरा मुँह में डालते हुए कहने लगे—अजी, ये शास्त्रकार लोग इतने शंकालु थे कि शिष्यों को गुरुआइन का पाँव तक छूने की भी अनुमति नहीं देते थे, (यदि वह युवती हों)!

गुरुपत्नी हि युवतिर्नाभिवंद्येह पादयोः

(मनुस्मृति)

वृद्ध शास्त्रकार चाहते थे कि उनकी युवती पत्नी तन-मन-वचन से सदा उनकी वशंवदा होकर रहे। उसका अपना व्यक्तित्व नहीं उभड़ने पावे। इसीलिए तरह-तरह के वचन गढ़े गये हैं। कुछ बानगी देखो। किसी आचार्य का स्त्री से झगड़ा हुआ होगा। वह रात में उनकी सेवा में नहीं गयी होगी। बस, एक वचन ठोक दिया।

ऋतुस्नाता तु या नारी, भर्त्तारं नोपसर्पति
सा मृता नरकं याति विधवा च पुनः पुनः

(ब्रह्मवैवर्त)

अर्थात्, "ऋतुस्नान के बाद जो स्त्री पति की सेवा में उपस्थित नहीं होती, वह मरने पर नरक-गामिनी होती है, बारंबार विधवा होती है।"

कभी पंडितानीजी ने पति से पहले भोजन कर लिया होगा। बस, श्लोक बन गया—

सिद्धान्नं या स्वयं भुंक्ते त्यक्त्वा देवान् पतिं पितॄन्
गत्वा सा नरकं घोरं दुःखं प्राप्नोति निश्चितम्

(कूर्मपुराण)

अर्थात्, "जो स्त्री पति से पहले ही भोजन कर ले वह नरक में जाकर घोर दुःख भोगती है।"

कभी स्त्री ने स्वयं कोई मिठाई खा ली होगी, पति को देना भूल गयी होगी। बस, उस पर गालियों की बौछार हो गयी!

भर्त्तारं या अनुत्सृज्य मिष्टमश्नाति केवलम्
सा ग्रामे शूकरी स्याद्वा गर्दभी वा तु विड्भुजा

(स्कंदपुराण)

"या तो वह शूकरी होकर जन्म लेगी या गधी होकर या विष्ठा की कीड़ी होकर!"

पंडित लोग स्त्रियों को खाती हुई नहीं देख सकते थे। अपने साथ बैठाकर खिलाना तो दूर रहा! देखो, साफ कह गये हैं—

नाश्नीयात् भार्यया सार्धं, नैनामीक्षेत चाश्नतीम्

(स्मृतिरत्नाकर)

कभी स्त्री ने कहा होगा—

"अभी घर में घृत नहीं है, जाकर ले आइए।" बस, एक वचन बनाकर उसका मुँह बंद कर दिया।

सर्पिर्लवणतैलादिक्षये चापि पतिव्रता
पतिं नास्तीति न ब्रूयात् आयासार्थे न योजयेत्

(मनुस्मृति)

अर्थात्, "घर में घी, तेल, नमक नहीं रहने पर भी पतिव्रता को पति से ऐसा नहीं कहना चाहिए कि आप जाकर ले आइए।"

स्त्री ने उत्तर दिया होगा कि "घर में नहीं है, तो मैं कहाँ से लाऊँ?" बस, एक और श्लोक बन गया!

उक्ता प्रत्युत्तरं दद्यात् नारी या क्रोधतत्परा
सरमा जायते ग्रामे शृगाली च महावने

(स्कंदपुराण)

अर्थात्, "जो पति को प्रत्युत्तर दे, वह गाँव में कुत्ती या जंगल में गीदड़नी होकर जन्म लेगी।"

बेचारी स्त्री डर के मारे चुप हो गयी। वह मुँह फुलाकर घर में बैठ गयी होगी। पंडितजी को यह भी नागवार गुजरा। चट एक और श्लोक जड़ दिया—

परुषाण्यपि या प्रोक्ता दृष्टा याऽक्रोधतत्परा
सुप्रसन्नमुखी भर्त्तुः सा नारी धर्मभागिनी

(स्मृतिसंग्रह)

अर्थात्, "स्वामी के कठोर वचन सुनकर भी जो क्रोध नहीं करे, मुस्कुराती ही रहे, वही धर्म की भागिनी होती है।"

मैंने कहा—खट्टर काका, स्त्रियों को रूठने तक का भी अधिकार नहीं?

खट्टर काका बोले—अजी, शास्त्र ने उन्हें कोंहड़ा काटने तक का अधिकार नहीं दिया है। देखो—

कूष्मांडच्छेदिका नारी, दीपनिर्वापकः पुमान्
वंशच्छेदमवाप्नोति खद्योतः सप्तजन्मसु

(स्मृतिसंग्रह)

"स्त्री कोंहड़ा काटेगी तो निर्वंश हो जायगी; पुरुष दीप बुझायगा तो सात जन्म जुगनू होकर जन्म लेगा!"

मैंने पूछा—सो क्यों, खट्टर काका?

खट्टर काका बोले—अजी, शास्त्र में क्यों थोड़े ही लगता है? देखो, मनु का एक वचन है—

न दिवीन्द्रायुधं दृष्ट्वा कस्यचित् दर्शयेत् वुधः

अर्थात्, "आकाश में इंद्रधनुष देखकर किसी को नहीं दिखाना चाहिए। अब तुम्हीं बताओ, इसका क्या अभिप्राय हो सकता है?

मैंने कहा—खट्टर काका, अपने देश में वैज्ञानिक नहीं थे, जो इन बातों का अनुसंधान करते?

खट्टर काका बोले—अजी, इस देश की जलवायु विज्ञान के अनुकूल नहीं है। जहाँ किसी विज्ञान ने जन्म लेना चाहा कि काव्य, ज्योतिष और धर्मशास्त्र उस पर एक साथ चढ़ाई कर देते हैं। देखो, शास्त्र का एक वचन है—

शुचि सित दिनकरवारे करमूले बद्धपुलिकमूलस्य
नागारेरिव नागाः प्रयांति किल दूरतस्तस्य

(व्यवहारदीपिका)

अर्थात्, "आषाढ़ शुक्ल पक्ष में रविवार को हाथ में इसरगत की जड़ बाँध लो, तो साँप भाग जायगा।" काव्य ने गरुड़ की उपमा जोड़ दी। ज्योतिष ने मास, पक्ष और दिन का हिसाब बैठा दिया। धर्मशास्त्र ने प्रायश्चित्त का बंधन लगा दिया।

अकृत्वा पुलिकैर्बन्धं प्रायश्चित्तीयते नरः
चातुर्मास्ये व्यतीते तु मुक्तिस्तस्य कराद् भवेत्

(कृत्यसारसमुच्चय)

बस, लोग उसे चार महीनों तक कलाई घड़ी की तरह बाँधकर चलने लगे। उसे देखकर साँप सचमुच भागता है या नहीं, यह आज तक किसी ने जाँच नहीं की, और न करने की जरूरत समझी। ऐसे गड्डलिका-प्रवाह में सत्यासत्य की परीक्षा कैसे हो सकती है?

खट्टर काका एक चुटकी कतरा मुँह में रखते हुए बोले—अजी, शास्त्रकार लोग अनगिनत बंधन रचकर जनता को जकड़ गये हैं। धर्मशास्त्र में जो कसर रह गयी, उसे ज्योतिष

ने पूरा कर दिया। मनु, याज्ञवल्क्य ने लोगों को धर्म की हथकड़ी लगा दी। भृगु, पराशर ने काल की बेड़ी भी डाल दी। इस देश में बंधनों के मुख्य कारण हैं, श्रुति, स्मृति, ज्योतिष और पुराण।

एकैक मप्यनर्थाय किमु यत्र चतुष्टयम्!

काल का बंधन, दिशा का बंधन, ग्रह-नक्षत्र का बंधन, कर्मकांड का बंधन! बात-बात का बंधन! जन्म से मरण तक बंधन! इतने कहीं बंधन हुए हैं! तभी तो इस देश के लोग मोक्ष के पीछे बेहाल रहते आये हैं।

मैंने कहा—खट्टर काका, आप शास्त्र में भी विनोद करने से नहीं चूकते?

खट्टर काका बोले—अजी, काव्य-शास्त्र तो विनोद के लिए हैं ही। अगर शास्त्र-चर्चा नहीं होती, तो इतना समय ऐसे आनंद से कैसे कटता? तभी तो कहा गया है—

काव्य-शास्त्र-विनोदेन कालो गच्छति धीमताम् !

ब्राह्मण-भोजन

खट्टर काका आनंदपूर्वक भैरवी गुनगुना रहे थे।

मैंने कहा—खट्टर काका, निमंत्रण है।

खट्टर काका उल्लसित होकर बोले—अहा! निमंत्रणोत्सवाः विप्राः ! किस उपलक्ष्य में खिलाओगे?

मैंने कहा—आज एकोद्दिष्ट के उपलक्ष्य में ब्राह्मण भोजन है।

खट्टर काका बोले—वाह! सुंदर! यही तो अपने देश की विशेषता है। पृथ्वी पर और किसी देश में ब्राह्मण भोजन नहीं होता। केवल इसी धर्मप्राण देश में होता है। इसी से भगवान् के सभी अवतार इसी पुण्यभूमि में हुए हैं!

मैंने पूछा—खट्टर काका, अपने यहाँ ब्राह्मण-भोजन का इतना महत्त्व क्यों है?

खट्टर काका बोले—इसलिए कि हम लोग ब्रह्मा के मुँह हैं। ब्राह्मणोऽस्य मुखमासीत्! जो लोग हाथ-पाँव हैं, वे सब काम करें। इसीलिए क्षत्रिय-भोजन या वैश्य-भोजन का विधान नहीं है। भोजन और भजन पर हमारा जन्मसिद्ध अधिकार है। जब आदिपुरुष ब्रह्मा ही चार मुँह बाये प्रकट हुए, तो हम लोग उनके मुख्य आत्मज होकर अपने वंश की टेक कैसे छोड़ सकते हैं?

मैंने कहा—परंतु यदि हम लोग सचमुच ब्रह्मा के मुँह से निकले हैं, तो वह ब्रह्म-तेज कहाँ है?

खट्टर काका बोले—तेज है उदर कुंड में। देखो, उपनिषद् में कहा गया है—

वैश्वानरः प्रविशति अतिथिर्ब्राह्मणो गृहम्

(कठोपनिषद् 1 । 7)

अर्थात्, "ब्राह्मण देवता अग्निस्वरूप हैं। अतिथि रूप में आते ही उन्हें पर्याप्त समिधा मिलनी चाहिए। जो मूर्ख उन्हें यथेष्ट भोजन नहीं कराएगा उसके बाल-बच्चों और मवेशी की खैरियत नहीं!"

इष्टाऽपूर्ते पुत्रपशूंश्च सर्वान् एतद् वृंक्ते पुरुषस्य
अल्पमेधसः यस्यानश्नन् वसति ब्राह्मणो गृहे

(कठोपनिषद् 1 । 8)

बुभुक्षित ब्राह्मण की सद्यः इच्छापूर्त्ति नहीं होने पर जठराग्नि का तेज जिह्वा के मार्ग से शाप के रूप में प्रकट हो जाता है, जिसमें भस्म कर देने की शक्ति रहती है।

मुझे मुँह ताकते देखकर खट्टर काका बोले—देखो, ब्रह्म और ब्राह्मण एक ही धातु से बने हैं। ब्रह्मांड और ब्रह्मोदर दोनों सहोदर हैं। दोनों विशाल, दोनों गोलाकार, दोनों अपरंपार! उसी ब्रह्मोदर को भरने के लिए इतने धर्मशास्त्र बनाये गये हैं। वैदिक युग से ही फलफूल मिठाई लेकर ब्राह्मण देवता की पूजा होती आयी है। देखो—

इममोदनं निदधे ब्राह्मणेषु लोकमितं स्वर्ग्यम्

(अथर्व. 4 । 34 । 8)

ब्राह्मण देवता मधुर के अनन्य प्रेमी होते हैं।

अन्नशाकप्रियः शूद्रः वैश्यो दुग्धदधिप्रियः
मत्स्यमांसप्रियः क्षत्री ब्राह्मणो मधुरप्रियः

पिष्टान्न (सत्तू) और भृष्टान्न (चबेना) तो धृष्टान्न है। विशिष्टान्न है मिष्टान्न। वही हम लोगों का इष्टान्न है। उपजावे कोई, लेकिन भोग लगाने के समय पहले हमीं आगे रहेंगे। अग्रे अग्रे विप्राणाम्!

मैं—ऐसा क्यों, खट्टर काका?

ख.—क्योंकि हम लोग विप्र अर्थात् उपसर्ग मात्र हैं। उपसर्ग तो धातु के पहले ही लगता है। इसीलिए हम लोग सबसे आगे रहते हैं। विशेषतः भुज् धातु में।

मैं—खट्टर काका, आप तो हर बात में विनोद की सृष्टि कर देते हैं। मगर कुछ लोग हँसते हैं कि ब्राह्मण का पेट कभी नहीं भरता। 'हाथ सूखा, ब्राह्मण भूखा।' ऐसा क्यों?

खट्टर काका मुस्कुरा उठे। बोले—देखो, एक बार एक ब्राह्मण (भृगु) ने क्रोधवश लक्ष्मी के स्वामी के पेट पर लात मार दी थी। इसी से लक्ष्मी भी ब्राह्मणों से रुष्ट होकर उनके पेट पर लात मारती आ रही हैं। यह तो धन्य उनकी सौत सरस्वती, जिनकी कृपा से हम लोग लक्ष्मीवाहनों से झींटते आ रहे हैं!

श्रमजीवी भवेत् शूद्रः धनजीवी कृषी वणिक्
बलजीवी भवेत् क्षत्री बुद्धिजीवी हि ब्राह्मणः

जहाँ और-और लोग हल-कुदाल लेकर खेती करते आये हैं, वहाँ ब्राह्मण केवल बुद्धि की खेती करते आ रहे हैं। इसी बुद्धि के प्रसाद से हमारे पूर्वजों ने भोजन की समस्या को जिस प्रकार हल किया, सो भी बिना हल के, वैसा आज तक कोई नहीं कर सका है। यजमानों का काम बैलों से चलता था। ब्राह्मणों का काम यजमानों से ही चल जाता था। तब वे बैल क्यों पोसते?

मैंने पूछा—खट्टर काका, ब्राह्मण के बिना तो यजमानों का कोई भी धार्मिक कृत्य नहीं हो सकता। प्रत्येक मास में किसी-न-किसी तिथि में ब्राह्मण-भोजन होता ही है।

खट्टर काका बोले—अजी, मास ही तो हमारे लिए मास मिलकीयत है। तिथि है अतिथि बनने के लिए! आश्विन में पितृपक्ष हो या देवी पक्ष, दोनों हाथ लड्डू! कार्तिक में अन्नकूट ही मचा रहता है। अग्रहण में नवान्न भोजन! चौठ को चंद्रमा के नाम पर! षष्ठी को सूर्य के नाम पर! एकादशी को विष्णु के नाम पर! चतुर्दशी को महादेव के नाम पर! अमावस्या हो, या पूर्णिमा, दोनों में चकाचक! ऐसा परमुंडे फलाहार करने की बुद्धि और किसमें है?

मैंने कहा—परंतु इतने व्रत-उपवास के जो नियम हैं?

खट्टर काका बोले—अजी, मैं तो व्रत का अर्थ समझता हूँ—वृणोति विशिष्ट भोजनम् इति व्रतम्। अर्थात्, हलुआ, पूड़ी, खीर, पुआ, राबड़ी, मिठाइयाँ जैसे भोज्य पदार्थों का वरण करना ही व्रत है। उपलक्ष्य चाहे जो हो, लक्ष्य है मधुर भोजन। और, विशेष भोज्य पदार्थों के लोभ में सामान्य भोज्य पदार्थ (रोजमर्रा दाल-रोटी) का त्याग कर उदर-दरी को रिक्त रखना ही उपवास है। वराहोपनिषद् में कुछ शब्दों का हेर-फेर कर यों कहा जा सकता है कि—

उप समीपे यो वासः मधुक्षीरघृताशया
उपवासः स विज्ञेयः न तु कायस्य शोषणम्

मैंने कहा—खट्टर काका, व्रत-त्योहार तो धर्म के लिए किये जाते हैं। देखिए, अपने यहाँ की स्त्रियाँ कितनी निष्ठा से उपवास करती हैं!

खट्टर काका को हँसी आ गयी। बोले—अजी, ब्राह्मण देवता कम चालाक नहीं थे। पर्व करनेवाली स्त्रियाँ कहीं पहले स्वयं भोग नहीं लगा लें, इसलिए कठोर से कठोर नियम बनाकर उनके मुँह पर ताला लगा गये हैं।

अन्नाहारात् शूकरी स्यात् फलभक्षे तु मर्कटी
जलपाने जलौकाः स्यात् पयःपाने भुजंगिनी

(हरतालिकाव्रत कथा)

अर्थात्, "स्त्री व्रतकाल में अन्न खा ले, तो सूअरनी होकर जन्म लेगी, फल खा ले, तो बंदरनी होकर। जलपान करने से जोंक और दूध पी लेने से साँपिन।" ऐसा डरा दिया कि बेचारी के प्राण सूख गये। क्या मजाल कि तीज करनेवाली एक घूँट पानी भी पी ले! पकवान बनानेवाली तो तीन शाम भूखी रहकर गोबर-गोमूत्र लेकर पारण करे

और पकवानों पर हाथ फेरने के लिए ब्राह्मण देवता पहले से ही हाथ-पाँव धोकर तैयार! कहीं उपवास करने के डर से व्रत रखना ही न बंद हो जाय, इसका रास्ता भी वे बना गये हैं—

उपवासाऽसमर्थश्चेत् एकं विप्रंच भोजयेत्
तावदन्नानि वा दद्यात् यद्भुक्त् वा द्विगुणं भवेत्

(ब्रह्मवैवर्त)

यदि यजमान किसी कारण से उपवास करने में असमर्थ हो, तो ब्राह्मण को भोजन करा दे अथवा उसके घर पर भोज्य-सामग्री भेज दे। उपवास करने का द्विगुण फल मिल जाएगा!

खट्टर काका सुपारी काटते हुए बोले—अजी, जब सोमवारी व्रत में स्त्रियों के झुंड को पीपल के चारों ओर परिक्रमा करते देखता हूँ, तो उन्हें कोल्हू के बैलों की तरह घूमते देखकर दया आ जाती है। अजी, इतना द्राविड़ प्राणायाम कर नाक छूने की क्या जरूरत? सीधे कहते—'दो'। मगर सीधी अँगुली से तो घी निकलता नहीं, इसलिए घुमाकर नाक पकड़ते हैं। माघ के जाड़े में यजमानिनी प्रातःस्नान करे, और जेठ की गर्मी में निर्जला एकादशी! पंडित लोग स्त्रियों को ऐसा साधे हुए हैं कि क्या सरकसवाले अपने जानवरों को साधेंगे? और यह सब इसलिए कि इनकी अपनी पाँचों अँगुलियाँ घी में रहें! चार्वाक ने ऋणं कृत्वा घृतं पिबेत् कहा, तो नास्तिक कहलाया! और, जिन लोगों ने छलं कृत्वा घृतं पिबेत् किया, सो धर्म के ठेकेदार बने रहे!

मैंने कहा—खट्टर काका, ब्राह्मण-भोजन का फल भी तो बहुत है?

खट्टर काका बोले—क्यों नहीं रहेगा? समाज में चतुर थे भूदेव! और लोग थे वोपदेव! मूर्खों की बस्ती में धूर्त्तों की बन आती है। वे धर्म का डंडा लेकर लोगों को हाँकने लगे। "आज देवता के निमित्त खिलाओ। कल पितर के निमित्त खिलाओ। पुण्य करो, तो खिलाओ, पाप करो, तो खिलाओ। शुभ हो, तो खिलाओ। अशुभ हो, तो खिलाओ। जन्म हो, तो खिलाओ। मृत्यु हो, तो खिलाओ।" बेचारे यजमान को आजीवन कभी उसास नहीं। मुंडन, उपनयन, विवाह, द्विरागमन आदि के नाम पर ऐसा मूँड़ा जाने लगा कि बेचारे को दशकर्म करते-करते सभी कर्म हो गये। गर्भाधान से ही उसके गले में जो ऋणपत्र लटकता है, सो, चिता पर जाकर भी नहीं उतरता। मरने पर भी मृत्युकर चुकाना पड़ता है। श्राद्ध-भोज के बिना गति नहीं। यजमान के घर में भले ही कुहराम मचा हो, भोजनभट्टों के आगे पत्तल बिछनी ही चाहिए! दलालों को खिलाए बिना स्वर्ग का 'पासपोर्ट' नहीं मिल सकता! उनके पेट परलोक के पार्सलमैन हैं! हव्य, कव्य, गव्य, सब भर दीजिए, देवता-पितरों को पहुँच जाएँगे! इसी से तो मनुजी लिख गये हैं—

यस्यास्येन सदाश्नन्ति हव्यानि त्रिदिवौकसः
कव्यानि चैव पितरः किं भूतमधिकं ततः

(मनुस्मृति 1। 95)

मैंने कहा—खट्टर काका, स्मृतियों में जो इतने शास्त्रीय कृत्य वणित हैं?

खट्टर काका बोले—अजी, सभी कृत्यों का सार एक ही है। "ब्राह्मणाय दद्‌यात् (ब्राह्मण को दान कर)।" अन्नदान, वस्त्रदान, गोदान, द्रव्यदान, शय्यादान, भूमिदान, वृक्षदान, फलदान, कन्यादान! ब्राह्मणों को कब क्या दान देना चाहिए, इसका मुसविदा भी तो ब्राह्मण ही बना गये हैं। जाड़े में कंबल और रजाई दान। गर्मी में घड़ा और पंखा दान। बरसात में छाता दान। गौ ब्याये, तो पहला दूध ब्राह्मण को। आम फले, तो प्रथम फल ब्राह्मण को। कहीं सोना मिल जाय, तो ब्राह्मण को दान कीजिए, और कहीं सोना खो जाय, तो भी ब्राह्मण को दान कीजिए। यह दुहरी मार! ब्राह्मणों के अपने ही हाथ में कानून था। जो-जो चाहा, बनाते गये। उनके सौ खून माफ। उन्हें चारों वर्णों की कन्याओं में विवाह का अधिकार। वे सबसे लें, लेकिन उनका कोई नहीं ले! उनको दे, तो स्वर्गलोक जायगा, और उनका ले ले, तो हजारों वर्ष नरक में विष्ठा का कीड़ा बनकर रहेगा।[1] सभी धर्मशास्त्र तो ब्राह्मणों के ही बनाये हुए हैं। इसलिए सब जगह बसूले की ढार है। जितने कर भूपति शस्त्र के द्वारा नहीं वसूल सके, उतने भूदेव शास्त्र के द्वारा वसूल गये हैं। इसीलिए कहा गया है—धिग् बलं क्षत्रियबलं, ब्राह्मणस्य बलं बलम्!

मैंने कहा—खट्टर काका, आप एक ही पक्ष देखते हैं। ब्राह्मणों ने समाज का कितना कल्याण किया है! ब्रह्म जानाति ब्राह्मणः। समस्त विद्या तो उन्हीं की देन है।

खट्टर काका बोले—अजी, ब्राह्मण यथार्थतः विद्या के पथ पर रह जाते, तो फिर क्या रोना था? मगर वे तो दंभ और लोभ के दलदल में फँस गये।

अविद्यो वा सविद्यो वा ब्राह्मणो मामकी तनुः

(मनुस्मृति)

"ब्राह्मण मूर्ख हो या विद्वान्, वह भगवान् का अंश है।" जो ब्राह्मण के चरणोदक को भगवान् का चरणोदक नहीं समझेगा, उसे ब्रह्महत्या का पाप लगेगा।"

विप्रपादोदके चैव शालग्रामोदके तथा
यः करोति भेदबुद्धिं ब्रह्महत्यां लभेत सः।

(देवी भागवत 9। 34)

यही जाति का दंभ और द्रव्य का लोभ ब्राह्मण को खा गया। यदि मस्तिष्क ही अपना संतुलन खो दे, तो शरीर की क्या अवस्था होगी? वही हालत समाज की हो गयी। जो पंडित थे, वे विद्या के नाम पर अविद्या—ठक विद्यां—चलाने लग गये। जनता को भेड़-बकरी की तरह दूहने लग गये। अपनी स्वार्थसिद्धि के लिए यजमानों को कैसे-कैसे प्रलोभन दिये गये हैं, कैसे सब्ज-बाग दिखलाए गये हैं, सो देखो।

अन्नदानं च विप्रेभ्यः यः करोति च भारते
अन्नप्रमाणवर्षं चं शिवलोके महीयते

---

1. देवी भागवत 10/64

यो ददाति च विप्राय दिव्यां धेनुं पयस्विनीम्
तल्लोममानवर्षं च विष्णुलोके महीयते
सालंकारां च भोग्यां च सवस्त्रां सुन्दरीं प्रियाम्
यो ददाति च विप्राय चंद्रलोके महीयते

(देवी भागवत 9।30)

अर्थात्, "जो ब्राह्मण को अन्नदान करेगा, वह जितने अन्न के दाने हैं उतने वर्ष शिवलोक में रहेगा। जो खूब दूध देनेवाली गाय ब्राह्मण को दान करेगा, वह गौ की देह में जितने रोएँ हैं उतने वर्ष विष्णुलोक में रहेगा। जो भोग करने योग्य सुंदरी कन्या को वस्त्र-भूषण समेत ब्राह्मण को दान करेगा, वह चंद्रलोक पहुँच जायगा।" अजी, चंद्रमा पर पहुँचने का ऐसा नायाब नुसखा अमेरिका या रूस, किसी देश को मालूम है?

मुझे चुप देखकर खट्टर काका बोले—लेने के लिए कैसे-कैसे हथकंडे अपनाये गये हैं, सो देखो। बीमारियों पर भी टैक्स लगा दिये गये हैं!

बहुभोजनदानेन शूलरोगाद्विमुच्यते
अन्नदानेन चार्शेभ्यः श्वासकासात् प्रमुच्यते
नेत्ररोगे घृतं दद्यात् गोदानं बहुमूत्रके
मेहे सुवर्णदानं च तथा मिष्टान्नभोजनम्
गोभूमिं स्वर्णदानं च कुष्ठरोगोपशान्तये

(हारीत स्मृति 2।1)

अर्थात्, "शूलरोग से छुटकारा पाना हो, तो भोजन कराओ। बवासीर और सर्दी-खाँसी हो, तो अन्नदान करो। आँख की बीमारी में घी दान करो और बहुमूत्र में गोदान। प्रमेह की बीमारी हो, तो खूब मिठाई खिलाओ और अगर कहीं कुष्ठ-व्याधि हो तब तो फिर बात ही क्या? गौदान करो, भूमिदान करो, सोना दान करो।"

मैंने कहा—खट्टर काका, क्या उस समय के लोग इतने सीधे थे कि ऐसी चालाकियों को नहीं समझ पाते थे?

खट्टर काका बोले—सीधे थे, तभी तो उनसे पितरों के नाम पर सत्तू तक वसूल किया जाता था। "संक्रांति में सत्तू दे दो, तो सभी पाप कट जायँगे!"

ददाति यो हि मेषादौ सक्तूनम्बुघटान्वितान्
पितृनुद्देश्य विप्रेभ्यः सर्वपापैर्विमुच्यते

(दानदीपिका)

कुछ तो केवल पान-सुपारी पर भी इहलोक-परलोक दोनों की गारंटी दे देते थे!

यो दद्यात् फलतांबूलं विप्राणां पादसेवने
इहलोके सुखं तस्य परलोके ततोऽधिकम्

(ब्रह्मवैवर्त)

अजी, लेने के लिए एक-से-एक चालाकी की गयी है। बर्तन और पंखा तक झींटने

के लिए मंत्र बना दिये गये हैं। देखो, पंखा दान करने का मंत्र है—

व्यजनं वायुदैवत्यं ग्रीष्मकाले सुखप्रदम्
अस्य प्रदानात् सफला मम सन्तु मनोरथाः

(दानदीपिका)

इसी तरह, काँसे का बर्तन दान करने का मंत्र है—

यानि पापानि काम्यानि कामोक्तानि कृतानि च
कांस्यपात्रप्रदानेन तानि नश्यन्तु मे सदा

(संस्कार भास्कर)

मैंने कहा—खट्टर काका, ऐसे-ऐसे श्लोक क्यों रचे गये हैं?

खट्टर काका बोले—यजमानों को फुसलाने के लिए। अजी, वैसे अपनी दुधार गाय कोई क्यों उनको देता? इसलिए एक श्लोक बना दिया—

धेनुं च यो द्विजे दद्यात् अलंकृत्य पयस्विनीम्
कांस्यवस्त्रादिभिर्युक्तां स्वर्गलोके महीयते

(मनुस्मृति)

बस, स्वर्ग के लोभ से यजमान लोग अपनी गायें लेकर ब्राह्मण के दरवाजे पर पहुँचाने लगे। ऐसा पक्का मुसविदा बना दिया गया है कि यजमान लोग गौ का ओढ़ना और दूहने के लिए बर्तन लाना भी नहीं भूलें। किसी महाब्राह्मण को उतने पर भी संतोष नहीं हुआ, तो उन्होंने गोदान में कुछ और चीजें भी जोड़ दीं। देखो, एक छोटा-सा अनुष्टुप् श्लोक बनाकर गागर में सागर भर दिया गया है!

हेमशृंगी रौप्यशफा सुशीला वस्त्रसंयुता
सकांस्य पात्रा दातव्या क्षीरिणी गौः सदक्षिणा

(गरुड़पुराण 98)

अर्थात्, "जो दुधार हो, सीधी हो, वस्त्रों से सुसज्जित हो, जिसकी सींगों में सोना और खुरों में चाँदी मढ़ी हो, ऐसी गौ बर्तन और दक्षिणा के साथ दान करो।" एक तीर से सात शिकार! वाह रे हम लोगों के पूर्वज!

मैंने कहा—खट्टर काका, मैं नहीं जानता कि धर्मशास्त्र में ऐसी-ऐसी बातें भी हैं।

खट्टर काका बोले—तुम इतने ही में घबरा गये? देखौ, यजमानों से सोना झींटने के लिए कैसे-कैसे उपाय रचे गये हैं!

पल्लीसरठयोः रूपं सुवर्णेन विनिर्मितम्
वस्त्रयुग्मेन संवेद्य ब्राह्मणाय निवेदयेत्

(कृत्यमंजरी)

अर्थात्, "छिपकिली या गिरगिट बदन पर गिर जाय, तो उसी आकार की सोने की मूर्त्ति बनवाकर ब्राह्मण को दान करो। सो भी जोड़ा वस्त्र में लपेटकर। तब जाकर दोष की शांति होगी। यों सोना लेने में चालाकी प्रकट हो जाती, इसलिए मूर्त्ति बनवाने का

ढोंग रच दिया। इसी तरह, अगर कहीं कौए को मैथुन करते हुए किसी ने देख लिया तो ब्राह्मण देवता को फीस अदा करे!

ब्राह्मणान् भोजयेत् पश्चात् शांतिवाचन पूर्वकम्
स्वर्णशृंगरौप्यखुरां कृष्णां धेनुं पयस्विनीम्
वस्त्रालंकारसंयुक्ता निष्कद्वादशसंयुताम्
आचार्याय श्रोत्रियाय तां गां दद्यात् कुटुम्बिने

(कृत्यमंजरी)

अर्थात्, "पहले ब्राह्मणों को भोजन कराकर खूब दूध देनेवाली श्यामा गौ दान करे, जिसकी सींगों में सोना और खुरों में चाँदी लगी रहनी चाहिए। साथ ही वस्त्र, अलंकार और बारह अशर्फियाँ भी दान करे। तब जाकर काका मैथुन-दर्शन का दोष कटेगा।"

मैंने कहा—खट्टर काका, यह तो हद हो गयी।

खट्टर काका बोले—अजी, अभी बहुत बाकी है। सोना झींटने के लिए यहाँ मिट्टी के घड़े और पीपल के पेड़ के विवाह तक रचाये जाते हैं! कुंभ की पूजा में प्रार्थना करायी जाती है—

वरुणांगस्वरूप! त्वं जीवनानां समाश्रय
पतिं जीवय कन्यायाः चिरं पुत्रान् सुखं वर।

(व्यवहारमंजूषा)

और अंत में

कन्यालंकारवस्त्राद्यं ब्राह्मणाय निवेदयेत्

यजमान के दामाद और नाती चिरंजीवी रहेंगे या नहीं, सो तो बाद की बात है, लेकिन ब्राह्मण देवता को तत्काल स्वर्णाभूषण हाथ लग जाते हैं।

इसी तरह अश्वत्थ-पूजा में प्रार्थना करायी जाती है—

पूर्वजन्मकृतं पापं बालवैधव्यकारकम्
नाशयाशु सुखं देहि कन्याया मम भूरुह!

और अंत में फिर वही असली मंत्र पढ़ाया जाता है—

सौवर्णीं निर्मितां मूर्त्तिं तुभ्यं संप्रददे द्विज!

"हे ब्राह्मण देवता! यह सोने की मूर्त्ति आपको समर्पित है!"

अजी, जितने पूजा-पाठ, यज्ञ-जाप, तीर्थ व्रत हैं, सभी के अंत में यही पाठ पढ़ाया जाता है—अमुकनामगोत्राय ब्राह्मणाय दक्षिणामहं ददे!

धर्मशास्त्रों के सभी राग इसी सम पर आकर गिरते हैं!

खट्टर काका ने मुस्कुराते हुए पूछा—हाँ, कितने-कितने ब्राह्मण जीमेंगे?

मैं—करीब पाँच सौ।

ख.—परंतु इतने ब्राह्मण आयेंगे कहाँ से?

मैं—अपने ही गाँव में हैं।

ख.—अजी, हम लोग तो नकली ब्राह्मण हैं।

मैं—तो फिर असली ब्राह्मण कहाँ हैं?

ख.—असली ब्राह्मण हैं यूरप-अमेरिका में।

मैं—खट्टर काका, आपको तो हर बात में मजाक ही रहता है।

ख.—सच कहता हूँ। जो सत्यान्वेषी विद्वान् निरंतर विद्यार्चना में लगे रहकर एकांत साधना और अनवरत तपश्चर्या के फलस्वरूप वैज्ञानिक तथ्यों का आविष्कार कर सभ्यता के एक-से-एक नवीन उपकरणों के द्वारा समाज का उपकार कर रहे हैं, मानव के कष्ट दूर कर रहे हैं, विश्व के कल्याण-चिंतन में लगे हुए हैं और आज हमें भूलोक से ऊपर उठाकर चंद्रलोक तक पहुँचा रहे हैं, वे ही यथार्थ ब्राह्मण कहलाने के अधिकारी हैं। हम लोग तो केवल उदरंभरिः ब्राह्मणः पद को सार्थक करते हैं।

मैंने कहा—खट्टर काका, ऐसी-ऐसी बातें लोग सुनेंगे तो ब्राह्मण-भोजन भी उठा देंगे।

खट्टर काका एक चुटकी कतरा मुँह में देते हुए बोले—अजी, मैं क्या पागल हूँ, कि औरों के सामने ऐसी बातें बोलूँगा? और, एक के बोलने से ही क्या? ऐसी पक्की नींव डाली गयी है कि अपने देश में ब्राह्मण-भोजन कभी नहीं उठ सकता है। चार्वाक चिल्लाकर रह गये। हँसिया-हथौड़ावाले भी चिल्लाते रहे जायँगे।...हाँ, खिलाओगे क्या?

मैं—दही, चूड़ा (चिउड़ा), चीनी...

ख.—बस, बस, बस। मजा आ गया! गोरस में सबसे मांगलिक पदार्थ दही! अन्न में सबका चूड़ामणि चूड़ा! मधुर में सबका मूल चीनी! इन तीनों का संयोग समझो तो त्रिवेणी संगम है। मुझे तो त्रिलोक का आनंद इसमें मिलता है। चूड़ा भूलोक! दही भुवर्लोक! चीनी स्वर्लोक!

मैंने देखा कि खट्टर काका अभी तरंग में हैं। सब अद्‌भुत ही बोलेंगे। इसलिए काम रहते हुए भी गप सुनने के लोभ से बैठ गया।

खट्टर काका बोले—अजी, मैं तो समझता हूँ कि दही चूड़ा चीनी से सांख्य दर्शन की उत्पत्ति हुई है।

मैंने चकित होते हुए पूछा—एँ! दही-चूड़ा चीनी से सांख्य? सो कैसे?

खट्टर काका बोले—मेरा अनुमान है कि कपिल मुनि दही-चूड़ा चीनी के अनुभव पर ही त्रिगुण की कल्पना कर गये हैं। दही सत्त्वगुण, चूड़ा तमोगुण, चीनी रजोगुण। देखो, असल सत्त्व दही में ही रहता है, इसलिए इसका नाम पड़ा 'सत्त्व'। चीनी रजकण के समान होती है, इसलिए इसका नाम 'रज'। चूड़ा पृथुल या स्थूल होता है, इसलिए 'तम'। चूड़ा रूक्ष और कोष्ठावरोधक होता है, इसलिए 'तम' को अवरोधक कहा गया है। तम का अर्थ होता है अंधकार। पत्तल पर सिर्फ चूड़ा पड़े, तो आँखों के आगे अँधेरा छा जाता है। जब ताजा, मीठा, श्वेत दही उस पर पड़ जाता है, तब प्रकाश का उदय होता है। इसीलिए कहा गया है—"सत्त्वं लघु प्रकाशकमिष्टम्" अर्थात् दही लघुपाकी, प्रकाश देनेवाला और इष्ट यानी प्रिय होता है। और, बिना रजोगुण के तो क्रिया का

प्रवर्त्तन होता ही नहीं। इसलिए जब चीनी उस पर पड़ जाती है तब कर-मुख-व्यापार का प्रवर्त्तन होता है, अर्थात् भोजन प्रारंभ होता है। अब समझे?

मैंने कहा—धन्य हैं खट्टर काका! आप जो न सिद्ध कर दें!

खट्टर काका बोले—देखो, सांख्य मत से प्रकृति का प्रथम विकार है महत् या बुद्धि। दही, चूड़ा, चीनी से पेट फूल जाता है। यही 'महत्' अवस्था है। इसमें बुद्धि की बातें सूझती हैं। मगर सत्त्वगुण का आधिक्य होना चाहिए। अर्थात्, दही ज्यादा होना चाहिए। त्रिगुणात्मिका प्रकृति द्रष्टा पुरुष को रिझाती है। त्रिगुणात्मक भोजन भोक्ता पुरुष को रिझाता है। इसीलिए कहा गया है—नृत्यन्ति भोजने विप्राः।

मैंने कहा—खट्टर काका, सांख्य दर्शन का ऐसा तत्त्व आपके सिवा और कौन कह सकता है?

खट्टर काका बोले—यदि इसी प्रकार निमंत्रण देते रहो तो क्रमशः सभी दर्शनों के तत्त्व समझा दूँगा।

मुझे मुँह ताकते देख खट्टर काका बोले—देखो, आहार का विचार पर प्रभाव पड़ता है। कणाद ने कण खाकर अणुवाद की कल्पना की। हम लोग भक्त (भात) खाकर आपस में विभक्त रहते हैं। द्विदल (दाल) खाते हैं इसलिए सब जगह दो दल बनाकर रहते हैं। अजी, जो गुण कारण में रहेगा, वही न कार्य में प्रकट होगा? इसीलिए मैं कहता हूँ कि सामाजिक जीवन में मिठास लाना हो, तो खूब मिठाइयों का भोज करो।

मैंने कहा—खट्टर काका, भोज में मिठाइयाँ भी रहेंगी।

खट्टर काका बोले—वाह, वाह, वाह! तब आज तीर्थ का फल मिल जायगा! देखो, मेरे एक भजनानंदी और भोजनानंदी मित्र गाते हैं—

कलाकंद काशी और पेड़ा है प्रयाग तुल्य
बुँदिया है वृंदावन, मथुरा मगदल है
अमृती अमरनाथ, बालूशाही वैद्यनाथ,
बर्फी है बदरीनाथ, गजा गंगाजल है,
पूड़ी है पुरी और जलेबी जगन्नाथ-रूप
हलुआ हरद्वार, दही द्वारका विमल है
रसगुल्ला रामेश्वर, कुमारी है क्रीमचाप,
मिष्टान्न-भोज में समस्त तीर्थफल है!

हाँ, खिलाओगे कब?

मैं—खट्टर काका, आप स्नान-पूजा कर तैयार रहिएगा।

खट्टर काका बोले—अजी, असली पूजा तो पत्तल पर ही होगी। मगर खिलाना कुछ देर से ही। मैं उपसर्ग-प्रत्यय लगाकर भोज में तीन बार का हिसाब चुकता कर लेता हूँ। क्योंकि हम लोग परान्न को प्राण से भी अधिक दुर्लभ मानते हैं।

परान्नं दुर्लभं लोके शरीराणि पुनः पुनः।

भगवान की चर्चा

खट्टर काका फालसे का शरबत पी रहे थे। मुझे देखकर बोले—आओ-आओ। तुम भी पियो। "वह है बेजायका शरबत अगर तुर्शी न शामिल हो!"

मैंने कहा—खट्टर काका, आपकी बातों में जो खट्टा-मीठा जायका रहता है, वह क्या इस शरबत से कम है?

खट्टर काका बोले—अजी, उनमें मिर्च भी काफी रहती है। जिनका हाजमा कमजोर है, वे पचा नहीं सकते। लेकिन मैं क्या करूँ? आदत से लाचार हूँ। लटपट बातें मुझे पसंद नहीं! साफ-साफ बोल जाता हूँ। इसलिए लोग 'नास्तिक' कहते हैं।

मैं—खट्टर काका, सच-सच बताइए, आप भगवान् को मानते हैं या नहीं?

खट्टर काका मुस्कुराकर बोले—समझो तो भगवान् ही मुझे नहीं मानते हैं। मैं तो उन्हें अपना मौसा मानता हूँ!

मैं—खट्टर काका, आपको तो हमेशा विनोद ही रहता है।

खट्टर काका बोले—गौतम ने ईश्वर को कुम्हार बना दिया, उपनिषद् ने मकड़ा बना दिया, वेदांत ने बाजीगर बना दिया, सो सबकुछ नहीं! और मैंने मौसा बना दिया, तो क्या बुरा हुआ?

मैं—परंतु आप तो भगवान् से परिहास करते हैं!

ख.—सूरदास ने सख्य भाव से इतना परिहास उनके साथ किया है और मैं इतने से भी गया?

मैं—मगर वह आपके मौसा कैसे लगेंगे?

ख.—देखो, लक्ष्मी और दरिद्रा, दोनों सगी बहनें हैं। भगवान् हैं लक्ष्मी के स्वामी, और मैं हूँ दरिद्रा का पुत्र। अब तुम्हीं संबंध जोड़ लो। भगवान स्वयं कहते हैं—

ये यथा मां प्रपद्यन्ते तांस्तथैव भजाम्यहम्

मैंने कहा—खट्टर काका, आप तो हँसी करते हैं। परंतु यदि भगवान् नहीं रहते, तो इतनी सारी सृष्टि कैसे होती?

ख.—जैसे नित्य होती है। इसी गाँव में सहस्रों सृष्टिकर्त्ता मौजूद हैं।

मैंने कहा—खट्टर काका, आप तो दूसरी ही तरफ ले गये। मेरा तात्पर्य है कि आदि सृष्टिकर्त्ता तो मानना ही पड़ेगा।

खट्टर काका बोले—अजी, मानने में जरा भी एतराज नहीं, मगर जरा समझाकर कहो। वह आदि-पुरुष कब आये? कहाँ से आये? आकाश से टपक पड़े? अथवा, अनादि काल से सोये हुए थे और एकाएक नींद टूटने पर सृष्टि की क्रिया में प्रवृत्त हो गये? यदि सृष्टि की, तो किस रूप में? पहले स्त्री बनायी या पुरुष बनाया? यदि कहो कि आरंभ में स्त्री को उत्पन्न कर सृष्टि का कार्य आगे बढ़ाया, तो उन्हें गाली पड़ जायगी! यदि शुरू में एक पुरुष एवं एक स्त्री को उत्पन्न किया, तो फिर दोनों में भाई-बहन का

संबंध हुआ। यदि उन्हीं से सारी संतति-शाखा हुई, तब संपूर्ण मनुष्य जाति ही पतित है। फिर कुल-मर्यादा की बात ही क्या?

प्रयागे मूत्रितं येन गंगा तस्य वराटिका!

मैंने कहा—खट्टर काका, आपसे कौन बहस करे? परंतु आदि सृष्टिकर्त्ता तो कोई अवश्य रहे होंगे?

खट्टर काका बोले—अच्छा, माल लिया, कि होंगे। परंतु अब वह कर क्या रहे हैं? सृष्टि का जो कार्य है, वह तो चलता ही जा रहा है। बल्कि बढ़ता ही जा रहा है। प्रतिदिन लाखों की संख्या में सृष्टि हो रही है। अब इस बीच में उनके पड़ने की क्या जरूरत? वह 'पेंशन' लेकर बैठें!

मैंने कहा—खट्टर काका, वह क्या चुपचाप बैठनेवाले हैं? वह सर्वव्यापी हैं। सर्वं ब्रह्ममयं जगत्।

खट्टर काका—अब तुम वेदांत छाँटने लगे! परंतु जो कहते हो, उसमें स्वयं आस्था रखते हो?

मैं—अवश्य। भगवान् घट-घट में वास करते हैं।

खट्टर काका मुस्कुराते बोले—वाह रे ब्रह्मज्ञानी! जब भगवान् घट-घट में वास करते हैं, तब तो मदिरा के घट में भी वास करते हैं! यदि सर्वं ब्रह्ममयं जगत् तो फिर तुम काली की जगह साली का स्तोत्र क्यों नहीं पढ़ते? चंडी की जगह रंडी का चरणामृत क्यों नहीं पीते?

मैंने कहा—खट्टर काका, आपसे पार पाना कठिन है। परंतु भगवान् की महिमा अनंत है। वह अंतर्यामी सर्वशक्तिमान् करुणानिधान...

खट्टर काका—ठहरो, ठहरो! एक ही बार इतने सारे विशेषण मत उँड़ेलो। एक-एक कर समझाओ। उन्हें अंतर्यामी क्यों कहते हो?

मैंने कहा—वह सभी के अभ्यंतर वास करते हैं। हम और आप जो भी करते हैं, उन्हीं की प्रेरणा से।

केनापि देवेन हृदि स्थितेन तथा नियुक्तोऽस्मि तथा करोमि।

खट्टर काका हँसते हुए बोले—अच्छा, तो अब इसी पर कायम रहो। यदि दूसरी डाल पकड़ोगे तो एक डंडा लग जायगा।

मैंने कहा—अच्छा, अब इसी बात पर रहूँगा।

खट्टर काका—तो अब यह कहो कि जब भगवान् ही सबकुछ कराते हैं, तब तो हम लोग उनके हाथ की कठपुतली हुए! जैसा नचायँगे, वैसा नाचेंगे?

मैंने कहा—अवश्य।

खट्टर काका—तब मैं पूछता हूँ कि साधु और चोर में क्या अंतर?

मैंने कहा—साधु अच्छे कर्म करते हैं इसलिए उत्तम; चोर बुरे कर्म करते हैं, इसलिए अधम।

यह सुनते ही खट्टर काका डंडा उठाते हुए बोले—खबरदार! तुम अभी बोले थे कि—

यथा नियुक्तोऽस्मि तथा करोमि।

सब भगवान् ही कराते हैं। वही साधु के हाथ में माला और चोर के हाथ में ताला धरा देते हैं। तब फिर साधु क्यों उत्तम और चोर क्यों अधम? जो कहना हो, भगवान् को कहो।

मैंने कहा—खट्टर काका, आप तो इस तरह शिकंजे में कस देते हैं, कि निकलने का रास्ता ही नहीं मिलता है। परंतु इतना तो अवश्य है कि भगवान् की माया अपरंपार है। उनके लिए कुछ असंभव नहीं। वह जो चाहें कर सकते हैं।

खट्टर काका—यदि ऐसी बात है तो मैं एक प्रश्न पूछता हूँ। क्या भगवान् चाहें तो आत्महत्या कर सकते हैं? जहर खाकर या फाँसी लगाकर मर सकते हैं?

मैंने कहा—खट्टर काका, आपकी तो बातें ही निराली होती हैं। भला भगवान् मरना क्यों चाहेंगे? जब-जब पृथ्वी पर अधर्म की वृद्धि होती है, तब-तब वह अवतार लेते हैं।

यदा यदा हि धर्मस्य ग्लानिर्भवति भारत
अभ्युत्थानमधर्मस्य तदाऽत्मानं सृजाम्यहम्

(गीता 4 । 7)

खट्टर काका बोले—भगवान् की दृष्टि में अधर्म क्या है, जिसका नाश करने के लिए वह अवतार लेते हैं?

मैंने कहा—अधर्म है हिंसा और व्यभिचार।

खट्टर काका मुस्कुरा उठे। बोले—वह भगवान् को पसंद नहीं है?

मैंने कहा—कदापि नहीं।

खट्टर काका सुपारी का कतरा करते हुए बोले—तब मैं पूछता हूँ कि आदिकर्त्ता ने बाघ क्यों बनाया? सिंह को वैसा खूनी पंजा क्यों दिया? घड़ियाल को वैसे नुकीले दाँत क्यों दिये? साँप में जहर क्यों भर दिया? बिच्छू में डंक क्यों दिया? कुत्ता, बिल्ली, गीदड़ भेड़िया, चील्ह, गीध—इन सबों को मांसाहारी क्यों बनाया? यदि उन्हें अहिंसा ही पसंद थी, तो लड़ने की प्रवृत्ति ही उन्होंने जीवों में क्यों दी? पहले स्वयं आग लगाकर पीछे पानी लेकर दौड़ना—यह कौन-सी बुद्धिमानी हुई? मैं पूछता हूँ, यदि उन्हें व्यभिचार सचमुच ही नागवार था, तो एक कम चौरासी लाख योनियों में, खुल्लमखुल्ला समागम का नियम क्यों चला दिया? सृष्टि की प्रक्रिया वैसी अश्लील क्यों बना दी?

धृतकुंभसमा नारी तप्तांगार समः पुमान्

नर-नारी में इस प्रकार का संबंध क्यों स्थापित कर दिया?

मैं—भगवान् ने मनुष्य को बुद्धि दी है, जिससे वह पाप-पुण्य की विवेचना कर धर्म के पथ पर चले।

ख.—तब मनुष्य पाप क्यों करता है?

मैं—भगवान् ने मनुष्य को अपनी इच्छा में स्वतंत्र कर दिया है।

ख.—क्यों कर दिया? जब वह जानते थे कि मनुष्य इस शक्ति का दुरुपयोग करेगा, तब उसे स्वतंत्र क्यों छोड़ दिया? क्या बच्चे के हाथ में तलवार देना उचित है? और, यदि वह इतना भी नहीं जानते थे, तब फिर उन्हें 'अंतर्यामी' क्यों कहते हो?

मैं—खट्टर काका, भगवान् की लीला अपरंपार है। यह सारा जगत् ब्रह्म की माया है।

खट्टर काका बोले—तुम ब्रह्मवादी भी बनते हो, और पाप-पुण्य का भेद भी रखते हो! दोनों एक साथ कैसे होगा? यदि सर्वंब्रह्ममयं जगत्, तब पारमार्थिक दृष्टि से वही ब्रह्म मछली बनकर जल में विचरण करते हैं, और वही ब्रह्म शिकारी बनकर उसे जाल में फँसाते हैं। वही ठग बनकर जालसाजी करते हैं और न्यायाधीश बनकर दंड देते हैं। वही वेश्या बनकर कोठे पर बैठते हैं और वही लंपट बनकर बलात्कार करते हैं। मैं भंग घोंटकर उसमें चीनी डालकर पीता हूँ। इसका अर्थ हुआ कि "ब्रह्म ब्रह्म को घोंटकर ब्रह्म में ब्रह्म डालकर पीता है!"

मैंने कहा—खट्टर काका, आप तो बुद्धि को उलझा देते हैं।

खट्टर काका बोले—तुम लोग अपने ही जाल में फँस जाते हो। एक बार तो कहते हो—

कर्म प्रधान विश्व करि राखा
जो जस करहिं सो तस फल चाखा

और दूसरी बार कहते हो—

होइहैं सोइ जो राम रचि राखा
को करि यत्न बढाबहि शाखा!

ये दोनों एक साथ कैसे हो सकते हैं?

एक संग नहि होइ भुआलू
हँसब ठठाय फुलाएब गालू

कभी तो कहते हो कि भगवान् सर्वव्यापी हैं और कभी कहते हो कि जब-जब धर्म की हानि होती है, तब-तब भगवान् पृथ्वी पर अवतार ग्रहण करते हैं। कभी कहते हो कि भगवान् समदर्शी हैं, कभी कहते हो कि भक्त-वत्सल हैं। एक तरफ अद्वैतवादी भी बनते हो और दूसरी तरफ पाप-पुण्य का भेद भी मानते हो। इसी कारण फंदे में फँस कर उलझ जाते हो।

मुझे असमंजस में देख खट्टर काका बोले—देखो, एक तरह की बात बोलो। वेश्या जो काम करती है, वह अपनी प्रेरणा से या भगवान् की प्रेरणा से? यदि भगवान् की प्रेरणा से, तो भगवान् स्वयं दोषी हैं। यदि अपनी प्रेरणा से करती है, तो उस श्लोक को काटकर फेंको कि—

यथा नियुक्तोऽस्मि तथा करोमि!

मैंने कहा—खट्टर काका, मैं क्या कहूँ? दोनों में एक भी काटने योग्य नहीं। बिना भगवान् की इच्छा से एक पत्ता तक नहीं हिलता है। और, व्यभिचार का दोष भगवान् पर थोपना भी उचित नहीं।

खट्टर काका—देखो, फिर मेरा डंडा उठना चाहता है। एक बात पर कायम रहो। क्या हर बात भगवान् की इच्छा से होती है?

मैंने कहा—अवश्य!

खट्टर काका—अच्छा, यदि मैं एक डंडा लगा दूँ, तो यह भी भगवान् की इच्छा से होगा?

मुझे फिर असमंजस में पड़ा देख खट्टर काका बोले—बोलते क्यों नहीं? यदि सभी घटनाएँ भगवान् की इच्छा से होती हैं, तब जो जितनी हत्याएँ और बलात्कार होते हैं, सबका दोष उन्हीं के ऊपर है?

मैंने कहा—खट्टर काका, भगवान् अनंत करुणामय हैं। गज पर संकट पड़ा, तो सुदर्शन चक्र लेकर दौड़े। एक पक्षी को बचाने के लिए महाभारत की लड़ाई में ग़जघंट गिरा दिया।

खट्टर काका व्यंग्य के स्वर में बोले—और प्रयाग के कुंभ मेले में जब लाखों भक्त कुचलकर मर गये, उस समय वह सोये हुए थे? उनका सुदर्शन-चक्र भोथा हो गया था? उतने नर-नारी, बच्चों ने जब आर्त्तनाद किया, उस समय कान में रुई-तेल डाले हुए थे! इसी से गजघंट के बदले यमघंट गिर पड़ा! क्या भगवान् बहरे हो गये हैं? तब तो उन्हें कान का इलाज कराना चाहिए।

मैंने कहा—खट्टर काका, ऐसा मत बोलिए। जिन लोगों ने पाप किया होगा, उन्हें क्लेश भोगना पड़ा।

खट्टर काका—तब तो जितने लोग दुर्घटनाओं के शिकार होते हैं, वे सभी पापी हैं! यदि किसी को मगर पकड़कर घसीटता है, तो वह अपने पूर्वजन्म कृत पाप का फल भोग करता है। तब तो उसे डूबने देना चाहिए? फिर भगवान् को दौड़ने की क्या जरूरत थी?

मैंने कहा—भगवान् भक्तवत्सल हैं।

खट्टर काका—तब यों कहो कि भगवान् खुशामद-पसंद हैं। यदि समदर्शी रहते, तो दुर्योधन का मेवा छोड़कर विदुर का साग खाने क्यों जाते?

मैंने कहा—खट्टर काका,

यादृशी भावना यस्य सिद्धिर्भवति तादृशी।

जो उनकी जितनी भक्ति करता है, उसको उतना ही फल मिलता है।

खट्टर काका—तब यह कहो कि भगवान् बनियाँ हैं। जितना दाम दोगे, उसी हिसाब से वह तराजू पर तौलकर देंगे। तब उनमें और दमड़ी साह में अंतर क्या?

मैंने कहा—खट्टर काका, भगवान् दयामय हैं। उनकी करुणा का अंत नहीं है।

खट्टर काका—तब संसार में जो इतना दुःख-दारिद्र्य है, उसे वह दूर क्यों नहीं करते हैं? रोग, शोक, दुर्भिक्ष, महामारी—इन सबों से लोगों को क्यों परेशान करते हैं?

मैंने कहा—लोग अपने-अपने कर्मों के फल से क्लेश पाते हैं।

खट्टर काका—तब तो कर्म ही प्रधान हुआ। भगवान् की इच्छा कहाँ रही? वह दया भी करना चाहेंगे, तो क्या कर सकते हैं? मेरा कर्म ही नहीं किया रहेगा, तो देंगे कहाँ से? और जब कर्म रहेगा, तो वह स्वयं फलित होगा। फिर उनकी खुशामद क्यों? इसी से भर्तृहरि कहते हैं—

नमस्यामो देवान् ननु हत विधेस्तेऽपि वशगाः
विधिर्वंद्यः सोऽपि प्रतिनियतकर्मैक फलदः
फलं कर्मायत्तं यदि किममरैः किं च विधिना?
नमस्तत्कर्मभ्यो विधिरपि न येभ्यः प्रभवति!

(नीतिशतक)

मैंने कहा—खट्टर काका, मैं तो यही जानता हूँ कि भगवान् करुणामय और सर्वशक्तिमान् हैं।

खट्टर काका बोले—अच्छा। मान लो, ऐसा ही है। तब वह संसार के समस्त दुःख क्यों नहीं दूर कर देते हैं? दो ही कारण हो सकते हैं। एक तो यह, कि वह चाहते ही नहीं हैं। दूसरा यह, कि वह चाहते तो हैं, परंतु कर नहीं सकते। यदि नहीं चाहते हैं, तो निष्ठुर हैं। यदि नहीं कर सकते हैं, तो असमर्थ हैं। फिर उन्हें दयालु और सर्वशक्तिमान्, दोनों एक साथ क्यों कहते हो?

मैंने कहा—खट्टर काका, आप तो इतने प्रकार की शंकाएँ उत्पन्न कर देते हैं कि आस्तिक का मन भी डावाँडोल हो जाता है। अब आप ही कहिए कि भगवान् हैं या नहीं?

खट्टर काका मुस्कुराकर बोले—हैं तो अवश्य। तब प्रश्न यह कि वह हम लोगों की सृष्टि कर अपना मनोविनोद करते हैं अथवा, हमीं लोग उनकी सृष्टि कर अपना मनोविनोद करते हैं?

मैंने कहा—खट्टर काका, क्या भगवान् को आप कल्पना मात्र मानते हैं?

खट्टर काका एक चुटकी कतरा मुँह में रखते हुए बोले—नहीं जी। वास्तविक भगवान् भी होते हैं। भगवान् का अर्थ है—

समृद्धि बुद्धि संपत्ति यशसां वचनो भगः
तेन शक्तिर्भगवती भगरूपा च सा सदा
तया युक्तः सदात्मा च भगवांस्तेन कथ्यते

(ब्रह्मवैवर्त)

अर्थात्, जो 'भग' से युक्त हैं, वही भगवान् हैं। उसके बिना भगवान् सृष्टि नहीं कर सकते, जैसे कुम्हार बिना मिट्टी के घड़ा नहीं बना सकता।

नहि क्षमस्तथा ब्रह्म सृष्टिं स्रष्टुं तया विना
विना मृदा कुलालो हि घटं कर्त्तुं नहीश्वरः

(ब्रह्मवैवर्त)

वह 'भग' या भाग्य जिनको जितनी प्रचुर मात्रा में उपलब्ध है, वे उतने ही बड़े भगवान् हैं। जिनको वह सौभाग्य प्राप्त नहीं, सो 'अभगवान्' या अभाग्यवान् हैं। वे सृष्टि क्या करेंगे?

मैंने कहा—खट्टर काका, आप भंग की तरंग में भगवान् को भी ले डूबते हैं। परंतु विनोद में भी आप अपनी तार्किकता नहीं छोड़ते।

खट्टर काका बोले—अजी, तुम यह क्यों भूल जाते हो कि मैं गंगेश उपाध्याय[1] और गोनू झा, दोनों का वंशज हूँ। तर्क और विनोद पर हमारा जन्मसिद्ध अधिकार है। देखो, हमारे एक पूर्वज की गर्वोक्ति है—

येषां कोमलकाव्य कौशल कला लीलावती भारती
तेषां कर्कशतर्कवक्रवचनोद्‌गारेऽपि किं हीयते
यैः कांताकुचमंडले कररुहाः सानंदमारोपिताः
तैः किं मत्तगजेन्द्र कुंभशिखरे नारोपणीयाः शराः!

"जो कोमल काव्यकला में अपना कौशल दिखला सकते हैं, वे तर्क की कठोर भाषा के प्रयोग में भी अपने पांडित्य का परिचय दे सकते हैं। जो कामिनी के कुचमंडल पर नखक्षत करते हैं, वे क्या मत्त गज-कुंभ पर वाणवर्षा नहीं कर सकते?"

इसी तर्क-शक्ति के जोश में उदयनाचार्य ने एक बार भगवान् तक को भी ललकार दिया था!

ऐश्वर्यमदमत्तोऽसि मामवज्ञाय वर्त्तसे
उपस्थितेषु बौद्धेषु ममाधीना तव स्थितिः

"हे भगवान्! आप इस घमंड में मत रहिए कि मेरा ही अस्तित्व आपके अधीन है। बौद्धों के बीच आपका अस्तित्व भी मेरे ही अधीन रहता है!"

उसी तरह मैं भी कहता हूँ—

कथं तिष्ठसि नेपथ्ये चौरवत् निभृतः सदा
शक्तश्चेत् प्रकटीभूय निजास्तित्वं प्रदर्शय।

"हे भगवान्! आप चोर की तरह ओट में क्यों छिपे रहते हैं? अगर सामर्थ्य है, तो सामने प्रकट होकर अपना अस्तित्व प्रमाणित कीजिए।"

अगर कहीं होंगे तो सुनते ही होंगे। नहीं तो अरण्यरोदन ही समझो। खैर, जो हो। किसी बहाने आज दो घड़ी भगवान् की चर्चा तो हो गयी।

एक घड़ी आधी घड़ी, आधी में पुनि आध
कछु चर्चा भगवान् की, हरै कोटि अपराध!

---

1. गंणेश उपाध्याय मिथिला में नव्यन्याय के जन्मदाता हैं और गोनू झा हास्यरस के अवतार माने जाते हैं।

धर्म-विचार

पंडितजी नदी में स्नान करते हुए श्लोक पढ़ रहे थे—

पापोऽहं पापकर्माऽहं पापाऽत्मा पापसंभवः
त्राहि मां पुंडरीकाक्ष सर्वपापहरो हरिः

तब तक खट्टर काका भी नहाने के लिए पहुँच गये। बोले—पंडितजी, यह क्या कर रहे हैं? इसी हीनता की भावना ने तो हम लोगों का व्यक्तित्व कुंठित कर दिया। ऐसा क्यों नहीं कहते कि—

पुण्योऽहं पुण्यकर्माऽहं पुण्याऽत्मा पुण्यसंभवः
प्रसीद पुंडरीकाक्ष सर्वपुण्यमयो हरिः

आप भगवान् के आगे अपने को पापी भी घोषित करते हैं और रक्षा भी चाहते हैं! भगवान् धर्मात्मा की रक्षा करते हैं या पापी की? और, क्या आप सचमुच अपने को पापी समझते हैं? यदि और लोग भी आपको इसी शब्द से संबोधन करने लग जायँ, तो क्या आप पसंद करेंगे? तब भगवान् से झूठ क्यों बोलते हैं।

पंडिजी कुछ सहमते हुए बोले—आपके सामने तो कोई श्लोक पढ़ना भी मुश्किल है। दीनबंधु दीनानाथ से तो दीनता ही दिखायी जाती है।

ख.—पंडितजी, दीन का बंधु कोई नहीं होता। दैन्यभाव छोड़िए। अदीनाः स्याम कहिए।

मैंने कहा—खट्टर काका, शरणागति तो परम धर्म है।

ख.—धर्म से तुम क्या समझते हो?

मैंने कहा—मैं धर्म पर आप लोगों के सामने क्या बोल सकता हूँ? सीधी-सी बात जानता हूँ कि—

महाजनो येन गतः स पंथाः

महापुरुष जिस मार्ग पर चलते हैं, वही धर्म है।

खट्टर काका बोले—जितनी सीधी बात समझते हो, उतनी सीधी नहीं है। महावीर 'जिन' का मार्ग है—अहिंसा परमो धर्मः। महावीर हनुमान का मार्ग है—शठे शाठ्यं समाचरेत्। दोनों महावीर तो पूज्य ही हैं। किनका मार्ग अपनाया जाय? किनका छोड़ा जाय?

मैंने कहा—खट्टर काका, दया हि परमो धर्मः। सभी जीवों पर दया रखना ही धर्म है।

खट्टर काका बोले—जरा समझाकर कहो। मेरी खाट में खटमल भरे हैं। क्या उन्हें रात-भर अपना रक्त चूसने दूँ? पेट में कृमि है। उसे मारने के लिए दवा न खाऊँ? मच्छरों पर 'फ्लिट' नहीं छिड़कूँ? घर में साँप निकले तो उसे स्वच्छंद छोड़ दूँ? यदि हम सभी जीवों पर दया करने लगें तो क्या जीवित रह सकते हैं?

मैंने कहा—तो क्या हिंसा के बिना जीवन नहीं चल सकता?

खट्टर काका बोले—प्रकृति का नियम तो यही है कि—

जीवो जीवस्य भक्षणम्

छोटी मछली को बड़ी मछली खा जाती है; बड़ी मछली को उससे भी बड़ी निगल जाती है। यही मत्स्यन्याय संपूर्ण जगत् में चलता है। घोड़ा घास से यारी करेगा तो खायगा क्या? भक्ष्य-भक्षक में प्रीति कैसे रह सकती है?

मुझे मुँह ताकते देखकर खट्टर काका बोले—संसार में वही जाति जीवित रह सकती है, जिसे भक्षण करने का सामर्थ्य है। यदि अहिंसा का अर्थ हो भक्ष्य बनकर रहना, तो सबसे बड़ा अहिंसक है केंचुआ, जो किसी का कुछ नहीं बिगाड़ता। जिसके मन में आये, कुचलता हुआ चला जाय! मुझे तो ऐसी अहिंसा में विश्वास नहीं है।

मैं—खट्टर काका, यदि सभी जीवों पर दया करना संभव नहीं भी हो, तो कम-से-कम मनुष्यों पर तो दया करनी ही चाहिए।

खट्टर काका बोले—क्या सभी मनुष्य दया के पात्र होते हैं? मान लो कि देश पर आक्रमण करने के लिए शत्रु आ गये हैं। तब क्या उन पर दया दिखानी चाहिए? उदारतापूर्वक स्वागत करना चाहिए? शरबत और पान-इलायची से खातिर करनी चाहिए? जो गला काटने आवें, उन्हें गले लगाना चाहिए?

मैं—उन्हें प्रेम से जीतना चाहिए।

ख.—यही बात तो मेरी समझ में नहीं आती। मान लो कि कोई आततायी घर में घुसकर बलात्कार कर रहा है। तो क्या उसे पंखा झला जाय? गुलाबजल छिड़का जाय? इत्रदान पेश किया जाय? कर्पूर की आरती दिखायी जाय? फूल-माला पहनाकर विदा किया जाय?

मैं—शत्रु का हृदय-परिवर्तन करना चाहिए।

ख.—मगर उससे पहले तो वही परिवर्तन कर देगा। ऐसा बमगोला मारेगा कि कलेजे के टुकड़े-टुकड़े कर देगा। गाजर-मूली की तरह कचरकर रख देगा। महिलाओं को मैदे की लोई की तरह मसल देगा। तो क्या लंगूरों को अंगूर के बगीचे में छूट दे दी जाय? क्या अहिंसा के पुजारी बैठकर पूजा करते रहेंगे—

एतानि पुष्पधूपदीपतांबूलनैवेद्यानि श्री शत्रवे नमः!

क्या करताल लेकर प्रेम-कीर्तन करेंगे?

जय जय शस्त्रसुसज्जित रिपुदल जय नरसूदन जिष्णो!
शरणं देहि रणं मा कुरु मा मारय हे प्रभविष्णो!

पंडितजी बोले—मनु ने धर्म के दस लक्षण बताये हैं—

धृतिः क्षमा दमोऽस्तेयं शौचमिन्द्रियनिग्रहः
धीर्विद्या सत्यमक्रोधो दशकं धर्मलक्षणम्

खट्टर काका हँसते हुए बोले—पंडितजी, ये सब मुसम्माती धर्म हैं, जो निर्बलों के लिए बनाये गये हैं। अबला धैर्य धारण कर बैठ जाती है। कमजोर गम खाकर रह जाता है। किंतु सबलों के ये धर्म नहीं होते। यदि पांडव धैर्य धारण कर लेते, तो महाभारत का युद्ध क्यों होता? यदि रामचंद्र क्षमा कर देते, तो लंकाकांड क्यों मचता?

मैंने पूछा—तो फिर ये धर्म क्यों बने?

खट्टर काका बोले—अरे भाई, सेवकों को यह शिक्षा देना जरूरी था कि "धैर्य रख, अर्थात् सूखी रोटी भी खाना पड़े तो संतोष कर। डाँट भी पड़े तो चुप रह। मन में विकार मत ला। लोभ का दमन कर। कोई चीज मत चुरा। सफाई के साथ काम कर। जीभ आदि इन्द्रियों पर नियंत्रण रख। होशियार और जानकार बनकर काम कर। मार खाने पर भी क्रोध मत कर।"

यही 'दशकं धर्म लक्षणम्' का रहस्य है। यह धर्म विशेषतः विद्यार्थियों, स्त्रियों और शूद्रों के लिए बनाया गया है। जो समर्थ होते हैं, उनका धर्म और ही होता है। महाभारत में भी कहा गया है—

अन्यो धर्मः समर्थानां निर्बलानां तु चापरः

(शांतिपर्व)

मैं—खट्टर काका, समर्थ का धर्म क्या होता है?

ख.—जिससे उसकी इच्छापूर्त्ति हो। वह चाहे बंदूक के जोर से हो, या बम के जोर से।

समरथ को नहिं दोष गुसाईं
रवि पावक सुरसरि की नाईं।

साधारण व्यक्ति एक खून करता है, तो फाँसी पाता है। सैनिक युद्ध में सौ खून करते हैं, तो 'वीर-चक्र' पाते हैं। इसीलिए कहा गया है—समूहे नास्ति पातकम्। एक लोटा पानी में कौआ चोंच डाल दे, तो अशुद्ध हो जाता है। लेकिन गंगाजी सैकड़ों कौओं के नहाने पर भी अशुद्ध नहीं होतीं।

पंडितजी बोले—व्यासजी का उपदेश है—

अष्टादशपुराणेषु व्यासस्य वचनद्वयम्
परोपकारः पुण्याय पापाय परपीडनम्

मैंने कहा—खट्टर काका, हम लोग भी तो यही जानते हैं कि जिससे दूसरे का उपकार हो, वह पुंण्य है; और जिससे दूसरे को पीड़ा पहुँचे, वह पाप।

खट्टर काका बोले—यह लक्षण भी व्यभिचरित है। यदि दूसरे की पीड़ा हरण करना ही धर्म हो, तब तो कामपीड़िता स्त्री को संतुष्ट करना भी धर्म हो जायगा।

पंडितजी बोले—आप तो वितंडावाद कर रहे हैं।

खट्टर काका बोले—मैं क्या अपनी ओर से कह रहा हूँ? कुमारिल भट्ट कहते हैं—

क्रोशता हृदयेनापि गुरुदाराभिगामिनाम्
भूयो धर्मः प्रसज्येत भूयसीह्युपकारिता।

(श्लोकवार्तिक 1। 1। 244)

यदि उपकार ही धर्म माना जाय, तो क्या गुरुपत्नीगमन करनेवाले को भी धर्म होना चाहिए! इन सब शंका-समाधानों पर तो आप मनन करेंगे नहीं, केवल मुझको दोष देंगे!

मैंने पूछा—खट्टर काका, आपका अपना विचार क्या है?

खट्टर काका हँसते हुए बोले—अजी, मेरा कोई विचार स्थायी थोड़े ही रहता है? फिर भी खट्टर-पुराण का एक श्लोक है—

अष्टादश पुराणेषु खट्टरस्य वचोद्वयम्
निजोपकारः पुण्याय, पापाय निजपीडनम्

"जिससे अपना उपकार हो, वही धर्म है; जिससे अपने को कष्ट पहुँचे, वही पाप है।"

मुझे मुँह ताकते देखकर खट्टर काका बोले—देखो, परमार्थ का चक्का भी चलता है, तो स्वार्थ की धुरी पर। दान-पुण्य क्या वैसे ही किया जाता है? कहीं नाम के लिए, कहीं स्वर्ग के लिए। सबमें कुछ न कुछ लोभ रहता है। यदि स्वार्थ का तेल समाप्त हो जाय, तो परमार्थ की बत्ती भी बुझ जाय।

मैं—किंतु तपस्वी लोग जो धर्म के लिए इतना कष्ट सहते हैं?

खट्टर काका बोले—अजी, कुछ लोगों की बुद्धि ही विचित्र होती है। वे समझते हैं कि अपने शरीर को जितना कष्ट पहुँचाया जाय, उतना ही अधिक धर्म होगा। इसीलिए कोई 'चांद्रायण व्रत' करते हैं, कोई 'पंचाग्नि साधन' करते हैं! कोई एक टाँग पर खड़े रहते हैं! कोई मचान पर बैठे रहते हैं! कोई काँटों पर सोते हैं। कोई मौनी बाबा बन जाते हैं। कोई बेलपत्र का रस पीकर रहते हैं।

पंडितजी बोले—यह सब साधना है।

ख.—साधना नहीं, 'साध' कहिए। नाम, दाल या काम की।

घटं भित्वा पटं छित्वा कृत्वा रासभरोहणम्
येन केन प्रकारेण प्रसिद्ध पुरुषो भवेत्!

पं.—परंतु निवृत्तिमार्ग तो सबसे ऊपर है।

ख.—निवृत्तिमार्ग निरुपायों के लिए है। जो निष्क्रिय हैं वे ही नैष्कर्म्यवाद का पल्ला पकड़ते हैं। जो निराश हैं, वे ही उदासीनता का नाट्य करते हैं। जो अकिंचन हैं, वे ही कंचन की भर्त्सना करते हैं। त्याग और वैराग्य की बातें लाचारी की बातें हैं।

पं.—संतोषः परमं सुखम्।

ख.—पंडितजी, यह सिर्फ कहने की बात है। मिथिला के अयाची मिश्र सवा कट्ठा बाड़ी पर संतोष कर आजीवन साग खाते रह गये। उनके ढेरों प्रशंसक हैं। परंतु वे लोग अपने बेटों के विवाह में सहस्रयाची बन जाते हैं।

मैंने पूछा—खट्टर काका, ब्रह्मचर्य के विषय में आपकी क्या राय है?

खट्टर काका हँसते हुए बोले—ब्रह्मचर्य का अर्थ है, ब्रह्म के समान चर्या। ब्रह्म नपुंसक लिंग है। अतः ब्रह्मचर्य का अर्थ है नपुंसकवत् आचरण।

पं.—आप तो परिहास कर रहे हैं। ब्रह्मचर्य है विंदुरक्षा।

मरणं विंदुपातेन जीवनं विंदुधारणात्।

खट्टर काका बोले—मैं कहता हूँ—

जीवनं विंदुपातेन मरणं विंदुधारणात्!

यदि सभी विंदु पुरुष के कोषागार में ही रह जायँ, तब सृष्टि कैसे होगी? विंदुपात ही से तो जीव का प्रादुर्भाव होता है।

पं.—तब क्या ब्रह्मचारी बनना मूर्खता है।

खट्टर काका मुस्कुराते हुए बोले—जिन्हें सामर्थ्य है, वे दूसरे अर्थ में ब्रह्मचारी बन सकते हैं। 'ब्रह्म' स्वच्छंद होता है, इस कारण 'ब्रह्मचारी' का अर्थ हुआ स्वच्छंदाचारी। जैसे, संन्यासी का अर्थ है "सम्यक् प्रकार से 'न्यास' अर्थात् त्याग करनेवाला।" इसी कारण वे लोग सामाजिक बंधनों को त्याग देते हैं। कोई-कोई वस्त्र का बंधन भी त्यागकर दिगंबर या 'नागा बाबा' बन जाते हैं। गृहस्थ लोग गृहस्वामी बनकर बैल की तरह जुते रहते हैं। वैरागी लोग गोस्वामी बनकर साँड़ की तरह स्वच्छंद विचरते हैं।

पंडितजी बोले—वे लोग इतनी योग-साधना जो करते हैं सो क्या व्यर्थ है?

खट्टर काका तरंग में आ गये थे। बोले—तब सुनिए। समस्त योग का उद्देश्य है भोग। कुछ लोग समझते हैं कि इस नाक को दबाने से उस 'नाक' (स्वर्ग) का दरवाजा खुल जायगा। यहाँ कुंडलिनी (योग) जगाने से वहाँ कुंडलिनी (कुंडलवाली रमणी) मिल जायगी। यहाँ 'खेचरी' (मुद्रा) साधन पर वहाँ 'खेचरी' (आकाश-विहारिणी परी) मिल जायगी। जो नारी को नरक की खान बताते हैं, वे भी नारी के लोभ से स्वर्ग जाना चाहते हैं। रंभा के लोभ में भगवान् को रंभाफल (केला) चढ़ाते हैं। 'तिलोत्तमा' के लोभ में तिल छींटते हैं। अगर सभी लोग समझ जायँ कि स्वर्ग का फाटक एक टाटक मात्र है, तो आज ही सारा त्राटक और पूजा का नाटक समाप्त हो जाय! यदि 'चंद्रमुखी' ही न मिलेगी, तो लोग 'गोमुखी' में हाथ देकर जप क्यों करेंगे? यदि 'मृगनयनी' नहीं मिले, तो लोग 'मृगछाला' क्यों पहनेंगे? यदि 'षोडशी' की आशा न हो तो एकादशी क्यों करेंगे?

मैं—अहा! अलंकारों की वर्षा हो गयी।

खट्टर काका बोले—केवल अलंकार ही नहीं, यथार्थ भी है। मैं पूछता हूँ, यदि वारांगना वरांगना नहीं समझी जाती, तो स्वर्ग में देवांगना होकर कैसे निवास करती? बड़े-बड़े महात्मा भी पुण्य का क्षय होने पर मर्त्यलोक में आ जाते हैं। परंतु रंभा, उर्वशी, मेनका, तिलोत्तमा आदि अप्सराएँ अक्षत-यौवना होकर नित्य सुख भोगती हैं। किसी कुलवधू को ऐसा सौभाग्य प्राप्त है?

मैंने कहा—खट्टर काका, कहाँ कुलवधू, कहाँ वेश्या?

खट्टर काका बोले—दोनों में उतना ही अंतर है, जितना एक चुल्लू पानी और सदानीरा महानदी में। एक क्षुद्रता की मूर्त्ति है, दूसरी उदारता की। जो एक ही व्यक्ति के काम आये, वह शरीर भी कोई शरीर है? धन्य है वह शरीर जो अनेकों के काम आवे! परोपकाराय सतां विभूतयः!

पंडितजी—वेश्या तो पण्यस्त्री है। शरीर-सुख देकर पैसे लेती है।

खट्टर काका बोले—वेश्या कभी-कभी लेती है। भार्या आजीवन लेती रहती है। तभी

तो भार्या कहलाती है, (जिसका भरण करना पड़े)। फर्क यही है कि भार्या एक को सुख देती है, वेश्या अनेक को। देवी-भागवत में लिखा है—

पतिव्रता चैकपतौ द्वितीये कुलटा भवेत्
तृतीया घर्षिणी ज्ञेया चतुर्थे पुंश्चली तथा
वेश्या च पंचमे षष्ठे पुंगी च सप्तमेऽष्टमे
ततः ऊर्ध्वं महावेश्या ....

अर्थात्, "एक पति से संसर्ग होने पर पतिव्रता, दो से...कुलटा, तीन से घर्षिणी, चार से पुंश्चली, पाँच-छः से वेश्या, सात-आठ से पुंगी, और उसके ऊपर महावेश्या! उदारचरितानां तु वसुधैव कुटुम्बकम्!

पंडितजी—वेश्या तो नरकगामिनी होती है।

खट्टर काका बोले—तब धर्मशास्त्र देख लीजिए। गृहिणी आजीवन पतिसेवा करती रहेगी, तब वैकुंठ जायगी। एक बार जरा भी सेवा में चूक हो गयी, तो यमदूत उसके मुँह में ऊक लगा देंगे!

स्वामिसेवा विहीना याः वदंति स्वामिने कटुम्
मुखे तासां ददात्येव मुल्कां च यमकिंकराः

(ब्रह्मवैवर्त)

और वेश्या सीधे विष्णुलोक पहुँच जायगी! यदि मुस्कुराकर बोलती हुई अपने को सर्वथा समर्पित कर दे!

यद्यदिच्छति विप्रेन्द्रः तत्तत् कुर्यात् विलासिनी
सर्वभावेन चाऽत्मानं अर्पयेत् स्मितभाषिणी

(भविष्यपुराण उत्तरपर्व 4। 111)

वेश्याओं से विष्णु भगवान् भी प्रसन्न रहते हैं। इसीलिए तो मुक्ति का मार्ग उनके लिए इतना सुगम बना दिया गया है। तभी तो स्वर्गलोक वेश्याओं से भरा है। मगर एक भारी गड़बड़ है। स्वर्ग जाने से धर्म भ्रष्ट हो जायगा!

अब पंडितजी से नहीं रहा गया। बोले—आप तो उलटी गंगा बहाते हैं। भला स्वर्ग जाने से कहीं धर्म भ्रष्ट हो!

खट्टर काका ने कहा—देखिए, पंडितजी, मान लीजिए, आपके सभी पूर्वज स्वर्ग गये। आप भी जायँगे। किंतु भोग्या अप्सराएँ तो वे ही सब रहेंगी! रंभा, उर्वशी, तिलोत्तमा—जो युग-युग से सभी की तृप्ति करती आ रही हैं। तब तो स्वर्ग को भी 'भैरवी-क्षेत्र' ही समझिए! इसी से मैं कहता हूँ कि स्वर्ग जाने से धर्म नष्ट हो जाता है।

पंडितजी—आप तो हँसी कर रहे हैं। परंतु सतीत्व धर्म से बढ़कर कोई धर्म नहीं है।

खट्टर काका मुस्कुराते बोले—पंडितजी, सतीत्व धर्म से भी अधिक प्रबल है प्रकृति धर्म, जो सृष्टि के आदि से ही चल रहा है। विवाह तो हमारा आपका रचा हुआ कृत्रिम बंधन है। उद्दालक-पुत्र श्वेतकेतु जैसे ऋषि बंधन बनाते आये हैं, और जाबाला जैसी

युवतियाँ उन्हें तोड़ती आयी हैं। दीर्घतमा तो कहती है कि एक पति की प्रथा उसके पहले थी ही नहीं।

अद्यप्रभृति मर्यादा मया लोके प्रतिष्ठिता
एक एव पतिर्नार्याः यावज्जीवं परायणम्

(महाभारत आदिपर्व)

पंडितजी—तब पातिव्रत्य ईश्वरीय आज्ञा नहीं है?

ख.—यदि ईश्वरीय आज्ञा होती, तो स्वयं भगवान् ही वृंदा का पातिव्रत्य कैसे भंग करते?

पंडितजी—वह तो पौराणिक ईश्वर हैं। मैं निर्गुण, निराकार ब्रह्म की बात करता हूँ।

खट्टर काका हँस पड़े। बोले—पंडितजी, निराकार ब्रह्म को उसमें क्यों घसीटते हैं? क्या उनका यही काम है कि स्त्री-पुरुष के बीच में घुसकर झरोखे से मुजरा लेते रहें!

पंडितजी रुष्ट होकर बोले—आप 'ब्रह्म' को गाली दे रहे हैं? यदि ईश्वरीय आज्ञा नहीं है, तब पातिव्रत्य धर्म की उत्पत्ति कैसे हुई?

खट्टर काका मुस्कुराकर बोले—देखिए, लोकायत दर्शन कहता है—

पातिव्रत्यादि संकेतः बुद्धिमद् दुर्बलैः कृतः
रूपवीर्यवता सार्धं स्त्रीकेलिमसहिष्णुभिः

"बलहीन चालाक पतियों ने रूप-वीर्य वाले पुरुषों से अपनी स्त्रियों को बचाने के लिए ईर्ष्यावश पातिव्रत्य धर्म की स्थापना की।"

एक का तो यहाँ तक कहना है कि—

कृतः धर्मप्रपंचोऽयं परमुष्ट्यां न यत पतेत्
कदाचित् स्वकृशग्रीवा पत्नीपीनस्तनोऽथवा

"अपनी पतली गर्दन और पत्नी का पीन स्तन दूसरे की मुट्ठी में नहीं पड़े, इसी उद्देश्य से धर्म का इतना सारा प्रपंच रचा गया है!"

पंडितजी बोले—आपको तो सदा विनोद ही में रस मिलता है।

खट्टर काका बोले—सो तो है ही। परंतु क्षमा कीजिएगा, पंडितजी! आप जिसे 'पातिव्रत्य' कहते हैं, यही यथार्थतः 'व्यभिचार' है।

पंडिजी बिगड़कर बोले—आप तो 'कबीरदास की उलटी बानी' बोल रहे हैं!

खट्टर काका बोले—पंडितजी, आप स्वयं सोचकर देखिए! व्यभिचार का क्या अर्थ? सामान्य नियम का अपवाद। सामान्य नियम किसे कहते हैं? व्यापक नियम को। अब देखिए, सृष्टि का व्यापक नियम क्या है? नर और मादा के संयोग से स्वभावतः गर्भाधान हो जाता है। उसके लिए न शंख फूँकने की जरूरत है, न शहनाई बजाने की। सिंदूरदान और गठबंधन तो केवल आडंबर मात्र हैं। स्त्री को भैंस की तरह नाथने के लिए। इसी से तो महिषी और नाथ जैसे शब्द चल पड़े।

पंडितजी को चुप देखकर खट्टर काका फिर बोले—देखिए, प्राणी मात्र को मैथुन कर्म में स्वतंत्रता है। केवल मनुष्य ने ही इस नियम का उल्लंघन कर स्त्री को घेरे के अंदर बंद कर दिया है। इसी कारण पातिव्रत्य धर्म को मैं अपवाद या व्यभिचार कहता हूँ।

पंडितजी का स्नान समाप्त हो गया था। अघमर्षण सूक्त पाठ करते हुए विदा हो गये।

मैंने कहा—धन्य हैं खट्टर काका, आप जो न सिद्ध कर दें! मगर ऐसा कहिएगा तो सतीत्व धर्म को धक्का लगेगा।

खट्टर काका भभाकर हँस पड़े। बोले—अजी, मेरे जैसे मदकची के कहने से तो धक्का लगेगा! और स्मृतिकार लोग जो व्यभिचार का इतना खुल्लमखुल्ला समर्थन कर गये हैं, उससे धक्का नहीं लगेगा?

मैं—खट्टर काका, यह आप क्यों कहते हैं? स्मृतियों में कहीं व्यभिचार का समर्थन हो?

खट्टर काका बोले—तब देखो, स्मृतियों में कैसे-कैसे वचन हैं?

न स्त्री दुष्यति जारेण

(जार-कर्म से स्त्री दूषित नहीं होती)

रजसा शुध्यते नारी

(रजःस्राव हो जाने पर नारी शुद्ध हो जाती है)

और देखो,

असवर्णस्तु यो गर्भः स्त्रीणां योनौ निषेच्यते
अशुद्धा सा भवेन्नारी यावद् गर्भं न मुंचति
विमुक्ते तु ततः शल्ये रजश्चापि प्रदृश्यते
तदा सा शुध्यते नारी विमल कांचनं यथा

(अत्रिस्मृति)

अर्थात्, "असवर्ण से भी स्त्री को गर्भ रह जाय, तो उसका त्याग नहीं करना चाहिए। पुनः पुष्पवती होते ही वह निर्मल स्वर्ण की तरह शुद्ध हो जाती है।"

शौचं सुवर्ण नारीणां वायुसूर्येन्दुरश्मिभिः

(आपस्तंबस्मृति)

अर्थात्, "कामिनी और कांचन सूर्य-चंद्रमा की किरणों और हवा से ही शुद्ध हो जाते हैं।"

न दुष्येत् संतता धारा वातोद्धूताश्च रेणवः
स्त्रियो वृद्धाश्च बालाश्च न दुष्यन्ति कदाचन

(आपस्तंबस्मृति)

"जिस प्रकार बहती धारा में कोई दोष नहीं, हवा में उड़ते हुए धूलिकणों में कोई दोष नहीं, उसी प्रकार स्त्रियों, वृद्धों और बच्चों में कोई दोष नहीं लगता।"

अजी, जैसे-जैसे सामाजिक परिस्थितियाँ बदलती गयीं, स्मृतिकार भी उन्हीं के अनुरूप

वचन बनाते गये। इसीलिए कहा गया है—

श्रुतिर्विभिन्ना स्मृतयो विभिन्नाः
नैको मुनिर्यस्य वचः प्रमाणम्!

मैंने पूछा—खट्टर काका, आपको स्वर्ग में विश्वास नहीं है?

खट्टर काका बोले—यदि एक भी आदमी स्वर्ग से आकर कहता, तब न विश्वास होता! परंतु आज तक जो भी गये सो लौटकर नहीं आये। और जो कहते हैं, सो गये ही नहीं हैं! फिर उनकी बात का क्या भरोसा?

मैं—खट्टर काका, अगर इस बात में कोई तथ्य नहीं होता, तो इतने दिनों से कैसे चलती आती?

खट्टर काका बोले—अजी, पृथ्वी पर लोगों को भोग से तृप्ति नहीं होती। तृष्णा का अंत नहीं है। परंतु जीवन परिमित है। देह की शक्ति अल्प है। कुछ ही दिनों में बुढ़ापा आ जाता है। और, भोग-तृष्णा बनी ही रह जाती है। तब तक खेल खतम हो जाता है। इसी कारण लोग आकाश-कुसुम की कल्पना करते हैं। मनमोदक खाते हैं। "मृत्यु के अनंतर ऐसी जगह जायँगे जहाँ अमृत-तुल्य मधुर भोजन मिलेगा, भोग के लिए अप्सराएँ मिलेंगी!" अजी, सुरालय क्या हुआ, श्वशुरालय हो गया! बल्कि उससे भी लाख गुना बढ़कर। ससुराल में तो एक ही षोडशी पर सोलह आने अधिकार रहता है। लेकिन स्वर्ग में तो षोडश सहस्त्र षोडशियाँ रहती हैं। सभी अक्षत यौवना! और, कोई साला-ससुर रोकने वाला नहीं! ऐसी चकल्लस और कहाँ मिलेगी?

मैं—खट्टर काका, आप तो सभी बातें हँसी में उड़ा देते हैं। तब धर्म है क्या?

खट्टर काका बोले—अजी, मुण्डे मुण्डे मतिर्भिन्ना! कोई कहते हैं—आत्मा रक्षितो धर्मः। कोई कहते हैं—धारणाद् धर्म इत्याहुः। कणाद का मत है—यतोऽभ्युदय निःश्रेयससिद्धिः स धर्मः[1]। जैमिनि की परिभाषा है—चोदनालक्षणोऽर्थो धर्मः[2]।

मैं—खट्टर काका, आप किस मत को मानते हैं?

ख.—मैं सभी वचनों को मानता हूँ। सिर्फ भाष्य अपना करता हूँ। जिससे आत्म-रक्षा हो, शरीर का धारण संभव हो, अधिकतम आनंद की प्राप्ति हो, सृष्टि का प्रवाह चलता रहे, वही धर्म है।

मैं—परंतु धर्माचार्यों का कहना है—नास्ति सत्यात् परो धर्मः। सबसे बड़ा धर्म है सत्य।

ख.—यह असत्य है। मान लो, कोई तलवार लेकर तुम्हें काटने आया है, और तुम झाड़ियों में छिपे हो, तो क्या मुझे सच-सच बता देना चाहिए? वहाँ सत्यरक्षा धर्म है या प्राणरक्षा?

मैं—तब शाश्वत धर्म क्या है, सो मेरी समझ में नहीं आता।

ख.—बड़ों-बड़ों की समझ में नहीं आता! इसी से तो कहा गया है—धर्मस्य तत्त्वं

---

1. वैशेषिक सूत्र 1/1/2; 2. मीमांसा सूत्र 1/1/2

निहितं गृहायाम्! उस गुफा में प्रवेश किये बिना धर्म का मर्म नहीं जाना जा सकता।

मुझे मुँह ताकते देखकर खट्टर काका बोले—अजी, किस पचड़े में हो? ऐसा कोई धर्म नहीं, जो सर्वदा सर्वथा सबके लिए लागू हो। देश-काल-पात्र के अनुसार धर्म भी बदलते रहते हैं। सभी धर्म आपेक्षिक होते हैं, अवस्थाओं पर, परिस्थितियों पर, निर्भर करते हैं। निरपेक्ष या ऐकान्तिक धर्म नाम की कोई चीज नहीं है। देखो, महाभारत के शांतिपर्व में साफ कहा गया है—

देशकालनिमित्तानां भेदैर्धमो विभिद्यते
नहि सर्वहितः कश्चिदाचारः संप्रवर्त्तते।
आचाराणामनेकाग्र्यं तस्मात् सर्वत्र दृश्यते
नह्यैवैकान्तिको धर्मो धर्मस्त्वापेक्षिकः स्मृतः

मैंने पूछा—तब इतने धर्मशास्त्र क्यों बनाये गये हैं?

खट्टर काका ने हँसते हुए कहा—अजी,

मंदबोधोपकारार्थं धर्मशास्त्रं विनिर्मितम्
निज कल्याण मार्गं हि पश्यन्ति सुधियः स्वयम्

जो मंदबुद्धि हैं, उन्हीं के लिए धर्मशास्त्र बनाये गये हैं। जो बुद्धिमान हैं, वे स्वयं अपना मार्ग पा लेते हैं।

मोक्ष-विवेचन

खट्टर काका बनारसी ठंढाई छान रहे थे। तब तक पंडितजी श्लोक पढ़ते आ गये—

अयोध्या मथुरा माया काशी कांची अवंतिका
पुरी द्वारावती चैव सप्तैताः मोक्षदायिकाः

खट्टर काका मुस्कुराकर बोले—पंडिजी, मोक्ष पाने का बड़ा सस्ता नुसखा आपने बता दिया। फैजाबाद या बनारस का टिकट कटा लीजिए और मोक्ष ले लीजिए! तब तो वहाँ के सभी लोगों के लिए मोक्ष की पहले ही 'एडवांस बुकिंग' हो गयी होगी?

पंडितजी बोले—आप तो हँसी करते हैं, परंतु जीवन का चरम लक्ष्य मोक्ष ही है।

खट्टर काका बोले—इसी लक्ष्य ने तो हम लोगों को भक्ष्य बना दिया! और देशों के लोग संसार को क्रीड़ागार समझते हैं, हम लोग कारागार समझने लगे। "जीवन ही बंधन है। कैसे इससे, छुटकारा होगा!"

पंडितजी बोले—अपने यहाँ की दृष्टि आध्यात्मिक रही है।

खट्टर काका ने कहा—यही तो बीमारी है। हमारी दृष्टि पर अध्यात्मवाद का ऐसा मोतियाबिंद छा गया, कि संपूर्ण संसार ही धुँधला प्रतीत होने लगा। जैसे पीलिया रोग में सबकुछ पीला-पीला नजर आता है। मोक्ष का ऐसा चसका लगा कि क्या अफीम का

नशा चढ़ेगा? उसके आगे जीवन के सभी आनंद फीके पड़ गये। जैसे बुखार में मिठाइयाँ भी बेमजा लगती हैं।

पंडितजी—अपने यहाँ के द्रष्टा सबसे बड़े आनंद की तलाश में थे।

खट्टर काका बोले—हाँ, वे भूमि छोड़कर 'भूमा' के पीछे दौड़ने लग गये! सभी शास्त्र-पुराण मोक्ष के एजेंट बन गये। जगह-जगह मोक्ष के गोदाम खुल गये। उनमें धड़ल्ले से मोक्ष की बिक्री होने लगी। मोक्षप्राप्ति के एक-से-एक नायाब नुसखे निकाले जाने लगे। "इस प्रकार नाक दबाओ तो पुनर्जन्म न विद्यते। इस प्रकार दान करो, तो पुनर्जन्म न विद्यत। अमुक तीर्थ में स्नान करो तो पुनर्जन्म न विद्यते। अमुक मंत्र का जप करो, तो पुनर्जन्म न विद्यते!" जैसे, पुनर्जन्म कोई हौआ हो, गले का फंदा हो, जिसे जल्द-से-जल्द उतार फेंकना जरूरी है!

मैंने कहा—खट्टर काका, आपको मोक्ष में विश्वास नहीं है?

खट्टर काका ने कहा—अरे, मूलं नास्ति कुतः शाखा! जब पुनर्जन्म में ही विश्वास नहीं है, तो फिर मोक्ष की क्या बात?

पंडितजी ने शास्त्रार्थ की मुद्रा में कहा—पुनर्जन्म अवश्य है। तभी तो अबोध शिशु पूर्वजन्म के अभ्यासवश स्तन की ओर लपकते हैं।

खट्टर काका ने मुस्कुराते हुए कहा—पंडितजी, आधुनिक युवतियाँ बच्चों को स्तन नहीं, बोतल पिलाती हैं। तब तो वे दूसरे जन्म में स्तन की जगह बोतल पर लपकेंगे?

पंडितजी—आपको तो सब जगह विनोद ही की बातें सूझती हैं। पर देखिए, कोई जन्म से ही तीव्र होता है, कोई मंद। कोई पूर्णांग होता है, कोई विकलांग। ऐसा क्यों होता है?

खट्टर काका बोले—पंडितजी, गन्ने के खेत में कोई गन्ना मोटा निकलता है, कोई पतला। कोई सीधा, कोई टेढ़ा। कोई ज्यादा मीठा, कोई कम मीठा। इसका क्या कारण है?

पं.—बीज क्षेत्र, खाद इत्यादि के भेद से ऐसा होता है।

ख.—तब यही बात बच्चों के साथ भी समझ लीजिए।

पं.—आप अदृष्ट नहीं मानते हैं?

ख.—देखिए, कुछ कारण अदृष्ट होते हैं। जैसे, आपके गाल पर एक लाल मस्सा है। उसका कारण ज्ञात नहीं है। इसी को मैं अदृष्ट कारण कहता हूँ।

पं.—आप तो अर्थ ही बदल देते हैं। मैं पूछता हूँ कि आप कर्म-फल मानते हैं या नहीं?

ख.—जहाँ कार्य-कारण संबंध है, वहाँ अवश्य मानता हूँ। जैसे, इस बार पानी पटाने से शफतालू खूब फला है और सिंचाई नहीं होने के कारण आलू सूख गया। ऐसा नहीं कि पूर्वजन्म के कर्मफल से ऐसा हुआ है। जब दृष्ट कारण मौजूद है, तो अदृष्ट का सहारा क्यों लेंगे?

पं.—इसका मतलब कि आप प्रत्यक्षवादी हैं। परंतु यदि अदृष्ट कोई वस्तु नहीं, तब क्यों कोई व्यक्ति राजा होकर जन्म लेता है और कोई भिक्षुक होकर?

ख.—पंडितजी! राजा और रंक का भेद ईश्वर नहीं बनाते हैं। हमीं लोग सामाजिक ढाँचा गढ़ते हैं, जो समयानुसार बदलता रहता है। आज रूस-अमेरिका में न कोई राजा होकर जन्म लेता है, न भिक्षुक होकर।

पंडितजी बोले—प्रारब्ध का फल तो भोगना ही पड़ता है।

खट्टर काका कहने लगे—पंडितजी, जरा खुलासा करके समझाइए। जिस प्रकार बैंक में जमा-खर्च का हिसाब रहता है, क्या उसी प्रकार परलोक में भी कर्म-फल के खाते खुले हुए हैं? हम लोग जो भी करते हैं और भोगते हैं, वे सब क्या बही में दर्ज होते जाते हैं?

पं.—अवश्य।

खट्टर काका बोले—और जब लेना-पावना बराबर हो जायगा अर्थात् कर्मफल के खाते में शून्य रह जायगा, तब हमें फारखती अर्थात् मुक्ति मिल जायगी?

पं.—अवश्य।

ख.—तब तो कर्मों का फल जितना भोग लिया जाय उतना अच्छा है?

पं.—अवश्य। कृतकर्मणां भोगादेव क्षयः।

खट्टर काका बोले—तब तो लोगों को अपने-अपने कर्म-फल भोगने देना चाहिए। कोई दर्द से छटपटा रहा है। कोई भूखों मर रहा है। किसी पर लाठी का प्रहार हो रहा है। किसी अबला पर बलात्कार हो रहा है। तब हम क्यों दौड़ें? उन्हें अपने-अपने प्रारब्ध का फल भोगने दीजिए। जितना भोग लेंगे उतना पाप कट जायगा। हम क्यों बीच में पड़कर उनके मोक्ष के मार्ग में बाधक बनें?

पंडितजी की समझ में नहीं आया कि क्या जवाब दें? प्रारब्ध और क्रियमाण के बीच विभाजक रेखा कैसे खींचें! कुछ बोल देना चाहिए, इसलिए बोले—

अवश्यमेव भोक्तव्यं कृतं कर्म शुभाशुभम्

सभी जीवों को प्रारब्ध के अनुसार मनुष्य, पशु, पक्षी, कीट, पतंग अथवा उद्भिज्ज योनि में जन्म लेकर सुख-दुःख भोग करना पड़ता है।

खट्टर काका बोले—अच्छा, सामने खेत में धान के पौधे लहलहा रहे हैं। तब तो आपके हिसाब से वहाँ लाखों जीवात्मागण पंक्तिबद्ध खड़े होकर अपने-अपने पूर्व कर्म का फल भोग रहे हैं? अच्छा, मैं पूछता हूँ कि बाढ़ आने पर ये पौधे नष्ट हो जायँगे, क्या यह भी प्रारब्ध का ही फल होगा? तब तो खेत में बाँध नहीं बाँधा जाय? जीवात्मा लोगों को प्रारब्ध का भोग करने दिया जाय?

पंडितजी चुप रहे।

खट्टर काका ने कहा—देखिए, महामारी के प्रकोप से सैकड़ों व्यक्ति मर जाते हैं। भूकंप में हजारों मनुष्य दब जाते हैं। आँधी के झोंके में लाखों मच्छर नष्ट हो जाते हैं।

क्या इन घटनाओं में भी कर्म-फल-दाता की पूर्व-रचित योजना रहती है?

पंडितजी से कुछ स्पष्ट उत्तर देते नहीं बना।

खट्टर काका ने कहा—अच्छा, पंडितजी! एक बात पूछता हूँ। अभी पृथ्वी पर धर्म की मात्रा अधिक है अथवा पाप की?

पंडितजी—कलियुग में पाप की मात्रा अधिक रहती है।

ख.—जो मनुष्य ज्यादा पाप करता है, उसे तो मनुष्य योनि नहीं मिलनी चाहिए।

पं.—नहीं!

ख.—तब तो मनुष्यों की संख्या कम होनी चाहिए? फिर दिनानुदिन बढ़ती क्यों जा रही है?

पंडितजी को सहसा उत्तर नहीं सूझा।

खट्टर काका ने पूछा—दुःख-सुख का भोग तो पाप-पुण्य से ही होता है।

पं.—अवश्य।

ख.—तब तो हल जोतनेवाले बैलों ने पूर्वजन्म में पाप किया था जिसका फल भोग रहे हैं? और काशी के साँड़ों ने पुण्य किया था, जो तर माल चाभते फिरते हैं?

पंडितजी चुप लगा गये।

खट्टर काका पुनः कहने लगे—देखिए, पंडितजी! अमेरिका के लोग दिन में चार-चार बार मक्खन उड़ाते हैं और यहाँ हम लोगों को छाछ भी नहीं जुड़ती। जब तो वे लोग पूर्वजन्म के पुण्यात्मा हैं। या यों कहिए कि आजकल धर्मात्मा लोग प्रायशः अमेरिका में ही जाकर जन्म लेते हैं।

पंडितजी बोले—आप प्रकारांतर से यह कहना चाहते हैं कि हम लोग पूर्वजन्म के पापी हैं, इसलिए इस देश में दुःख भोग रहे हैं।

खट्टर काका बोले—मैं तो पुनर्जन्म मानता ही नहीं। जो मानते हैं, उनके सिद्धांत का खुलासा जानना चाहता हूँ।

पंडितजी बोले—आप तो चार्वाक की तरह तर्क करते हैं। हम लोग नास्तिकों के साथ शंका-समाधान नहीं करते।

खट्टर काका बोले—पंडितजी, यही तो आप लोगों में भारी दोष है कि प्रतिपक्षी को 'नास्तिक' कहकर टाल देते हैं। समझने की कोशिश नहीं करते। आपका सारा महल आत्मा की नींव पर खड़ा है? उसी आधार-स्तंभ पर आप पुनर्जन्म और कर्मफल की इमारत प्रस्तुत कर मोक्ष की पताका फहरा रहे हैं। लेकिन आज विज्ञान आपकी जड़ खोद रहा है। आत्मा के तले से धरती खिसकती जा रही है। अगर वह पाया टूटा, तो आपकी संपूर्ण अट्टालिका ढह जायगी। आपका सारा हवाई महल ताश के पत्तों की तरह बिखर जायगा। तब आप कहाँ जायँगे? आप जिसे मीनार समझ रहे हैं, वह कहीं खिसकता हुआ बालू का कगार तो नहीं है? यह भी तो आपको देखना चाहिए। कहीं ऐसा नहीं हो कि आप जिसे पेड़ की डाल समझकर मज़बूती से पकड़े हुए हैं, वह सरकता हुआ

साँप सिद्ध हो जाय और आप उसे लिये-दिये धड़ाम से नीचे गिर पड़ें!

पंडितजी बोले—आज के भौतिकवादियों को कठोपनिषद् से उत्तर मिल जायगा। मृत्यु के बाद क्या होता है, इसका रहस्य यम ने नचिकेता को समझाया है।

खट्टर काका ने कहा—अजी, कठोपनिषद् में कोरा कठविवाद है! यम ने नचिकेता को बच्चा जानकर बहला दिया है। पहले तो बड़े-बड़े नखरे दिखाए कि यह राज मत पूछो। और आखिर में बताया क्या? वही घिसीपिटी आत्मा की बात, और अंत में सहवीर्यं करवावहै! नचिकेता बेवकूफ थे, इसीलिए उनको यह भी नहीं पता चला कि यमराज ने कैसा चकमा दिया! जो प्रश्न पूछने गये थे, वह तो यों ही रह गया। उन्हें हाथ क्या लगा? खोदा पहाड़ निकली चुहिया! आज के विज्ञानवेत्ता नचिकेता की तरह अल्पचेता नहीं है, जो इस तरह घपले में आ जायँ। वे चेकितान हैं!

पंडितजी ने कहा—अभी तो विद्यालय का समय हो रहा है। बाद में आकर फिर आपके साथ विचार करूँगा। वादे वादे जायते तत्त्वबोधः।

खट्टर काका ने कहा—अवश्य आइएगा। लेकिन ऐसा न हो कि—

वादे वादे जायते तत्त्वरोधः!

अब केवल उपनिषद् का उद्धरण देने से उद्धार नहीं है। समीक्षकों की परिषद् से पास होना भी जरूरी है।

पंडितजी के चले जाने पर मैंने कहा—खट्टर काका, आप तो पंडितजी को उलझन में डाल देते हैं। इसमें आपको मजा मिलता है। मगर यह बताइए कि क्या मृत्यु के बाद कोई आत्मा या चैतन्य कायम नहीं रहता?

खट्टर काका बोले—अजी, यही बात तो समझ में नहीं आती है। जब संपूर्ण शरीर ही नष्ट हो गया, तब मस्तिष्क पर आश्रित चैतन्य का अस्तित्व किस पर आधारित रहेगा?

भस्मीभूतस्य देहस्य कथं चैतन्यसंस्थितिः?

जब घड़ी ही टूट गयी तो फिर उसकी 'टिक्-टिक्' कैसे टिकेगी?

मैंने कहा—किंतु अपने यहाँ के लोग तो समझते हैं कि आत्मा पिंजड़े के पंछी की तरह है, जो मृत्यु के बाद शरीर से निकलकर उड़ जाता है।

खट्टर काका बोले—अजी, इसी कल्पना पर तो पुनर्जन्म का भवन खड़ा है। अगर आत्मा नहीं, तो पुनर्जन्म किसका होगा? कर्म-फल कौन भोग करेगा? और यह सब नहीं, तो फिर मोक्ष का क्या अर्थ रह जायगा? आज के वैज्ञानिक 'आत्मा' नहीं मानते। उनका विचार है कि शरीर पिंजड़ा नहीं, कंप्यूटर की तरह है। उसमें कोई चिड़िया नहीं है, केवल कल-पुर्जे हैं। मानसिक क्रियाओं को भी वे शरीर-यंत्र की करामात समझते हैं। अगर यह बात सिद्ध हो गयी, तब तो 'आत्मा' का खातमा ही समझो। 'न सोनू साह, न सहजन का गाछ!'

मैंने कहा—खट्टर काका, यदि आत्मवाद में तथ्य नहीं, तो इतने दिनों से चलता कैसे आ रहा है?

खट्टर काका बोले—देखो, मृत्यु की विभीषिका से बचने के लिए अमरत्व की कल्पना

की गयी है। धनवानों को भोग करते देखकर छाती नहीं फट जाय, इसीलिए पूर्वजन्म की कल्पना की गयी है। इससे मन को सांत्वना मिलती है। "अमुक ने पुण्य किया था, इसलिए कलाकंद खा रहा है, मैंने पाप किया था, इसलिए शकरकंद खा रहा हूँ।" यह भावना दुःख में मलहम का काम करती है। हम अपने मन को संतोष देते हैं कि इस जन्म में पुण्य करेंगे तो अगले जन्म में एकबारगी खूब सुख-भोग कर लेंगे। इसी आत्म-प्रतारणावश बहुत लोग जीवन में तरह-तरह के कष्ट सहकर पुण्य बटोरने के फेर में लगे रहते हैं। इसी प्रत्याशा पर कि पीछे एक ही बार सबकुछ हाथ लग जायगा। इसी कारण नाना प्रकार के यज्ञ-याप, तीर्थ-व्रत, दान-पुण्य किये जाते हैं। सबके मूल में एक ही भावना काम करती है, 'भविष्य में अधिकतम सुख की प्राप्ति।' कोई स्वर्ग का स्वप्न देखता है, कोई मोक्ष का मनमोदक खाता है। साधकगण चाहते हैं कि इस जीवन में अधिक-से-अधिक फीस देकर स्वर्ग या मोक्ष का बीमा करा लें! इस वाणिज्य-वृत्ति को 'धर्म' का नाम दिया जाता है! मगर, मुझे तो इस बीमा कंपनी में विश्वास नहीं। मैं आजीवन किश्तें चुकाता जाऊँ, और अंत में वह कंपनी नकली साबित हो जाय, तब? इसीलिए मैं भी चार्वाक वाला सिद्धांत मानता हूँ—

वरमद्य कपोतः श्वो मयूरात्!

'शायद कल कहीं मोर मिल जाय', इस उम्मीद में हाथ आये कबूतर को छोड़ देना विशुद्ध मूर्खता है। स्वर्गलोक में कदाचित् कोई अप्सरा अमृत पिला दे, इस वकांड-प्रत्याशा में इस ठंढाई को फेंक दूँ, यह क्या बुद्धिमानी होगी?

मैंने पूछा—तब आपको मोक्ष में आस्था नहीं है?

ख.—अजी, मैं तो सीधी बात जानता हूँ—

देहोच्छेदो मोक्षः!

जिस दिन यह चोला छूट जायगा, उस दिन स्वतः सब दुःखों से छुटकारा मिल जायगा। यह मोक्ष तो एक दिन मिलना ही है। मैं चाहूँ या नहीं चाहूँ। तब अभी से उसके पीछे अपना आराम क्यों हराम करूँ?

मैंने कहा—तब मोक्ष के हेतु यत्न करने का प्रयोजन नहीं?

खट्टर काका व्यंग्यपूर्वक बोले—हाँ, एक यत्न मोक्ष के लिए कर सकते हो। मोक्ष का अर्थ है, 'अज्ञान से मुक्ति'। सबसे बड़ा अज्ञान है, 'मोक्ष में अंधविश्वास।' यदि इस मोक्षरूपी बंधन से छुटकारा हो जाय, तो बहुत बड़ा मोक्ष मिल जाएगा।

मैंने पूछा—खट्टर काका, जीवन्मुक्त कैसे होते हैं?

खट्टर काका मुस्कुराते हुए बोले—अजी, मुझे तो आज तक एक भी नहीं मिले। कहीं मिल जाते तो एक डंडा लगाकर देखता कि उनकी स्थितप्रज्ञता कहाँ तक कायम रहती है।

खट्टर काका हँस पड़े। बोले—जो अभागे हैं, वे मोक्ष के पीछे दौड़ते हैं। जो भाग्यवान हैं, वे बैठे-बैठे ही सब बंधन खोलकर सायुज्य मोक्ष प्राप्त कर लेते हैं।

मैंने कहा—सो कैसे, खट्टर काका?

खट्टर काका विनोदपूर्वक बोले—देखो, जो लोग पहुँचे हुए हैं, उनके लिए विधि क्या और निषेध क्या?

निस्त्रैगुण्ये पथि विचरतां को विधिः को निषेधः!

जो अभागे हैं, वे

भिक्षोपवासनियमार्कमरीचिदाहैः

अपने शरीर को सुखा डालते हैं। जो भाग्यवान हैं, वे

आलिंगनं भुजनिपीडित बाहुमूल
भुग्नोन्नतस्तनमनोहरमायताक्ष्याः

आनंद लूटते हैं। उनके लिए तो नीविमोक्षो हि मोक्षः!

मैंने कहा—खट्टर काका, आप तो सब बातों को विनोद ही में उड़ा देते हैं। लेकिन गौतम, कणाद, कपिल आदि जो मोक्ष का इतना सारा विवेचन कर गये हैं, सो क्या व्यर्थ है?

खट्टर काका हँसते हुए बोले—देखो, गौतम-कणाद के मोक्ष में न चैतन्य है, न आनंद है। जड़ पाषाण की तरह निश्चेष्ट स्थिति है। इसीलिए एक आलोचक ने आड़े हाथ लिया है—

मुक्तये सर्वजीवानां यः शिलात्वं प्रयच्छति
स एकः गोतमः प्रोक्तः उलूकश्च तथाऽपरः

"जो मुक्ति के नाम पर 'शिलात्व' प्रदान करते हैं, उनके नाम 'गोतम' (पशुतम) और 'उलूक' (उल्लू पक्षी) ठीक ही बैठते हैं।"

मैं—एक ने तो झल्लाकर यहाँ तक कहा है कि—

वरं वृंदावनेऽरण्ये शृगालत्वं भजाम्यहम्
न च पाषाणवन्मोक्षं प्रार्थयामि कदाचन

"वृंदावन में गीदड़ होकर जन्म लेना अच्छा, लेकिन पत्थर के समान मोक्ष अच्छा नहीं।"

मैं—खट्टर काका, गौतम ने ऐसे मोक्ष का क्यों उपदेश दिया!

खट्टर काका बोले—अजी, उन्होंने अपनी स्त्री को शाप देकर जीतेजी पत्थर बना दिया। तब से ऐसे पाषाणहृदय हो गये कि सबको पत्थर बनने का उपदेश देने लगे। मुझे तो ऐसा जड़ मोक्ष नहीं चाहिए।

मैं—किंतु सांख्य के मोक्ष में तो चित् है?

ख.—अजी, उसमें भी आनंद नहीं है। केवल चित् रहकर क्या होगा? अखाड़े में चित हो गये तो फिर पुरुषार्थ ही क्या रहा?

मैं—लेकिन वेदांत का मोक्ष तो सत् चित् आनंद है?

ख.—हाँ, पर वह आनंद किस काम का जिसमें मैं ही न रहूँ? अगर दूल्हा ही नहीं, तो फिर शादी कैसी? जब मेरी हस्ती ही नहीं रहेगी, तो आनंदभोग कौन करेगा? जो स्थिरबुद्धिरसम्मूढः बनकर रहना चाहते हैं, वे मूढ़ हैं। जो ब्राह्मी-स्थिति के पीछे पागल

हैं, उन्हें ब्राह्मी बूटी का सेवन करना चाहिए।

मैं—तब निर्वाण भी कुछ नहीं?

ख.—जब स्वयं उसके प्रवर्तक ही सर्वं शून्यम् कहते हैं, तो फिर मुझसे क्या पूछते हो?

मैं—तब आपका अपना मत क्या है?

ख.—सो तो तुम जानते ही हो।

न स्वर्गो नैव नरकं पुनर्जन्म न विद्यते
नास्ति मृत्योः परं किंचित् मोक्षो देहविमोचनम्!

"स्वर्ग-नरक कहीं नहीं है; पुनर्जन्म नहीं होता; मृत्यु के बाद कुछ शेष नहीं रहता; यह शरीर छूट जाना ही मोक्ष है।"

वह मनहूस मोक्ष जितने दिन नहीं आये, उतना अच्छा। फिर जीवन के ये आनंद कहाँ मिलेंगे?

दुनियाँ के जो मजे हैं हर्गिज वे कम न होंगे
महफिल यही रहेगी अफसोस हम न होंगे!

यह कहकर खट्टर काका प्रेमपूर्वक ठंढाई का गिलास उठाकर पी गए।

पंडितजी

उस दिन मेरी ससुराल के पंडितजी बुरी तरह खट्टर काका के चपेट में आ गये। बात यों हुई कि पंडितजी श्राद्ध के निमंत्रण में आये हुए थे। ठाकुर साहब की मृत्यु पर बातें चल रही थी। पंडितजी सांत्वना दे रहे थे—भावी पर किसी का वश नहीं चलता है। उनकी तो अभी मरने की अवस्था नहीं थी। परंतु नाऽकाले म्रियते कश्चित् प्राप्तकाले न जीवति। जब समय पूरा जो जाता है, तब कोई बच नहीं सकता है। और जब तक समय पूरा नहीं होता तब तक मर नहीं सकता।

उसी समय ठाकुरबाड़ी के पुरोहित चरणामृत बाँटने आये। पंडितजी उसे ग्रहण करते हुए श्लोक पढ़ने लगे—

अकालमृत्युहरणं सर्वव्याधि विनाशनम्
विष्णुपादोदकं पीत्वा शिरसा धारयाम्यहम्

इतने ही में न जानें किधर से पहुँच गये खट्टर काका। उन्होंने आते ही टोका—क्यों पंडितजी! आपने अभी कहा है कि बिना समय पूर्ण हुए कोई मर नहीं सकता। तब फिर अकालमृत्युहरणम् क्यों कहते हैं?

पंडितजी एकाएक इस तरह में पकड़ आ गये कि कुछ जवाब देते नहीं बन पड़ा।

खट्टर काका ने पूछा—क्यों पंडितजी! भावी तो सर्वोपरि है?

पंडितजी—अवश्य।

न भवति यन्न भाव्यं भवति च भाव्यं विनापि यत्नेन
करतलगतमपि नश्यति यस्य हि भवितव्यता नास्ति

खट्टर काका—अच्छा, मान लीजिए, कल आपकी मृत्यु होती है। अब कहिए कि लाख यत्न करने पर भी आप बच सकते हैं?

पं.—कदापि नहीं। जब राजा परीक्षित इतना उपाय करने पर नहीं बचे, तब मैं क्या बचूँगा? यद्धात्रा लिखितं ललाटपटले तन्मार्जितुं कः क्षमः!

ख.—और यदि बड़े-से-बड़े डॉक्टर को बुलाया जाय तो?

पं.—धन्वन्तरि के बाप के आने से भी कोई लाभ नहीं होगा।

ख.—और यदि भावी हो कि बच जायँगे?

पं.—तब अनायास ही बच जायेंगे।

ख.—तब तो दवा करने की कोई जरूरत नहीं?

पं.—(कुंठित होते हुए) नहीं, उद्योग तो करना ही चाहिए।

उद्योगिनं पुरुष सिंहमुपैति लक्ष्मीः
दैवेन देयमिति कापुरुषा वदन्ति
दैवं निहत्य कुरु पौरुषमात्मशक्त्या
यत्ने कृते यदि न सिध्यति कोऽत्र दोषः

ख.—क्यों पंडितजी! इस वचन से तो दैव उड़ जाते हैं! भवितव्यता वाली बात कट जाती है।

पं.—नहीं, भवितव्यता को कौन काट सकता है?

तादृशी जायते बुद्धिर्यादृशी भवितव्यता

जैसी होनी रहती है, वैसी ही बुद्धि हो जाती है।

ख.—इसका अर्थ यह हुआ कि बुद्धि स्वतंत्र नहीं है। नियति के अधीन है। तब पुरुषार्थ का क्या अर्थ रह जायगा?

पंडितजी अस्फुट स्वर में गोंगों करने लगे।

खट्टर काका ने पूछा—यदि भवितव्यता अनिवार्य है, तब तो किसी को उपदेश देना भी व्यर्थ है?

पं—सो कैसे?

खट्टर काका कहने लगे—यदि कर्त्ता स्वतंत्र हो, तभी तो सत्यं वद, धर्मं चर, वाक्य सार्थक हो सकते हैं। परंतु आपने जो श्लोक पढ़ा उसका आशय निकलता है कि हम लोग स्वतंत्र नहीं हैं। प्रयोज्य कर्त्ता मात्र हैं। तब विधि-निषेध का क्या अर्थ? धनुष से छूटे हुए वाण को कोई आदेश देता है कि इस वेग से चलो? समुद्र की लहरों को कोई उपदेश देता है कि इस तरह मत उमड़ो? जब सभी लोग नियति की धारा में बह रहे हैं और अपनी गतिविधि पर किसी को कोई अधिकार ही नहीं है, तब इदं कर्त्तव्यम्,

इदं न कर्त्तव्यम् इस तव्य प्रत्यय का अर्थ ही क्या रह जाता है? तब तो चाहिए शब्द ही कोष से उड़ जाना चाहिए! ऐसी स्थिति में पाप-पुण्य का भेद ही मिट जायगा और सारा धर्मशास्त्र निरर्थक हो जायगा। क्या पंडितजी! आप यह बात स्वीकार करते हैं?

पंडितजी फिर गों गों करने लगे।

खट्टर काका ने कहा—पंडितजी! मेरे सामने गड़बड़झाला नहीं चलेगा। या तो भवितव्यतावाला श्लोक काटिए या संपूर्ण धर्मशास्त्र को गंगाजी में विसर्जन कीजिए। दोनों घोड़ों पर आप एक साथ सवार नहीं हो सकते। किसी एक पर रहिए।

परंतु पंडितजी दोनों में किसी पक्ष को छोड़ना नहीं चाहते थे। इसलिए असमंजस में पड़ गये।

मैंने देखा पंडितजी साँसत में हैं। अतः प्रसंग बदलते हुए पूछ दिया—पंडितजी ! श्राद्ध तो बड़ी धूमधाम से हो रहा है?

पंडितजी को राहत मिल गयी। निसाँस छोड़ते हुए बोले—भला, इसमें भी पूछने की बात है? ठकुरानी साहिबा दिल खोलकर खर्च कर रही हैं। ऐसा ब्रह्मभोज बहुत दिनों से नहीं हुआ था। आज दो दिनों से बालूशाही की डकार हो रही है।

यह कहकर पंडितजी इतमीनान से तोंद पर हाथ फेरते हुए अजीर्णनाशन मंत्र पढ़ने लगे—

आतापी भक्षितो येन वातापी च महाबलः
समुद्रः शोषितो येन स मेऽगस्त्यः प्रसीदतु

फिर कहने लगे—सात तरह की मिठाइयाँ बनी हैं। प्रेतोत्सर्ग में असली चाँदी के बर्तन दान किये गये हैं। शय्यादान में रेशमी तोशक दी गयी है। अशर्फी से पिंड काटा गया है। पंडितों को विदाई में दुशाले भी मिलेंगे। ठाकुर साहब थे भी वैसे ही इकबाली! उन्होंने निश्चय किसी राजा-महाराज के घर में जन्म लिया होगा। जैसे दरियादिल थे, वैसा ही कर्म भी हो रहा है। स्वर्ग में भी देखकर प्रसन्न होते होंगे। भगवान् उनकी आत्मा को शांति प्रदान करें!

खट्टर काका इतनी देर तक चुपचाप सुन रहे थे। अब उनसे नहीं रहा गया। बोले—पंडितजी, आप तीन तरह की बातें क्यों बोलते हैं?

पंडितजी—सो कैसे?

ख.—आपका क्या विश्वास है? ठाकुर साहब स्वर्गलोक में हैं? अथवा प्रेतयोनि में हैं? अथवा पुनर्जन्म ग्रहण कर चुके हैं? तीनों बातें तो एक साथ नहीं हो सकती हैं।

पंडितजी को फिर डकार आ गयी।

खट्टर काका ने कहा—आप स्वयं सोचकर देखिए। यदि ठाकुर साहब ने जन्म ग्रहण किया होगा, तो वह अभी स्तन-पान करते होंगे। तब अभी भात का पिंड देने से क्या फल? यदि स्वर्ग-लोक में विहार करते होंगे, तो वहाँ का अमृतोदक छोड़कर यहाँ का हस्तोदक पीने क्यों आवेंगे? और यदि वह प्रेतलोक में भटकते होंगे, तो उनके निमित्त

शय्या और छाता-जूता दान का क्या अर्थ? क्या प्रेत लोग जूता पहनकर चलते हैं?

पंडितजी को गुँगुआते देखकर खट्टर काका ने कहा—पंडितजी! यह महाजाल आप ही लोगों का फैलाया हुआ है। जब तक ठकुरानी साहिबा जैसी मछलियाँ फँसती रहेंगी, तब तक आप जैसे पंडितों को बालूशाही की डकारें आती ही रहेंगी। परंतु अब अधिक दिनों तक यह चालाकी नहीं चलने की। न जानें कितनी सदियों से आपके पाखंडों का पर्दाफाश हो रहा है!

मृतानामपि जन्तूनां श्राद्धं चेत् तृप्तिकारकम्
निर्वाणस्य प्रदीपस्य स्नेहः संवर्धयेच्छिखाम्!

यदि मृत व्यक्ति को श्राद्ध से तृप्ति होती है, तब तो बुझे हुए दीप में भी तेल डालने से बत्ती जल जानी चाहिए!

स्वर्गस्थिता यदा तृप्तिं गच्छेयुस्तत्र दानतः
प्रासादस्योपरिस्थाना मत्रकस्मान्न दीयते?

यदि यहाँ दान देने से स्वर्गलोक में पितरों को पहुँच जा सकता है, तो क्यों न आपको कोठे पर बैठाकर नीचे भोजन उत्सर्ग कर दिया जाय?

गच्छतामिहजन्तूनां वृथा पाथेयकल्पनम्
गेहस्थकृतश्राद्धेन पथि तृप्तिरवारिता

अगर मंत्र पढ़ देने से ही भोजन का फल किसी को मिल जा सकता है, तो क्यों न पंडितानीजी आपके परदेश जाने पर घर में ही थाली परोसकर मंत्र पाठ कर देती हैं? आप बेकार क्यों भोजन की पोटली राह में ढोने का कष्ट करते हैं?

यदि गच्छेत् परं लोकं देहादेष विनिर्गतः
कस्माद् भूयो न चायाति बंधुस्नेहसमाकुलः?

यदि सचमुच ठाकुर साहब कहीं किसी लोक में मौजूद हैं, तो ठकुरानी साहिबा को इस तरह रोती-कलपती देखकर भी ढाढस बँधाने के लिए, एक बार आँसू पोंछने के लिए, क्यों नहीं आ जाते?

चार्वाक की इन चुनौतियों का जवाब आप लोग अभी तक नहीं दे पाये हैं।

पंडितजी बोले—यहाँ मरने पर भी पितरों को जल दिया जाता है। यही तो इस देश की विशेषता है।

खट्टर काका बोले—यही बात तो मेरी समझ में नहीं आती। क्या मृतक पानी पी सकते हैं? आप एक चुल्लू जल लेकर तर्पण कराते हैं—

अस्मत् पिता अमुक शर्मा
तृप्यताम् इदं जलं तस्मै स्वधा!

मान लीजिए, पितर पीते भी हों, तो क्या चुल्लू भर पानी उन्हें परलोक में नहीं मिल सकता? क्या वहाँ पानी का इतना अकाल है? क्या वे चातक की तरह दो बूँद पानी के लिए तरसते हैं? आप मंत्र पढ़कर भींगा अँगोछा निचोड़ देते हैं!

ये के चास्मत्कुले जाता अपुत्राः गोत्रिणो मृताः
ते पिबंतु मया दत्तं वस्त्रनिष्पीडनोदकम्

"मेरे कुल में जो भी निःसंतान मर गये हों, वे यह वस्त्र का निचोड़ा हुआ पानी पी लें!" क्या यह उदारता की बात हुई। अगर जीतेजी आपका लड़का ऐसा करे, तो आपको कैसा लगेगा? सच पूछिए तो पितर के जलदान के नाम पर धूर्त्त लोग स्वयं अपने जलपान की व्यवस्था किये हुए हैं। वैतरणी पार कराने के बहाने यजमान को यह मंत्र पढ़ाकर उसकी गाय ले लेते हैं—

यमद्वारे महाघोरे कृष्णा वैतरणी नदी
तां संतर्तुं ददाम्येनां कृष्णां वैतरणीं च गाम्

यजमान तो गाय की पूँछ पकड़कर रह जाय और आप दुग्धपान करते रहें! इसलिए लोकायतमत वाले कहते हैं—

ततश्चजीवनोपायाः ब्राह्मणैरेव निर्मिताः
मृतानां प्रेतकार्यांणि न क्रियन्ते क्वचित् तथा

आज लोगों ने अपनी जीविका के लिए ये सब उपाय रचे हैं। और कहीं इस तरह के श्राद्ध-कर्म नहीं होते। क्योंकि और देशों में ब्राह्मण हैं ही नहीं, जो गाय की पूँछ पकड़ा कर वैतरणी पार करावें!

पंडितजी रुष्ट होकर बोले—आप आत्मा नहीं मानते हैं, इसलिए नास्तिक की तरह बोलते हैं।

खट्टर काका ने पूछा—आप आत्मा किसको कहते हैं?

पंडितजी शास्त्रार्थ की मुद्रा में बोले—शरीर, इंद्रिय, मन, बुद्धि, सबसे परे जो है, वही 'आत्मा' है। वह शुद्ध, बुद्ध, मुक्त, आनंदस्वरूप है।

खट्टर काका ने पूछा—पंडितजी! जब आत्मा स्वतः आनंदस्वरूप है, तब आपने यह क्यों कहा कि भगवान् ठाकुर साहब की आत्मा को शांति प्रदान करें! क्या उनकी आत्मा को पेचिश की बीमारी है?

पंडितजी पुनः डकार लेते हुए श्लोक पढ़ने लगे—

अगस्त्यं कुंभकर्णं च शनिं च वडवानलम्
आहारपरिपाकार्थं स्मरेद् भीमं च पंचमम्

(स्कंदपुराण)

खट्टर काका ने फिर टोक दिया—पंडितजी, भोजन किया है आपने, और पचावेंगे भीम! यह तो वही कहावत हो गयी कि "खायँ भीम और..."

पंडितजी बमक उठे—आप तो नास्तिक हैं। दूसरों की आलोचना करते हैं, और स्वयं ब्राह्मण होकर चंदन तक नहीं लगाते!

खट्टर काका ने शांत भाव से उत्तर दिया—पंडितजी! सामंतवादी युग में भोगाभिलाषिणी युवतियाँ स्तनों पर चंदन लेप करती थीं, और भोजनाभिलाषी ब्राह्मण ललाट में। क्या

अब भी यह 'साइनबोर्ड जरूरी है? क्या 'श्रीखंड' (चंदन) के बिना श्रीखंड (दही) गले में अटक जाता है? क्या भस्म लगाने से ही भोजन भस्म हो सकता है?

पंडितजी की क्रोधाग्नि में घृत पड़ गया। बोले—लिखा है—

अन्नं विष्ठा जलं मूत्रं यद् विष्णोरनिवेदितम्

(ब्रह्मवैवर्त)

क्या आप भोजन के समय भगवान् को नैवेद्य उत्सर्ग करते हैं?

खट्टर काका ने उत्तर दिया—मैं स्वयं थाली में खाऊँ और भगवान् के नाम पर एक मुट्ठी निकालकर जमीन पर रख दूँ, ऐसा अपमान नहीं कर सकता! भगवान् क्या बिल्ली हैं, जो कौरा खायँगे?

पंडितजी ने पूछा—आप 'गायत्री-सावित्री' का ध्यान करते हैं?

खट्टर काका ने मुस्कुराते हुए कहा—आप लोग गायत्री को 'बाला' और सावित्री को 'युवती' रूप में देखते हैं।

गायत्रीं त्र्यक्षरां बालाम्!

वह बाला भी कैसी, तो गोरे रंग की, रेशमी साड़ी पहने, फूलमाला और अलंकारों से युक्त!

श्वेतवर्णा समुद्दिष्टा कौशेयवसना तथा
श्वेतैर्विलेपनैः पुष्पैरलंकारैश्च भूषिता

(संध्योपासनविधि)

और, सावित्री का ध्यान करते हैं—

सावित्रीं युवतीं शुक्लां शुक्लवर्णां त्रिलोचनाम्

(स. वि.)

मैं गायत्री-सावित्री मंत्रों के साथ इस तरह का खेलवाड़ नहीं करता।

पंडितजी ने रुष्ट होकर कहा—मनुजी का आदेश है—

नोपतिष्ठति यःपूर्वां नोपास्ते यस्तु पश्चिमाम्
स शूद्रवद् बहिष्कार्यः सर्वस्माद द्विजकर्मणः

क्या आप संध्यावंदन करते हैं? 'अघमर्षण सूक्त' का पाठ करते हैं? 108 बार गायत्री मंत्र जपते हैं?

खट्टर काका ने हँसते हुए जबाव दिया—'अघमर्षण' का अर्थ है पाप दूर करनेवाला। 'गायत्री' मंत्र बुद्धि को प्रचोदित (प्रेरित) करने के लिए है। इसलिए जो पापी या मंदबुद्धि हों, उन्हें यह सब जप करना चाहिए।

पंडितजी 'अग्निश्च वायुश्च' हो गये। बोले—आप व्यंजना से मुझे 'मूर्ख' बना रहे हैं। क्या पंडित लोग मूर्ख होते हैं?

खट्टर काका ने विनयपूर्वक उत्तर दिया—सब पंडितों को तो मैं नहीं कहता। किंतु कुछ पर ये सात लक्षण घटित होते हैं—

दंभी लोभी तथा क्रोधी कृपणः स्त्रैण एव च
निंदकश्चाटुकारश्च पंडितः सप्तलक्षणः

कुछ पंडितों में अहंकार, लोभ, क्रोध, कृपणता, स्त्रैणता, निंदकता और चाटुकारिता, ये अधिक मात्रा में पाये जाते हैं।

पंडितजी रोषपूर्वक बोले—आप भी तो पंडित हैं।

खट्टर काका ने कहा—इसीलिए मुझमें भी कुछ लक्षण हैं।

मैंने पूछा—खट्टर काका, पंडित लोग इतने अहंकारी क्यों होते हैं?

खट्टर काका नस लेते हुए बोले—कारण यह है कि संस्कृत व्याकरण में 'मैं' उत्तम पुरुष, 'तुम' मध्यम पुरुष, और बाकी सारे लोग 'अन्य' पुरुष माने जाते हैं। 'उत्तम' और 'मध्यम' के बाद तो 'अधम' ही होता है। इसी कारण और लोग उनकी दृष्टि में अधम होते हैं।

मैंने कहा—खट्टर काका, यह तो आपने अनूठी बात कही।

खट्टर काका—तब खट्टर-पुराण का एक और श्लोक सुन लो—

मधुरेषु महाप्रीतिः शृंगाररस-चिन्तनम्
परोपदेशे पाण्डित्यं पण्डितस्य त्रयोगुणाः!

पंडित लोग मिष्टान्न और शृंगार रस के अधिक प्रेमी होते हैं, परोपदेश में कुशल होते हैं।

मैं—सो क्यों, खट्टर काका?

ख.—इसका भी कारण व्याकरण ही है। संस्कृत भाषा में पहले ही क्रिया का भेद कर दिया गया है। परस्मैपद और आत्मनेपद। इसी अभ्यास के कारण पंडित लोग क्रिया मात्र में परस्मै (दूसरे के लिए) और आत्मने (अपने के लिए) का भेद करते हैं।

मैंने कहा—खट्टर काका, यह भी लाख टके की बात हुई। राजा भोज जैसे गुणग्राहक रहते, तो ऐसी-ऐसी बातों पर अशर्फियाँ उझल देते।

खट्टर काका—अजी, मुझे तो बर्फियाँ उझलनेवाले भी नहीं मिलते हैं। कोरी प्रशंसा लेकर क्या चाटूँगा?

मैंने कहा—खट्टर काका, तो यह भी बताइए कि पंडित लोग लोभी क्यों होते हैं?

खट्टर काका बोले—अजी, जिन्हें बाल्यावस्था से ही एक-दो नहीं, दस-दस लकार कंठस्थ करा दिये जायँ, उन्हें यदि ल अक्षर का संस्कार नहीं होगा, तो क्या द अक्षर का होगा? इसी कारण पंडित लोग लेना जानते हैं, देना नहीं।

मैंने कहा—खट्टर काका, आप तो सब चमत्कार ही बोलते हैं। तब यह भी कहिए कि पंडित लोग इतने रसिक क्यों होते हैं?

खट्टर काका मुस्कुराते हुए बोले—एक कारण तो यही कि वे गुरु से मनोरमा कुचमर्दन[1] का पाठ पढ़कर, उसमें परीक्षा भी देते हैं। और किसी भाषा के व्याकरण में ऐसा पाठ्यग्रंथ मिलेगा?

1. अप्पय दीक्षित की 'बालमनोरमा' पर पं. जगन्नाथराज की 'मनोरमा कुचमर्दिनी' टीका।

मैंने कहा—खट्टर काका, आप तो हमेशा विनोद ही में मग्न रहते हैं। तब यह भी बताइए कि पंडित लोग अपनी बुद्धि से साचकर कुछ नया आविष्कार क्यों नहीं करते हैं?

खट्टर काका व्यंग्यपूर्वक बोले—अजी, प्रारंभ से ही लघुकौमुदी में—

अहं वरदराज भट्टाचार्यः, अहं वरदराज भट्टाचार्यः[1]

रटते-रटते उनमें कुछ उसी प्रकार का संस्कार बन जाता है।

मैंने कहा—खट्टर काका, इन्हीं बातों से लोग आपको 'पंडित-पछाड़' कहते हैं।

खट्टर काका हँसकर बोले—अजी, ससुराल के पंडितजी हैं, तो इतना भी नहीं कहूँ?

पंडितजी बोले—तब आप शास्त्रार्थ कर लीजिए।

खट्टर काका ने कहा—शास्त्रार्थी पंडितों को मैं खूब जानता हूँ। एक-से-एक अजीबोगरीब बातों को लेकर आप लोग बहस करते हैं। "घट में घटत्व समवेत है; घट फूट गया, तो घटत्व कहाँ गया?" घट-पट की लड़ाइयों में ऐसी खटपट होती है, कि झटपट कोई बीच में पड़कर लटपट नहीं छुड़ाए, तो चित-पट हो जायँ!

पंडितजी गर्वोक्तिपूर्वक बोले—अवच्छेदकता के शास्त्रार्थ में कौन हमारे सामने टिक सकता है?

पलायध्वं पलायध्वं भो भो तार्किकदिग्गजाः
सिंहभट्टः समायाति सिद्धान्तगजकेसरी!

खट्टर काका हँस पड़े। बोले—एक राजा के दरबार में तीन बाँके पहलवान गये। पहले ने अपना नाम बताया—अरिदलगंजन सिंह! दूसरे ने मूँछ पर ताव देते हुए कहा—अरिदलभुजबलभंजन सिंह! तीसरे ने ताल ठोकते हुए कहा—अरिदलपत्नीपीनपयोधरमंडलमानविमर्दन सिंह! आप लोग इसी प्रकार के वाग्वीर हैं। जो असली वीर हैं, वे बोलते नहीं, कर दिखाते हैं। 'शूर समर करनी करहिं, कहि न जनावहिं आपु।' जो असली पंडित हैं, वे संसार में एक-से-एक अभिनव आविष्कार करते जा रहे हैं, और आप हजारों वर्षों से, घटोघटः और नीलोघटः के परिष्कार में लगे हुए हैं। घट से ऊपर नहीं उठ सके हैं। उसी में अवच्छेदकता की लच्छेदार राबड़ी घोंटते रहते हैं!

आप 'घट' को सीधे 'घट' नहीं कहकर 'घटत्वावच्छेदकावच्छिन्न ही कहेंगे, तो इससे क्या भिन्नता आ जायगी? वह वागाडंबर शरद् ऋतु का शुष्क मेघाडम्बर मात्र है, जिसमें निरा गर्जन ही होकर रह जाता है। हाँ, शास्त्रार्थ के नाम पर कुछ 'अर्थ' (द्रव्य) अवश्य बरस जाता है।

मैंने पूछा—खट्टर काका, असली और नकली पंडित की पहचान क्या है?

---

1. वरदराज भट्टाचार्य की लघु सिद्धांत कौमुदी का मंगलाचरण श्लोक है—

नत्वा सरस्वतीं देवीं शुद्धां गुण्यां करोम्यहम्
पाणिनीयप्रवेशाय लघुसिद्धांतकौमुदीम्

इसकी व्याख्या करते हुए पंडित लोग विद्यार्थियों को रटाते हैं—"अहं वरदराज भट्टाचार्यः—" मैथिली में बैल को 'बड़द' कहा जाता है। इसी को लेकर श्लेष किया गया है।

खट्टर काका बोले—असली पंडित विद्या के पीछे रहते हैं, नकली पंडित विदाई के पीछे। असली पंडित गुण की खोज में रहते हैं, नकली पंडित द्रव्य की खोज में। असली पंडित ज्ञान का विस्तार करते हैं; नकली, अपनी तोंद का। असली पंडित मूर्खता का संहार करते हैं, नकली पंडित केवल मिष्टान्न का।

इतने ही में ठकुरानी साहिबा की हवेली से टोकरी भर मिठाइयाँ पहुँच गयीं। वाद-विवाद का जो सिलसिला चला था, वह 'मधुरेण समापयेत्' हो गया।

प्राचीन संस्कृति

जाड़े की रात थी। खट्टर काका अंगीठी ताप रहे थे। मैं भी उनके पास जाकर बैठ गया। खट्टर काका पुरातत्त्व के 'मूड' में थे। प्राचीन संस्कृति पर बात छिड़ गयी।

मैंने कहा—देखिए, खट्टर काका! उन दिनों के ऋषि-मुनि कैसा सात्त्विक जीवन व्यतीत करते थे! पर्ण-कुटी में रहते थे। ब्राह्ममुहूर्त में उठ, नदी में स्नान करते थे। बल्कल पहनते थे। कमंडलु में जल रखते थे। कुशासन पर सोते थे। आज भी गेरुआ वस्त्र, लंबी दाढ़ी और जटाजूट देखकर लोगों के मन में श्रद्धा उत्पन्न हो जाती है।

खट्टर काका बोले—अजी, जंगल में हजाम नहीं मिलता था, इसलिए लंबी दाढ़ी। धोबी नहीं मिलता था, इसी से कषाय वस्त्र। तेल के अभाव में जटाजूट। वस्त्र के अभाव में बल्कल। पक्के मकान के अभाव में पर्णकुटी। लोटे के अभाव में कमंडलु। थाली के अभाव में पत्ता या करपात्र (हथेली)। यह सब त्याग नहीं, लाचारी थी। अप्राप्तिस्तत्र कारणम्!

मैं—परंतु वे लोग तो वीत-राग थे। कंद-मूल खाकर रहते थे।

ख.—और चारा ही क्या था? कंद नहीं खाते, तो क्या गुलकंद खाते? उन्हें गुलाब-जामुन मिलता तो गूलर-जामुन देखकर क्यों नाचने लगते?

चरन् वै मधु विंदति, चरन् स्वादुमुदुम्बरम्[1]

कहीं मधु मिल जाता था तो गाने लग जाते थे—

मधुश्चुतं घृतमिव सुपूतम्[2]

अजी, उन दिनों चारों ओर जंगल ही जंगल था। जंगली सभ्यता में जो चीजें होती हैं, वे सब उस जमाने में थीं। मृगछाला, व्याघ्रचर्म, कुशासन, धूप, चंदन, यव, तिल, मधु, चमर, भोजपत्र। अभी भी द्वापर का दृश्य देखना हो, तो झारखंड में चले जाओ। वही धनुषवाण, वही मोरपंख, वही बाँसुरी, वही एकवस्त्रा नारी। यदि आज भी सभी मिल और कारखाने बंद हो जायँ, तो मुनि-ही-मुनि नजर आने लगेंगे।

मैं—खट्टर काका, वे लोग कैसी कठिन तपस्या करते थे?

ख.—अजी, पेट की समस्या तपस्या करवाती है। सो 'हर' (हल) जोतने से हो, या

---

1. ऐतरेय ब्राह्मण 3/33/15; 2. ऋग्वेद 4/57/2

'हर' (महादेव) जपने से। कुदाल पकड़ने से हो, या नाक पकड़ने से। हाथ-पैर डुलाने से हो, या घंटी डुलाने से।

मैंने कहा—खट्टर काका, वे लोग अग्निहोत्री थे।

खट्टर काका हँसते हुए बोले—अग्निहोत्री तो मैं भी हूँ। सबसे बड़ा हवनकुंड है उदरकुंड। उसमें निरंतर समिधा डालता ही रहता हूँ। वैदिक प्रश्न है—कस्मै देवाय हविषा विधेम?[1] मेरा उत्तर है—उदर देवाय!

मैं—खट्टर काका, वे लोग आध्यात्मिक दृष्टि से यज्ञ करते थे।

खट्टर काका बोले—मैं समझता हूँ कि बिल्कुल भौतिक दृष्टि से करते थे। प्राग्वैदिक युग में हमारे पूर्वज अग्नि का रहस्य नहीं जानते थे। दावानल या बिजली देखकर चकित हो जाते थे। कालांतर में अंगिरा आदि ऋषियों को पता चला कि घर्षण से अग्नि उत्पन्न की जा सकती है। यह विद्या हाथ में आते ही वे खुशी से नाचने लगे। आग जीवित मांस (आम) और मृत मांस (क्रव्य), दोनों को सुपाच्य और सुस्वादु बना देती थी। इसी कारण उसे आमाद और क्रव्याद कहकर स्तुति करने लगे। पहले कच्चा जौ-तिल भक्षण कर जाते थे। अब लावा का स्वाद मिलने लगा। पहले जाड़े में ठिठुरते थे, अब आग तापने का आनंद मिलने लगा। पहले रात के अँधेरे में भय से छिपे रहते थे, अब अग्नि के प्रकाश में देखने लगे। तमसो मा ज्योतिर्गमय[2] गाने लगे। अग्नि की ज्वाला से जंगली पशु दूर भाग जाते थे। अतः वे लोग निश्िंचत हो सोने लगे। जब अग्निदेव से इतना उपकार होने लगा, तो कैसे नहीं उनका गुण गाते? इसी कारण वेद अग्निदेवता की स्तुतियों से भरा है। अग्निमीले पुरोहितम्...[3]

मैंने कहा—परंतु अग्निहोत्र का रहस्य...

खट्टर काका बोले—अभी हड़बड़ी में तो नहीं हो? तब सुनो। देखो, अग्नि के आविष्कार से हमारे पूर्वजों के हाथ में बड़ी शक्ति आ गयी। परंतु आग बनाने में बहुत परिश्रम होता था। घंटों पत्थर या लकड़ी को रगड़ना पड़ता था तब जाकर एक चिनगारी प्रकट होती थी। इसी कारण वे लोग यत्नपूर्वक अग्नि की रक्षा करने लगे। आग बुझ नहीं जाय, इसलिए घृत-समिधा से उसे प्रज्वलित रखने लगे। वे पत्थरों से घेरकर 'अश्मव्रज' बनाते थे। चारों ओर से मिट्टी काटकर 'चत्वर' बनाते थे। बीच में बड़ी-सी समिधा (सिल्ली) रख देते थे। वर्षा से अग्नि की रक्षा के लिए ऊपर तृण छा देते थे। उसी मंडप में बैठकर वे लोग अग्नि की परिचर्या करते थे। होता आहुति देते जाते थे। उद्गाता गीत गाकर उत्साह बढ़ाते थे। ब्रह्मा बैठकर निरीक्षण करते थे। सभी के काम बँटे थे। कोई लकड़ी काटता था। कोई घास-फूस लाता था। कोई छप्पर छाता था। कोई मिट्टी के बर्तन बनाकर आग में पकाता था। बेटियाँ गाय, भेड़ दूहती थीं। इस कारण दुहिता कहलाती थीं। मांस धो-पोंछ कर साफ करती थीं। इसलिए शमिता। पत्थर पर अन्न कूटा-पीसा जाता था। कोई सोमलता उखाड़कर लाते थे। कोई पीसकर रस तैयार करते थे। वेदी पर बैठकर सोमपान होता था। दूध, दही

---

1. ऋग्वेद 10/12/5; 2. बृ. 1/3/28; 3. ऋग्वेद 1/1/1

और घी का अम्बार लग जाता था। पहले अग्निदेव को 'हवि' दी जाती थी। फिर हुतशेष बाँटा जाता था। समझो तो वह यज्ञमंडप मानव का पहला 'क्लब' था, जहाँ लोग एक साथ मिलकर सोमपान करते थे और आनंद से गाते थे—

संगच्छध्वम्, संवदध्वम्, सं वो मनांसि जानताम्[1]...

...सह नौ अवतु, सह नौ भुनक्तु, सहवीर्यं करवावहै[2]...

वहीं शादी-ब्याह भी रचाते थे। हवन-कुंड के चारों ओर फेरे लगते थे। लावा बाँटा जाता था। ओखल में सोम कूटा जाता था। अभी तक कहीं-कहीं इन प्राचीन प्रथाओं की झलक मिल जाती है।

मैं—खट्टर काका, उस समय जीवन का ध्येय क्या था?

ख.—यह तो वैदिक मंत्रों से ही पता लग जाता है।

जीवेम शरदः शतम्, पश्येम शरदः शतम्, श्रृणुयाम शरदः शतम्[3]...

गोत्रं नो वर्द्धताम्, दातारो नोऽभिवर्द्धन्ताम्...

"खूब जियें, खूब देखें-सुनें। खूब वंश बढ़े, दाता लोग बढ़ें। धन-धान्य और संतति बढ़े। गायें खूब दूध दें। बैल खूब जोतें। समय पर वर्षा हो।" बस, और क्या चाहिए? अभी तक दूर्वाक्षत मंत्र में ये ही सब आशीर्वाद दिये जाते हैं।

...दोग्ध्री धेनुर्वोढानड्वान्...निकामे निकामे नः पर्यन्यो
वर्षतु, फलवत्यो नः ओषधयः पच्यन्ताम्, योग क्षेमो नः कल्पताम्[4]...

मैं—खट्टर काका, दूर्वाक्षत का क्या अभिप्राय है?

ख.—अजी, गौ-भैंस के लिए दूर्वा (अर्थात् दूब) और अपने लिए अक्षत (अर्थात् चावल) रहे, यही दूर्वाक्षत का अभिप्राय है।

मैं—खट्टर काका, उन लोगों का जीवन कितना सुखी था!

ख.—अजी, वैदिक युग के लोग मस्त थे। खाओ, पीओ, मौज करो। परंतु बाद के उपनिषद् वाले ऋषि मनहूस निकले। ऐसे अभागे, कि इंद्रियों से ही युद्ध ठान दिया! अजी, माना कि इंद्रियाँ घोड़े के समान चंचल हैं, परंतु इसका यह मतलब तो नहीं कि इन्हें भूखों मार दो। तब रथ कैसे चलेगा? सिर्फ लगाम ही हाथ में रखने से क्या फायदा? स्मृतिकार भी आये, तो वही निषेध का चाबुक लिए हुए। जो विषय उन्हें प्राप्य नहीं थे, उन्हें त्याज्य कहने लगे। खट्टे अंगूर कौन खाय? अजी, सोचकर देखो तो असमर्थता ही निवृत्तिमार्ग की जननी है।

मैंने पूछा—खट्टर काका, सत्ययुग के लोग तो देव-तुल्य होते थे।

खट्टर काका बोले—वे लोग भी हमीं लोगों की तरह होते थे। मनुष्य की मूल-प्रवृत्तियाँ नहीं बदलती हैं। केवल परिस्थितियाँ बदलती हैं। उस समय लोग कम थे। जो अन्न-फल उपजता था, उसे ही नहीं खा सकते थे। अत्रि को एक हजार गौएँ, वशिष्ठ को दो हजार! अब इतना दूध, दही, घी क्या हो? इसी कारण अतिथि देवो भव! जो बचता था, सो

---

1. ऋग्वेद 10/191/2; 2. कठ 6/19; 3. यजुर्वेद 36/24; 4. यजुर्वेद 22/22

होम कर दिया जाता था। जब सबकुछ जरूरत से ज्यादा ही था, तब लोग चोरी क्यों करते? परंतु अब जनसंख्या बहुत बढ़ गयी है। भूमि उतनी ही है, किंतु खानेवालों की संख्या सुरसा के मुँह की तरह बढ़ रही है। इसी से हाय-हाय मची हुई है।

मैंने कहा—खट्टर काका, यह कलियुग का प्रभाव है।

खट्टर काका बोले—अजी, 'एक बीमार, सौ अनार', तो 'सत्ययुग' हुआ। 'सौ बीमार, एक अनार', तो 'कलियुग' हुआ। पहले भी कभी अकाल पड़ता था, तब कलियुग के धर्म प्रकट हो जाते थे। एक बार अश्वत्थामा को दूध नहीं मिला, तब चौरेठा घोलकर पिलाया गया। अभी देश में करोड़ों अश्वत्थामा मौजूद हैं। अगर आज भी भोक्ताओं से भोज्य पदार्थ अधिक हो जाय, तो फिर सत्ययुग की झलक मिल जायगी।

मैंने पूछा—खट्टर काका, तब प्राचीन और नवीन युग में धर्ममूलक भेद नहीं है?

खट्टर काका—धर्ममूलक नहीं, अर्थमूलक भेद है। इसी आर्थिक आधार पर समाज के नैतिक आदर्श बनते हैं। मैं तो समझता हूँ कि अर्थ ही धर्म का मूल है। यदि अर्थ न हो, तो किसी आदर्श का कोई अर्थ नहीं।

मैं—सो कैसे, खट्टर काका?

खट्टर काका—देखो, सबसे बड़ा धर्म है दान और दया। दो मुट्ठी है, तो एक मुट्ठी दो। जिसे रहेगा ही नहीं, वह देगा क्या? इसी कारण मैं कहता हूँ कि धर्म का मूल अर्थ है।

मैं—परंतु दूसरे-दूसरे धर्म भी तो हैं?

खट्टर काका—हाँ, हैं। पर विचार कर देखो, तो अर्थ के बिना किसी धर्म का मूल्य नहीं। गौ, गंगा, सभी आदर्श इसी भित्ति पर टिके हैं। गौ की कृपा से दूध-दही और खेती में सहायता, इसलिए वह माता! गंगा के प्रसाद से सिंचाई और वाणिज्य, इसी कारण वह भी मैया! सभी में आर्थिक तात्पर्य भरा है।

मैं—परंतु, अपने यहाँ तो अर्थ को तुच्छ माना गया है!

खट्टर काका बोले—अजी, उसी तुच्छ अर्थ के कारण तो इतना अनर्थ होता आया है। मनुष्य कहाँ बदला है! संपत्ति की महिमा सब दिनों से है। इसी के कारण पहले भी कुरुक्षेत्र मचता था, आज भी मचता है। सोना-चाँदी में झूठ को भी सच बनाने की शक्ति है।

हिरण्मयेन पात्रेण सत्यस्यापिहितं मुखम्[1]

यह बात पहले भी थी, आज भी है।

मैंने कहा—खट्टर काका, तब सत्ययुग और कलियुग में क्या अंतर है?

खट्टर काका बोले—देखो,

कलिः शयानो भवति संजिहानस्तु द्वापरः
उत्तिष्ठंस्त्रेता भवति कृतं संपद्यते चरन्[2]

मैं इसका मतलब यों लगाता हूँ। सत्ययुग में हमारे पूर्वज स्वच्छंद विचरते थे। यायावरों की तरह। त्रेता में थोड़ी स्थिरता आने लगी। राजा जनक प्रभृति हल जोतने लगे। मिट्टी

---

1. शुक्ल यजुर्वेद संहिता 40/17; 2. ऐतरेय 7/15

से अन्नरूपी सीता निकलने लगी। लोग घर बनाकर रहने लगे। एक स्थान में पैर जमने लगा। द्वापर में लोग और सुभ्यस्त हुए। सुख के साधन बढ़े। लोग आराम में आकर ऊँघने लगे। और, कलियुग में तो विलासिताओं की सीमा ही नहीं! लोग निश्चिंत होकर सो रहे हैं। इसी तरह सभ्यता का क्रमिक विकास हुआ है।

मैंने कहा—खट्टर काका, ऐसा विकास तो कभी नहीं हुआ था। आज हम रेल में सोये-सोये हजारों मील चले जाते हैं। पर उन दिनों तो जंगल के रास्तों से पैदल चलना पड़ता था।

खट्टर काका बोले—हाँ। उन दिनों वन के कुश पाँव में अंकुश की तरह गड़ते थे। इसीलिए चतुर शास्त्रकारों ने फतवा दिया—'कुश उखाड़ते जाओ।' वैसे कोई नहीं भी उखाड़ता। इसलिए श्लोक बना दिया—

कुशाग्रे वसते रुद्रः कुशमध्ये तु केशवः
कुशमूले वसेत् ब्रह्मा, कुशान् मे देहि मेदिनि!

(कृत्यमंजरी)

भादों में जब सबसे घना जंगल रहता था, तभी कुशोत्पाटन का दिन बनाया गया। बिना मजदूरी के, केवल पुण्य के लोभ से सामूहिक रूप से कुश उखाड़ा जाने लगा। उपनयन, विवाह, श्राद्ध, यज्ञ, पूजा, सभी में कुश का व्यवहार चला दिया गया। पवित्री, त्रिकुशा, मोढ़ा, कुशासन आदि बनाने के लिए लोग कुश उखाड़ने लगे। जिस घर में कुश नहीं, वहाँ कुशल नहीं। वही व्यक्ति कुशल कहलाता था, जो कुश काटने में प्रवीण हो। कुशं लुनातीति कुशलः! कुशल पूछने का अर्थ था कि घर में पर्याप्त कुश है न? बिना पैसे के हर साल कुशों का उन्मूलन होने लग गया। अजी, शास्त्रकार लोग चाणक्य के प्रपितामह थे!

मैंने कहा—खट्टर काका, ऋषियों ने कैसा गंभीर दार्शनिक चिंतन किया है?

खट्टर काका अंगीठी की आग कुरेदते हुए बोले—अजी, कपिल, कणाद, गौतम आदि दरिद्र ब्राह्मण थे। उन्हें पद-पद पर कष्ट का अनुभव होता था। जंगलों में कुश-काँटे गड़ते थे। जाड़ा-गर्मी, दोनों का प्रकोप सहन करना पड़ता था। तभी तो तितिक्षा पर इतना जोर दे गये हैं। वर्षा में पर्णकुटी चूती थी। साँप-कीड़े घुस आते थे। जंगली भालू-बंदरों का उपद्रव! बाघ-सिंह का भय। मिला तो फलाहार, नहीं तो निराहार। पेट-पीठ में सट जाता था। उस पर रात में निशाचरों का उत्पात! उनके दुःखों का अंत नहीं था। ऐसी परिस्थिति में यदि दुःखम् दुःखम् नहीं कहते, तो क्या कहते? वैसी पृष्ठभूमि में दुखःवाद नहीं निकलता, तो और क्या निकलता? उन लोगों ने ऐसी उदासी का स्वर फूँका कि अभी तक लोग वही विरहा आलाप रहे हैं—'यह संसार विराना है।' कामिनी और कांचन दुर्लभ रहने के कारण सबसे ज्यादा चोट उन्हीं दोनों पर की गयी है।

संसार विषवृक्षस्य द्वे फले कांचनं कुचौ!

मैं—खट्टर काका, महर्षियों की दिव्य दृष्टि के कारण ही तो वेदांत जैसे दर्शन की उत्पत्ति हुई।

खट्टर काका मुस्कुराते हुए बोले—मुझे तो लगता है कि मंद दृष्टि के कारण ही वेदांत दर्शन की उत्पत्ति हुई है।

मुझे चकित देखकर खट्टर काका बोले—अजी, वृद्ध ऋषि-गण अँधेरे मुँह जंगल-मैदान जाते थे। रास्ते में कभी-कभी रस्सी को साँप समझकर डर जाते थे। उसी भ्रम के आधार पर समझने लगे कि सारा संसार ही भ्रम है। और वही भ्रम वेदांत के नाम से संभ्रम पा गया। उनके दृष्टि-दोष से हो, या हमारे अदृष्ट दोष से हो, वही भ्रान्तदर्शन हमारा प्रधान दर्शन बन गया। रज्जौ यथाऽहेर्भ्रमः! इसी भ्रमवाद से 'ब्रह्मवाद' की उत्पत्ति हो गयी!

मैं—खट्टर काका, आप जो न सिद्ध कर दें! कहाँ रस्सी, कहाँ दर्शनशास्त्र!

खट्टर काका बोले—अजी, रस्सी को देखकर ही न्याय, सांख्य, वेदांत आदि दर्शन बने हैं। उसी के आधार पर त्रिगुण की कल्पना की गयी है, उभयतः पाशारज्जु की रचना की गयी है, भव-बंधन का जाल रचा गया है।

मैं—तो क्या कर्मफल का सिद्धांत भी कल्पित ही है?

खट्टर काका बोले—देखो, सामाजिक परिस्थितियों के अनुसार ही दर्शन बनता है। इस कृषिप्रधान और ऋषि-प्रधान देश में खेती के अनुभव पर कर्म-फल का सिद्धांत गढ़ा गया है। जैसा बोओगे, वैसा काटोगे। जैसे भुना हुआ बीज अंकुरित नहीं होता, उसी तरह निष्काम कर्म फलित नहीं होता। इसी प्रकार कुम्हार को देखकर ब्रह्मांड-कुलाल की कल्पना हुई। घूमते हुए चाक को देखकर भव-चक्र की कल्पना हुई। लोहार की निहाई देखकर कूटस्थ-ब्रह्म की कल्पना की गयी। किसी ठगनेवाली युवती को देखकर माया की कल्पना की गयी।

मैं—परंतु दार्शनिक विचारों में जो इतने गूढ़ तत्त्व भरे हुए हैं?

खट्टर काका बोले—सभी तत्त्वों का सार यही कि "संसार में कुछ सार नहीं है, अतः संसार छोड़ दो।" अजी, किसी वस्तु का सार उसमें प्रवेश करने पर ही मिलता है। कन्यायाः रूपलावण्यं जामाता वेत्ति नो पिता! कन्या में क्या सार है, सो दामाद ही जान सकता है। सास-श्वशुर क्या समझेंगे? यहाँ के दार्शनिकों ने संसार का सुख समझा ही नहीं। जैसे, आजकल के कुछ दामाद पूरी विदाई नहीं मिलने पर रूठकर ससुराल से भागते हैं, उसी तरह ये लोग भी संसार से भागते थे। अजी, एक थे निरसन गोसाईं। उनकी स्त्री कहीं भाग गयी। तब लंगोट लगाकर सभी नारियों को सालियाँ बनाकर गालियाँ देने लग गये। निवृत्तिमार्गवाले दार्शनिक निरसन गोसाईं के समान थे।

मैं—परंतु वेद-वेदांत में तो लोक-कल्याण की भावना है?

खट्टर काका बोले—अजी, दोनों में स्वार्थ की पूजा है। वेद वाले सीधे कहते हैं—यज्ञार्थं पशवः सृष्टाः। वैदिकी हिंसा हिंसा न भवति! अर्थात् मांस-भक्षण में दोष नहीं है। वेदांतवाले अमरत्व का मुलम्मा चढ़ा देते हैं—

अजो नित्यः शाश्वतोऽयं पुराणः न हन्यते हन्यमाने शरीरे!

अर्थात्, "शरीर काट देने पर भी आत्मा का हनन नहीं होता।" वेदवाले अनेक देवताओं

की पूजा करते थे। वेदांतवाले सबसे बड़ा देवता अयमात्मा अर्थात् अपने को समझने लगे। वेद में जो स्वार्थवाद था, उसे इन लोगों ने अंत पर, यानी पराकाष्ठा पर पहुँचा दिया। मैं तो 'वेदांत' का यही अर्थ समझता हूँ।

मैंने कहा—परंतु ब्रह्मज्ञान और वैराग्य के इतने उपदेश...

खट्टर काका बोले—देखो, दरिद्र ऋषियों को जब किसी धनाढ्य व्यक्ति को देखकर संताप होता था, तो वे कहने लगते थे—

समलोष्टाश्मकांचनः!

(गीता 6 । 8)

सोना क्या है, मिट्टी का ढेला है! दुःख में मन को समझाते थे, सुख-दुःख दोनों बराबर हैं!

सुखदुःखे समे कृत्वा लाभालाभौ जयाजयौ

(गीता 2 । 38)

जब स्वाभिमान पर ठेस लगती थी, तो स्थितप्रज्ञ के लक्षण गढ़ने लगते थे—

दुःखेष्वनुद्विग्नमनाः सुखेषु विगतस्पृहः

(गीता 2 । 56)

अपनी हीनता का एहसास होता था, तो अहं ब्रह्माऽस्मि कहकर अपनी महत्त्वाकांक्षा की पूर्त्ति करते थे। जब इच्छाएँ पूरी नहीं होती थीं, तब कहते थे कि सभी इच्छाओं को तलाक देने में ही शांति है!

विहाय कामान् यः सर्वान् पुमांश्चरति निःस्पृहः
निर्ममो निरहंकारः स शान्तिमधिगच्छति

(गीता 2 । 7)

अजी, यह सब क्या है? हारे को हरि नाम!

मैंने कहा—खट्टर काका, वे लोग स्वेच्छया अपरिग्रह को श्रेयस्कर जानकर वरण करते थे।

खट्टर काका बोले—गलत। उन दिनों भी जो ऋषि भाग्यशाली होते थे, वे आजकल के महंतों की तरह महलों में रहकर खीर खाते थे और दरिद्र ऋषि उनसे खार खाते थे। देखो, छांदोग्य उपनिषद्[1] में ऐसे वैभवशाली आचार्यों को "महाशालः महाश्रोत्रियः कहा गया है। मुंडकोपनिषद्[2] में शौनको ह वै महाशालः का उल्लेख है। कठोपनिषद्[3] में भी यमाचार्य नचिकेता को महल, हाथी-घोड़े और सुंदरियों का प्रलोभन देते हैं। कुछ आचार्यों को चेले-चेलियों से इतनी आमदनी हो जाती थी, कि वे राजा की तरह विलासमय जीवन बिताते थे। छांदोग्य[4] में रैक्व नामक ऋषि की कथा देखो। उनके पास राजा जनश्रुति बहुत-सा द्रव्य और छः सौ गायें लेकर पहुँचे। ऋषि ने भेंट कबूल नहीं की। तब राजा और अधिक सोना, मणि, एक हजार गौएँ, गाँव की जमींदारी का पट्टा और अपनी सुंदरी

1. छांदोग्य उपनिषद् 5/11/1; 2. मुंडकोपनिषद् 1/13; 3. कठोपनिषद् 1/25; 4. छांदोग्य उपनिषद् 4/2/5

कन्या को लेकर फिर उनकी सेवा में उपस्थित हुए। इस बार ऋषि ने कन्या का मुख देखते ही सारा उपहार स्वीकार कर लिया।

तस्याह मुखं मुखोद्‌गृह्णन् उवाच आजहारेमाः!

(छां. 4।2।5)

उनका सारा अध्यात्म आधिभौतिक आँच में पिघल गया!

मुझे मुँह ताकते देख खट्टर काका बोले—अजी, उस युग में भी बाबा लोग मुँह बाये रहते थे। ऊपर से विराग का जोगिया राग आलापते थे और भीतर की रगों में अनुराग की रागिणी वसंत-बहार का रंग भरती थी। माथा मुँड़ा लेने पर भी छत्र-चमर का सर्प ऊपर छत्र काढ़े रहता था। 'बे-दाँत' की अवस्था में वेदांत सूझने लगता है। फिर भी रसना तो रस लेने के लिए रहती ही है। तृष्णा के दशन कभी नहीं टूटते। जिह्वा जैसी अनस्थि (हड्डी-रहित) इंद्रियाँ दुर्निवार होती हैं। वेदांत के 'दम' का क्या दम है कि उनके कदम रोक सके! अहम् को जीतने का अहंकार एक वहम मात्र है। फिर भी हम शताब्दियों से सोऽहम्! दासोऽहम्! सदा सोऽहम् की आध्यात्मिक शहनाई बजाते आ रहे हैं।

मैंने कहा—खट्टर काका, कल स्वामी आत्मानंद का भाषण होगा। अध्यात्मवाद पर। वह कहते हैं कि भौतिकवादी संस्कृति ही सारे अनर्थ की जड़ है।

खट्टर काका व्यंग्यपूर्वक बोले—हाँ। यह भौतिक 'लाउडस्पीकर' पर गला फाड़-फाड़ कर, भौतिक 'फ्रिज' का ठंढा पानी पी-पीकर, भौतिकवाद को कोसेंगे। और, उनके आध्यात्मिक अनुयायी उनका वक्तव्य भौतिक 'टेलीग्राम' के द्वारा भौतिक 'प्रेस' में छपने के लिए भेज देंगे कि भौतिकता का बहिष्कार करो! अजी, सच पूछा तो ये आत्मानंद लोग 'मोटरानंद', 'मालानंद', 'मुद्रानंद', 'मोदकानंद', और 'मदनानंद' होते हैं! इन्हीं पंचमकारों में मग्न रहते हैं! परमानंद-सरोवर से मोती चुनते रहते हैं, इसलिए परमहंस कहलाते हैं। उनके अंधभक्त भोंपू बजाते हैं और शिष्याएँ अंगुष्ठोदक पीती हैं। परंतु ये सिद्ध महात्मा प्रायशः एकांत में महातमा सिद्ध होते हैं। कषाय वस्त्र का रंग मनः कषाय (काम, क्रोध, लोभ, मोह) से और गहरा हो जाता है। ऐसे ही बगुलाभगतों पर वाल्मीकीय रामायण में छींटा कसा गया है—

पश्य लक्ष्मण पंपायां वकः परमधार्मिकः
शनैः शनैः पदं धत्ते जीवानां वधशंकया!

बिडालवैष्णव और नीलवर्ण श्रृगाल हर युग में होते आये हैं और संस्कृतिपुष्कर की मछलियाँ उनके चरणों पर लोटती आयी हैं। रक्षको यत्र भक्षकः!

मैंने कहा—खट्टर काका, स्वामीजी ऋग्वेद में 'अनश्व रथ' (4।36।1) शब्द से सिद्ध करते हैं कि प्राचीन युग में भी हवाई जहाज था।

खट्टर काका मुस्कुराते हुए बोले—अजी, सिद्ध करनेवाले तो ऐसे-ऐसे होते हैं कि तस्मै श्री गुरवे नमः के नाम पर तस्मई (खीर) भी चेलों से वसूल कर लेते हैं! मेरे एक दोस्त समझते हैं कि कृष्ण भगवान् चाय पीते थे! क्योंकि गीता में एक जगह लिखा है—यथा संहरते

चायम्! (2। 58) इसी तरह कोई शोधकर्त्ता वेद के ओम् से ओमलेट भी निकाल लेंगे!

मैंने कहा—खट्टर काका, एक बात कहना तो मैं भूल ही गया। कल गाँव में विराट् यज्ञ हो रहा है। अखंड हवन होगा। बीस टिन घी आया है।

खट्टर काका अपना सर पीटते बोले—हाय रे बुद्धि! खाने के लिए घी नहीं, और जलाने के लिए घी! अजी, जब सलाई नहीं थी, तब हमारे पूर्वज घृत की आहुति दे-देकर अग्नि को प्रज्वलित रखते थे। अब, जब एक तीली रगड़ देने से आग पैदा हो जाती है, तब टिन-के-टिन घी बरबाद करने से क्या फायदा? साँप सरककर कहाँ-से-कहाँ चला गया, औंर हम लोग लकीर पीटते चले जा रहे हैं!

मैं—खट्टर काका, कुछ लोग कहते हैं कि धुएँ से वर्षा होती है, इसलिए यज्ञ किया जाता है।

खट्टर काका बोले—अगर धुएँ से ही वर्षा होती, तो आज देश में लाखों चिमनियाँ और इंजिनें रात-दिन धुआँ उगलती रहती हैं। फिर और धुआँ पैदा करने की क्या जरूरत?

मैं—तो आप यह बात लोगों को समझाते क्यों नहीं?

खट्टर काका बोले—अजी, मुझे ही क्या पड़ी है कि लोगों से झगड़ा मोल लेता फिरूँ? जहाँ इतने कट्टर हैं, वहाँ एक खट्टर क्या कर लेंगे?...भाई, खूब घी जलाओ। चार्वाक कह गये हैं—ऋणं कृत्वा घृतं पिबेत्। तुम लोग ऋणं कृत्वा घृतं दहेत् करते जाओ। घी नहीं जलाओगे तो संस्कृति कैसे बचेगी!

ब्रह्मानंद

आषाढ़ का महीना था। रिमझिम वर्षा हो रही थी। खट्टर काका मेरे यहाँ आर्द्रा का भोज[1] खा रहे थे। प्रेमपूर्वक खीर में आम का रस गाड़ते हुए बोले—वाह! लगता है जैसे सुजाता की खीर और अंबपाली के आम, दोनों एक साथ मिल गये हों! निर्वाण का आनंद आ गया! रसो वै सः!

मैंने कहा—खट्टर काका, वह रस तो आध्यात्मिक है?

खट्टर काका आनंद-लहरी में थे। बोले—अजी, सभी रस एक हैं। चाहे वेदांत का रस हो, या बेदाना अनार का! व्रजयौवति का हो, या कृष्णभोग आम का! काव्यरस और द्राक्षारस में, गंगाजल और गुलाबजल में, पंचामृत और अधरामृत में, मैं कोई भेद नहीं मानता। जो रसकण कामिनी पुष्प के पराग में जाकर मधु बनता है, वही कोमल कामिनी के अधर पर जाकर अमृत बन जाता है। अरुणाई पर आते हुए कश्मीरी सेब और तरुणाई पर आते हुए कश्मीरी गाल में अंतर ही क्या है? कच्ची नाशपाती और मुग्धा नायिका, दोनों में एक ही तत्त्व है। सद्यः विकसित बेला और सद्यः विकसित बाला में भेद ही क्या

---

1. मिथिला में आर्द्रा नक्षत्र में खीर-आम का भोजन ब्राह्मण को कराया जाता है।

है? रस मूलतः एक ही है। चाहे वह उमड़ते हुए पयोधर से बरसे या उभड़ते हुए पयोधर से। वही रस कहीं सरोज बनकर भ्रमर को लुभाता है, कहीं उरोज बनकर रसिक को। चाँदनी छिटक गयी, चंद्रकला खिल उठी, चंद्रमुखी मुस्कुरा उठी! बात तो एक ही है। कलकंठी खिलखिला उठी, शेफालिका के फूल झड़ गये, चाशनी में बुँदिया पड़ गयी! तीनों में भेद ही क्या?

मैंने कहा—अहा! अलंकार की वर्षा हो गयी! परंतु खट्टर काका, अपने यहाँ के द्रष्टा कहते हैं कि विषयानंद क्षणिक हैं, अतएव त्याज्य हैं।

खट्टर काका बोले—अजी, यह सब कहने की बातें हैं। द्रष्टा लोग स्वयं फूल और चंदन क्यों चाहते थे? दूध और फल क्यों लेते थे? सभी भोजन-पान तो अंततोगत्वा मल-मूत्र में परिणत हो जाते हैं। तब क्या सभी मक्खन-मलाई उठाकर पहले ही शौचागार में फेंक देना चाहिए? मूत्र से लेकर पुत्र तक, सभी तो अस्थायी हैं। तब जीवन में कौन-सा आनंद का सूत्र रह जायगा?

मैं—उनका आशय यह है कि सांसारिक सुखों में दुःख मिला रहता है, इसलिए उनका त्याग करना चाहिए।

खट्टर काका सरसों की चटनी का आस्वादन करते हुए बोले—इसका करारा जवाब चार्वाक दे गये हैं।

त्याज्यं सुखं विषयसंगमजन्म पुंसां,
दुःखोपसृष्टमिति मूर्खविचारणैषा
ब्रीहीन् जिहासति सितोत्तम तंडुलाढ्‌ यान्
को नाम भो स्तुषकणोपहितान् हितार्थी!

अजी, जीवन में सुख-दुःख दोनों रहते हैं। लेकिन कौन बुद्धिमान भूसा छुड़ाने के डर से धान फेंक देता है? क्या काँटों के डर से कोई मछली खाना छोड़ देता है? मच्छरों और मेहमानों के डर से मकान बनाना बंद कर देता है? सिल पर भंग रगड़नी पड़ती है, तो क्या इसलिए ठंढाई का आनंद लेना छोड़ दिया जाय? नीविमोचन में भी कुछ श्रम पड़ता है, तो क्या विवाह नहीं किया जाय? तब पुरुषार्थ ही क्या रह जायगा?

मैंने कहा—खट्टर काका, उनका तात्पर्य यह है कि जिस सुख का परिणाम दुःख हो, उसे छोड़ देना चाहिए।

खट्टर काका ने छूटते ही उत्तर दिया—तब तो स्त्री को प्रसव-वेदना के भय से गर्भ नहीं धारण करना चाहिए? तुम तो ऐसा रास्ता बताते हो कि सृष्टि ही लुप्त हो जाय!

मैं—खट्टर काका, उनका आशय है कि आपात-मधुर परिणाम-विष सुखों का त्याग कर देना चाहिए। जैसे शहद का चींटा उसमें मिठास के लोभ से जाकर मर मिटता है, यह मूर्खता है।

खट्टर काका मुस्कुराते बोले—लेकिन चींटे की ओर से यह भी तो वकालत की जा सकती है कि वह सच्चे प्रेमी की तरह शहद पर शहीद हो गया। तितली हरजाई की

तरह फूलों से थोड़ा-थोड़ा रस लेकर उड़ जाती है। चींटा वेदांती की तरह अनुभव करता है—नाल्पे सुखमस्ति। वह माधुर्य में खो जाता है। देर तक थोड़ा-थोड़ा धुँधुँआने की अपेक्षा एक क्षण का धधकना अच्छा समझता है।

मुहूर्तज्वलनं श्रेयः न च धूमायितं चिरम्!

मैं—परंतु, अपने यहाँ प्रेय और श्रेय में भेद किया गया है।

ख.—यही भेद तो स्पष्ट नहीं है। 'श्रेय' क्या है?

मैं—श्रेय है ब्रह्मोपासना।

खट्टर काका भभाकर हँस पड़े। बोले—अजी, ब्रह्मोपासना का असली अर्थ है आत्मोपासना।

अयमात्मा ब्रह्म

इसका अर्थ है कि यह आत्मा ही ब्रह्म है।

एकोऽहं द्वितीयो नास्ति

इसका अभिप्राय कि अपने सिवा दूसरा कोई नहीं। अर्थात् मैं ही सबकुछ हूँ। अहं ब्रह्मास्मि।

सर्वं ब्रह्ममयं जगत्

का तात्पर्य—

सर्वं स्वार्थमयं जगत्

अर्थात् स्वार्थ के लिए ही यह सारा संसार है। याज्ञवल्क्य यही तत्त्व अपनी स्त्री मैत्रेयी को समझा गये हैं—

न वा अरे! सर्वस्य कामाय सर्वं प्रिय भवति
आत्मनस्तु कामाय सर्वं प्रियं भवति

(बृहदारण्यक 2। 4। 5)

"स्त्री-पुत्र, धन, धान्य, देवी-देवता, सभी कुछ अपने ही लिए प्रिय होते हैं।" मैं यही बात तुम्हारी काकी को ठेठ बोली में कहूँ, तो लोग स्वार्थी कहेंगे। यह संस्कृत में बोल गये, तो ऋषि कहलाए!

मैंने कहा—खट्टर काका, वेदांती तो स्वार्थ को छोड़ परमार्थ पर जाने की शिक्षा देते हैं?

खट्टर काका मुस्कुरा उठे। बोले—वेदांती तो स्व और पर में कोई भेद मानते ही नहीं। तब स्वार्थ क्या और परार्थ क्या? 'स्वपुरुष' और 'परपुरुष' में भी कोई अंतर नहीं रह जाता। परपुरुष और परब्रह्म एक ही हैं। यदि स्त्रियाँ भी वेदांतिनी बन जायँ, तो कैसा अनर्थ हो!

मैंने कहा—खट्टर काका, वेदांत और योग में जो इतने यम नियम आसन के विधान हैं?

खट्टर काका खीर में मलाई सानते बोले--अजी, छूँछा 'यम' तो यम का सहोदर है। असल में समझो तो चौरासी भोगासनों की नकल पर चौरासी योगासन बने हैं। सुरतयोग के अनुकरण पर समाधियोग की कल्पना हुई है। लेकिन जिसे पद्मिनी उपलब्ध है, वह

पद्‌मासन क्यों लगावेगा? जिसे कामिनी का अष्टांग प्राप्त है, वह योग के अष्टांग मार्ग को साष्टांग क्यों नहीं कर देगा? पतंजलि को तिलांजलि क्यों नहीं दे देगा? जिसे बिल्वस्तनी मिली है, वह बेलपत्र क्यों खोंटेगा? काम के अभाव में ही निष्काम सूझता है। वियोग से योग का प्रादुर्भाव होता है। रति का द्वार अवरुद्ध होने पर उपरति का द्वार खुलता है। अभावे शालिचूर्णवा! यह सनातन नियम है। जिसे असली घी मिलेगा, वह नकली के पीछे क्यों दौड़ेगा?

यदि सा वनिता हृदये मिलित
क्व जपः क्व तपः क्व समाधिविधिः!

जिन्हें वह वनिता नहीं मिलती है, वे 'माया' या 'प्रकृति' सुंदरी की कल्पना कर अपना शौक पूरा करते हैं! सांख्यवाले कहते हैं—

प्रकृतेः सुकुमारतरं न किंचिदस्तीति मे मतिर्भवति

(सांख्यकारिका)

मैं—खट्टर काका, आपने सांख्य की प्रकृति को स्त्री बना दिया?

खट्टर काका बोले—अजी, मुझे तो सांख्य की प्रकृति बिल्कुल स्त्री ही जैसी लगती है। दोनों सृष्टि करनेवाली, दोनों रिझाने में प्रवीण, दोनों अनादि काल से पुरुषों को आकर्षण-पाश में बाँधे हुए! दोनों ही साम्यावस्था पुरुष से संयोग होने पर भंग हो जाती हैं। तभी तो कहा गया है—

योषितः प्रकृतेरंशाः पुमांसः पुरुषस्य च।

(ब्रह्मवैवर्त, गणेशखंड)

मैं—परंतु प्रकृति तो त्रिगुणात्मिका होती ही है। सत्त्व, रज, तम...

खट्टर काका—ये तीनों गुण तो स्त्री में भी रहते ही हैं। प्रेम में सत्त्व गुण, कलह में रजोगुण और रूठने पर तमोगुण प्रकट होते हैं। नारी के नेत्रों में भी तीनों गुण हैं—

अमिय हलाहल मद भरे, श्वेत श्याम रतनार!

श्वेत, सत्त्वगुण; श्याम तमोगुण, लाल रजो गुण। नारी के ये तीनों गुण क्रमशः अमृत-तत्त्व, विष-तत्त्व और मद-तत्त्व हैं। समय-समय पर हर्ष, विषाद और मोह उत्पन्न करते हैं। यही त्रिगुणात्मिका प्रकृति का रहस्य है। समझे?

मैं—धन्य हैं, खट्टर काका! आपने सांख्य की प्रकृति को साड़ी पहनाकर स्त्री बना दिया!

खट्टर काका विहँसकर बोले—मैं क्या बनाऊँगा? सांख्यकार ने ही प्रकृति को पेशवाज पहनाकर नर्त्तकी बना दिया है।

रंगस्य दर्शयित्वा निवर्त्तते नर्त्तकी यथा नृत्यात्।

(सांख्यकारिका)

खट्टर काका आम चाभते हुए बोले—प्रकृति वेश्या की तरह नये-नये रूप धारण कर छमकती है। पुरुष जनखे की तरह निर्विकार देखता रहता है। इसीलिए तो पुरुष

को 'द्रष्टा' मात्र कहा गया है, कर्त्ता नहीं। अंध-पंगु न्याय का तात्पर्य यह है कि स्त्री अंध अर्थात् कामांध होती है, और पुरुष पंगु अर्थात् लाचार होता है। जब प्रकृति पुरुष पर चढ़ती है तो चित् चित हो जाते हैं। अजी, वृद्ध दर्शनकारों ने अपना ही अनुभव प्रतीक रूप में व्यक्त किया है। समझो तो सांख्य में विपरीत रति की भावना निहित है।

मैं—ऐं! सांख्य में विपरीत रति! आप क्या कह रहे हैं? खट्टर काका!

खट्टर काका—ठीक कह रहा हूँ। इस देश के कवि रसिक-शिरोमणि होते हैं। इस कारण काव्य में अधिकतर विपरीत रति का ही वर्णन मिलेगा। सांख्य में भी वही बात समझो। इसी कारण प्रकृति को सक्रिय, और पुरुष को निष्क्रिय कहा गया है।

मैं—खट्टर काका, आप तो गजब का अर्थ लगा रहे हैं। परंतु प्रकृति के सारे क्रिया-कलाप तो इसी कारण होते हैं कि अंत में पुरुष को मोक्ष मिल जाय।

खट्टर काका—हाँ, सो तो अंत में होता ही है। सांख्यकारिका में कहा है—पुरुषविमोक्ष निमित्तं तथा प्रवृत्तिः प्रधानस्य। मोक्ष 'मुच्' धातु से बना है, जिसका अर्थ है 'छोड़ना'। जब प्रकृति सारी क्रियाएँ करके छोड़ देती है, तब पुरुष का मोचन होता है। इस स्थिति में आत्मज्ञान, आत्मग्लानि, किंवा काम-राहित्य होना स्वाभाविक ही है। पुरुष पुनः कैवल्यावस्था में आ जाता है, यानी एकाकी रह जाता है।

मैं—खट्टर काका, आप तो हर बात में परिहास ही करते हैं।

खट्टर काका मुस्कुरा उठे। बोले—सो जो समझो। लेकिन मैं पूछता हूँ कि यदि सांख्य प्रमाण, तो व्यभिचार में क्या दोष है? मैथुन प्रकृति का कार्य है, या पुरुष का?

मैं—प्रकृति का। पुरुष तो निर्लिप्त रहता है।

ख.—तब प्रकृति का एक परिणाम दूसरे परिणाम से मिलकर तीसरे परिणाम की सृष्टि करता है। इसमें पुरुष के बाप का, बाप तो है ही नहीं, पुरुष का क्या बिगड़ता है?

मैं—खट्टर काका, अभी आप प्रवाह में हैं।

खट्टर काका—तभी तो कहता हूँ कि जिस तरह सांख्य का पुरुष मौगा (स्त्रैण) है, उसी तरह वेदांत का ब्रह्म नपुंसक है। एक को प्रकृति पटकती है, दूसरे को माया पछाड़ती है।

मैं—खट्टर काका, ऋषिगण तो विषय-भोग को हेय समझते थे।

खट्टर काका मलाई में आम का रस सानते हुए बोले—यही तो भ्रम है। वे लोग ऊपर से भोग की भर्त्सना करते थे, पर भीतर से उसी के लिए व्याकुल रहते थे। वैदिक ऋषि सीधे थे। खुल्लमखुल्ला भोगवाद का ढोल पीटते थे। परंतु उपनिषद् के ऋषि अधिक गहरे थे। इसी कारण डूबकर पानी पीते थे।

मैं—उपनिषद् के ऋषि तो ब्रह्मवादी थे।

खट्टर काका व्यंग्य के स्वर में बोले—हाँ! तभी तो उपनिषदों में संभोग का वैसा वर्णन कर गये हैं!

मैं—ऐं! उपनिषदों में संभोग? खट्टर काका, आप ब्रह्मानंद को विषयानंद से मिला रहे हैं!

खट्टर काका बोले—मैं क्यों मिलाऊँगा जी? उन्हीं लोगों ने मिलाया है जिन लोगों को ब्रह्मानंद में भी स्त्री-संभोग सूझता था! बृहदारण्यक उपनिषद् में देखो—

यथा प्रियया स्त्रिया संपरिष्वक्तो न बाह्यं किंचन वेद नान्तरमेव

(बृ. 4 | 3 | 21)

अर्थात्, जैसे प्रेयसी के आलिंगनपाश में बँध जाने पर बाहर-भीतर का कोई ज्ञान नहीं रह जाता!...यज्ञ और वेदपाठ, सभी में उन्हें संभोग ही सूझता है! देखो, यज्ञ की उपमा कैसे देते हैं—

योषा वा अग्निर्गौतमस्तस्य उपस्थ एव समिल्लोमानि
धूमोयोनिरर्चिर्यदन्तः करोति तेंऽगाराः अभिनन्दा
विस्फुलिंगाः। तस्मिन्नेतस्मिन्नग्नौ देवा रेतो जुह्वति
तस्या आहुत्यै पुरुषः संभवति...

(बृ. 6 | 2 | 13)

मैं—इसका अर्थ?

खट्टर काका—भावार्थ यह कि आग स्त्री है, शिला जननेन्द्रिय है, धुआँ रोआँ है, ज्वाला स्त्री का गुप्तांग है, चिनगारी आनंदकण है, आहुति वीर्य है,...ज्यादा खोलकर कैसे कहूँ?

मैं—यह सब क्या सचमुच उपनिषद् में लिखा है?

खट्टर काका—तब क्या मैं अपनी ओर से बनाकर कह रहा हूँ? उपनिषदों में सबसे मुख्य हैं बृहदारण्यक[1] और छांदोग्य[2], और दोनों में यह विद्यमान है।

मैं—खट्टर काका, इसका कारण?

खट्टर काका—अजी, ऋषि लोग पुराने रसिक थे। यज्ञ की उपमा तो देख ही चुके हो। अब वेदपाठ की कैसी उपमा देते हैं सो भी देख लो।

उपमंत्रयते स हिंकारः। ज्ञपयते सः प्रस्तावः।
स्त्रियः सह शेते स उद्गीथः प्रतिस्त्री सहशेते
सः प्रतिहारः

(छांदोग्य 2 | 13 |1)

सामगान की विधि में भी उन्हें भोग की बातें सूझती हैं! 'हिंकार' का अर्थ आमंत्रण, 'प्रस्ताव' का अर्थ कामयाचना! 'उद्गीथ' का अर्थ सहशयन! और प्रतिहार का अर्थ शांकर भाष्य में यों समझाया गया है—

न कांचन स्त्रियंस्वात्मतल्प प्राप्तां परिहरेत् समागमार्थिनीम्

अर्थात्, "जो स्त्री शय्या पर समागम के लिए आ जाय, उसे नहीं छोड़ना चाहिए।"

देखो, बृहदारण्यक में लिखा है—

---

1. बृहदारण्यक 6/2/13; 2. छांदोग्य उपनिषद् 5/8/1-2

यस्य जाया वै जारः स्यात् तं चेद्विष्यादाय पात्रेऽग्निमुपसमाधाय...

(बृ. 6 । 4 । 12)

किसी की स्त्री हो, किसी के साथ शयन करे, जरा-सा घी आग में डाल दो, किस्सा खत्म! व्यभिचार क्या हुआ। एक खेल हो गया!

मुझे मुँह ताकते देखकर खट्टर काका बोले—समझो तो अहं ब्रह्मास्मि, यही महावाक्य सारे अनर्थ की जड़ है। अद्वैतवादियों ने 'सजातीय', 'विजातीय' और 'स्वगत', सभी प्रकार के भेद उठा दिये। इसी अभेद की आड़ में गुरु और शिष्या तक में सभी भेद मिट गये!

अहं भैरवः त्वं भैरवी!

कृष्णोऽहं भवती राधा चावयोरस्तु संगम!

इस प्रकार भैरवीचक्र, रासचक्र आदि नामों से तरह-तरह के खेल चलने लगे। भवबंधन से मुक्ति मिली या नहीं, सो तो वे ही जानें, लेकिन कंचुकी और नीवी के बंधन अवश्य खुले। एकांत भक्ति के नाम पर एकांत भोग होने लगे।

मैंने पूछा—खट्टर काका, भक्ति के नाम पर ऐसे-ऐसे संप्रदाय क्यों चल पड़े?

खट्टर काका मालदह आम चाभते हुए बोले—अजी, सभी संप्रदाय भोग के लिए बने हैं। चतुर्थी संप्रदाने। यही सभी संबंधों और कर्मों का आधार है। चिरपिपासु मनुष्य सदा से रस-कलश की ओर लपकता आया है और मोहिनी माया अपना अमृत-कलश छलकाती हुई उसे नचाती आयी है। किसी को मदिरा में रस मिलता है, किसी को मदिराक्षी में। किसी को कंचन में, किसी को कंचनी में। किसी को तुलसी-माला में, किसी को वैजयंती-माला में। किसी को गौरी में, किसी को श्यामा में। किसी को कुमारी कन्या में, किसी को कन्या-कुमारी में। किसी को भैरवी (देवी) के ध्यान में, किसी को भैरवी (रागिणी) की तान में। किसी को कविता के पद में, किसी को कामिनी के पद में। किसी को गीता के संदेश में, किसी को छेने के संदेश में।

दधि मधुरं मधु मधुरं द्राक्षा मधुरा सितापि मधुरैव

तस्य तदेव हि मधुरं यस्य मनो यत्र संलग्नम्

मैंने पूछा—खट्टर काका, आपको सबसे अधिक आनंद किसमें मिलता है?

खट्टर काका बोले—देखो,

काव्येन हन्यते शास्त्रं, काव्यं गीतेन हन्यते

गीतं भोगविलासेन क्षुधया सोऽपि हन्यते

शास्त्रानंद प्रिय है। उससे भी प्रिय है काव्यानंद। संगीत का आनंद उससे भी बढ़कर है। उससे भी प्रबल है विषयानंद। शास्त्र, काव्य-संगीत, सबको पछाड़ देती है कामिनी। किंतु एक चीज ऐसी है जो उसको भी पछाड़नेवाली है। वह है क्षुधा। इसलिए भोजनानंद को मैं सबसे प्रबल मानता हूँ।

मैं—खट्टर काका, आप षट्रस के अधिक प्रेमी हैं या नवरस के?

खट्टर काका मुस्कुराते बोले—मुझे षट्रस में ही नवरस मिल जाते हैं। मधुर शृंगार

का, अम्ल हास्य का, कटु रौद्र का, तिक्त बीभत्स का, लवण करुण का, चटपटा अद्भुत का, और कषाय शांत रस का प्रतीक है। जो रस गोनू झा के चुटकुले में है, वही इमली की खटमिट्ठी में। जो रस वीर काव्य में है, वही लाल मिर्च में। अभी दही-बड़ा खाया, उसमें अद्भुत रस मिल गया। षट्‌रस भोजन में सभी रस मिल जाते हैं!

तब तक खट्टर काका के आगे ढेर से रसगुल्ले आ गये।

खट्टर काका उल्लसित होकर बोल उठे—बस, बस, बस। अब साकार सगुण ब्रह्म का साक्षात्कार हो गया! मेरे लिए तो यही आनंद ब्रह्म है!

अखंडमंडलाकारं माधुर्यरसपूरितम्
आनन्दं ब्रह्म साकारं रसगोलं भजाम्यहम्!

मैंने कहा—खट्टर काका, आप जीवन का आनंद लेना जानते हैं।

खट्टर काका एक रसगुल्ला मुँह में रखते हुए बोले—अजी, विश्व में चारों ओर रस का समुद्र लहरा रहा है। सर्वं रसमयं जगत्! मैं भी अपना लोटा भर लेता हूँ और आनंद-विनोद में मस्त रहता हूँ। बेकार लड़ाई-झगड़ा कर रस को विष बनाने से क्या फायदा? जिंदगी में हँसना चाहिए, फँसना नहीं। यह दुनिया दार्शनिकों के लिए भूलभुलैया है, वैज्ञानिकों के लिए प्रयोगशाला है, कवियों के लिए मधुशाला है, लड़ाकुओं के लिए अखाड़ा है, व्यापारियों के लिए सट्टाबाजार है, अपराधियों के लिए कठघरा है, मनहूसों के लिए श्मशान है और मेरे लिए सदाबहार महफिल है। मैं समझता हूँ कि बारात में आया हूँ। जनवासे का मजा ले रहा हूँ। एक दिन तो विदा होना ही है। जब तक जीता हूँ, रस पीता हूँ, रस बोलता हूँ। मेरा सिद्धांत है—

यावज्जीवेत् सुखं जीवेत्
रसं पीत्वा रसं वदेत्!

काव्य का रस

खट्टर काका कलमबाग में लाल-पीले आमों के बीच में बैठे थे। मेरे हाथ में 'विद्यापति पदावली' देखकर बोले—क्यों जी! काव्य का रस लेने लगे हो?

मैंने कहा—यह विद्यालय का पाठ्य ग्रंथ है। एक छात्र को पढ़ाना है।

खट्टर काका पुस्तक खोलकर पढ़ने लगे—

प्रथम बदरि[1] फल पुनि नवरंग[2]
दिन दिन बाढय पिड़ल अनंग
से पुनि भय गेल बीजक पोर[3]
अब कुच बाढल श्रीफल[4] जोर

---

1. बेर; 2. नारंगी; 3. अनार; 4. बेल

बोले—क्यों जी, इस पद का अर्थ कैसे समझाओगे? 'बेर' से क्रमशः 'बेल' बनने की बात! इसकी भाषा टीका ठेठे गद्य में की जाय तो अश्लील कहलायगी। कवि-कोकिल सरस पद्य में कह गये, तो 'कोमल काकली' हो गयी!

मैं—खट्टर काका, कविता की बात ही और होती है।

ख.—हाँ। निरंकुशाः कवयः! कवियों की कविता पर 'कविका' (लगाम) नहीं लगती। उन्हें 'कच कुच कटाक्ष' वर्णन करने की पूरी तरह छूट मिली हुई है। जिन बातों से उन्हें वाहवाही मिलती है, उन्हें से औरों की तबाही हो जाय! देखो, नमक और लवण एक ही चीज है। 'लावण्यमयी' बाला कहो, तो प्रसन्न हो जायगी, 'नमकीन लड़की' कह दो तो सन्न रह जायगी! कोई दूसरा इस तरह नारंगी-अनार की बातें बोले तो गँवार कहलाएगा। लेकिन कवि लोग तो अनार का नाम ही कुचफल रखे हुए हैं। किसी और भाषा के कोष में ऐसा रसीला शब्द मिलेगा?

मैंने कहा—खट्टर काका, संयोग से आपकी नजर उसी पद पर पड़ गयी। लेकिन और-और पद भी तो हैं।

खट्टर काका पृष्ठों को उलटते-पुलटते बोले—अजी, आद्योपांत तो कुचकीर्त्तन ही भरा है! जहाँ से कहो, सुना दूँ। देखो, सखी नायिका को शिक्षा दे रही है—

झाँपब कुच दरसाएब आध

अर्थात्, "वक्ष-स्थल को इस कौशल से ढँकना कि कुच का आधा भाग दीखता रहे।" अर्ध उरोज को देखकर नायक की कामाग्नि और अधिक प्रज्वलित हो उठती है—

आध उरज हेरि आँचर भरि
तब धरि दगधे अनंग!

सखी नायक को उपदेश देती है—

गनइत मोतिम हारा
छले परसब कुच भारा

अर्थात्, "छाती पर माला के मोती गिनने के व्याज से कुच-स्पर्श कर लीजिएगा।" नायक उतावला हो जाता है।

खनहिं चीर धर, खनहिं चिकुर गह
करय चाह कुचभंगे

"कभी अंचल खींचकर, कभी चोटी पकड़कर, कुच-भंजन करना चाहता है!"

नायिका परेशान है—क्योंकि "उसका उदीयमान यौवन गिरि की तरह उन्नतमस्तक है!"

बाल पयोधर गिरिक सहोदर अनुपमिए अनुरागे

वह अपने उन्नत उरोजों को लाख छिपाने की चेष्टा करती है, फिर भी "वे उत्तुंग हिमगिरि बार-बार प्रकट हो ही जाते हैं।"

उनत उरोज चिर झपबए, पुनि-पुनि दरसाय
जतए जतने गोअए चाहए, हिमगिरि ने नुकाय!

इसी नोंक-झोंक में नायक को अनावृत कुचकमलों के दर्शन हो जाते हैं—

ता पुनि अपुरव देखल रे कुच युग अरविंद

उन्हें जान पड़ता है, जैसे स्वर्ण के दो कटोरे उलटाकर बैठा दिये गये हों!

तेइ उदसल कुच जोरा
पलटि बैसाओल कनक कटोरा

नायक को उन्हें देखकर वैसा ही आनंद आता है, जैसे, जन्म भर के पंगु को सुमेरु का शिखर मिल गया हो!

आँचर परसि पयोधर हेरु
जनमपंगु जनि भेटल सुमेरु!

अंततः नायक की साधना फलित हो जाती हैं।

कुचकोरक तव कर गहि लेल
पीनपयोधर नखरेख देल

मुझे चुप देखकर खट्टर काका बोले—और आगे कैसे सुनाऊँ? तुम भतीजे हो। खैर, प्राप्ते तु षोडशे वर्षे पुत्रं मित्रवदाचरेत्!

मैंने कहा—आपने तो सिर्फ रसपक्ष सुनाया। लेकिन विद्यापति महादेव के परमभक्त भी तो थे?

खट्टर काका व्यंग्यपूर्वक बोले—हाँ, ऐसे जबर्दस्त भक्त थे कि कामिनी के पयोधर में भी उन्हें महादेव ही सूझते थे। देखो—

सुरत समापि सुतल वर नागर
पानि पयोधर आपी
कनक शंभु जनि पूजि पुजारी
धयल सरोरुह झाँपी

किंतु उतने सुकुमार महादेव को खंडित होते भी क्या देर लगती है?

कोन कुमति कुच नखखत देल
हाय हाय शंभु भगन भय गेल!

मुझे चुप देखकर खट्टर काका बोले—अजी, केवल विद्यापति का ही दोष नहीं है। देव, बिहारी, मतिराम, पद्माकर, सभी ने तो यही धारा बहाई है। रीतिकालीन काव्य समझो तो ऋतुकालीन काव्य है जिसमें रतिकालीन शृंगार की सरिता लहरा रही है। यह कुच-काव्य की धारा संस्कृत वाङ्मय की निर्झरिणी से निकली हुई है। देखो एक कवि किसी बाला से क्या कह रहे हैं—

बदरामलकाम्रदाड़िमानामपहृत्य श्रियमुन्नतौ क्रमेण
अधुना हरणे कुचौ यतेते बाले ते करिशावकुंभ लक्ष्म्याः

"हे बाले! क्रमशः बेर, आँवला, आम और अनार का दर्प चूर्ण करते हुए अब आपके उरोज हाथी के बच्चे के मस्तक से टक्कर लेने को तैयार हो रहे हैं!"

दूसरे कवि और भी ऊँची छलाँग लगाते हैं!

जम्बीरश्रिय मतिलंध्य लीलयैव
व्यानमीकृत कमनीय हेमकुंभौ
नीलांभोरुह नयनेऽधुना कुचौ ते
स्पर्धेते किल कनकाचलेन सार्द्धम्

"हे बाले! आपके स्तन जंबीरी नीबू को परास्त कर, स्वर्ण कलश को पराजित करते हुए, अब कनकाचल पर्वत से होड़ कर रहे हैं।"

तीसरे कवि को इतने पर भी संतोष नहीं होता है, तो ऐसी उड़ान मारते हैं कि स्तन को आकाश पर पहुँचा देते हैं।

अर्थात्, "ब्रह्मा ने आकाश की सृष्टि की तो वह कुछ छोटा पड़ गया। तब दुबारा आकाश गढ़ने के लिए जो उससे भी विशाल साँचा तैयार किया, वही आपका स्तनमंडल है।"

मैंने कहा—हद हो गयी। अब इससे बढ़कर और क्या हो सकता है?

खट्टर काका बोले—अजी, एक कवि को भगवान् के दसों अवतार स्तन में ही नजर आते हैं। कच्छप की कठोरता और मीन की चंचलता आदि उसमें आरोपित करते हुए कहते हैं—

भाति श्री रमणावतारदशकं बाले भवत्याः स्तने!

खट्टर काका बोले—अजी, अपने यहाँ के कवि तन से अधिक स्तन को महत्त्व देते हैं। संपूर्ण भूमंडल में उन्हें स्तनमंडल सूझता है। इसलिए पहाड़ को भूस्तन कहते हैं!

सोकर उठते ही सर्वप्रथम पृथ्वी की वंदना करते हैं—

समुद्रमेखले देवि पर्वतस्तनमंडले
विष्णुपत्नि नमस्तुभ्यं पादस्पर्शं क्षमस्व मे!

उन्हें पर्वतों में स्तन और समुद्र में मेखला (करधनी) सूझती है। पता नहीं, विष्णुपत्नी से वे कैसा रिश्ता जोड़े हुए हैं कि स्पर्श के लिए क्षमा चाहते हैं? कहाँ तो पृथ्वी माता! और उनका ऐसा वर्णन! अजी, यहाँ के एक श्रृंगारी कवि सहोदरा तक के कुच-वर्णन में नहीं हिचके हैं!

कुच-प्रत्यासत्या हृदय मपि ते चंडि कठिनम्!

ऐसी कुचासक्ति और कहाँ मिलेगी?

मैं—परंतु अपने यहाँ भक्तिकाव्य भी तो कम नहीं है?

खट्टर काका बोले—अजी, समझो तो श्रृंगार और भक्ति में चोली-दामन का रिश्ता है। सिर्फ रंग का फर्क है। एक शोख, दूसरा जोगिया। जिस तरह अंगूर सूखकर किशमिश बन जाता है, उसी तरह 'श्रृंगार' सूखकर 'भक्ति' बन जाता है। श्रृंगार ताजा अंगूर का रस है। भक्ति कूपीपक्व द्राक्षासव है। श्रृंगारी कवि प्याले में भरते हैं, भक्त कवि गंगाजली में। श्रृंगार की वारुणी में एक तुलसी दल रख देते हैं, भक्ति बन जाती है। इसीलिए लैला-मजनूँ का इश्क भट्टी की शराब और राधाकृष्ण का प्रेम मंदिर का चरणामृत माना जाता है!

यहाँ के कवि दो ही राग जानते हैं। युवावस्था में शृंगार की स्वच्छंद सरिता सरसाते हैं, वार्धक्य में वैराग्य की वैतरणी बहाते हैं। लेकिन उसमें भी उन्हें 'तारिणी' चाहिए! 'तरुणी' के बिना काम नहीं चल सकता। चोला छूटे, लेकिन चोली नहीं!

मैं—खट्टर काका, अपने यहाँ रसिकता बहुत अधिक है।

खट्टर काका बोले—इसीलिए शृंगार काव्य की अमराई में रसाल फलों की शोभा देखते ही बनती है! उन्हीं पर कवि-कोकिलों की कूक उठती आयी है! बगीचे की मेंड़ पर जो वैराग्य की बाड़ है, उसमें भी मेहँदी की भीनी-भीनी खुशबू है!

कुचौ मांसग्रंथी कनककलशौ इत्युपमितौ!

विरक्त कवि कसम खाते हैं कि अब से कुचों को 'कनक-कलश' नहीं कहेंगे! "सत्तर चूहे खाकर बिल्ली चली हज को!"

मैंने पूछा—तो क्या भक्ति में भी शृंगार रस निहित है?

खट्टर काका बोले—उसी तरह निहित है, जैसे सूखे नारियल के भीतर छलकता हुआ जल! शृंगारी कवि प्रेयसी की आराधना करते हैं, भक्त कवि श्रेयसी का। एक भोग्या के रूप में, दूसरे, पूज्या के रूप में। एक नारी को देवी बना देते हैं, दूसरे, देवी को नारी बना देते हैं। देखो, गौरी का ध्यान किस प्रकार करते हैं।

मुखे ते ताम्बूलं नयनयुगले कज्जलकला
ललाटे काश्मीरं विलसति गले मौक्तिकलता
स्फुरत् कांची शाटी पृथुकटितटे हाटकमयी
भजामि त्वां गौरीं नगपतिकिशोरीमविरतम्

"मुँह में पान, आँखों में काजल, ललाट में कुंकुम की बिंदी, गले में मोतियों की माला, स्थूल कटि प्रदेश में सुनहली रेशमी साड़ी।" ऐसी किशोरी के रूप में गौरी का ध्यान करते हैं। इतने पर भी मन नहीं भरता, तो और आगे जोड़ देते हैं—

विराजन्मंदार-द्रुम-कुसुम-हार स्तनतटी!

अर्थात्, "आपके स्तन मंदार (आक) के फूलों की माला से सुशोभित हो रहे हैं!"

और यह स्तोत्र है, भक्तराज शंकराचार्य द्वारा विरचित, जो आनंदलहरी के नाम से प्रसिद्ध है!

अजी, सभी भक्तों का यही हाल है। जिन देवी की स्तुति करने लगते हैं, उनका चरण पकड़ते-पकड़ते कटि और कुच पर पहुँच जाते हैं। देखो, त्रिपुर-सुंदरी की स्तुति कैसे की गयी है!

स्मरेत् प्रथम पुष्पिणीम्
रुधिर बिंदु नीलाम्बराम्
घनस्तन भरोन्नताम्
त्रिपुर सुंदरी माश्रये!

"प्रथम पुष्पिता होने के कारण जिनका वस्त्र रक्तरंजित हो गया है, वैसी पीनोन्नतस्तनी

त्रिपुर-सुंदरी का आश्रय मैं ग्रहण करता हूँ!"

आजन्म ब्रह्मचारिणी सरस्वती की भी वंदना करते हैं तो वीणा को उनके बायें स्तन पर टिका देते हैं!

वामकुचनिहित वीणाम्
वरदां संगीत मातृकां वंदे!

भगवती का भजन भी करेंगे तो—

जय जय हे महिषासुरमर्दिनि
रम्यकपर्दिनि शैलसुते
जितकनकाचल मौलिपदोर्जित
निर्झर निर्जर कुंभ-कुचे!"

अजी, बिना 'कुच' के ये लोग ध्यान ही नहीं कर सकते हैं! इन्हें कुंभ के समान कुच ध्यान करने के लिए चाहिए! अगर भक्ति ही करनी है, तो आनाभिपतितस्तनी का ध्यान क्यों नहीं करते? इन्हें सुस्तनी चाहिए! वह लात भी मारे तो उसी की स्तुति करेंगे!

लंबकुचालिंगनतः लकुचकुचापादताडनं श्रेयः!

मैंने कहा—खट्टर काका, हो सकता है, निर्विकार भाव से ऐसे ध्यान किये गये हों!

खट्टर काका बोले—तब देखो, कालतंत्र में काली का ध्यान कैसे किया गया है!

घोरदंष्ट्रा करालास्या पीनोन्नतपयोधरा
महाकालेन च समं विपरीतरतातुरा!

क्या यह 'विपरीत रति' भी निर्विकार भाव से है?

मैं—आप तो ऐसा दृष्टांत दे देते हैं कि चुप ही रह जाना पड़ता है। किंतु भक्ति-मार्ग का तत्त्व सूक्ष्म होता है।

ख.—अजी, मुझे तो 'सूक्ष्म' के बदले 'स्थूल' ही नजर आता है। खूब हलुआ मोहनभोग खाकर शरीर की पुष्टि कीजिए और प्रेम से कीर्तन करते रहिए—

गोपीपीनपयोधरमर्दनचंचलकरयुगशाली!

भक्तिमार्ग जैसा आनंद और कहाँ है?

मैं—परंतु भजगोविन्दम् स्तोत्र में तो 'स्तन' की भर्त्सना की गयी है!

खट्टर काका व्यंग्य के स्वर में बोले—हाँ, कहा गया है—

नारीस्तनभर नाभिनिवेशम्
मिथ्या माया मोहावेशम्
एतन्मांसवसादि विकारम्
मनसि विचारय वारंवारम्
भज गोविन्दं मूढमते!

लेकिन मैं तो इसका दूसरा ही अर्थ समझता हूँ। "नारी का स्तन मांस-चर्बी का पिंड मात्र है। माया के कारण उसी मुट्ठी भर मांस पर 'रोमांस' चलता है। अतएव मन में

बारंबार उस स्तन पर विचार करते रहो, दार्शनिक विश्लेषण का आनंद लेते रहो। और जो मूढ़मति हैं, वे गोविन्द को भजते रहें!"

मैं—खट्टर काका, धन्य हैं! ऐसा अर्थ आज तक किसी को नहीं सूझा होगा!

ख.—जो केवल 'गोविन्द' को भजते हैं, उन्हें थोड़े ही सूझेगा? जो 'राधा-गोविन्द' को भजते हैं, वे समझ सकते हैं।

मैंने कहा—खट्टर काका, राधा-कृष्ण का प्रेम तो बहुत उच्च कोटि का है।

खट्टर काका बोले—इसमें क्या संदेह? तभी तो राधा के भक्त उनसे ढीठ सहेलियों की तरह ठिठोलियाँ करते हैं! देखो, एक कवि क्या कहते हैं!

देहि मत्कंदुकं राधे परिधान निगूहितम्
इति विस्रंसयन् नीवीं तस्याः कृष्णो मुदेऽस्तु नः!

राधा के साथ कृष्ण की छीना-झपटी हो रही है कि छिपायी हुई गेंद दे दो!

युवती का पयोधर क्या हुआ, कवि लोगों का खिलौना हो गया! कोई गेंद बनाकर खेलता है, कोई बाट बनाकर तौलता है! देखो, एक कवि कहते हैं—

नीतं नव नवनीतं कियदिति पृष्टो यशोदया कृष्णः
इयदिति गुरुजन-संसदि करधृत राधा-पयोधरः पातु!

यशोदाजी माखन चोर से पूछती हैं—"कितना मक्खन चुराया?" वह राधा का पयोधर बताकर कहते हैं—"बस इतना-सा!" और यह काम गुरुजनों के सामने होता है!

एक तीसरे भक्त और आगे बढ़ जाते हैं—

राधे त्वमधिक धन्या हरिरपि धन्यो भवतारकोऽपि
मज्जति मदनसमुद्रे तव कुचकलशावलम्बनं कुरुते!

अर्थात्, "हे राधे! भगवान् दूसरों को तो भवसागर पार कराते हैं, परंतु जब वह स्वयं काम के समुद्र में डूबने लगते हैं, तब आपके कुच-कलशों को पकड़कर ही पार उतरते हैं।" पता नहीं, ये भक्त लोग स्वयं कैसे पार उतरते होंगे!

मैंने कहा—खट्टर काका, कवियों ने ऐसी बातें क्यों लिखी हैं?

खट्टर काका बोले—अजी, कवि लोगों के मन में जितना गुबार भरा था, वह सब राधा के नाम पर निकाल दिया है। और केवल राधा ही क्यों? कवियों को तो 'लाइसेंस' मिली हुई है। उनके लिए जैसी राधा, वैसी लक्ष्मी, वैसी पार्वती! देख लो, लक्ष्मीनारायण के एक भक्त किस प्रकार उनका ध्यान करते हैं!

कचकुचचिबुकाग्रे पाणिषु व्यापितेषु
प्रथम जलधि-पुत्री-संगमेऽनंगधाम्नि
ग्रथित निविडनीवी ग्रन्थिनिर्मोचनार्थं
चतुरधिक कराशः पातु न श्चक्रपाणिः!

"लक्ष्मी के साथ चतुर्भुज भगवान् का प्रथम संगम हो रहा है। उनके चारों हाथ फँसे हुए हैं। दो लक्ष्मी के स्तनों में, एक केश में, एक ठोढ़ी में।" अब नीवी (साड़ी की गाँठ)

खोलें तो कैसे? इस काम के लिए 'ऐडिशनल हैंड' (अतिरिक्त हाथ) चाहनेवाले विष्णु भगवान् हम लोगों की रक्षा करें!

मैंने कहा—ऐसे भक्तों से भगवान् ही रक्षा करें।

खट्टर काका बोले—भगवान् तो भक्तों से हारे ही रहते हैं। देखो, एक दूसरे भक्त कहाँ तक पहुँच जाते हैं!

पद्मायाः स्तनहेमसद्मनि मणिश्रेणी समाकर्षके
किंचित् कंचुक-संधि-सन्निधिगते शौरेः करे तस्करे
सद्यो जागृहि जागृहीति बलयध्यानै र्ध्रुवं गर्जता
कामेन प्रतिबोधिताः प्रहरिकाः रोमांकुराः पान्तु नः!

अर्थात्, "लक्ष्मी की कंचुकी में भगवान् का हाथ घुस रहा है। यह देखकर कामदेव अपने प्रहरियों को जगा रहे हैं—'उठो, उठो, घर में चोर घुस रहा है।' प्रहरीगण जागकर खड़े हो गये हैं। वे ही खड़े रोमांकुर हम लोगों की रक्षा करें!"

मैंने क्षुब्ध होते हुए कहा—हद हो गई, खट्टर काका! शिव-पार्वती के भक्त कभी ऐसा नहीं कह सकते हैं।

खट्टर काका बोले—तब सुन लो। पार्वती के भक्त लक्ष्मी के भक्तों से एक डग पीछे रहनेवाले नहीं हैं! साधारण लोग चरणों में प्रणाम करते हैं। पार्वती के एक भक्त उनके स्तनों में ही प्रणाम अर्पित करते हैं!

गिरिजायाः स्तनौ वंदे भवभूति सितान्नौ
तपस्वी कां गतोऽवस्थामिति स्मेराननाविव

दूसरे भक्त उनके दोनों उन्मुक्त स्तनों की जयजयकार मनाते हैं!

अंक निलीनगजानन शंकाकुल बाहुलेयहृतवसनौ
सस्मितहरकरकलितौ हिमगिरितनयास्तनौ जयतः!

तीसरे भक्तराज पार्वती से क्या कहते हैं सो देखो—

हरक्रोध ज्वालावलिभिरवलीढेन वपुषा
गभीरे ते नाभीसरसि कृतझम्पो मतसिजः
समुत्तस्थौ तस्मादचलतनये धूमलतिका
जनस्तां जानीते तव जननि रोमावलि रिति!

अर्थात्, "हे जननी! महादेव की क्रोध-ज्वाला में जलता हुआ कामदेव आपकी नाभि की गहराई में कूद पड़ा। उससे जो धुआँ निकला, वही आपकी रोमावली है!"

मैंने कान पर हाथ रखते हुए कहा—शिव शिव! 'जननी' संबोधन करते हुए रोमावली का वर्णन! मुझे तो रोमांच हो रहा है।

खट्टर काका बोले—तुम इतना ही सुनकर घबरा गये? शंकराचार्य 'भगवती भुजंग स्तोत्र' में भवानी की नाभि, नीवी और नितंब का वर्णन करते हुए रोमावली का भजन करते हैं!

सुशोणाम्बराबद्धनीवीं विराजन् महारत्नकांची कलापं नितम्बम्
स्फुरद्दक्षिणावर्त्तं नाभिं च तिस्रोवली रम्य ते रोमराजिं भजेऽहम्!

मैं—खट्टर काका, आप तो ऐसा उदाहरण दे देते हैं कि कुछ जवाब ही नहीं सूझता।

खट्टर काका बोले—अजी, इस भूमि के कण-कण में रसिकता व्याप्त है। रोमावली के वर्णन में यहाँ जितनी उत्प्रेक्षाएँ की गयी हैं, उतनी संसार-भर के साहित्य में नहीं मिलेंगी।

देखो, एक कवि कहते हैं—

लिखतः कामदेवस्य शासनं यौवनश्रियः
गलितेव मसीधारा रोमाली नाभि-गोलकात्!

अर्थात्, "कामदेव युवती की नाभि में रोशनाई रखकर यौवन का पट्टा लिख रहे थे, उस वक्त जो रोशनाई गिरकर नीचे फैल गयी, वही रोमावली बन गयी!"

दूसरे साहब को वहाँ चींटियाँ नजर आती हैं!

पयोधरस्तावदयं समुन्नतो
रसस्य वृष्टिः सविधे भविष्यति
अतः समुद्गच्छति नाभिरंध्रतो
विसारि रोमालि पिपीलिकावलिः!

अर्थात्, 'ऊपर पयोधर से वर्षा होगी,' ऐसा जानकर नाभि रूपी विवर से काली-काली चीटियों की कतारें चल पड़ी हैं!

तीसरे हजरत और दूर की कौड़ी लाते हैं—

तन्वंग्याः गजकुंभपीनकठिनोत्तुंगौ वहन्त्या स्तनौ
मध्यः क्षामतरोऽपि यन्न झटिति प्राप्नोति भंगं द्विधा
तन्मन्ये निपुणेन रोमलतिकोद्भेदापदेशादसौ
निःस्पन्दस्फुट लोहशृंखलिकया संधानितो वेधसा!

अर्थात्, "पीन पयोधरों के भार से कोमलांगी नायिका का क्षीण कटि-प्रदेश बीच से टूटकर दो खंड नहीं हो जाय, इसलिए निपुण विधाता ने अपने हाथ से कमर में लोहे की शृंखला पहना दी है, वही रोमावली है!"

चौथे भक्त को वहाँ तीर्थ-राज प्रयाग के दर्शन हो जाते हैं!

उत्तुंगस्तन पर्वतादवतरद् गंगेव हारावली
रोमाली नवनील नीरजरुचिः सेयं कलिंदात्मजा
जातं तीर्थमिदं सुपुण्यजनकं यत्रानयोः संगमः
चंद्रो मज्जति लांछनापहतये नूनं नखांकच्छलात्

अर्थात्, "स्तन-प्रदेश से जो हार लटक रहा है, वह हिमालय पर्वत से निकली हुई गंगा है। नीचे की रोमावली यमुना की धारा है। दोनों का संगम तीर्थराज है!"

अब पाँचवें सवार का कमाल देखो। उन्हें रोमावली में तर्पण के तिल दृष्टिगोचर होते हैं!

गौर मुग्ध वनितावरांगके
रेजुरुत्थिततनूरुहांकुराः
तर्पणस्य मदनस्य वेधसा
स्वर्णशुक्तिनिहितास्तिला इव!

अर्थात्, "गोरी मुग्धा नायिका के वरांग में ये काले-काले रोमांकुर क्या हैं, विधाता ने कामदेव का तर्पण करने के लिए काले-काले तिल छींट दिये हैं!"

अजी, 'रोम' के वर्णन में यहाँ जितनी बुद्धि लगायी गयी है, उतनी 'व्योम' में लगायी जाती, तो हम लोग भी 'सोम ग्रह' पर पहुँच गये होते। परंतु हम लोग तो 'लोम' के जंगल में उलझे रह गये! यहाँ के कवि हार और मेखला के बीच लटके रह गये! कुचविहार से कटिहार तक उनकी दौड़ रही। कंचनजंघा में सारी शक्ति चुक गयी। 'विपरीत रति' का ऐसा खुला वर्णन और किसी साहित्य में मिलेगा?

स्तनौ नितम्बौ परिदोलयन्ती
वेगैः श्वसन्ती समदं हसन्ती
पुंवत् रमन्ती समरे जयन्ती
पुण्येन लभ्या हि मधु क्षरन्ती!

कामिनी के पुरुषायित रस को वे महान् पुण्य का प्रसाद समझकर ग्रहण करते हैं!

मैंने पूछा—खट्टर काका, यहाँ के कवियों में ऐसी रसिकता कैसे आ गयी?

खट्टर काका बोले—अजी, केवल कवियों का दोष नहीं है। वे लोग दरबारी थे और रसिक राजाओं की फरमाइश पूरी करते थे। एक सुभाषित है—

अर्थो गिरामपिहितः पिहितश्च कश्चित्
सौभाग्यमेति मरहट्ट वधूकुचाभः
नांध्रीपयोधर इवातितरां निगूढः
नो गुर्जरीस्तन इवातितरां प्रकाशः!

"काव्य का अर्थ महाराष्ट्र-वधू के कुच की तरह अर्द्धव्यंजित रहना चाहिए। उसे न तो आंध्रबाला के पयोधर की तरह बिल्कुल गुप्त रहना चाहिए, न गुर्जर युवती के स्तन की तरह बिलकुल प्रकट।" परंतु यहाँ के शृंगारी कवियों ने कविता-कामिनी की कंचुकी कौन कहे, साया तक उतार लिया है! क्योंकि वे सामंतों का साया पकड़े हुए थे। इसलिए उन्हें खुश करने के लिए 'सीमंतिनी के 'नखशिख' वर्णन को 'सीमांत' पर पहुँचा दिया!

तब तक हवा के झोंके में कई लाल-पीले आम चू पड़े। खट्टर काका बोले—अच्छा भाई, काव्य का रस बहुत हो चुका। अब आम का रसास्वादन करो।

मैंने कहा—खट्टर काका, मैं अभी जामुन खाकर आ रहा हूँ।

खट्टर काका बोले—अजी, फलसम्राट् आम के आगे जामुन की क्या बिसात? देखो, एक कवि ने उत्प्रेक्षा का कैसा सुंदर चमत्कार दिखलाया है!

त्रपाश्यामा जंबूः स्फुटितहृदयं दाडिमफलम्
समाधत्ते शूलं हृदयपरितापं च पनसः
भयादन्तस्तोयं तरुशिखरजं लांगलिफलम्
समुद्भूते चूते जगति फलराजे प्रभवति!

"आम को देखकर जामुन का चेहरा स्याह पड़ गया, अनार की छाती फट गयी, कटहल के हृदय में शूल पैठ गया, नारियल के पेट में पानी भर गया!"

मैंने कहा—खट्टर काका, आपको देखकर भी तो बहुतों की यही हालत हो जाती है। पंडित पनाह माँगते हैं, ज्योतिषी जल-भुन जाते हैं, तांत्रिक तिलमिला उठते हैं, वैदिक विक्षुब्ध हो जाते हैं, कर्मकांडी कतराते हैं, पुरोहित तिरोहित हो जाते हैं।

खट्टर काका मुस्कुराते बोले—अरे! अब तुम भी काव्य करने लगे!

मैंने कहा—इतने दिनों से आपका चेला हूँ, तो इतना भी नहीं हो? अच्छा, खट्टर काका, नयी कविता के संबंध में आपकी क्या राय है।

खट्टर काका बोले—अब कविता रही कहाँ? अकविता हो गयी! सर्वहारा युग ने उसके अलंकार छीन लिये! 'सीत्कार' की जगह चीत्कार रह गया! पहले की कविता पीनपयोधरा होती थी, अब पिन-पयोधरा होती है। केलिकामिनी की तरह मिनी पर आ रही है। मिनी कविता का एक नमूना देखो—

उसने टी
मुझे दी
मैंने पी
ही ही ही!

अगली पीढ़ी में शायद केवल अंतिम चरण रह जायगा—ही ही ही!

मैंने कहा—खट्टर काका, आजकल तो प्रगतिवाद और प्रयोगवाद का युग है।

खट्टर काका बोले—हाँ। एक नमूना देखो।

चाँद साला बुर्जुआ है!
चाँदी के टुकड़े कै कर रहा है!
वही आसमान के तारे हैं!

जब ऐसे-ऐसे बहादुर दादुर टर्रा रहे हैं, तो इस असमय में रसमय कोकिल की कूक कैसे सुनाई पड़ेगी? पहले की कविता-कामिनी मधुच्छंदा अलंकारमयी नायिका की तरह रसवर्षिणी होती थी। आज की कविताएँ सर्कस की छोकरियों की तरह हवा में उछलती हुई कलाबाजियाँ दिखा रही हैं। उनमें प्रकृत रस खोजना वैसा ही है, जैसे प्लैस्टिक निर्मित स्तनों में दूध खोजना! अब 'कमल' प्रभृति उपमानों का अपमान हो रहा है। 'कैक्टस' जैसे नये प्रतीकों का बाजार गर्म है। आजकल के कवि और बनियाँ दोनों एक से हो गये हैं! दोनों अर्थ को छिपाकर रखते हैं! दोनों के भाव दिनानुदिन आसमान छू रहे हैं! अश्लील पदों की श्लीपद-वृद्धि हो रही है! रुपये की तरह चंद्रमा का अवमूल्यन हो गया

है। वह 'मामा' से 'साला' बन रहा है। अतियथार्थवादी कविता में मोती से अधिक घोंघे का और स्तन से ऊपर घेघे का स्थान है! आजकल वायुविकार के कारण जो शब्द निकल जाते हैं, वे भी 'अकविता' के नाम से 'आर्ट पेपर' पर छप जाते हैं। ऐसे ही अकवियों का इलाज बतलाते हुए किसी आलोचक ने राय दी है कि "कोठरी बंद कर गौ का घृत सेवन करो, जिससे वायु का शमन हो!"

काव्यं करोषि किमु ते सुहृदो न सन्ति
ये त्वामुदीर्णपवनं न निवारयन्ति
गव्यं घृतं पिब निवात गृहं प्रविश्य
वाताधिका हि पुरुषाः कवयो भवन्ति!

यहाँ कपयो भवंति पाठांतर भी किया जा सकता है!

मैं—खट्टर काका, कविता कैसी होनी चाहिए?

खट्टर काका बोले—

सरसा सालंकारा सुपदन्यासा सुवर्णमयमूर्त्तिः
यमकश्लेषानन्दैः आर्या भार्या वशीकुरुते

कविता या कामिनी, वही वशीभूत करती है, जो रसमयी, अलंकृता, कोमल पद-विन्यास वाली, सुंदर वर्णवाली, और यमक-श्लेष (पक्षांतर में, घनालिंगन) द्वारा आनंद प्रदान करनेवाली होती है।

तया कवितया किं वा तया वनितया च किम्
माधुर्यरसदानेन यया नाप्लावितं मनः!

वह कविता क्या और वह वनिता क्या, जो माधुर्य में मन को आप्लावित नहीं कर दे! वह सद्यःप्रीतिकरी होती है। जैसे यह मधुकुपिया आम।

खट्टर काका एक गमकता हुआ पका आम उठाकर मेरे हाथ में देते हुए बोले—अहा! देखो, इसमें क्या रस है, क्या सौरभ है, क्या मिठास है! कविता ऐसी ही होनी चाहिए।

युग-लहरी

सावन की श्यामल घटाएँ उमड़ रही थीं। खट्टर काका सितार पर मलार की धुन बजा रहे थे। मुझे देखकर बोले—आओ, आओ, कहाँ चले हो?

मैंने कहा—'भारतीय संस्कृति' पर एक प्रवचन हो रहा है। उसी में जा रहा हूँ।

खट्टर काका व्यंग्यपूर्वक मुस्कान के साथ बोले—अजी, संस्कृत को अंग्रेजी खा गयी, संवत् को ईसवी खा गयी, मंदिर को क्लब खा गया, धर्मशाला को होटल खा गया, रामलीला को सिनेमा खा गया, हाथी को मोटर खा गयी, घोड़े को साइकिल खा गयी, सेर को 'किलो' खा गया, मन को 'क्विंटल' खा गया, गुरुकुल को 'कनवेंट' खा गया, पंडित को साहब

खा गया, पंडितानी को मेम खा गयी, पिता को 'पापा' खा गया, माता को 'मम्मी' खा गयी, भोज को पार्टी खा गयी, प्रणाम को 'टा टा' खा गया और तुम अभी तक भारतीय संस्कृति का नाम जप रहे हो? आज सभ्यता की टंकार 'टकार' पर चलती है—'टोस्ट, टी, टेरेलिन, ट्रैंजिस्टर, टौपलेस और टा टा!

मैंने कहा—खट्टर काका, यह तो औरों की नकल हुई।

खट्टर काका—अजी, हर एक युग में ऐसा ही होता आया है। पंडित लोग जो 'मिर्जई' पहनते हैं, वह क्या वैदिक युग की वस्तु है? मुसलमानी अमलदारी में मिर्जा लोग पहनते थे। तंबाकू अमेरिका की चीज है। लेकिन हम लोगों ने तमाल पत्रं परमं पवित्रम् कहकर उसे आत्मसात् कर लिया है। भविष्यपुराण में तो 'तमाखु-सेवन' पर श्लोक भी जोड़ दिया गया है! इसी तरह आज की 'संकर' मकई भी कल 'शंकर' के नाम से जुड़ जायगी। सभ्यता वर्णसंकरी होती है। उसमें शुद्ध 'शंकरा' नहीं, संकर राग चलता है।

मैं—तब अपनी मूल संस्कृति कैसे अक्षुण्ण रखी जा सकती है?

खट्टर काका बोले—अजी, संस्कृति क्या पिटारी में बंद कर, रखने की चीज है? 'संसार' का अर्थ ही है 'संसृति' अर्थात् आगे सरकना। समय पीछे की ओर नहीं मुड़ता। गंगासागर का जल फिर गोमुखी में नहीं लौटता। आज हम बैलगाड़ी से 'हेलिकोप्टर' पर पहुँच गये हैं। अब 'मिल' की जगह चरखा नहीं चल सकेगा! 'घड़ी' की 'घड़ा' (प्राचीन घटीयंत्र) नहीं चलेगा। क्या तुम फिर से घुटनों पर चलना पसंद करोगे?

मैं—परंतु अपना पुरातन आचार....

खट्टर काका—अजी, नया आचार नये अँचार की तरह ज्यादा चटपटा लगता है। कलमी सभ्यता बीजू से ज्यादा मीठी होती है। "तीन कनौजिया, तेरह पाक" का जमाना लद गया। अब डेढ़ चावल की खिचड़ी नहीं पकेगी। बड़ा समाजवादी हंडा चढ़ेगा। पुरानी पगड़ियाँ, लँहगे-दुपट्टे, चुनरी-चोलियाँ, इस पछिया आँधी में उड़ जायँगी। छोटे-छोटे दिये बुझ जायँगे। उनकी जगह बड़ा-सा कृत्रिम चाँद पृथ्वी पर चमकेगा।

मैं—फिर भी इस धर्मप्राण देश में...

ख.—अब 'धर्मप्राण' नहीं, 'धर्म-निरपेक्ष' कहो। मठ-मंदिरों में कल-कारखाने खुलेंगे। यज्ञ की जगह चिमनियों के धुएँ उड़ेंगे। सेतु-बाँध से भाखरा नंगल का बाँध बड़ा तीर्थ माना जायगा। ईश्वर केवल शपथ खाने के लिए रह जायँगे!

मैं—लेकिन हमारे नैतिक सिद्धांत तो बहुत ऊँचे हैं?

ख.—हाँ। सिद्धांत तो बहुत उच्च हैं। वसुधैव कुटुम्बकम्! लेकिन जब सिद्धांत पर बात आती है, तो कुटुम्ब में कुटम्मस शुरू हो जाती है। जन-सामान्य में 'समान वितरण' तो नहीं होता; विशिष्ट जनों में सामान वितरण हो जाते हैं। वितरण के नाम पर वित्त-रण होने लगते हैं। अभी सत्याग्रह के स्थान में सत्ताग्रह चल रहा है। जो छक्का-पंजा जानते हैं, वे ही सत्ता हथिया रहे हैं। लिंग, वचन और क्रिया के सम्यक् प्रयोग केवल व्याकरण ही में सीमित रह गये हैं। अधिकारि-विवेचन चला गया। उसके स्थान में निर्वाचन का

अधिकार आ गया। आज जो अधिकार की गद्दी पर बैठते हैं, उन्हें अधिकतर धिक्कार ही प्राप्त होते हैं!

मैं—खट्टर काका, जनतंत्र के विषय में आपका क्या मत है?

खट्टर काका बोले—अजी, जिस तंत्र में एक विद्वान से दो मूर्खों का मत अधिक मूल्यवान माना जाय, उसे मूर्ख ही पसंद कर सकते हैं, क्योंकि उन्हीं की संख्या अधिक है। बहुमत वाले मतवाले बन जाते हैं और गुणी-जन गौण पड़ जाते हैं। वैशेषिक का सूत्र है—द्रव्याश्रितो गुणः। अर्थात् गुण द्रव्य पर आश्रित रहता है। यही बात समाज पर भी लागू है। क्योंकि गुणी व्यक्ति भी धनियों और बनियों पर आश्रित रहते हैं। इसलिए जनतंत्र वस्तुतः धनतंत्र बनकर रह जाता है। सुजनतंत्र नहीं होकर स्वजनतंत्र हो जाता है। कहीं-कहीं श्वजनतंत्र भी!

मैं—फिर भी लोकतंत्र...

ख.—लोकतंत्र क्यों कहते हो? थोकतंत्र कहो। पर्दे की ओट में नोट की बदौलत वोट की लड़ाइयाँ जीती जाती हैं। कभी-कभी लाठी की चोट पर भी। इसलिए ठोकतंत्र भी कह सकते हो।

मैं—परंतु यह प्रजातंत्र....

ख.—प्रजातंत्र मुट्ठी भर लोगों के लिए मजातंत्र है, शेष के लिए सजातंत्र। भाषण की अधिकता है, राशन की कमी। जब शासन कुशासन की तरह चुभता रहे, तब अनुशासन कैसे रहेगा? रामराज या ग्रामराज के बदले बढ़ता हुआ दामराज चल रहा है। सस्ती के साथ मस्ती गयी। अब इस महँगाई में बहार कैसे गायी जायगी? कभी-कभी चीनी के अभाव में 'गौडीय' संप्रदाय की शरण लेनी पड़ती है। अभी वल्लभाचार्य भी रहते तो अपना मधुराष्टक भूल जाते। क्योंकि चौराधिपतेरखिल मधुरम्! जंगली युग की कहावत थी—"जिसकी लाठी, उसकी भैंस" आधुनिक समाज का नारा है—"जो जोते, उसकी जमीन!" यदि कहीं इसी दिशा में और अधिक प्रगति हुई तो जो पालकी ढोएँगे, उन्हीं की दुलहन हो जायगी! भूदान के समान भार्यादान का अभियान भी शुरू हो जायगा! भूमिपतियों की तरह पतियों की हालत भी नाजुक हो जायगी!

मैंने कहा—खट्टर काका, अभी आजादी हुई ही कै दिन की है?

खट्टर काका हँस पड़े। बोले—अब वह बच्ची नहीं; चौबीस साल की युवती है। लेकिन ज्यों-ज्यों बढ़ती जाती है, 'बंदियों' की संख्या में वृद्धि होती जाती है। 'चकबंदी', 'हदबंदी', 'नसबंदी', 'नशाबंदी', 'दलबंदी', 'कामबंदी'! मर्ज बढ़ता ही गया, ज्यों-ज्यों दवा की! हम अपनी बुद्धि को दोष नहीं देकर, परिस्थिति को दोष देते हैं! निंदति कंचुकि मेव प्रायः शुष्कस्तनी नारी!

मैंने कहा—खट्टर काका, अभी जीविका की समस्या जटिल है।

खट्टर काका व्यंग्यपूर्वक बोले—किसी ने ऊँट से कहा, "तुम्हारी गर्दन टेढ़ी है।" ऊँट ने जवाब दिया, "मेरा कौन-सा अंग सीधा नजर आता है?" अजी, अभी कौन-सी समस्या

टेढ़ी नहीं है? पहले समस्या गढ़कर पूर्त्ति की जाती थी। अब आपूर्त्ति ही एक समस्या बन गयी है। 'समाधान' कोष ही में रह गया है। इस समय सिद्धार्थ भी रहते तो 'द्वाद्वश-निदान' क्या, 'अष्टादश निदान' से भी कोई अर्थ सिद्ध नहीं होता।

मैं—परंतु इतनी योजनाएँ जो बन रही हैं?

ख.—जितनी योजनाएँ बनती हैं, सुविधाएँ उतने ही योजन दूर चली जाती हैं! विकास पदाधिकारी अपना विकास कर रहे हैं। 'उत्पादन' का शब्द मात्र सुनाई पड़ता है। 'लाइफ' को 'फाइल' खा गयी! कर-भार से जनता की कमर टूट रही है। केवल सुंदरियों के रूप-यौवन पर टैक्स लगना बाकी है। मूल्यवृद्धि, शुल्कवृद्धि, करवृद्धि से जनता की जो कष्टवृद्धि हो रही है, उसे देखनेवाला कोई नहीं। फिर भी सरकार आत्म-प्रशंसा का ढोल पीट रही है।

निजयौवनमुग्धायाः स्वहस्तकुचमर्दनम्।

मैं—लेकिन यह सब देखने के लिए तो बड़े-बड़े सरकारी अफसर तैनात हैं?

खट्टर काका बोले—अजी, अफसर लोग अजगर होते हैं। देखते नहीं हो, कितनी समानता है! दोनों चार वर्णों के, मात्राहीन। दोनों स्वरादि हैं, अर्थात् आदि में फुफकार का स्वर छोड़ते हैं! रकारांत हैं, अर्थात् अंत में रगड़ मारते हैं! दोनों भारी-भरकम, आलसी, आरामतलब। दोनों कुंडली मारकर बैठे रहते हैं, मुँह बाये हुए, शिकार की ताक में। जो दायरे के अंदर आया, सो पेट में गया!

मैं—तभी तो 'हड़ताल' और 'घेराव' होने लगे हैं। क्या प्राचीन युग में भी यह सब होता था?

ख.—पहले कभी विशेष परिस्थिति में हट्टताल होता था। अर्थात् हाट में ताला लग जाता था। अब तो हड़ताल को हरताल ही समझो। कब किस समय किस बात पर 'हर' का तांडव-ताल प्रारंभ हो जायगा, उसका ठिकाना नहीं। मर्यादाओं पर हरताल फिर रही है। द्वापर में एक बार गोपियों ने रथ के चारों ओर लेटकर 'अक्रूर' का घेराव किया था। अब तो क्रूर से क्रूर हाकिम भी घेराव में पड़कर सभी भाव-विभाव और अनुभाव भूल जाते हैं।

मैंने पूछा—खट्टर काका, पहले के लोग ज्यादा मौज से रहते थे?

खट्टर काका बोले—अजी, आराम के साधन आज जितने उपलब्ध हैं, उतने कभी नहीं थे। यदि रामचन्द्रजी के समय में स्टीमर चलती होती, तो लंका पहुँचने के लिए उतना भगीरथ-प्रयास क्यों करना पड़ता? यदि पृथ्वीराज के समय में स्कूटर रहती, तो संयुक्ता को घोड़े की पीठ पर चढ़ाकर क्यों भगाते? अगर मलकाओं के जमाने में मोटर का मजा रहता, तो वे पालकी गाड़ी में बैठकर क्यों चलतीं? वे कठपुतली का नाच-भर देखकर रह गयीं; सिनेमा नहीं देख सकीं। यदि उन दिनों आइसक्रीम की मशीन रहती तो नूरजहाँ की खातिर गुलमर्ग से दिल्ली तक ऊँटों का काफिला बर्फ लादकर क्यों चलता? वाजिद अली शाह जैसे ऐयाश नवाब जिंदगी में एक रसगुल्ला नहीं चख सके, क्योंकि तब तक ईजाद ही नहीं हुआ था। पहले खाजा ही राजा था और बालूशाही की बादशाही

थी! आज एक मेहतरानी भी रेल में चढ़ती और रेडियो सुनती है, जो उन दिनों की महारानी को मुअस्सर नहीं था। आज की व्योम-विहारिणी जिस शान से बे-गम होकर उड़ती है, उस तरह आसमान में उड़ना किस बेगम को नसीब हुआ?

मैंने पूछा—खट्टर काका, इतने सुख-साधनों के बावजूद भी आज लोग दुखी क्यों हैं?

ख.—क्योंकि, राजा सगर की संतानों से भी अधिक संतान-सागर लहरा रहा है। जैसे-जैसे जनसंख्या में वृद्धि होती जाती है, उसी अनुपात में हृदय की कमी होती जाती है। पहले लोग 'भर पेट' खिलाते थे, अब 'प्लेट भर' खिलाते हैं। पहले डब्बू से घी परोसा जाता था, अब चम्मच से दही परोसा जाता है! पहले कहा जाता था—

विना गोरसं को रसो भोजनानाम्!

"बिना गोरस (दूध, दही, घी) के भोजन क्या?" अब बड़े-बड़े होटलों में भी इसका अर्थ बदल गया है।

विना गोरसं 'कोरसो' भोजनानाम्!

यानी, गोरस के अभाव में अब भोजन-काल में कोरस (समवेत संगीत) चलता है! तभी तो इस डालडा युग में एक 'मील' (खाना) पचाने के लिए दो मील चलना पड़ता है!

मैं—खट्टर काका, पहले के लोग विशाल हृदय होते थे।

ख.—तभी तो इतने बड़े दालान बनवाते थे कि सैकड़ों बाराती ठहर सकें। अब तो माशूक की कमर की तरह कमरे का घेरा भी तंग होता जा रहा है। उसमें सविस्तर मेहमान कैसे समायँगे? समझो तो परिवार-नियंत्रण से ज्यादा अतिथि-नियंत्रण ही चल रहा है। इस युग को 'दावत' से जैसे 'अदावत' हो गयी! शादी में भी नाशादी हाथ लगती है। उपहार लेकर जाइए, उपाहार लेकर आइए! पता नहीं, किस अभागे ने यह उपसर्ग जोड़ दिया! पति-पत्नी के प्रसंग में, और आहार-विहार के प्रकरण में, कहीं 'उप' लगे! यह 'उप' देखकर चुप रह जाना पड़ता है!

खट्टर काका नस लेते बोले—अजी, विशालता लुप्त हो रही है। कविता ही के क्षेत्र में देखो। पहले ऐसे महाकाव्य बनते थे जो पुश्त-दर-पुश्त चलते थे। अब की कविता जुगनू की तरह चमककर घुप अँधेरे में विलीन हो जाती है। बड़ी से छोटी की ज्यादा कद्र होती है। कंचुकी और इलायची की तरह। बड़ी घड़ी दीवाल में लटकी रहती है, छोटी कलाई पकड़े रहती है। यही बात प्रेमिका पर भी लागू होती है। यह 'अणु' युग है। 'महत्' का महत्त्व गया। पहले 'आजीवन' प्रेम चलता या, अब 'आयौवन' प्रेम चलता है। अब तो प्यार सट्टा बाजार का सौदा हो गया!

मैं—खट्टर काका, अपनी संस्कृति तेजी से बदल रही है।

खट्टर काका बोले—अजी, संस्कृति का अर्थ ही बदल गया है। सांस्कृतिक कार्य के मानी हो गये हैं नाच! सुसंस्कृत वेशभूषा का अर्थ नर्त्तकी की पोशाक! जो संसार की कुल-ललनाएँ कर रही हैं, वही अपने यहाँ की कुल-ललनाएँ भी करने लगी हैं। अब

कन्याएँ बाबा को 'बॉल' और चाचा को 'चा चा चा' डांस दिखा रही हैं। कोहबर की बहुएँ 'कोब्रागर्ल' बनकर 'केबरे' की करामात दिखला रही हैं। पहले की नारी रानी बनती थी, अब उलटकर नीरा बन रही हैं। रूपवती लूपवती हो रही है। स्तनंधया से स्तनधन्या होना चाहती है। जो मधुश्रावणी व्रत रखती थी, वह स्वयं मधुस्राविणी बन रही है। जो नागपंचमी पूजा करती थी, वह स्वयं नागिन बन रही है। जो विषहरा को पूजती थी, वह स्वयं विषकन्या बन रही है।

मैं—खट्टर काका, ऐसा परिवर्तन कैसे हो गया?

ख.—कालभैरवी सबको नचा रही है। काल-भेद से ताल बदलते रहते हैं। कभी-कभी नाच फिर उसी विंदु पर आ जाता है। देखो, आज अजंता, एलोरा की मूर्त्तियाँ सजीव होकर नगरों में विचरण कर रही हैं। जो नारी शताब्दियों से अवगुंठित थी, अब वह अकुंठित होकर सब ओर से खुल रही है!

नग्नोदरी नग्नपृष्ठा नग्नवक्षःस्थला तथा
अर्धोन्मुक्तस्तनद्वार युग्मसंधि निदर्शना

नवीन युग-संधि का उद्‌घाटन इसी 'युग्म-संधि' के अनावरण से हो रहा है। 'जीवन दर्शन' 'यौवनदर्शन' में परिणत हो गया है। 'अभार-प्रदर्शन' से अधिक 'उभार-प्रदर्शन' ही शिष्टाचार का अंग बन गया है। आज की कुछ मुक्ताएँ उदारता के उस विंदु पर पहुँच गयी हैं, कि दो मुट्ठी मांस छोड़कर शेष को बंधनमुक्त कर रही हैं। आधुनिक वीरांगनाएँ घाटियों के बीच में ले जाकर गला काटती हैं!

मेरे मुँह पर विस्मय का भाव देखकर खट्टर काका हँसते हुए बोले—घबराओ मत। मेरा मतलब कंचुकी से है। झाँकी-दर्शन के लिए उसका गला काटा जाता है। वह 'लो कट' क्या, जो 'लौकेट' के नीचे नहीं चला जाय! इस युग की ललनाएँ उदार-हृदया बनकर पुरुषों को जीतने में बाजी मार रही हैं। जो सुंदरी अपनी खुली पीठ नहीं दिखाती, वह मानो रण में पीठ दिखाती है। नाभि-कूप को सार्वजनिक रस-पान के लिए उन्मुक्त कर दिया जाता है। ये नाभि-दर्शनाएँ नवयुग की अग्रदूतिका हैं।

मुझे मुँह ताकते हुए देखकर खट्टर काका बोले—देखो, आधुनिक महर्षि हैं मार्क्स और फ्रायड! एक संस्कृति को उदर-केंद्रित मानते हैं। दूसरे उस केंद्र को कुछ और नीचे ले जाते हैं। दोनों के बीच मध्यविंदु है नाभि। वह अर्थ और काम का संधि-स्थल है। इसलिए मैं नाभि-दर्शनाओं को प्रतीकात्मक रूप में देखता हूँ।

मैंने कहा—खट्टर काका, आजकल फैशन का युग है।

खट्टर काका बोले—अजी, 'फैशन' और 'पैशन' किस युग में नहीं होते? सिर्फ उनकी अदाएँ बदलती रहती हैं। आज नवयुग का सेहरा आधुनिकाओं के सर पर है, इसलिए वे उन्नतमस्तक होकर शान से चलती हैं मुमताजमहल ताज लगाती थी। आज की मुमताजें ताज की जगह सर पर ताजमहल खड़ा कर लेती हैं। अब कुच-कुंभ की तरह कच-कुंभ की उपमा भी चल जायगी। उनके दर्शन से भक्तों को कुंभ-स्नान का फल मिल जाएगा!

मैं—खट्टर काका, पहले के प्रेम में और आज के प्रेम में क्या फर्क है?

ख.—पहले का प्रेम कोयले के ताव की तरह देर से सुलगता था, देर तक ठहरता था। आज का 'प्यार' गैस की तरह भक्-से धधक उठता है और फक्-से बुझ जाता है। आधुनिक संस्कृति क्षणवादिनी है। वह सेकंडों पर चलती है। 'पुश बटन' (बटन दबा दो) का जमाना है। पहले का प्रेम चरम कोटि का होता था, अब चर्म कोटि का है। आज के रोमियो कोरा रोमांस नहीं चाहते; वे रोम-मांस चाहते हैं। इसलिए कृत्रिम प्रसाधनों की बाढ़ आ गयी है। नायलन के बाल और रबड़ के कुच-नितंब लगाये जाते हैं। वे यौवन को बैसाखियों पर टेके रहते है। नवयौवन उलटने पर भी नवयौवन बना रहता है। असली पर नक़ली हावी हो रहा है। पद्‌म-सुंदरी से अधिक छद्‌म-सुंदरी का बोलबाला है। वेदांत का सर्वं मिथ्या समझो तो इसी युग में सबसे अधिक चरितार्थ हो रहा है। केवल बहिरंग देखकर सत्य का ज्ञान नहीं हो सकता। इसीलिए सौंदर्य-प्रतियोगिता के अखाड़े में नागिनें कंचुकी को केंचुल की तरह उतार फेंकती हैं। जिनके विंदु परीक्षा में सर्वोच्च होते हैं, उनको विश्व-सुंदरी का मुकुट पहना दिया जाता है।

मैंने कहा—खट्टर काका, अपनी संस्कृति का मूलमंत्र था आत्म-संयम।

खट्टर काका बोले—संयम-नियम तो अब यमलोक का टिकट कटा रहे हैं। आज के मनःशास्त्री कहते हैं कि आत्म-दमन बेवकूफी है; उससे व्यक्तित्व कुंठित होता है। इसलिए अब इंद्रिय-निरोध के बदले गर्भ-निरोध चल रहा है। पहले पुत्रजन्म पर ढोल पीटते थे, अब सर पीटते हैं। जन्म-निरोध का महाल पहले मोक्षवादियों के जिम्मे था। अब सरकार ने यह पोर्टफोलियो छीनकर अपने हाथ में ले लिया है। पुनरपि जननं पुनरपि मरणं पुनरपि गर्भ-निवासः का स्रोत ही बंद हो रहा है। न रहे बाँस, न बजे बाँसुरी!

खट्टर काका मुस्कुरा उठे। बोले—इस 'ब्रेसरी-पेसरी' के युग में अब 'नर-केसरी' कैसे पैदा होंगे?

मैंने पूछा—खट्टर काका, यह सब परिवर्तन कैसे हो गया?

खट्टर काका बोले—अजी, कविता की तरह संस्कृति की भी दो वृत्तियाँ होती हैं, परुषा और कोमला। अभी कोमला वृत्ति है। कोमलांगिनी षोडशियों की षोडशोपचार पूजा हो रही है। युग-युग की वंदिनी आज युग द्वारा वंदिता हो रही है।

यत्र नार्येस्तु पूज्यन्ते रमन्ते तत्र देवताः

जो जितने बड़े शहर हैं, उनमें उतने ही अधिक देवता रमण करते हैं!

नानारूपधरा देव्यः विचरन्ति महीतले!

महानगरियों की नागरियाँ रस-रंग की गगरियाँ छलकाती चलती हैं। उनमें अनेक स्वाधीनपतिका हैं। यदि आज श्रृंगारी कवि होते, तो नायिका-भेद के अंतर्गत बहुत-सी नवीन नायिकाओं का समावेश कर देते। परकीया की तरह पार्कीया (पार्कों में घूमनेवाली)! अभिसारिका की तरह सह-सारिका (साथ चहकनेवाली मैना)! वासकसज्जा की तरह आपण-सज्जा (सुसज्जित विक्रय बाला)! स्वयंदूतिका की तरह स्वयंद्योतिका (अपने को

झलझल प्रकाशित करनेवाली)! विप्रलब्धा की तरह क्षिप्रलब्धा (तुरत सेवा में हाजिर हो जानेवाली)! स्वयंवरा की तरह स्वयंभरा (अपना भरण-पोषण करनेवाली)! प्रोषितपतिका की तरह पोषितपतिका (पति को पोसनेवाली)! पहले पति पत्नी की माँग भरते थे, अब पत्नियाँ कमाकर पति की माँग पूरती हैं। पहले पत्नी पति की पद-पूजा (चरण-पूजा) करती थी, अब पति पत्नी की पद-पूजा (पदवी की पूजा) करने लगे हैं। पहले अप्सराएँ नाचती थीं, अब वे अफसराएँ बनकर औरों को नचाती हैं।

मैं—खट्टर काका, महिलाओं की इतनी प्रगति तो कभी नहीं हुई थी?

ख.—इसमें क्या संदेह? न स्त्री स्वातंत्र्यमर्हति का फतवा देनेवाले भारत-भाग्य-विधाता यदि आज जीवित रहते तो देश की भाग्य-विधायिकाओं के आगे घुटने टेक देते। आज की वीणा-पुस्तक-धारिणी सरस्वतियों को देखकर कुचभरतांतां नमामि शिवकान्ताम् पाठ करने लग जाते! यदि प्राचीन काल के रसिक कवि इस युग में पदार्पण करते तो पद-पद पर युग-देवियों के पद पर प्रशस्ति की पदावली अर्पित करते चलते! अफसरा की स्तुति करते—

उच्चासने ! उच्चपदे ! उच्चयौवनगर्विते !
उच्चाधिकार संयुक्ते ! उच्चमस्ते ! नमोस्तुते !

'नर्स' को देखकर कहते—

शुभ्रवस्त्रा महाश्वेता बाला मुकुट-मंडिता
नाडी-स्पर्शकरी नारी धन्येयं परिचारिका!

'लेडी डाक्टर' को देखकर वर्णन करते—

ग्रीवालंबित हृद्‌यंत्र मालान्वित पयोधरा
उरः परीक्षिका देवी सद्यःप्राणप्रदायिका!

एन.सी.सी. की बंदूक-धारिणी वीरांगनाओं के सामने आत्मसमर्पण कर देते!

'पैंट' बूट'युता' प्रौढा 'कोटवस्त्र'स्तनोन्नता
'हंटर'-धारिणी हस्ते हस्तिनी 'मर्द'मर्दिनी!

आज की ब्रह्मवादिनी गार्गियों से हार मानते—

दीक्षिका ब्रह्मविद्यायां योगाभ्यास निरीक्षिका
आसनशिक्षिका बाला ब्रह्मचर्यपरीक्षिका!

'एयर होस्टेस' (विमान-बाला) और 'रिसेप्शनिस्ट गर्ल' (स्वागत-बाला) की अदाओं पर फिदा होकर कहते—

सत्कारनिपुणा बाला रंजितोष्ठी स्मितानना
चित्रिताम्बरसंयुक्ता मधुपात्रप्रदायिका!

आधुनिक विषकन्याओं की मोहिनी माया पर मुग्ध होकर मरने लगते!

गायिका रंगमंचेषु मधुशालासु पायिका
नायिका प्रीतिगोष्ठीनां प्रवासे सुख-शायिका

नृत्ये सहचरी बाला कृत्ये गुप्तचरी तथा
सर्वस्वहारिका बाला मारिका सुकुमारिका!

मैंने कहा—सिनेमा की अभिनेत्रियों को देखकर तो वे लोग और भी चकित हो जाते!

खट्टर काका बोले—इसमें क्या संदेह? पूरा सिनेमा-स्तोत्र ही बना देते। मेरे एक भजनानंदी मित्र गाते हैं—

सत्ययुग में रंभा और उर्वशी तिलोत्तमा जो
देवताओं को भी दिव्य रूप से लुभाती है
त्रेता में मेनका शकुंतलादि रूपों में भी जो
मुनियों को मोहती, सम्राटों को रिझाती है
द्वापर में राधा आदि गोपियों के रूप धर
उँगली के इशारे भगवान् को नचाती है
शक्ति वही नित्य नव नूतन वेष धारण कर
कलियुग में चित्रपट की तारिका कहाती है!

अब तो चित्र-तारिका ही भव-तारिका की तरह पूजी जाती है। दुर्गा से दुर्गा खोटे, गीता से गीतावाली और इंद्राणी से इंद्राणी रहमान की ज्यादा चर्चा होती है। नूतन साधना को छोड़कर कोई प्राचीन साधना के पथ पर जाना नहीं चाहता। अब तो हर एक चित्त-पट पर चित्रपट अंकित है। कबीरदास भी रहते, तो अपना दोहा यों बदल देते—

पोथी पढ़ि-पढ़ि जग मुआ पंडित हुआ न कोय
ढाई अक्षर फिल्म का पढ़े सो पंडित होय!

संस्कृत के स्तोत्रकार रहते तो नवीन देवी-स्तुति पाठ करते!

वैजयंती च माला च वनमाला च मल्लिका
मधुबाला सुबाला च प्रीतिबाला तथैव च
राजश्रीश्च जयश्रीश्च पद्मश्रीः नर्गिसस्तथा
वहीदा च फरीदा च सईदा च जुबेदका
लीला प्रमीला शर्मीला शालिनी मालिनी तथा
रेहाना सुलताना च शाहिदा जाहिदा तथा
कविता सविता चैव बबिता ललिता लता
गीता रीता च सुप्रीता नंदिता च निवेदिता
सुप्रिया च सुरेखा च सुचित्रा च सुलोचना
श्यामा शशिकला शांता शेफाली शोभना शुभा
पद्मिनी प्रतिमा पद्मा पूर्णिमा च प्रियंवदा
मीना नीना सकीना च निम्मी सिम्मी तथैव च
अनेकनामरूपास्तु तारिकाः भव-तारिकाः
तासां स्मरणमात्रेण स्वर्गानंदः प्रजायते

इदं स्तोत्रं महापुण्यं पठ्यते भक्तिपूर्वकम्
रसोद्गमो भवेत् तत्र वर्षन्ति मधुविंदवः!

मैंने कहा—खट्टर काका, सचमुच मधुवर्षा हो गयी।

खट्टर काका बोले—महामाया नाना प्रकार के मोहक रूप धारण कर नृत्य कर रही हैं। कहीं अभिनेत्री बनकर अदाएँ दिखाती हैं, कहीं राजनेत्री बनकर। कहीं मार्गनेत्री बनकर, कहीं मृगनेत्री बनकर। कहीं योगमाया बनकर, कहीं भोगमाया बनकर। वह रस की चाशनी चखा रही है। पुरुष चींटों की तरह उसमें चिपके हुए हैं। वह ऐसा पिलाती है कि जिलाती भी है, मारती भी है! न जाने संसारः किममृतयमः किं विषमयः!

मैंने कहा—खट्टर काका, कुछ लोगों का कहना है कि पाश्चात्य सभ्यता के प्रभाव से स्वेच्छाचार बढ़ रहा है।

खट्टर काका बोले—यह सब बकवास है। अहल्या कौन मेम थी? कब लंडन गयी थी? किस 'नाइट क्लब' में रही थी? मगर (वाल्मीकीय रामायण में) देखो, किस तरह ठसक के साथ इंद्र से कहती है—

कृतार्थास्मि सुरश्रेष्ठ गच्छ शीघ्रमितः प्रभो
आत्मानं मां च देवेश सर्वथा रक्ष गौतमात्!

"हे देवराज! मैं कृतार्थ हो गयी। अब जल्द यहाँ से चले जाइए, जिससे गौतम को कुछ पता नहीं चले और हम दोनों बच जायँ!"

इंद्र भी धन्यवाद देते हुए कहते हैं—

सुश्रोणि परितुष्टोऽस्मि गमिष्यामि यथाऽगतः

"हे सुंदरी! मैं भी पूर्ण संतुष्ट हूँ। जैसे आया हूँ, वैसे ही जा रहा हूँ।"

यह 'डायलाग' (वार्त्तालाप) आज के हीरो-'हीरोइन' (नायक-नायिका) का नहीं, हजारों वर्ष पुराना है। जब 'हीरो' के परदादों के परदादे भी पैदा नहीं हुए थे! पर अत्याधुनिक सोसाइटी में भी इससे बढ़कर और हो ही क्या सकता है? अहल्यावाद, कुंतीवाद और पांचालीवाद अनादि काल से चले आ रहे हैं। इन्हें इस युग की देन समझना भूल है। 'सती-प्रथा' बंद हो गयी, इसका अर्थ यह नहीं, कि सती की परंपरा लुप्त हो गयी! सावित्रियाँ आज भी हैं, कमी सत्यवानों की है। आज की पत्नी पहले की पतिव्रता से अधिक महत्त्वपूर्ण है, क्योंकि वह 'सहधर्मिणी' ही नहीं, 'सहकर्मिणी' भी होती है। वह सच्चे अर्थ में 'अर्धांगिनी' बनकर 'अर्धांग-पीड़ित' समाज को पूर्णांग बना रही है। वह अनुचरी से सहचरी बन गयी है। पैर दबानेवाली नहीं, हाथ बटानेवाली हो गयी है। वह पति की सखी, सचिव, शिष्या ही नहीं, अब गुरुआनी भी बन रही है। उसकी योग्यता देखकर गार्गी का गर्व खर्व हो जाता, मैत्रेयी का मान अंतर्धान हो जाता।

मैंने कहा—खट्टर काका, तब आप आधुनिक देवियों के हार्दिक प्रशंसक हैं?

खट्टर काका बोले—अवश्य।

एको हि दोषो गुणसन्निपाते निमज्जतीन्दोः किरणेष्विवांकः!

चंद्रमा की तरह चंद्रमुखियों के दोष भी उनके सुंदर गुणों में छिप जाते हैं। यदि आज कालिदास रहते तो अपनी कूची में नया रंग भरते। शकुंतला 'कोर्ट' में खड़ी होकर बहस करती। मुआवजा लेकर रहती। या पिस्तौल लेकर दुष्यंत को मजा चखा देती। विरहिणी यक्षिणी हेलिकॉप्टर से उड़कर यक्ष के पास पहुँच जाती। अथवा 'फोन' से 'फ्लाइंग किस' (हवाई चुंबन) भेजती। पर्वत-कन्या एक आसन से अविचल बैठकर वर्षा की बूँदों को पयोधरोत्सेधनिपात चूर्णिताः बहीं बनाती। वह पर्वतारोहण में पी.एच.डी. कर लेती। सभी मुनि-कन्याएँ कॉलेज-कन्याएँ बन जातीं। वे बल्कल-वसना से छल-छल-वसना बन जातीं और तपोवनी जूड़ा बनाकर कमंडलाकार 'पर्स' हाथ में लेकर चलतीं। आखिर ये आधुनिकाएँ भी तो उन्हीं चपला चकिता चंचलाक्षिणी वनकन्याओं के नवीनतम संस्करण हैं! मैं मुक्तकंठ से स्वच्छंद मुक्तकों में इन स्वच्छंद मुक्ताओं की वंदना करता हूँ!

खट्टर काका आनंद-मग्न होकर झूमते हुए सितार पर गाने लगे—

हे क्रान्तिकारिके।
हे युगसुधारिके!
उन्मुक्तसारिके!
स्वच्छंदचारिके!

सबलां सफलां स्वावलम्बिनीम्
प्रणयरतां परिणय - विलम्बिनीम्
काव्य - नाट्य - संगीत - मोदिनीम्
क्रीड़ा-कौतुक - रस - विनोदिनीम्
स्तूपाकृति कचपाश धारिणीम्
रंजिताधरां चमत्कारिणीम्
पारदर्शि - परिधान - दर्शिनीम्
चंचलांचलां मनःकर्षिणीम्
प्रकटित यौवन - कोर - शोभिनीम्
सौरभ - लोलुप मधुप - लोभिनीम्
अगणित रसिक-समाज - हर्षिणीम्
मधुगंधां मधुकलश - वर्षिणीम्

वंदे त्वां हे युग-कुमारिके!
आदिशक्ति नवरूप-धारिके!
चिर छलनामयि मनोहारिके!
वंदे त्वां मायावतारिके!

पुराण की चाशनी

खट्टर काका दूधिया भंग के गुलाबी नशे में मस्त थे।

मैंने कहा—खट्टर काका, ब्रह्मस्थान पर भागवत हो रहा है।

खट्टर काका बोले—तब महा अनर्थ हो रहा है।

मैं—सो कैसे?

ख.—अजी, रासलीला और चीरहरण की कथाएँ सुनकर गाँव की बहू-बेटियाँ बहक जायँगी। यहाँ यमुना नहीं है, इससे क्या? कमला नदी का कछार तो है!

मैं—खट्टर काका, आप तो हँसी करते हैं।

ख.—नहीं जी, सच कहता हूँ।

ता वार्यमाणाः पितृमिः पतिभि र्भ्रातृभिस्तथा
कृष्णं गोपांगनाः रात्रौ रमयन्ति रतिप्रियाः

(ब्रह्मवैवर्त)

"घर में बाप, भाई, स्वामी मना करते ही रह जाते हैं और युवतियाँ उन्मत्त होकर रास रचाने को बाहर चली जाती हैं! कहो, यह कोई अच्छी बात हुई?"

मैं—परंतु कुछ विद्वानों का मत है कि चीरहरण और रासलीला का आध्यात्मिक तात्पर्य है।

खट्टर काका बोले—मुझे बहलाओ मत। ये बाल धूप में नहीं पके हैं। मैं अठारहों पुराण देख चुका हूँ। अभी भी ब्रह्मवैवर्त पुराण सामने रखा है।

मैं—इसमें तो केवल ब्रह्म की चर्चा होगी?

खट्टर काका बोले—हड़बड़ी तो नहीं है? तब बैठ जाओ। चीर-हरण का वर्णन देखो। युवतियाँ यमुना जल में नंगी खड़ी होकर स्नान कर रही हैं। उनके वस्त्र घाट पर रखे हुए हैं। उन्हें लेकर कृष्ण कदंब वृक्ष पर चढ़ जाते हैं। ऊपर से कहते हैं—

भो भो गोपालिकाः नग्नाः इदानीं कि करिष्यथ?

"ऐ नग्नाओ! अब तुम लोग क्या करोगी?"

तब राधा सखियों को आज्ञा देती है कि चलो, इस रसिया को पकड़कर बाँधो। बस,

सर्वाः राधाज्ञया पूर्णं समुत्थाय जलात् क्रुधा
प्रजग्मुर्गोपिकाः नग्नाः योनिमाच्छाद्य पाणिना

सभी युवतियाँ हाथ से अपने गुप्तांग ढककर उन्हें पकड़ने चलती हैं। परंतु वृंदावन-विहारी तो इस फौज का सामना करने को तैयार ही थे। बोले—

युष्माकमीश्वरी राधा किं करिष्यति मेऽधुना?

"तुम लोगों की लीडरानी राधा मेरा क्या कर लेती हैं, सो देखता हूँ!"

यह सुनते ही राधा हँस पड़ती है और उनका क्रोध काम में परिणत हो जाता है।

श्रुंत्वा जहास सा राधा बभूव कामपीडिता!

और उसके बाद तो—

नग्नाः क्रीड़ाभिरासक्ताः श्रीकृष्णार्पितमानसाः!

नायक-नायिकाओं की इच्छा पूरी होती है। और कथा सुननेवाली बालाओं की इच्छा भी पूर्ण हो, इसके लिए पुराणकर्ता आशीर्वाद देते हैं कि—

भक्त्या कुमारी स्तोत्रं च शृणुयात् वत्सरं यदि
श्रीकृष्णसदृशं कान्तं गुणवन्तं लभेत् ध्रुवम्!

अर्थात्, "कुमारियाँ साल-भर भक्तिपूर्वक यह स्तोत्र सुनें तो निश्चय ही कोई वैसा ही रसिया उन्हें मिल जायगा।" क्या अब भी तुम्हें शंका है?

मैं—खट्टर काका, रासलीला का कुछ गूढ़ तात्पर्य होगा।

खट्टर काका ने कहा—तब वह भी सुन लो!

पुनः प्रजग्मुस्ताः मत्ताः सुन्दरं रासमंडलम्
पूर्णेन्दुचन्द्रिकायुक्तं रतियोग्यं सुनिर्जनम्
काश्चिदूचुः हरे कृष्ण स्वक्रोडेऽस्मांश्च कुर्विति
गृहीत्वा श्रीहरेः स्कंध मारुरोह च कांचन
काचिज्जग्राह मुरलीं बलादाकृष्य माधवम्
जहार पीतवसनं कृत्वा नग्नं च कामिनी
उवाच काचित् प्रेम्णा तं गंडयोः स्तनयोर्मम
नाना-चित्र-विचित्राभ्यां कुरु पत्रावली मिति!

(ब्रह्मवैवर्त)

"पूर्णिमा की रात, यमुना का तट, एकांत स्थान, युवतियाँ निस्संकोच केलि कर रही हैं। कोई मुरलीधर की मुरली छीन लेती है, कोई पीतांबर खोल देती है, कोई गोद में बैठ जाती है, कोई कूदकर कंधे पर चढ़ जाती है, कोई कहती है कि,'गाल में दाँत काटो', कोई कहती है, 'नखक्षत करो'।"...क्या अब भी तुम्हारा संदेह दूर हुआ या नहीं?

मुझे चुप देखकर खट्टर काका बोले—तो लो, और सुनो।

काचित् कामातुरा कृष्णं बलादाकृष्य कौतुकात्
हस्ताद्वंशीं निजग्राह वसनं च चकर्ष ह
काचित् कामप्रमत्ता च नग्नं कृत्वा तु माधवम्
निजग्राह पीतवस्त्रं परिहास्य पुनर्ददौ
चुचुम्ब गंडे बिम्बोष्ठे समाश्लिष्य पुनः पुनः
सस्मितं सकटाक्षं च मुखचन्द्रं स्तनोन्नतम्
कांचित् कांचित् समाकृष्य नग्नां कृत्वा तु कामतः
काचिच्छ्रोणिं सुललितां दर्शयामास कामतः!

(ब्रह्मवैवर्त)

मैं—खट्टर काका, जरा अर्थ समझाकर कहिए।

खट्टर काका—अजी, क्या कहूँ? युवतियाँ कामोन्मत्ता होकर लज्जा त्याग देती हैं।

कोई उनको नग्न कर अपनी ओर खींच लेती है, कोई गाल और होंठ चूमती है, कोई अपनी छाती में सटा लेती है, कोई अपनी सखी को नंगी कर उन पर ठेल देती है, कोई स्वयं समर्पिता हो जाती है। सामूहिक संभोग-क्रीड़ा होती है। अजी, मुझे तो लगता है कि इसी 'रास-चक्र' से 'भैरवी-चक्र' की उत्पत्ति हुई होगी।

मैं—खट्टर काका, आप तो अद्भुत ही कहते हैं! कृष्ण तो योगीश्वर थे।

खट्टर काका बोले—तब देखो कि योगीश्वर कैसे भोगीश्वर थे!

कृष्णः कररुहाघातं ददौ तासां कुचोपरि
श्रोणीदेशे सुकठिने नखचित्रं चकार ह
आलिंगनं नवविधं चुम्बनाष्टविधं मुदा
शृंगारं षोडशविधं चकार रसिकेश्वरः!

अब इससे अधिक क्या होता है?

मैंने कहा—खट्टर काका, वह प्रेम शारीरिक नहीं था।

खट्टर काका बोले—तुम वैसे नहीं समझोगे। तब खोलकर सुनो।

जगाम राधया सार्धें रसिको रतिमन्दिरम्
सुष्वाप राधया सार्धं रतितल्पे मनोहरे
कृष्णो राधां समाकृष्य वासयामास वक्षसि
श्रोणीदेशे च स्तनयो र्नखच्छिद्रं चकार ह!

(ब्रह्मवैवर्त)

मैंने कहा—परंतु भगवान् कृष्ण तो उस समय बालक थे। वह कामक्रीड़ा नहीं, बालक्रीड़ा रही होगी।

खट्टर काका बिगड़कर बोले—मूर्खस्य नास्त्यौषधम्! एक बार तीन मूर्खराज ससुराल गये। एक जब एकांत शयनागार में नववधू की शय्या पर गये तो

नीवि-मोचनकाले हि वस्त्रमूल्य-विवेचनम्!

अनावरण के समय ही वस्त्राभूषण का दाम जोड़ने लग गये। हिसाब जोड़ते-जोड़ते रात खतम हो गयी! दूसरे साहब की बीबी गले में मौलसिरी की माला पहने हुए थी, सो नोंक-झोंक में टूट गयी। वह सुई-डोरा लेकर रात-भर माला ही गाँथते रह गये! तीसरे हजरत को खाट कुछ ढीली मालूम पड़ी। वह रस्सियाँ खोलकर खाट बुनने लग गये और जब चारपाई तैयार हुई तब तक सुबह हो चुकी थी! ये तीनों दिग्गज थे—मल्याचार्य! मालाचार्य! खट्वाचार्य! तुमको क्या कहा जाय? बाल-क्रीड़ाचार्य?

मैंने कहा—खट्टर काका, कुछ पुराणाचार्यों का मत है कि उस समय कृष्ण केवल नौ वर्ष के थे।

खट्टर काका व्यंग्यपूर्वक बोले—हाँ। वह राधा की गोद में खेलते थे! तुम्हीं गेंद खरीद कर दे आये थे! मेरा गुस्सा मत बढ़ाओ।

मुझे चुप देखकर खट्टर काका जोश में आकर कहने लगे—तुम्हारा भ्रम दूर करना

जरूरी है। तब और देखो। स्थलक्रीड़ा के बाद कैसे जलक्रीड़ा होती है!

स्थले रतिरसं कृत्वा जगाम यमुनाजलम्
वस्त्रं जग्राह तस्याश्च सा न नग्ना बभूव ह
तां च नग्नां समाश्लिष्य निममज्ज जले हरिः
सा वेगेन समुत्थाय बलाज्जग्राह माधवम्
उत्थाय माधवः शीघ्रं तां गृहीत्वा प्रहस्य च
कृत्वा वक्षसि नग्नां च चुचुम्ब च पुनः पुनः!

(ब्रह्मवैवर्त)

अजी, ऐसा उन्मुक्त विहार होता है और फिर भी तुम्हें लगता है कि वह 'भोग' नहीं, 'योग है!' हाय रे बुद्धि!

मैंने कहा—परंतु भगवान् कृष्ण तो 'अच्युत' थे?

खट्टर काका डाँटते हुए बोले—'अच्युत' थे, तो फिर प्रद्युम्न का जन्म कैसे हो गया? अहीर बुझावे सो मर्द! इतना समझा गया, फिर भी 'परंतु' लगा रहे हो! तब कान खोल कर सुन लो।

माधवो राधया सार्द्धमन्तर्धानं चकार ह
अतीव निर्जने स्थाने भृशं रेमे तया सह
विलुप्तवेशां कामार्त्तां नग्नां शिथिल-कुन्तलाम्
गंडयोः स्तनयोश्चित्रं चकार मधुसूदनः
एवं रेमे कौतुकेन कामात् त्रिंशत् दिवानिशि
तथापि मानसं पूर्ण न किंचित् तु बभूव ह!

(ब्रह्मवैवर्त)

लगातार तीस दिन तीस रात तक रमण होता रहा, फिर भी दोनों का मन नहीं भरा। वह दृश्य देखने के लिए आकाश में देवी-देवताओं का मेला लग गया! देवगण विस्मय-विमुग्ध हो गये। देवियाँ सौतिया डाह से जलने लगीं। पुराणकार उस पर टिप्पणी करते हैं—

न कामिनीनां कामश्च शृंगारेण निवर्त्तते
अधिकं वर्द्धते शश्वत् यथाग्निर्घृतधारया

"जैसे घी की धारा से अग्नि की ज्वाला शांत नहीं होती है, उसी तरह संभोग से कामिनी की कभी तृप्ति नहीं होती है।"...अब भी तुम्हारा भ्रम दूर हुआ कि नहीं?

मैंने क्षुब्ध होते हुए कहा—खट्टर काका, पुराण-कर्त्ता ने राधा-कृष्ण का ऐसा नग्न चित्रण क्यों किया है?

खट्टर काका बोले—ऐसा नहीं करते तो श्रोताओं को रस कैसे मिलता? कथावाचक को पैसे कैसे मिलते? कामिनी पर ही तो कंचन बरसता है। इसलिए देवी-देवताओं के नाम पर खुलकर संभोग का वर्णन किया गया है। ब्रह्मा, विष्णु, महेश, किसी को नहीं छोड़ा गया है।

परंतु इतना कहने पर भी ब्रह्मा को उत्तेजना नहीं हुई। तब मोहिनी ने क्रोध से उन्मत्त होकर शाप दिया—

अये ब्रह्मन् जगन्नाथ वेदकर्त्ता त्वमेव च
स्वकन्यायां स्पृहासक्तः कथं हससि नर्त्तकीम्
दासीतुल्यां विनीतां च दैवेन शरणागताम्
यतो हससि गर्वेण ततोऽपूज्यो भवाऽचिरम्!

(ब्रह्मवैवर्त)

अर्थात्, "हे ब्रह्मा! अपनी कन्या के साथ तो विचार ही नहीं रहा और आप हमारे सामने धर्मात्मा बन रहे हैं! जाइए, आप अपूज्य हो गये।"

अब ब्रह्मा के चारों मुँह मलिन हो गए। दौड़े विष्णुलोक गये। वहाँ भगवान् भी उन्हें ही डाँटने लगे—

यदि कामवती दैवात् कामिनी समुपस्थिता
स्वयं रहसि कामार्त्ता न सा त्याज्या जितेन्द्रियैः
ध्रुवं भवेत् सोऽपराधी तस्या अद्यावमानतः

(ब्रह्मवैवर्त)

"यदि संयोगवश कोई कामातुरा एकांत में आकर स्वयं उपस्थित हो जाये तो उसे कभी नहीं छोड़ना चाहिए। जो कामार्त्ता स्त्री का ऐसा अपमान करता है, वह निश्चय ही अपराधी है।"

लक्ष्मी भी ब्रह्मा पर बरस पड़ीं—

ब्रह्मा कथं न जग्राह वेश्यां स्वयमुपस्थिताम्
उपस्थितायास्त्यागे च महान् दोषो हि योषितः

(ब्रह्मवैवर्त)

"जब वेश्या ने स्वयं मुँह खोलकर संभोग की याचना की, तब ब्रह्मा ने क्यों नहीं उसकी इच्छा पूरी की? यह नारी का महान् अपमान हुआ।" बस, चट ब्रह्मा को शाप दे बैठीं—

तव मंत्रं न गृह्णन्ति केऽपि वेश्याभिशापतः
त्वदन्य-देव-पूजायां तव पूजा भविष्यति।

जाओ, अब वेश्या के शाप से तुम अपूज्य हो गये। कोई तुम्हारा मंत्र नहीं लेगा।

मैंने क्षुब्ध होते हुए कहा—वृद्ध प्रजापति की ऐसी फजीहत!

खट्टर काका बोले—अजी, बेचारे की इससे भी अधिक छीछालेदर की गयी है। स्वयं अपनी कन्या के साथ लांछन लगाया गया है!

तां संभोक्तुं मनश्चक्रे सा दुद्राव भिया सती!

नारियाँ ब्रह्मा को धिक्कारती हैं—

त्वं स्वयं वेदकर्त्ता च कन्यां संभोक्तुमिच्छसि
अस्माकं दूरतो दूरं गच्छ कामार्त्तमानस!

बेचारे ब्रह्मा ग्लानिवश आत्महत्या करने को प्रस्तुत हो जाते हैं।

ब्रह्मा शरीरं संत्यक्तुं व्रीडया च समुद्यतः!

मैंने कहा—खट्टर काका, ब्रह्मवैवर्त पुराण में सृष्टिकर्त्ता ब्रह्मा की यह दुर्दशा! हद हो गयी!

खट्टर काका बोले—ब्रह्मपुराण में भी तो ब्रह्मा की वैसी ही दुर्दशा की गयी है! देखो—

तामदर्शमहं तत्र होमं कुर्वन् हरान्तिके
दृष्टेऽगुंष्ठे दुष्टबुद्धया वीर्यं सुस्राव मे तदा
लज्जया कलुषीभूतः स्कन्नं वीर्यमचूर्णयम्
मद्वीर्यात् चूर्णितात् सूक्ष्मात् बाल्यखिल्यास्तुजज्ञिरे!

सारांश यह कि एक बार ब्रह्मा महादेव के साथ होम कर रहे थे। उसी समय गौरी पर दृष्टि पड़ जाने से वह स्खलित हो गये। ब्रह्मा ने लज्जित होकर निःसृत धातु को चुटकी से मसल दिया। उसी से बाल्यखिल्य मुनि का जन्म हुआ।

मैंने कहा—खट्टर काका, ऐसी अश्लील बातें पुराणों में कैसे आ गयीं? ये प्रक्षिप्त मालूम होती हैं।

खट्टर काका बोले—प्रक्षिप्त हों, या विक्षिप्त। लिखनेवालों ने देवताओं की मिट्टी पलीद कर दी है। पौराणिक देवता क्या हुए, मक्खन के पुतले हुए, जो जरा-सा आँच पातें ही पिघल जाते हैं! जहाँ देखिए—वीर्यं स प्रमुमोच ह! तद्वीर्यं प्रपपात ह! जैसे, वह धातु नहीं, दोने का दुग्धामृत प्रसाद हो! जरा-सा छू गया, चू गया!

मैंने कहा—खट्टर काका पुराणों में ऐसा निर्लज्जतापूर्ण वर्णन क्यों है?

खट्टर काका बोले—पुराणकर्त्ता व्यास ने अपने ही अनुभव पर लिखा है। वह भी तो घृताची को देखते ही घी की तरह पिघल गये थे!

बहुशो गृह्यमाणं च घृताच्यां मोहितं मनः
अरण्यामेव सहसा तस्य वीर्यमथाऽपतत्!

(देवीभागवत 1 । 14 । 7)

इसलिए उन्होंने ब्रह्मा, विष्णु, महेश जैसे देवताओं से लेकर दैत्य तक का उसी प्रकार निःसंकोच स्खलन कराया है।

यावद् ददर्श चार्वंगीं पार्वतीं दनुजेश्वरः
तावत् स वीर्यं मुमुचे जडांगश्च तथाऽभवत्

(शिवपुराण 22 । 37)

स्त्री तक के विषय में उन्हें यह कहते हुए संकोच नहीं हुआ कि

दृश्यं तु पुरुषं दृष्ट्वा योनिः प्रक्लिद्यते स्त्रियाः!

(सांबपुराण)

क्या ये ही बातें शालीनतापूर्वक नहीं कहीं जा सकती थीं?

मैंने पूछा—पुराणों में इतने व्यभिचार-प्रसंग भरने की जरूरत ही क्या थी?

खट्टर काका बोले—इस शंका का उत्तर एक आलोचक दे गये हैं—

पौराणिकानां व्यभिचारदोषो
नाशंकनीयः कृतिभिः कदाचित्
पुराणकर्त्ता व्यभिचारजातः
तस्यापि पुत्रः व्यभिचारजातः!

पुराणकर्त्ता व्यास और उनके पुत्र शुकदेव दोनों का जन्म तो व्यभिचार से ही हुआ था। तब व्यभिचार-पुराण कैसे नहीं गढ़े जाते?

मैंने कहा—खट्टर काका, कहीं आप व्यास-गद्दी लगाकर पुराण बाँचने लग जाते, तो अनर्थ हो जाता! फिर व्यास-पराशर के प्रति लोगों के मन में क्या आस्था रह जाती?

खट्टर काका नस लेते हुए बोले—अजी, कहाँ के व्यास और कहाँ के पराशर! शृंगारी कवियों को किसी बहाने संभोग-वर्णन करना था, सो उन्होंने किया है। इस तरह खुल्लमखुल्ला अश्लील वर्णनों से उन्होंने अपनी काम-तृष्णा शांत की है। देवी-देवताओं के नाम पर मानसिक व्यभिचार किये हैं। इसलिए पुराणों में एक-से-एक उत्तेजक नग्न चित्रण भरे हैं। उनमें यौन वासनाओं का समुद्र लहरा रहा है। कहने-सुननेवालों को धर्म के नाम पर कुछ मजा मिल जाता है। जैसे, पुरी-भुवनेश्वर के मंदिरों में नग्न मूर्त्तियाँ देखकर।

धार्मिक तीर्थों की महिमा दिखाने के लिए तो और भी जघन्य पापों की कहानियाँ गढ़ी गयी हैं।

मातृयोनिं परित्यज्य विहरेत् सर्वयोनिषु!

वाम मार्ग की इस चरम सीमा का भी उल्लंघन कर दिया गया है! ब्रह्मपुराण में मही नामक तरुणी विधवा का अपने युवा पुत्र से संभोग का वर्णन है!

मेने न पुत्रमात्मीयं स चापि न मातरम्
तयोः समागमश्चासीत् विधिना मातृपुत्रयोः!

और वह महापाप कटता है कैसे, तो गौतमी तीर्थ में स्नान करने से! यह सब पंडों का 'प्रॉपगंडा' है, पुजारियों का हथकंडा है! पंडा, पंडित, पुजारी, पुरोहित और पौराणिक, ये पाँचों 'पकार' परस्पर प्रीति कर प्रपंचपंजिका प्रस्तुत किये हुए हैं! भंडा फूट जाय, तो फिर हंडा कैसे चढ़ेगा?

इतने ही में घड़ी-घंटा की ध्वनि होने लगी। खट्टर काका बोले—देखो, कथा आरंभ हो रही है। मत्स्य-पुराण में कहा गया है—

परदाररतो वापि परापकृतिकारकः
संशुद्धो मुक्तिमाप्नोति कृष्णनामानुकीर्तनात्!

"कृष्ण-कीर्त्तन से व्यभिचार आदि समस्त दोष कट जाते हैं; परस्त्रीगामी भी परम पद प्राप्त कर लेता है!"

जो चाहें, बहती गंगा में हाथ धो लें! अच्छा भाई, तुम्हें देर हो रही है। जाकर कथा का पुण्य लूटो। नहीं तो कथावाचक धिक्कारते हुए कहने लगेंगे—

येषां श्रीकृष्ण-लीला-ललित-रस-कथा सादरौ नैव कर्णौ
येषामाभीर - कन्या - गुण - गण - कथने नानुरक्ता रसज्ञा
येषां-श्रीमद्यशोदा - सुत - पद - कमले नास्ति भक्ति र्नराणाम्
धिक् तान् धिक् तान् धिगेतान् कथयति सततं कीर्तनस्थो मृदंगः!

वैदिक तरंग

उस दिन होली थी। खट्टर काका दो बार पी चुके थे और तीसरी बार छान रहे थे। मुझे देखकर बोले—आओ, आओ, अभी केसरिया भंग छन रही है। तुम भी पी लो।

मैं—खट्टर काका, मैं तो नहीं पीता।

खट्टर काका गहरे नशे में थे। बोले—अजी, अपना सनातन वैदिक धर्म क्यों छोड़ते हो?

मैंने पूछा—यह वैदिक धर्म कैसे है?

ख.—वेद पढ़ो, तब समझोगे कि हम लोगों के पूर्वज कैसे पीते थे! वेद में सोमरस के स्तुति-गान भरे हैं। कहीं-कहीं तो ऐसा प्रवाह छूटा है कि सबकुछ उसी में डूब गया है!

मैं—परंतु सोमरस भंग ही है, इसका क्या प्रमाण?

ख.—प्रमाण एक-दो नहीं, अनेकों हैं। देखो, उसे सोंटा-कुंडी में घोंटा जाता था।[1] लोढा लेकर पीसा जाता था।[2] कपड़े से छाना जाता था।[3] दूध या पानी में घोला जाता था।[4] रंग-बिरंग के मसाले पड़ते थे।[5] वह तीन रंगों में बनाया जाता था—हरा, सफेद और पीला। अर्थात् सादा, दूधिया और केसरिया।

मैं—परंतु कुछ लोग सोमरस का अर्थ ज्ञान अथवा चंद्रमा की किरण भी तो लगाते हैं?

खट्टर काका—उन लोगों की बुद्धि में ही भंग पड़ गयी होगी! कुछ लोग वैदिक मंत्रों में अश्व से अन्नकण और गौ से चावल समझते हैं।[6] 'घृतस्य धारा' का अर्थ ज्ञान की वाणी करते हैं![7] लेकिन मैं तो मोटी बात समझता हूँ। यदि 'सोमरस' का अर्थ ज्ञान है, तो वह मूसल से कैसे कूटा जाता था? यदि चंद्रमा की किरण है, तो लोढे से कैसे पीसा जाता था?

मैं—तो सोम भंग ही है?

---

1. ऋग्वेद 1/28/7; 2. वही, 1/27/1; 3. वही, 9/66/9; 4. वही, 9/66/16; 5. वही, 8/2/11; 6. अथर्ववेद 11/3/5; 7. ऋग्वेद 4/58/9

खट्टर काका—इसमें क्या संदेह? ऋग्वेद में अध्याय के अध्याय तो इसी के वर्णन से भरे हैं। कहीं छानने का वर्णन।[1] कहीं घोलने का वर्णन।[2] ऋषि-देवताओं को इसमें अपूर्व आनंद मिलता था। देखो, देवताओं के राजा इंद्र इतना पीते थे कि मत्त हो जाते हैं।[3] ऐसे पीते हैं कि दाढ़ी-मूँछ तक रस से भींग जाती है![4] दाढ़ी से चूते हुए रस को झाड़ते हैं![5]

पीत्वा पीत्वा पुनःपीत्वा यावत् पतति भूतले!

मैं—परंतु यदि सोमरस वास्तव में भंग था, तो ऋषिगण वैसा गंभीर तत्त्व...

ख.—अजी, गाढ़ी छानने से ही तो गंभीर तत्त्व सूझता है। तभी तो द्रष्टाओं ने गूढ़तम विषयों का उद्घाटन किया है। मानव के आदिग्रंथ में आदि रस (शृंगार रस) लबालब भरा हुआ है। वैदिक संभोग की तुलना विश्व-साहित्य में नहीं मिलेगी।

मैंने चकित होते हुए पूछा—ऐं? वेद में संभोग-वर्णन!

खट्टर काका बोले—अजी, संभोग कुछ ऐसा-वैसा? सोमरस के प्रवाह में रस की सहस्रधारा फूट पड़ी है! इसी से तो मैं कहता हूँ कि विद्यार्थी और ब्रह्मचारी को वेद नहीं पढ़ना चाहिए!

मैंने कहा—खट्टर काका, आपकी तो बातें ही अद्भुत होती हैं। वेद में कहीं संभोग की चर्चा हो!

खट्टर काका कुंडी में सोंटे से भंग की पत्तियाँ कूटते हुए मुस्कुरा उठे। बोले—तब सुन लो। इसी प्रकार ऊखल में सोमरस की पत्तियाँ कूटी जा रही हैं। मूसल की चोट पड़ रही है। यह देखकर ऋचाकार उत्प्रेक्षा करते हैं—

यत्र द्वाविव जघनाधिषवरण्या
उलूखल सुतानामवेद्विन्दु जल्गुलः (ऋग्वेद 1। 28। 2)

मैंने कहा—खट्टर काका, इसका अर्थ क्या हुआ?

खट्टर काका बोले—"जैसे कोई विवृत-जघना युवती अपनी दोनों जंघाओं को फैलाए हुई हो और उसमें...तुम भतीजे हो। ज्यादा खोलकर कैसे कहूँ?"

मैंने कहा—खट्टर काका, आप तो ऐसी बात कह देते हैं कि मेरी बोलती ही बंद हो जाती है!

खट्टर काका ने लोटे के मुँह पर अँगोछा लगाकर उस पर भंग का गोला रखा और ऊपर से जल ढालते हुए अँगुलियों से घोलने लगे। पुनः मुस्कुराते हुए बोले—देखो, इसी तरह अँगुलियों को चलते देखकर एक ऋषि गायत्री छंद में कहते हैं—

अभित्वा योषणो दश, जारं न कन्यानूषत,
मृज्यसे सोम सातये (ऋ. 9। 56। 3)

मैंने पूछा—इसका अर्थ क्या हुआ?

ख.—मंत्रकार उपमा देते हैं कि कामातुरा कन्या अपने जार (यार) को बुलाने के लिए इसी प्रकार अँगुलियों से इशारा करती है।

---

1. ऋग्वेद 9/68/7; 2. वही, 9/77/7; 3. वही 7/18/7; 4. वही, 10/26/4; 5. वही, 2/11/17

मैं—तो वैदिक युग में भी व्यभिचार होता था?

खट्टर काका बोले—केवल होता ही नहीं था। ऋषियों को उसमें रस भी मिलता था।

खट्टर काका कलश में भंग ढालते-ढालते फिर मुस्कुरा उठे। बोले—देखो, इसी प्रकार कलश में रस ढलते देख एक ऋषि लहर में आकर कहते हैं—

मर्य इव युवतिभिः समर्षति सोमः
कलशे शतयाम्ना पथा (ऋ. 9 | 86 | 16)

"कलश में अनेक धारों से रस का फुहारा छूट रहा है। जैसे, युवतियों में..."

मैंने कहा—खट्टर काका, तपस्वी ऋषियों से ऐसी उपमाएँ कैसे दी गयीं?

खट्टर काका बोले—ऋषि लोगों को यह उपमा इतनी रसीली लगती हैं, कि उन्होंने बार-बार इसे दुहराया है। देखो, दूसरा मंत्र लो—

सरज्जारो न योषणां, वरो न योनिमासदम् (ऋ. 9 | 101 | 14)

अर्थात्, "यह रस उसी प्रकार कलश में जा रहा है, जैसे युवतियों में जार का..."

मैंने कहा—हे भगवान्! वेद में जार का वर्णन!

खट्टर काका बोले—अजी, उन दिनों जार का कितना महत्त्व था, यह इस गायत्री छंद से समझ लो—

अभिगावो अनूषत, योषा जारमिव प्रियम्
अगन्नाजिं यथाहितम् (ऋ. 9 | 32 | 5)

अर्थात्, "हे सोम! मैं उसी प्रकार आपको ग्रहण करता हूँ, जैसे स्त्री अपने जार को!"

वेद में हजार बार जार की चर्चा आयी है। ऐसा लगता है, जैसे उन दिनों पति से ज्यादा जार ही का बाजार गर्म था!

मैंने कहा—खट्टर काका, इन सब मंत्रों से तो यही सिद्ध होता है कि वैदिक युग में स्त्रियों को बहुत अधिक छूट थी।

खट्टर काका बोले—इसमें क्या संदेह? वैदिक नारियाँ पूर्णतः स्वच्छंद थीं। कहीं कुमारी जार को बुलाती थी। कहीं विवाहिता जार की प्रार्थना करती थी। जार प्रेयसी के साथ किस प्रकार रमण करता था,[1] और युवती को युवा जार मिलने पर किस प्रकार तृप्ति होती थी[2] इसका वर्णन भी वेद में आया है!

मैंने कहा—तब तो वैदिक समाज में जारज संतानें भी होती रही होंगी?

खट्टर काका ने कहा—एक-दो नहीं; अनेकों। उर्वशी के पेट से वशिष्ठ का जन्म हुआ।[3] दीर्घतमा की गर्भिणी माता ने बृहस्पति से संभोग कर वर्णसंकर संतान को उत्पन्न किया।[4] पुरुकुत्स की स्त्री ने सप्तर्षि की कृपा से त्रसदस्यु नाम का पुत्र प्राप्त किया।[5] कितनी स्त्रियाँ गुप्त रूप से प्रसव करती थीं।[6] कहाँ तक कहूँ? यदि व्यभिचार के सभी

---

1. ऋग्वेद 9/101/14; 2. वही, 10/30/6; 3. ऋग्वेद 7/33/12; 4. वही, 1/147/3; 5. वही, 4/42/8; 6. वही, 2/29/1

प्रसंगों को गिनाने लग जाऊँ तो पाँचवाँ वेद बन जाय! इसी कारण तो मैं वेदों की भाषा-टीका घर में नहीं रखता। यदि रखूँ, तो स्त्रियाँ बहक जाएँगी। मैं तो समझता हूँ कि इसी कारण स्त्रियों को वेद पढ़ने का अधिकार नहीं दिया गया है। न स्त्रीशूद्रौ वेदमधीयाताम्!

मैंने कहा—खट्टर काका, आप तो सब अद्‌भुत ही बोलते हैं। मैं तो समझता था कि उस समय ब्रह्मचर्य का डंका बजता रहा होगा।

खट्टर काका हँसकर बोले—अब तो समझ गये कि किस नगाड़े पर चोट पड़ती थी! देखो, सोम की तरंग में एक ऋषि कहाँ तक बहक जाते हैं—

शेफो रोमण्वन्तौ भेदौ वारिन्मंडूक इच्छतीन्द्रायेन्दो परिस्त्रव।

(ऋ. 9। 112। 4)

अब इससे अधिक खुल्लमखुल्ला और क्या होगा?

मैंने कहा—खट्टर काका, इसका अर्थ क्या हुआ?

ख.—मतलब यह कि "शेफ (काम-दंड) रोमाच्छादित...विविर में प्रवेश करने के हेतु इच्छुक है। हे सोम! तुम चू जाओ।" अब तुम्हीं कहो, सिवा मदकची के ऐसा कौन बोल सकता है?

मैंने क्षुब्ध होते हुए कहा—खट्टर काका, मैं तो यही समझता था कि ऋषिगण तत्त्वदर्शी थे और ऋषिकाएँ भी तत्त्वदर्शिनी होती थीं।

खट्टर काका केसरिया भंग पीकर बोले—ऋषिकाएँ तो ऐसे-ऐसे मंत्रों की रचना कर गयी हैं कि गणिकाएँ भी उनके सामने पानी भरें! देखो, घोषा नाम की एक ब्रह्मचारिणी कहती है—

को वा शयुत्रा विधवेव देवरं मर्यं न योषा वृणुते! (ऋ. 7। 40। 2)

अर्थात्, "जैसे विधवा स्त्री शयनकाल में अपने देवर को बुला लेती है, उसी प्रकार मैं भी यज्ञ में आपको सादर बुला रही हूँ।"

मैंने कहा—बाप रे बाप! कुमारी के मुँह से ऐसी निर्लज्जतापूर्ण बात?

खट्टर काका बोले—तुम इतने ही में चकरा गये! देखो, अंगिरा ऋषि की कन्या शश्वती देवी एक युवा पुरुष (आसंग) के नग्न अंग को देखकर किस प्रकार उन्मत्त हो जाती है!

अन्वस्य स्थुरं ददृश पुरस्तादनस्थ ऊरूरवरम्बमाणः
शश्वती नार्यभिचक्ष्याह सुभद्रमर्य भोजनं विभर्षि! (ऋ. 9। 1। 34)

अर्थात्, "दोनों जंघाओं के मध्य में लटके हुए, पुष्ट, लंबायमान...देखकर शश्वती ने कहा—'वाह! यह तो बहुत सुंदर भोग करने योग्य...धारण किये हुए हो'!"

मैंने स्तब्ध होते हुए कहा—खट्टर काका, हद हो गयी। ऐसा तो वह बोले जो पीकर उन्मत्ता हो गयी हो!

खट्टर काका बोले—अजी, वे सब मदमत्ता तो थीं ही। तभी तो बोलने में वेश्याओं के भी कान काट गयी हैं! सूर्या नाम की एक ब्रह्मचारिणी कहती है—

यस्यां बीजं मनुष्या वपन्ति, या न ऊरू उशती विश्रया,
ते यस्यामुशन्त प्रहराम शेफम्

(ऋ. 10 । 85 । 37)

मैंने कहा—इसका अर्थ समझ में नहीं आया।

ख.—'ऊरू' का अर्थ दोनों जंघाएँ। 'विश्रय' का अर्थ फैलाना। 'शेफ' का अर्थ जननेन्द्रिय। 'प्रहराम' का अर्थ चोट मारना...अब तुम स्वयं अर्थ लगा लो। यदि फिर भी समझ में न आवे, तो किसी वैदिक से पूछ लेना।

मैंने कहा—खट्टर काका, मुझे नहीं मालूम था कि वेद में इतनी अश्लीलता भरी होगी।

खट्टर काका बोले—अश्लीलता देखनी हो, तो ऋग्वेद के दशवें मंडल में देखो कि इंद्र और इंद्राणी किस प्रकार मत्त होकर काम-क्रीड़ा करते हैं!

इंद्राणी ताल ठोककर कहती है—

वृषभो न तिग्मश्रृंगोऽन्तर्यूथेषु रोरुवत्! (ऋ. 10 । 86 । 85)

अर्थात्, "जिस प्रकार टेढ़ी सींगवाला साँड़ मस्त होकर डकरता हुआ रमण करता है, उसी प्रकार तुम भी मुझसे करो।" उसके बाद जो संभोग का नग्न चित्रण है, वह काश्मीरी कोकशास्त्र को मात करता है।

मैंने टोका—खट्टर काका!

परंतु उनके प्रवाह को रोकना असंभव था। वह अपनी तरंग में कहने लगे—युवती लोमशा का संभोग-वर्णन पढ़ोगे तो दंग रह जाओगे। लोमशा यौवन के मद में मत्त होकर अपने सारे आवरणों को उतार फेंकती है और राजा स्वनय को कहती है कि—

उपोप मे परामृश मामेदभ्राणिमन्यथा
सर्वाहमस्मि रोमशा गान्धारीणामवाविका (ऋ. 1 । 126 । 7)

अर्थात्, "आप मेरे पास आइए और बेधड़क पकड़िए। देखिए, भेंड़ के रोओं की तरह कितने बड़े-बड़े...!"

अब इससे ज्यादा निर्लज्जता की बात किसी युवती के मुँह से क्या निकल सकती है? और, इसके बाद जो उद्दाम काम-क्रीड़ा होती है, वह कहने-सुनने योग्य नहीं! लोमशा इस प्रकार उन्हें आवेष्टित कर लेती है कि वह उसी समय गद्गद होकर उसे रतिमल्लता की सर्टिफिकेट दे देते हैं—

अगाधिता परिगाधिता या कशीकेव जंगहे
ददाति मह्यं यादुरी याशूनां भोज्या शता

(ऋ. 1 । 126 । 7)

अर्थात्, "यह युवती नेवले की तरह समूची देह से लिपटकर इस तरह रमण करती है कि रस से शराबोर कर देती है!"

मैंने क्षुब्ध होते हुए कहा—खट्टर काका, आप भंग के नशे में तो यह सब नहीं कह रहे हैं?

खट्टर काका बोले—नशे में तो थे वे लोग, जो सहोदर भाई-बहन [1] और पिता-पुत्री में [2] संभोग-वार्त्ता का वर्णन कर गये हैं! जब प्रजापति द्वारा अपनी कन्या में सिंचन करने की बात पढ़ोगे—पिता दुहितुर्गर्भमाधात् [3] तो रोमांच हो जायगा! ऐसी-ऐसी अश्लील बातें हैं कि अभी भंग की तरंग में भी मेरे मुँह से नहीं निकल सकतीं।

मैंने कहा—खट्टर काका, तब वेद और वाममार्ग में भेद ही क्या रह गया?

खट्टर काका बोले—अजी, मुझे तो लगता है कि वेदों से ही वाममार्ग की उत्पत्ति हुई होगी। वाममार्गी क्या पंचमकार कहीं और जगह से लाये हैं? देखो, कालीतंत्र में लिखा है—

मद्यं मांसं च मत्स्यश्च मुद्रा मैथुनमेव च
एते पंचमकाराः स्युः मोक्षदाः हि युगे युगे

मद्य, मांस, मछली, मुद्रा और मैथुन इन पाँच मकारों को ही वे लोग मोक्ष के साधन मानते हैं।

ज्ञान-संकलनी तंत्र में लिखा है—पाशमुक्तः सदाशिवः! जो लोकलाज या समाज के बंधनों को तोड़कर मुक्त हो जाय, वही 'सदाशिव' या 'जीवन्मुक्त' है!

जिस तरह वेद में 'सोम' का महत्त्व है, उसी तरह वाममार्ग में 'मद्य' का। देखो मातृका-तंत्र में कहा गया है—

मद्यपानं विना देवि तत्त्वज्ञानं न लभ्यते
अतएव हि विप्रस्तु मद्यपानं समाचरेत्

अर्थात्, "बिना मद्यपान के तत्त्वज्ञान नहीं हो सकता। इसलिए ब्राह्मण को मद्य अवश्य ही पीना चाहिए।"

कामाख्या-तंत्र में तो यहाँ तक कहा गया है कि—

कालिका-तारिणी-दीक्षां गृहीत्वा मद्यसेवनम्
न करोति शुनीमूत्रसमं तस्य हि तर्पणम्!

अर्थात्, "कालिका वा तारिणी की दीक्षा लेकर जो मद्यपान नहीं करे, उसके तर्पण का जल कुतिया के मूत्र समान है!"

सबसे अधिक जोर पंचम मकार (मैथुन) पर दिया गया है। कुलार्णव तंत्र में कहा गया है—

पंचमं देवि सर्वेषु मम प्राणप्रियं भवेत्
पंचमेन विना देवि चंडीमंत्रं कथं जपेत्!

बिना मैथुन के चंडीमंत्र जपा ही नहीं जा सकता!

और, जप की विधि कैसी निराली है, सो उत्पत्ति-तंत्र में देख लो!

---

1. ऋग्वेद 10/10/1; 2. वही, 10/61/5-6; 3. अथर्ववेद 9/10/12

कुलाचारपरो वीरः कुलपूजापरायणः
भगलिंगसमायोगात् आकृष्य जपमाचरेत्!

अर्थात्, रतिबंध के आसन में संलग्न होकर उसी अवस्था में जप करना चाहिए! इसी को वे कुलाचार या कुलपूजा कहते हैं!

सार-सर्वस्व में कहा गया है—

नग्नां परस्त्रियं वीक्ष्य यो ज़पेदयुतं नरः
स भवेत् सर्वविद्यानां पारगः सर्ववेदवित्!

अर्थात् "नग्ना परस्त्री को देखते हुए जो दस सहस्र बार जप करे, सो सभी विद्याओं में पारंगत हो जाय!"

कुल-सर्वस्व में लिखा है—

ऋतुमत्याः भगं पश्यन् यो जपेदयुतं नरः
अनुकूला हि तद्वाणी गद्यपद्यमयी भवेत्!

अर्थात्, "जो ऋतुमती के गुह्यांग को देखते हुए दस सहस्र जप करे, उसकी गद्य-पद्यमय वाणी मनोनुकूल बन जाती है!"

मैंने पूछा—खट्टर काका, वाममार्गियों में जाति-पाँति का कोई विचार नहीं है?

खट्टर काका बोले—नहीं जी,

संप्राप्ते भैरवी-क्षेत्रे सर्वे वर्णाः द्विजोत्तमाः!

जो भैरवी-क्षेत्र में पहुँच जायँ, वे सभी ब्राह्मण माने जाते हैं। वहाँ आनेवाली कुल स्त्रियाँ 'कुल-स्त्री' समझी जाती हैं। उत्पत्ति तंत्र में लिखा है—

कुलस्त्री सेवनं कुर्यात् सर्वथा परमेश्वरि
रमेत युवतीं कन्यां कामोन्मत्त विलासिनीम्!

अर्थात्, "कुल-स्त्री का उन्मुक्त भोग करना चाहिए। विशेषतः कामोन्मत्ता विलासिनी युवती कन्या का।"

गुप्तसाधन तंत्र में लिखा है—

नटी कापालिका वेश्या रजकी नापितांगना
ब्राह्मणी शूद्रकन्या च तथा गोपालकन्यका
मालाकारस्य कन्या च नवकन्याः प्रकीर्त्तिताः

अर्थात्, "नटी, संन्यासिनी, वेश्या, धोबिन, नाइन, ब्राह्मणी, शूद्रा, ग्वालिन, मालिन, ये नव कन्याएँ गुप्त साधना के लिए अधिक उपयुक्त हैं।"

रुद्रयामल तंत्र में तो यहाँ तक लिखा है कि—

चांडाली तु स्वयं काशी प्रयागश्चर्मकारिणी
अयोध्या पुक्कसी प्रोक्ता रजकी मथुरा मता!

अर्थात्, "चांडाली काशी है, चमाइन प्रयाग है, कंजरी अयोध्या है, धोबिन मथुरा है!" इनके समागम से तीर्थ के फल प्राप्त हो जाते हैं!

ज्ञानार्णव तंत्र में योग का अर्थ यों बताया है—

प्रकृतिः परमेशानि वीर्य पुरुष उच्यते
तयोर्योगः महेशानि योग एव न संशयः!

अर्थात्, "प्रकृति (स्त्री) और पुरुष (वीर्य) का संयोग होना ही 'योग' है!" पूजा का रहस्य यों समझाया गया है—

सीत्कारो मंत्ररूपस्तु वचनं स्तवनं भवेत्
मर्दनं तर्पणं विद्धि वीर्यपातः विसर्जनम्!

अर्थात्, "संभोग के समय के सीत्कार-वचन ही असली मंत्र-स्तोत्र हैं, मर्दन ही तर्पण है, और वीर्यपात ही विसर्जन है!"

कुलार्णव तंत्र में कहा गया है—

मद्यमांसविहीनं तु न कुर्यात् पूजनं शिवे
न तुष्यामि वरारोहे भगलिंगामृतं विना!

अर्थात्, "मद्य-मांस के बिना शिव की पूजा नहीं करनी चाहिए। भग-लिंगामृत प्रसाद के बिना मैं (शिव) संतुष्ट नहीं होता।"

मैंने कहा—हद हो गयी, खट्टर काका। इतना तो चार्वाक में भी नहीं है।

खट्टर काका बोले—अजी, वे लोग चार्वाक के चचा थे। अगस्त्य मुनि लोपामुद्रा को उपदेश देते हैं कि मनुष्य को जीवन भर खूब भोग करना चाहिए। (ऋग्वेद 1।179।2) यही बात चार्वाक बोले तो नास्तिक कहलाए और अगस्त्य बोले तो ऋषि कहलाए! अजी, मैं भंग की तरंग में कितनी बातें बोल जाता हूँ तो लोग हँसी में उड़ा देते हैं। और वे लोग सोमरस के प्रवाह में बोल गये तो वेदवाक्य हो गया!...कुछ अनर्गल तो नहीं बोल गया हूँ?

मैंने कहा—खट्टर काका, होली के दिन सब माफ रहता है।

खट्टर काका बोले—हाँ, होली के दिन अश्लील वचनों में दोष नहीं लगता। इसका कारण जानते हो? धर्मसिंधु में लिखा है—

होलिकां त्रिः परिक्रम्य शब्दैर्लिंगभगांकितैः
तैः शब्दैश्च तु सा पापा राक्षसी तृप्तिमाप्नुयात्!

नितांत अश्लील वचनों से होलिका राक्षसी को तृप्ति मिलती है।

श्यामा-चंद्रिका में कहा गया है—

लिंगनाम सदानंदो भगनाम सदा रतिः
लिंगगीतिर्महाप्रीतिः भगगीतिर्महासुखम्!

इसलिए होली के दिन गालियाँ बकने की प्रथा चली आ रही है। मुझे तो ऐसा लगता है कि होली के दिनों में ही कुछ लोगों ने भँड़ौआ छंद बनाकर गाये होंगे। कलौ वेदांतिनः सर्वे फाल्गुने बालका इव!

मैंने कहा—खट्टर काका, कुछ भाष्यकार अश्लील शब्दों के आध्यात्मिक अर्थ

लगाते हैं।

खट्टर काका बोले—तब यह मंत्र सुन लो—

यावदंगीनं हास्तिनं गार्दभं च यत्
यावनश्वस्य वाजिनस्तावत् ते वर्धतां पसः (अथर्व. 6। 72। 3)

अर्थात्, "कामदंड बढ़कर वैसा स्थूल हो जाय जैसा हाथी, घोड़े या गधे का...।" क्या यहाँ 'गधा' भी आध्यात्मिक है? अजी, गर्दभेष्टि और अश्वमेध के नाम पर ऐसे भद्दे मजाक किये गये हैं कि चार्वाक तक इन लोगों को भाँड़ कह गये हैं!

अश्वस्यात्र हि लिंगं तु पत्नीग्राह्यं प्रकीर्त्तितम्
त्रयो वेदस्य कर्त्तारः भंडधूर्तनिशाचराः!

तब तक काकी मालपुए लेकर पहुँच गयीं।

खट्टर काका उल्लसित होकर बोले—लो, होलिका का प्रसाद पाओ। मिष्टान्न ही तो हमारी वैदिक संस्कृति का प्राण है। देखो, वैदिक युग से ही हम लोग माधुर्योपासक हैं। हमारे पूर्वज गाते आये हैं—

मधुमती रोषधीर्द्याव आपो मधुमन्नो भवन्तु!

(ऋ. 4। 75। 3)

संपूर्ण विश्व को ही वे माधुर्य से ओतप्रोत कर देना चाहते थे।

मधुवाता ऋतायते! मधु क्षरंति सिंधवः!
माध्वीर्नः सन्तु ओषधीः! मधुनक्त मुतोषसो!
मधुमत् पार्थिवं रजः! मधुद्यौरस्तु नः पिता!
मधुमान् अस्तु सूर्यः! मधुमान् नो वनस्पतिः!
माध्वीर्गावो भवंतु नः! (यजु. 13। 27-29)

अजी, इतना माधुर्य-प्रेम और किस देश में होगा? यहाँ मरने के बाद भी ओम् मधु मधु मधु कहकर पितरों को तृप्त कराया जाता है! हाँ, अब मधुरेण समापयेत्!

मुझे प्रसाद पाते देख खट्टर काका सस्वर वेद-पाठ करने लगे—

जिह्वया अग्रे मधु मे जिह्वामूले मधूलकम्
मधुवन्मे निक्रमणं मधुमन्मे परायणम्
वाचा ददामि मधुमत् भूयासं मधुसंदृशम्! (अथर्व. 1। 34। 2-3)

फिर बोले—इसका भाव समझे? यावज्जीवन जिह्वा पर मधुर रहे! मीठा खाते रहें और मीठा बोलते रहें। मिठास लेते रहें, मिठास देते रहें। यही वेद का सबसे मधुर मंत्र है।

यह कहते-कहते खट्टर काका की आँखें झिपने लगीं।

काकी ने कहा—अब इनको आप छोड़ दीजिए। मैं सँभाल लूँगी।

यह कहकर वह खट्टर काका को भीतर ले गयीं।

●●●